德国新天鹅堡远眺

德国新天鹅堡(原名施太因城堡)

作者 2015 年在比利时列日郊区

作者在奥地利哈尔施塔特小镇

安庆市立医院

作者在工作中

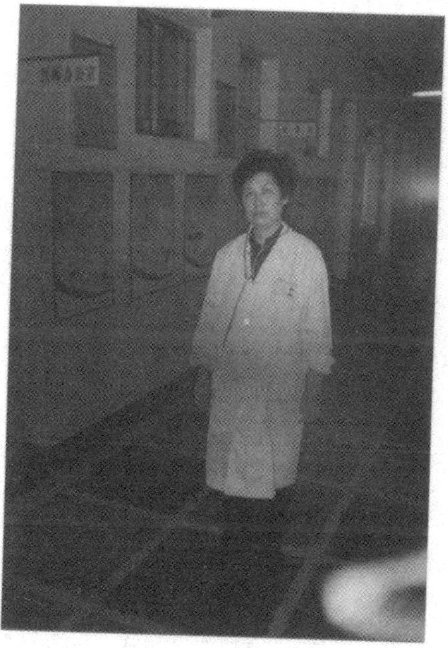

作者发表的部分医学论文及部分与医疗相关的散文

古越月大夫的美丽人生

Gu Yueyue Daifu De Meili Rensheng

胡志平◎著

时代出版传媒股份有限公司
安徽文艺出版社

图书在版编目（CIP）数据

古越月大夫的美丽人生/胡志平著. —合肥：安徽文艺出版社，2019.2（2023.4 重印）

ISBN 978-7-5396-6583-2

Ⅰ. ①古… Ⅱ. ①胡… Ⅲ. ①长篇小说－中国－当代 Ⅳ. ①I247.5

中国版本图书馆 CIP 数据核字(2019)第 027221 号

出 版 人：姚　巍

责任编辑：汪爱武　　　　装帧设计：褚　琦

出版发行：安徽文艺出版社　www.awpub.com

地　　址：合肥市翡翠路 1118 号　邮政编码：230071

营 销 部：(0551)63533889

印　　制：阳谷毕升印务有限公司　(0635)6173567

开本：710×1010　1/16　印张：23　字数：400 千字

版次：2019 年 2 月第 1 版

印次：2023 年 4 月第 2 次印刷

定价：50.00 元

题记

谨以此书表示深深的感谢:1964年7月初,一位深夜仍奔波在安合公路上的货运司机,他姓方,三十岁左右,安徽潜山人,他搭救了一位年轻的女医生。后来,这位女医生又挽救了许多人的生命。

让我们把善心、把关爱永远地传递下去吧,让人生更美丽!

目　　录

第一部　成长的脚步，闪闪发光

第二部　医者最美是仁心

第一部

成长的脚步，闪闪发光

第一章　深渡，停止了的远行

1949 年元月，河两岸连绵的山峦顶部有一些积雪覆盖，天气非常寒冷，江南，新安江畔深渡码头上却热火朝天，大批大小不一的船只呈串线状停靠在小小的渡口。前线吃紧，国民党兵败的消息一拨又一拨地传过来，许多从前线撤下来的国民党非军事人员及家属拖儿带女匆忙聚集到这里，他们将从这里向东边撤退。眼看大势渐去，国民党省政府已按上级指令逐渐安排政府机关有计划地向东南方向撤退。深渡码头虽然不大但很隐蔽，且它能通江达海，目前很安全，从这儿上船经新安江即可到杭州、宁波、上海，还可到台湾。虽说安排得很仔细，但许多人还是舍不得放弃家属，想拖儿带女一起走。省财政厅的张科长带领财政厅的一批员工家属到达深渡已经两天了，刚刚被分配到一只船，船不大，他把几位同人及家属安排进一处舱房后开始清点人数，他发现会计古和子不见了。

他问另一位职员老黄："古和子呢？"

"他刚才下船了，说是要买点东西吃，他的皮箱还在这儿呢。"老黄也是一名会计，他看了一眼舱角古和子的一只深棕色的皮箱说。

张科长说："马上就要开船了，这时候还跑下去，我下去找一下。"

古和子是老张带的一位年轻的科员，人很老实，又勤奋，老张很喜欢他。时间很紧，老张决定亲自下船去找找他。

科长下去以后，坐在船板上的老黄忽然想起古和子刚才下船时，曾用手在自己的肩膀上拍了一下，老黄回望了一下古和子的眼神，那眼神中带着忧郁和不安。此时老黄心中一惊，猛然间他脑中闪现一个念头：古和子此时下船是否还会回来？

古和子与老黄平时工作，桌子对着桌子，关系一直不错，老黄不想在此时把自己的想法说出来，出卖他。老黄低着头坐在船舱中默然不语，此时他也想起自己的家人，他的家眷也没有带在船上。不过此时，老黄仅仅是想了一想，他没有勇气，也未做任何准备，他也走不了。

古和子在哪里呢？

在江边的一家小饭店中，古和子正坐在店内一个较暗的角落慢慢地吃饭，店小二为他送来一碗米饭、一碗炒青菜。

“走，还是不走？”古和子一边吃，一边不停地想，他有点拿不定主意。

街上挤满了纷乱的人群，古和子钻进这个小店，想一个人仔细地再想一下。他是个老实的小职员，按照上级安排，他把年轻的妻子和两个孩子丢在省城，一个人随科内同志乘汽车一同撤退到这里。很快就要开船了，古和子知道再上船后走远了再想下船就不容易了。

古和子想再拖延一点点时间！他要好好再想想！

店小二又送来一碗蘑菇鸡蛋汤。外面的几张桌子上都已有客人，古和子慢慢地吃着，他想起自己与其他几位同人有些不同，他不过是个普通的小职员，有必要跑吗？而且他的妻子和两个年幼的孩子都未带来。大女儿才四岁，粉嘟嘟的小脸真可爱，儿子才一岁，还正在地上爬，他们母子三人正难着呢。

他叹了一口气。

忽然，古和子看见店门口有一个人伸头向店内张望，他一眼就认出那是科长老张。科长是他的上司，一直待他不错，肯定是来找他的。古和子立即条件反射地转过了身子，低下了头。店内光线很暗，老张匆忙地向店内两侧几张桌子上看了几眼，并未发现他，就退了出去。

老张走了，于是，古和子就这样留下了。

古和子很快吃完了饭，然后他从店的边门进入街后。深渡小镇不大，只有一条街，街的两侧全是小吃店、小商埠，这些小店一侧临江，而另一侧在街的后面不远处就是大山。沿小店后面的山道，古和子走到半山坡，他躲到了一棵松树后面，远远地望着码头，他决定在这儿看船开走。

天气很冷,古和子不停地在树下跺着脚坚持着。两个小时后,已是下午三时多,一条小汽轮鸣着笛缓慢地离开了渡口。这时,古和子从藏身的树下站起身来遥望着,汽轮的船尾在暗褐色的江面上掀起一阵白色的水花,远处是青山,山顶上还有一些积雪,山腰有一些散落的农屋,古和子知道他的那些同人就在那条船上。他们去向何方?他们将遵从上级安排一边撤退一边等待形势发展,最终要去台湾!

船看不见了,古和子放心地站起来,他从林中象征性地朝小船招了招手:"再见了,同人们,还有老黄、老张!"他明白,从此大家将天各一方,各走各的路了。

古和子紧了紧裤带,在裤腰袋里他事先还藏了二十块银圆,他把它们在腰间扎紧。古和子下船未带任何东西,他的一个装着衣物的行李箱留在了船舱中。

"只好算了!"古和子安慰自己。

古和子才三十多岁,瘦瘦的,长圆脸,剪着短发,颈子上围了一条灰围巾,上身穿了件灰色的棉布中山装。现在,他终于松了一口气。他用力地拉了拉身上的棉上衣,然后,沿着一条隐约的林间山道,顺着江岸向西下山了。他已想好,准备从另一条路经林塔返回江北。

在林塔,古和子有一个老家的表郎舅住在那儿,他要在林塔先住下来,看清情况后,再回江北。

江南山区,林塔小镇。

林塔位于江南大山北缘的一个小山坳中,周围及往南全是连绵的青山,山间一条狭窄的土石路穿镇而过,从公路往南再向东可至新安江到江浙一带,往西则可至江西,是一条通商要道,此处盛产杉木、桐油、竹器及茶叶。

镇道两侧全是杉木搭建的农家木屋,还有竹棚,往山的深处走一点,在山腰上还可见到一些用大型木柱夹着黄泥盖成的一些较大的农家屋舍,屋前屋后杉木、竹林密布。

接近林塔的时候，古和子边走边问，也还算顺利，他的表郎舅就住在朝北的镇口附近的一个小小山坡上。

他敲开了门，开门的正好是他的表郎舅尤木，他俩曾在老家见过面，相互一眼就认出。尤木一副山民打扮，他尖尖的下巴，大眼睛，黝黑的皮肤，一件对襟的灰蓝色土布褂罩在棉袄上，头上还裹了块深蓝色的头巾。见到表姐夫，尤木又惊又喜。

由于家境贫寒，江南山区又很缺乏男丁劳力，尤木家中在他未成年时，就经人介绍让他到林塔入赘做了上门女婿，夫妻俩现在已有一个孩子。

尤木忙把满身尘土的表姐夫拉进屋内，看见古和子未带任何行李，满脸疲惫，忙亲切地倒上一杯茶并低声问他："听说战事紧张得很，你怎么这时跑来啦？"

两人在一张大方桌前坐下。大山之中林木多，古和子抬眼看了看这间四周用杉木分隔的厅屋，啜了一口茶，长长地松了一口气。接着他从腰中抠出两块银圆放在桌上，两眼望着表郎舅的脸说：

"我们是一家人，我也不瞒你，这次我们单位集体向江浙一带转移，可能要去台湾，我已和大家撤到了深渡，我上了船，后来我又下来躲起来了，我不想走。我又不是什么官员，我跑干什么？我不走！不过，目前江城我是暂时回不去，我想在你这儿住些日子，看看形势再说，可行？"

古和子不把尤木当外人，他开门见山，说明了来意。

"行，行，行！你这稀客，怎么会不行！你在我这儿放心，目前我们这儿还平安，这儿周围都是大山，战争不容易打到这儿，你就住我这儿，不急！过些日子，你熟悉这儿了，我带你到周围做做茶叶生意，山里茶叶多，我们也顺便出去问问情况。"尤木热情地说。说完他立即跑到后院的一间房中对自己的老婆说："客，孩他娘，我老家的表姐夫来啦。"（客，是古和子妻子老家人们说话的开头语，）古和子感到尤木的乡音一点也没有变。

"哦，表姐夫来啦！"尤木的妻子正带着唯一的儿子在屋内做针线，听到丈夫的话，忙惊喜地拍了拍身上的灰，又拢了拢头发，带着孩子来到前屋。

“表姐夫来啦，真是稀客！”弟妹走近桌边，红着脸笑着对古和子说。

古和子从未与这位弟妹见过面，他望了望她，只见她一头乌黑的头发在脑后绾成一个髻，前额留有一排整齐的刘海，身着一件灰蓝色的大襟长上衣，黑色土布裤，黑色土布鞋，她很年轻，红扑扑的脸上堆满了笑意。古和子感觉到这位弟妹是一位很朴实的山村农妇，很老实很可靠，他说：“弟妹，我想在你们家打扰，住些日子。”

“放心吧，表姐夫，我们这儿还安全。”尤木的妻子诚恳地说。

大山之中很少有客人来访，尤木的妻子很高兴，她一边说一边拉出身后的孩子说：“快叫大伯伯好！”

古和子想拉过孩子，这孩子三四岁，圆脸，头顶及脑后均留有一大撮乌黑的头发，还扎着小辫，身着一身淡黄色的花衣裤，他忸怩地靠在妈妈身边不敢上前。

“几岁啦？”古和子问。

“三岁。”尤木说。

“比我女儿还小一岁。”古和子有些感触地说。大概他想起自己的女儿，说话的声音立即低了下来。

看见表姐夫心中有些难过，尤木忙催促妻子：“你快去给表姐夫烧饭，他肯定饿了。”说完，尤木又忙着给古和子倒了一杯茶。

不一会，几样山间小菜就端上了木桌。表弟媳又从旁边的木柜中找来一瓶酒，对古和子说：“你俩先吃饭吧，等会儿再洗一洗，我去给你安排住的地方。”

“让表姐夫住后面的那间老屋吧，”尤木对妻子说，“那儿比较安静，也很方便！”

“好！”

在古和子与尤木吃饭时，表弟媳迅速地把后面的一间空置木屋打扫干净。这间木屋靠近厨房，以前专门摆放杂物，在它的房外堆满了已劈好的木柴，屋外四周还有一圈低矮的木栅栏，围成了一个小院，屋后就是布满林木的山，很安全。这间小屋内有一张简陋的木床，床上的被絮早已铺好，厚厚的稻草软软的，棉被很暖和，靠近床边摆放有一个半截小木柜，在木柜上方的木板墙上还开着一扇小窗，从那儿可以看到远处的镇口及后面的山道。

此处确实很安全很方便。

吃过饭清洗干净后，古和子脱掉了身上的灰蓝棉中山装，换上表弟媳找来的一套旧棉衣，也换成一副山民的打扮。

由于林塔不是通往南边大山的主干道，土路很狭窄，过往的车辆并不多，古和子常常趴在窗口观察土路上来往的车辆。在这个深山中的小镇上，古和子安心地住下了。

白天，古和子常常陪尤木去远处的山道上卖些茶叶和竹笋，而在清晨和傍晚，他常常帮助表弟媳带小孩，在小院中劈木柴，在灶下帮其添火炒菜。

这天，尤木和几位村民约好去卖茶叶，因为路太远，古和子没有同去。傍晚时，尤木回来放下茶叶袋后，就匆匆地跑到小木屋中紧张地对古和子说："听说江城已经解放好几个月了，江南靠近长江一线许多村镇也都解放了，国民党部队已全面向南溃败，兵都跑光了，还听说马上就要建立新的国家了。"

大山中消息十分闭塞，古和子听到尤木的话后吃惊地啊了一声，两眼发呆。他没有说话，却立即联想到远在江城未动的妻儿，不知他们是否平安。

"不知道家中他们几个人怎么样了。"古和子自言自语。

"你不要着急，你在我这儿待着好得很，现在路上还很不太平，有许多散兵和土匪，很危险，你还是再等等！"

尤木见表姐夫着急忙安慰他，并叮嘱妻子说："晚上你多炒两个菜，我要和表姐夫喝一杯。"

说完，尤木把古和子拉到了前面的堂室中，从铁皮盒中倒出一些葵花子，两个人一边吃着，一边慢慢地聊着老家的一些事。不一会儿，表弟媳就把炒好的几样山中小菜放到了大方桌上。

尤木跑到墙角一个靠墙的木柜中找出一瓶自家酿造的米酒，给表姐夫倒了一杯，又夹上几块香菇给表姐夫，再次安慰表姐夫说："你放心，我们这儿的老乡好得很，不会坏你的事。等形势再好些，我送你回去。"

古和子没有办法，他不敢只身过江，只好耐心地在小木屋中住着。不久，从山外贩茶归来的尤木告诉他："中华人民共和国成立了！"

大山中消息真是闭塞，在大雪封山时，进出山道的人尤其少，古和子除了帮尤木劈木柴、捡茶叶，就是躲在室内烤火。

这天天色微明，淡淡的晨曦笼罩着整个山林，古和子早已醒了，他躺在床上听到了一阵熟悉的翠鸟叫声。他知道有几只鸟就住在木屋对面的树林中，有一次他穿衣起身去山坡上查看，见到过好几只拖着翠绿长尾巴的鸟儿从一丛树林中飞起。

又睡不着了，古和子干脆穿起衣服走出屋。用木栅栏围成的小院笼罩着梦幻般的宁静和安谧，天空中呈现出一种半透明的灰色，周围的山林、大地弥漫着袅袅的蓝雾，一垛垛整齐的劈柴堆在屋檐下栅栏边，又有两只机警的鸟儿从草丛中飞起。

古和子披衣在院内走了几步，深深地叹了一口气。

春天快来了，不知何时方能归乡！

这天，古和子在镇上闲逛，忽然迎面看见一小队穿黄军装和便衣的人排着整齐的队伍走进小镇。古和子看见这些军人胸前都挂着"中国人民解放军"的小胸牌。走在边上的一位解放军见到古和子后很客气地向他打招呼："老乡，你好！"

古和子一惊，忙回应："解放军好！"

这些解放军和便衣与道路两侧的几户农家打过招呼后立即在小街上散开，开始在两侧的木墙上张贴布告。古和子认得字，忙和几位山民凑上去观看。原来，这些军人和便衣是土改工作队，贴的是即将进行土改的公告。

新中国的土改工作队进镇了！

山民们全从木屋中跑出来，纷纷议论："这个地方马上也要进行土改了。"

傍晚，古和子吃过晚饭后与尤木夫妇俩在大方桌边议论起土改的事。古和子对尤木说："解放军和土改工作队进镇了，我也该回去了，你帮我想想办法，怎么走？"

解放军进镇了，尤木知道这儿形势很快就会有较大变化，这次，他决定放表姐夫走。

"这儿没有车，我们只有步行走。你放心，我送你回去，这一带山区我很熟悉，我们边走边看，如路上平安的话，抄小路还可以近不少路。"

古和子从怀中掏出两块银圆交给尤木说："明天你给我买几斤茶叶及山货，准备一下，我们最近几天就动身。"

三天后，古和子踏上了返乡的路程。兄弟俩背了一些茶叶、竹笋，仍是一副山民打扮。

热心的弟妹拉着孩子一直送到镇口，她递上备好的一包茶叶蛋、一包炒米糖说："给，这些你兄弟俩路上吃。"

"弟妹，真谢谢你。"古和子说。

走了几十里山路后，尤木看一路上很平安，山道上来来往往的行人已不少，他又带古和子抄了一条山坳中的小路，又近了不少路。虽说山区多土匪，但沿途山寨基本上已解放，未被剿灭的残余土匪都藏进更大的深山之中，兄弟俩一路平安无事。

在几个主要的道口都有解放军驻守，通过时解放军随便地问了几句，也就放行了。兄弟俩日行夜宿，第二天半下午，古和子和尤木到达了长江上的一个渡口边。

江中已有渡船在通行，渡口两侧有几位解放军驻守。尤木夹在准备渡江的人中间，为表姐夫买了渡轮票，递给古和子并鼓励他说：

"不要怕，没有什么关系，听刚才买票的人说江城安全得很！"

古和子一个人背着茶叶包上了船，兄弟俩隔水挥手告别。

"天不早了，你一个人回去要小心。"古和子不放心尤木。

“你放心，我一路上都有熟悉的老表。”尤木说。

古和子不舍，他站在船舷边，频频回头。

尤木也站在岸边向他挥手。

渡船开动了，尤木松了一口气，他向堤岸走去。在这个十分简陋的江岸临时小码头上，他无处停留。尤木决定连夜步行，踏上返回林塔的路程。

傍晚，渡船靠岸了。江北的码头也有几位解放军在站岗，江边的堤岸上有一队士兵在巡逻，但周围一切都安静得很，古和子随着一大批渡江的人上了岸。他沿着江堤向西走，准备从大南门码头上岸进城。

江城是古和子的家乡，它是一座古老的小城，古和子在这儿出生、长大并工作，这儿的一草一木他都十分熟悉。他要从大南门进城后往北直插到达民生里，临走前，他将妻儿三人安置在那儿的一处民房中。那座民房位于城墙根下，很安全。

天黑下来后，周围静悄悄的，古和子一步一步穿过一级一级的光滑石条路，穿过许多他熟悉的小街小巷，向两侧人家望去，周围不少房屋内灯光已亮起。那些灯光昏黄无力，此时却让古和子倍感亲切温暖，他的眼睛忽然湿润了。

民生里是一处带有用砖石水泥砌成一道方形大门楼的小院落，院内有一栋小二楼，古和子的妻儿住在临近院子的东边一楼内。

他悄悄地靠近窗口向室内张望，里面有灯光和人影在晃动，古和子想大概那是他的妻儿。

他们大概还未吃饭吧？

咚，咚，咚！古和子敲门。

“谁？”室内有女人问话，古和子听出那正是妻子柔软的声音。门被拉开，昏黄的煤油灯下，妻站在门内望着他并未说话。突然，妻认出是古和子，“啊”了一声，忙把他拉进了门。

夫妻俩相拥抱头低声地痛哭，两个孩子站在妻子身边呆呆地望着他们。

妻推开古和子，拉过来大女儿，对她说："越月，快叫爸爸，爸爸回来了！"

古和子放下了背上的包，他蹲下身子，扶着女儿的肩膀仔细地看：女儿圆圆的小脸，齐耳的短发，养得很好！儿子仍是光头，大脑袋。古和子把两个孩子一齐拥入怀中，悲喜的泪水哗哗地忍不住地流。"爸爸！"女儿越月已经认出了他，低着头，扭动着穿着一件红色花褂子的小身子，羞怯地叫了一声。

"好女儿！"古和子心疼地搂着女儿，另一只手又抱起儿子放在腿上，在方桌前坐下。

晚饭已做好，但母子三人还未吃。

妻闪身进入床后，在床后的边门外有一个长长的窄道，在那儿摆有一个小泥缸炉灶。妻把摆放在灶旁木板上的饭菜端进室内放在大方桌上，并悄悄地问古和子说："你怎么没走？"

"我已在深渡上了船，想想还是不放心你们三个，又下了船。这段时间路上不太平，我跑到林塔你的表弟家住着，昨天他亲自把我送到了江边。"古和子把路上的经过悄悄地告诉了妻子。

"真谢谢表弟。"妻说。

"是的，表弟一家人真好。这段时间你们还好吗？"

"我们都还好。隔壁长乐里那户人家跑了，屋子做了兵营，有许多解放军住在里面，他们对我们和气得很！"妻对古和子说。

长乐里就在隔壁，它位于古城墙的墙脚内侧，也是一处带有巨大方形水泥院门框的大院落，院内有一个很大的院子，还有一栋三层西式洋楼房，以前是有钱人家的住宅，房主在江城解放前夕跑掉了。

这是一处很大的空院子，无人居住，解放军就用了。

第二天上午，妻穿着一件深蓝色细格子长袍，她圆圆的脸，剪着短发，用竹篮装着古和子换下的脏衣服去水塘边清洗。沿着民生里东院墙的墙根有一条小泥路，顺着小路走不远就是一片菜地，菜地中央有一个不小的荷塘，清清的池水中漂浮着许多舒张的荷叶。古和子牵着两个孩子跟在妻子后面也到池边观看。回来的路上，古和子听到了一阵军号声，妻告诉他：“不早了，我们快回去，兵营要开饭了！”

接着妻又补充说：“解放军每天在门口大路上摆饭，回去迟了，不方便进去，快走！”

古和子一行四人从塘边回来时，民生里、长乐里门前狭窄的长形水泥场地上已经站满了解放军。他们十个人围成一圈，在中间的地面上摆放着一盆菜、一盆大馍，穿着土黄色军装的战士们有的站着，有的蹲着在吃饭。

妻又对古和子说：“你看，解放军他们天天都在大门前空场上吃饭！”

靠近民生里大门边的一位军人看见他们一家人洗衣回来，忙客气地对他们点头打招呼，让开了进门的道，并随手弯腰拿了两个大白馍馍递给了两个孩子。

“谢谢！谢谢！”妻立即伸出双手接住。可以看得出来，大概是每天见面，妻与解放军们很熟悉。

夫妻俩进了屋，忙着烧饭。女儿越月却牵着弟弟明明的手跑到外面跟解放军嬉戏。

越月和明明常在门外跟解放军玩耍。特别是明明，他是个很可爱的男孩，白嫩的皮肤，有一个硕大的脑袋，战士们都很喜欢他。吃完了饭的战士们并不急于回兵营，常常聚集在门前的水泥窄道上抢着抱小明明玩。他们常常把孩子高高地举过头顶，引得明明咯咯地笑个不停。而小越月则喜欢围在战士们身边不停地绕圈子，大家笑个不停。

看见许多态度和气亲切的解放军战士住在自己的身边，古和子一颗悬着的心终于放了下来。他在院内窗下一边洗菜，一边回头望着院外与解放军一起嬉戏的孩子，他的心渐渐地安静了下来。他打算以后每天上午在家教教女儿识字，下午出去找工作。

这天上午，古和子正在房间内大方桌旁教女儿越月识字。越月这孩子很聪明，一般一个字只要教两遍，她就能记住。

“这是什么字呀？”古和子指着纸上的两个字问孩子。

"中国!"孩子很快回答。

"这几个字?"古和子又指着另外三个字问孩子。

"解放军!"小越月抬头望了一眼爸爸,马上回答。

"对! 很不错! 住在我们隔壁穿黄衣的叔叔们就是解放军!"古和子对女儿进一步解说,并表扬孩子,"今天你认得很好,下面你把昨天认的二十个字每个字写十遍,然后你就可以去玩了。"

父女俩正在学习,这时妻挽着一个菜篮,一手牵扯着儿子进了门,在妻的身后还跟着一个人。这个人中等身材,圆圆的脸,上身穿着一件旧军装,古和子一眼就认出这是他的同姓堂弟。

两个堂兄弟握了手在方桌前坐下,古和子又惊又喜。因为他很早以前就听说自己的这位堂弟胆子很大,在江城解放前就经常参加学运,并加入了共产党。

"我一直在注意找你,今天正好在菜市场边上遇到堂嫂买菜。"堂弟古和塔说。

"我也一直在找你!"古和子说。

"马上要全面实行土改,我也要下乡,时间很长。你知道吧? 你的弟弟和孝在湖南也参加了土改工作队。"堂弟和塔说。

"我听说了,我母亲现在还在湖南,她与我弟弟,还有我大姑大伯他们都在湖南承德。"古和子说。

"你现在在家干什么?"古和塔啜了一口堂嫂递过来的茶水又问道。

"没事干,每天教孩子识几个字,做点小家务。我很想出去找点工作,不知道政府是否要我。"古和子又问。

"你的问题我估计不大,不过你还是要先去军管会登记一下,说清楚你的政治情况及以前的工作,你有专长,政府会安排的。"

听到这里古和子急了,忙解释说:"我不过是财政厅的一个小职员,每天算算账而已。我们在培训班学习时,所有学员都必须参加国民党,班长未经我的同意就统一报名了,这是学校安排的,你不参加就要被开除,就没有工作,大家只好都默认了。"

“你的问题不大，这种情况现在政府都知道。江城是省政府所在地，像你这种情况的人多得很。不过你还是要去登记一下，等政府的人查上门来你就被动了。”古和塔耐心地劝堂兄。

“是，是的！你说得对，我要去登记。”古和子说。

“一定要去，并尽早登记！”出于对堂兄的关爱，古和塔又叮嘱了一遍，才匆匆地离开。

军管会就在兵营驻地的东北边，不远。古和子考虑了一两天后就去登记了。他去的时候很紧张，到场后才知道登记很简单。

一位解放军军代表问明情况后请他坐下，并递给他一张表。他拿着表坐下才发现表的内容很简单。室内的一张大型长桌四周趴满了前来填表的人，古和子按要求仔细填好后把表递给了军代表。

军代表接过表格看了一下，接着对他说：“好，你填好了，先回去吧，有什么需要我们会去找你。”

古和子回到家中，心中如释重负。他让妻子晚上炒了两个小菜，还喝了一杯小酒痛快一下。

江城虽然很小，却是老省会，登记的人很多，古和子在家一直未等到政府人员来安排他的工作。此后一段时间，他上午在家教孩子读书，下午则去茶叶市场做点小生意。带回来的银圆早就用完了，妻开始靠变卖家中的旧衣物过生活。城中一位好心的姨妈夫妇有时来看看他们，并送些鸡蛋、豆腐等食物接济他们。

第二章　古越月救了一个小孩

两年后。

这天古和子接到了弟弟古和孝从湖南寄来的一封信，信中谈到他在参加土改工作队时，因为工作太累及在窗下熟睡受了风寒感染了肺结核，政府只好让他停止工作，他求哥哥替他在江城找一处住房，以便回来休养。

几天后，古和子和妻子带着孩子在城东靠近城墙内侧一家叫洪公祠的地方找到一间大屋。房主是个胖胖的中年人，家中有不少房子，他家在进行房产登记后也还平安。在主动让出了几间屋给政府后，他便把余下的房屋全部进行了出租，全家六口人全部靠房租生活。

洪公祠大院很漂亮，几组房屋在四周围成一个很大的院落。院子中央有用青色砖石仔细砌成的两个大花坛，坛内有两棵古老的很大的桂花树。正值八月，树上淡黄色的桂花球挂满枝头，令人心醉的浓郁桂花香气弥散在整个大院，溢出并罩住了整个一条街道。

这真是个好地方，它不仅交通便利，附近还有两所老医院及一所小学校。古和子看定后心中暗暗决定，搬过来后就让女儿越月就近上小学读书。

经过仔细观察并问清价格后，古和子在洪公祠定下了两间房，并与房主说定等弟弟回来后就付钱搬家。

一个月后，古和子的母亲和生病的弟弟从湖南回到了江城。

“妈，你回来啦！”在码头门口，古和子接到了多年不见的母亲：一个身材不高、面孔白净、慈祥的老人，她脑后绾了一个髻，穿着一件深蓝色的大褂子。古和子激动地迎上去，紧紧地握住母亲的双手。

“哥,你好!”一位跟在母亲身边的青年也亲热地叫他。这个青年,剪了时尚的短发,戴着一副眼镜,面容略微显得有些苍白而消瘦。古和子一眼就认出这是他已多年未见的唯一亲弟弟古和孝。

“和孝,你好！你好!”古和子激动地喊着弟弟的名字,紧紧地握住弟弟伸过来的手。

“快叫奶奶！快叫小佬!”古和子让陪同前来接船的女儿小越月与奶奶、叔叔见面。

“我已经给你们找好了房子,回去就可以搬。”古和子见面后立即对母亲、弟弟说。

“真谢谢你,哥!”

古和子接过母亲、弟弟身上的行李,并让越月牵着奶奶的手,一家人一边高兴地往回走,一边交谈。

古和子的弟弟不简单,他与哥哥不同,在新中国成立前他因在湖南大伯处读书,受学潮影响,很早就偷偷地参加了革命。新中国成立后他被安排在省工业厅工作。他年轻,积极向上,又主动报名参加了土改工作队,担任队长。在繁忙的大量土地丈量分配工作中,他夜以继日,很少休息。过度劳累,使他有一次在一个农家窗下未盖衣被就睡着了,由于出汗过多,冷风侵袭了他的肺部,此后他一直咳嗽不止,一直拖着未能有时间去治疗。直至不断咯血才去省城就医。这时,他的肺部已烂了两个大洞。土改工作总队没有办法,只好忍痛让他离职回老家休养。

政府对古和孝很关爱,给了他两百元安置费,这是一笔不少的钱,在当时一个月五元钱就能养活一个人。

“哥,这是我的复员费一百元,给你交房租及生活用。”到家放下行李后,和孝立即把复员费拿出来交给了哥哥。

“不,你暂时借给我八十元吧,剩下的钱你留用,你还要治病。我已在洪公祠定下了两间房,是‘典租’的,典期三年,三年期满后典房钱退回来我再还给你,这三年我们在一块儿吃喝,你不用愁。”古和子说。

“哥,真谢谢你。”

“身体可好点了?”

“好多了。”

“回来好好休息,不用着急。我现在就带你去看房,看好了,搞定了,我们马上就搬!”

“好!”

兄弟俩一边走,一边交谈。

典房在当时是一种比较流行,对双方又都比较有利的住房租借方式:房主在一定时间内可获得一大笔钱,急用或办他事,而房客则可在租房约定的几年后重新获得典金,损失的主要是钱的利息,它就相当于你付了租金。

古和子典下的两间房,一间是正方形,较大,它在大院的南边,古和子一家及母亲居住;而北边一间较小,古和子安排弟弟古和孝居住。

第二天,古和子就开始搬家。搬家前,古和子和妻子带着孩子特地到隔壁军营中与驻守的解放军同志打招呼,依依不舍地道别。

弟弟带回来的复员费是笔不小的收入,搬完家,全家人安排好后,生活也掀开了新的一页。

古越月在新家附近的小学报上了班。由于她的学习基础很好,到校经考试测定,她直接进入了新市济小学四年级学习。新市济小学是一所古老的原属于教会的学校,教学楼有三层,它有黑黑的外墙壁及黄瓦屋顶,后面还连接着一座教会医院,学校对面则是一座老旧的发电厂,在发电厂的门前有两个很大的蓄水池。

“古越月,走,到我家去玩!”这天放学后,班上的两位女孩喊古越月。

“好嘛!”古越月同意了。

这两个女孩就住在学校西侧的街巷中,几个女孩每天一路上学,共有四位女孩,另一位也住在巷口。古越月家住得最远,从这两位女生的家门口往北再穿过一个天主教堂,转弯就可到达洪公祠大院古越月的家。

三个小女孩背着书包手拉着手进了大院,先到冰冰的家。

冰冰的父亲是卫校老师，母亲是药剂师，她家有并排的三间房。冰冰带着越月依次看了自己家的几间房间后，三个女孩又一同到另一个女孩君君的家。

君君的家在冰冰家的北侧，同在一个大院中。君君家的房是自家私房，也是三大间，室内还铺有地板。君君的父母不在江城，听说去了很远的地方，这女孩和弟弟跟着祖母生活。

君君的祖母看见孙女带着同学回来非常高兴。这位祖母六十多岁，她高高的个子，清秀的白脸，一束黑发用发卡别在脑后。她穿了一件深蓝开襟毛线上衣，黑裤黑鞋。她立即给几个孩子各泡了一杯茶，还拿出许多糖果招待她们。

君君则立即在柜中翻出许多小人书放在越月面前，三个女孩立即趴在桌上看起来。

君君是个美丽的小姑娘，她高高的个子，白皙的皮肤，瓜子脸，有一双很神气的大眼睛。她家生活条件很好，她常常穿着鲜红的毛衣，花格子红布鞋或红皮鞋。而古越月则很可怜，由于父亲一直未找到固定的工作，她没有花衣穿，更没有皮鞋穿，但她学习很好。几个小女孩互相羡慕，又同校同路，很快三个人就成了好朋友，几乎每天放学后越月都到君君家做作业。在君君的家中，越月常常能吃到点心和糖果，做完作业，越月才回家。

这天清晨，奶奶把同睡一床的古越月叫醒后，塞给她两分钱，让她在路上买个烧饼做早点。由于起得早，在大门口卖香烟的大爷还没有上班。大门不知什么时候已被打开，门虚掩着。古越月背着书包，用力地拉开院子大门，她要出去上学。突然她感到大门被什么东西挡了一下，一个婴儿的哭声突然响起。古越月吓了一跳，她弯下腰查看，发现大门后有一个竹篮，里面有一个小被，被下有一个小婴儿。那个小婴儿受惊了，正在哭叫。

古越月立即跑回家对奶奶说："奶奶，大门后面有一个小孩！"

"是吗？有一个小孩？"奶奶听后，立即惊讶地穿起她那件蓝色大褂，与越月匆匆地来到大门口。父母也被惊醒了。奶奶把那竹篮小心地拿到大院走廊的地上，后排住户也有人已经起床，立即围过来观看。竹篮内的孩子不过一个月大小，穿着一身旧衣，小被子也是旧的，内有一张记录孩子出生时间的纸条。

“这是哪个狠心的妈妈把孩子扔在我们这儿？赶快把她送出去！”

“送出去会冻死，应该交给街委会送到孤儿院！”

围观的邻居们七嘴八舌，议论纷纷。起床的父亲也赶过来，他不让古越月看，怕她耽误学习，忙催促女儿说：“走，看什么？你还不赶快去上学！”

“爸爸，这孩子好可怜，我们家收下她吧！”善良的古越月恳求爸爸。

“你我都养不活了，怎能再收养孩子！这事不用你管，你赶快去上学！”爸爸又催她。

古越月只好背着书包准备走了。“留下这个孩子，爸爸一定不要送出去！”古越月恳求。

“不用你操心，快走！”古和子说。

中午放学回来时，走廊上已不见那个竹篮及婴儿。古越月心中很着急，忙进到屋中问妈妈：“那个孩子呢？”

妈妈止坐在床边补衣，她笑眯眯地对越月说：“这个孩子命好，是个女孩，她已被吕妈妈收养了，吕妈妈正好没有孩子。”

“是吗？那真好！”古越月高兴地拍手说。

吕妈妈就住在洪家大院的西侧，她的丈夫是位建筑工程师，四十多岁，中等身材，性格豪爽。夫妇俩结婚多年，感情很好，却一直没有孩子。吕妈妈夫妇俩待人和气。由于有点收入，吕伯伯喜欢傍晚下班后在桂花树下摆张小木桌，喝点小酒，最常见的菜是花生米拌红椒、青椒炒豆腐。夫妇俩都是北方人，还常常吃饺子，每当有好吃的东西就常常送点给越月家。

古越月忙跑到吕妈妈家去查看，在她家不大的方形卧室中，靠西墙放有一张大床，那个孩子已换上一身新衣新被，正安静地睡在大床上。吕妈妈今天穿了一件紫红带碎花的对襟褂，梳着齐耳的微曲短发，白白的胖脸上堆满了笑容。她坐在床沿上对越月说：“小越月，你真好！谢谢你！这孩子我们已经给她起了名字，叫吕敏，她是我们的女儿了！”

古越月高兴地笑了。

吕妈妈抓了许多糖果送给越月，谢谢她！

这是一个星期天，古越月上午去君君家做完了作业中午回家吃饭，一进房门，她立即发现室内摆放在南窗下的一张长条形的大办公桌不见了。这张桌子很漂亮，光洁的褐色的桌面很大，两侧桌腿边有许多小抽屉。每天晚上古越月都和爸爸趴在这张桌子上，爸爸检查她的作业，并教她练字，古和子能写得一手很漂亮、很公正的小楷。他还常教孩子叠书角、做皮纸书钉、包书皮。古越月很喜欢这张大桌子。她立即质问妈妈：“我家的大办公桌呢？到哪儿去啦？”

父母都在房内，但都不回答。奶奶大概在厨房内烧饭。过了好一会儿，妈妈才低声地对古越月咕哝了一句：“卖了，不卖哪有钱买米！”

“你们就知道卖东西！晚上我在哪儿查作业呢？我的卷子呢？”

大长桌抽屉内放有越月的许多试卷，古越月不太看书，但她的试卷都是“一根油条夹两个烧饼”的一百分，古越月把它们叠得整整齐齐珍藏着。

“不还有一张方桌吗？你的试卷放在你的枕头底下。”妈妈劝说。

“那个破桌子，我不干！”古越月气得要哭了。

“你一个小孩子敢管大人的事，看我不揍你！”古和子终于在旁边骂起来。

“你敢！”古越月摔门跑了出去。

“你敢顶嘴！”古和子气得在门后抄起一根木棍追了出来。

由于长期失业，古和子的心情很不好，年轻的他头顶已生不少白发，他已不止一次地揍女儿拿孩子出气。

古越月冲出房门，大院内无处躲藏，她迅速跑出大院。街道对面有一个小木工场，那儿堆放着许多木头，好几次古越月被打得受不了都躲到这儿。

古越月藏在门后，从门缝隙中向外窥望。古和子提着木棍向街两边找去，他怕女儿耽误了学习，要把她找回来。

古越月在木堆上走来走去，一个人玩了一会儿，没有办法，只好又去了君君家。

君君正在院子中与弟弟踢毽子，看见古越月，立即跑过来对她说："你知道吗？蔡秀秀结婚了！"

"是吗？"古越月吃惊地瞪大了眼睛。

"是的，我刚才听冰冰说的。"

蔡秀秀是班上的大妹，江城这个地方把年龄较大的女孩习惯地称为"大妹"。蔡秀秀长得很漂亮，长圆的脸，白净的皮肤，有两条齐腰的大辫子，她比越月、君君要大好几岁。

蔡秀秀是古越月同学中第一个结婚的人。

"太早了！"两个女孩议论着，她们很好奇，想去看看。

"我们去她家看看，听说她嫁了个木匠，家中有钱！"君君先说。

"好！"

"那喊上冰冰！"

三个女孩惊奇地一路小跑，朝街对面走去，蔡秀秀的新家就在学校对面的街巷中。

小巷内用许多小块青石板块铺地，两侧是白粉砖墙，很安静，巷内只有几户人家，房子都还整齐。蔡秀秀的新家就在进巷内第三家，是一栋两层小楼，楼下的大门是敞开的，门厅内靠墙摆放着几件漆得鲜红的桌椅。侧面的阁楼上有一个伸出在门楼外上方的小小凉台，有一个穿着橘红色上衣、束着一根长发辫的姑娘正弯腰在一个大盆里洗衣。

她肯定是蔡秀秀！

"蔡秀秀！"三个女孩齐声朝上面用力地喊。

楼上的姑娘一扭头看见了门外的同学，她很不好意思，立即低下了头。仅仅一会儿，这姑娘又站起身来，擦了擦手上的水，朝下面喊："你们快上来！"

"不，我们来看看你，走啦！"三个女孩又同声地回答，然后又一溜烟跑走了。

“蔡秀秀结婚太早了，我们要念书！”三个女孩看法一致，一路走，一路说。

古越月傍晚才回到家，她溜进了厨房。在大院门口这个许多人家共同使用的大厨房中，古越月家在厨房门口支有一个泥灶。奶奶正在做晚饭，她悄悄地盛了一碗饭，让越月躲在灶下吃。奶奶还悄悄地告诉她，爸爸不会再打她了。

就要毕业了，新市济小学的孩子们在毕业前将有一场演出，古越月参加了“小蜜蜂”舞蹈队的演出。

最后一次试排是带彩的，每个孩子都必须穿上统一的红色毛衣、蓝裤子、白球鞋，系上红领巾进行最后一次试演。

七个女孩的脸上都已涂上了粉彩，染上了红唇，扎上了红蝴蝶结，整齐地站成一排。指导的舞蹈老师最后一次进行检查。忽然老师发现古越月穿了一件红褂子而不是红毛衣，忙厉声地问：“古越月，你怎么不穿红毛衣？”

“我没有红毛衣，也没有借到。”越月低头低声地说。

古越月个子较矮，她是“小蜜蜂”舞蹈队的“蜂尾”。停了一会儿，她鼓足勇气朝舞蹈老师挥动着两只手臂说：“老师，我是‘蜂尾’，在最后，没有人看见，我确实借不到红毛衣。”

“那不行，我帮你想办法借借看。”

舞蹈老师说完，跑到办公室问越月邻班的一位老师：“你们班上可还有哪位女孩子有红毛衣？”

这位老师说：“还有位女孩有红毛衣，我去问问。”

不一会儿，这位老师对舞蹈老师说：“是有一位女孩有红毛衣，可她不借，她说她是备用演员，毛衣也是要穿的。”

“既然有备用的小朋友，她有衣，那就让这个女孩上吧。”

事情就这样非常简单地决定了，古越月立即被现场换下了。

突然的变化让古越月接受不了，她已化了彩妆，扎好了红绸蝴蝶结，伤心让她立即蹲在地上哭了起来。

古越月的哭泣没有改变排练。她一甩手下楼，同时参加演出的好朋友君君、冰冰立即跑过来拉她，古越月固执地直接走出了校门。

这次小小的打击，让古越月幼小的心灵受到了很大伤害。此后，她一生都记得这件小事，并永远记住了那位不借她毛衣并替换下她的那个邻班女孩，她的父亲是学校隔壁医院的一位内科大夫，她家有钱。那女孩叫宜梅，也是个很漂亮的女孩。

晚上天气很热，古和子把一张大竹床搬到了大门外。由于门前的这条街道是东西走向，在傍晚及夜间会有股很大的凉风从远处的坡道上刮过来。大院内临近街面的几户人家夜间都喜欢坐在街面上纳凉聊天。

夜深了，昏黄的街灯下，父亲古和子已带着弟弟在竹床上睡着了。在家中热得睡不着的古越月也拿着一个小板凳跑了出来，她望了一眼这处两侧街面上连绵排列望不到头的竹床竹椅，也找了一块空地，在父亲的竹床边坐下，她摇着扇子，扑打着蚊子。远处传来瞎子敲铃铛叫卖炒米粉的声音："卖炒米粉啊！"

那声音清脆而飘逸。

炒米粉不贵，一角钱一大包，可以吃很多次，古越月很想吃，却买不起。

毕业演出过去好多天了，古越月因为心中不高兴，许多天都未与冰冰、君君见面，她有些寂寞。

毕业了！小越月不想睡，她一个人在小凳子上默默地坐着。远处黛色的街巷口，灯火稀疏点缀，投下参差斑驳的阴影在眼前晃动，整个街道及许多竹床、休息的人群都显得朦胧，夜，越发显得宁静。古越月此时有些忧伤，眼中不觉有泪水渗出。她一个人暗自祈祷，希望自己能考上第一中学。

第一中学是全市最好的一所中学，所有的孩子都向往着它。

第三章　古越月有了助学金

一个月后，古越月收到了江城一中的录取通知书。一中是这个小城最好的中学，很难考，新市济小学同时进入这个中学的只有十七名。可惜古越月两位要好的女同学冰冰和君君都未能进一中，她俩同时被第二中学录取，二中也是个很不错的中学。

三个女孩虽说此时都还很小，却都已有了自尊心。她们一起在君君家又聚了一次，君君的奶奶为几个女孩做了点心，下了水饺。此时的越月很高兴，“小蜜蜂”演出队的不快乐阴影已经扫除，但君君与冰冰却因为未能进入一中而显得有些落寞。这次聚会后，几个女孩因上学的方向不同，不能再同路，来往也就逐渐减少。

初中开学后不久，越月家中进一步发生了变化。

洪公祠的住房三年已到期，典房的租金被退了回来。父亲古和子把大部分典金还给了叔叔。叔叔身体已基本康复，他回到江城后被安排到街委协助工作，与不少青年相识，他们共同报名参加了国家新设立的支援新农村教育的乡村教师考试。

叔叔被北方的一个县教育局录取，他将到该县一个乡村学校去教书。

叔叔又要独自出门远行了。叔叔动身那天，古越月和妈妈俩人牵着身穿一套花衣服的小妹送叔叔到洪家大院的大门口，奶奶和父亲十分不舍。叔叔穿着一套新做的深蓝色青年装，梳着时尚的分头。古越月看见叔叔浓密的头发中已有不少白发。几位同行的街委青年也来到大院门口，叔叔背着包袱与全家人挥手道别。就要分别了，看见奶奶眼中有泪水，叔叔十分不舍地又放下包袱，再次把古越月的小妹抱在怀中又亲了一下才放下。古越月知道叔叔非常喜欢她的这个小妹，这个妹妹是在叔叔的怀抱里长大的。在很长的时间里，叔叔是每天抱着这个孩子去参加街委的各种活动的。

"走吧。"父亲看见奶奶在垂泪，忙上前拿起叔叔的一个提包说，"这次你出去工作，一个人在外面一定要注意冷暖，要注意保重身体。"父亲想送叔叔去车站。

"哥，你就不要送了吧，这次我们人多，许多人一块动身，先去省城报到，然后培训，最后才下到县中去工作，你们尽可以放心。"叔叔劝说。

"你们有许多人同行，那我就不送你了。"看到叔叔身后有好几位背着行李的青年，父亲终于同意了。

大家在洪家大院的大门口再一次挥手告别。

父亲把典房的钱退还以后，开始寻找更加便宜的住房。

又是一次搬家。

这次搬家很简单，因为家中已经没有什么家具，新的住房在城南邻江的高坡上。它是一处改装的门面房，狭窄细长的店铺被一分为二，一张破旧的大床放在中间，床后用一块花布帘子隔了起来，帘子后面又放了两个长方形的木桶，在这两个木桶上，古越月一直睡到了十七岁。

奶奶带着弟弟在侧面挨墙板的地方又用木板搭了一个铺，再往后则有一个独立的小厨房，里面有一个砖砌的灶台，家中唯一的一张破旧方桌被放在东边墙下靠窗的地方。

一家人将在这儿开始新的生活。

父亲仍无固定的工作，他四处打零工，经常去市场卖些茶叶，秋天他还常与母亲同去江南贩卖一些棉花。

不久，家中生活得到了改善。

古和子的堂弟这时调至江城一个区检察院工作，这天，他获知靠近江边的一个水产公司急需一名熟练的会计，正在招聘，忙跑过来告诉古和子："堂哥，我来告诉你一个好消息，我所管辖的那个区有个水产公司就在江边，正在招人，你精通会计，他们很需要你这样的人才，这是个机会，明天你可以去试试。”

古和塔一进门，还未坐下，就一口气说了许多。

“谢谢！谢谢！”古和子很感谢地说，“我明天就去试试！”

“你就说是我介绍你去的，那个公司的人我认识不少。”堂弟进一步叮嘱。

“好，真谢谢你！”古和子说，他给堂弟倒了一杯茶，请他在桌边坐下说。

“这么多年一直未能很好地给你帮上忙，现在要找一个专门算账的工作还真不容易，这一次你去试试，我觉得成功的可能性比较大，这家单位是要招一个专职会计。”古和塔坐在桌边向堂哥进一步介绍说。

“老是麻烦你，真让我过意不去。”古和子心中十分感动。

第二天，古和子依照堂弟告诉的地方，在长江边上找到了那家单位。

这次找工作，古和子很顺利，他被录用了。在这家新办的水产公司，由于古和子写得一手好字、心细，又会数学方面的计算，上班没几天，就直接担任了这家公司的主办会计。

家中的生活有了一些改善。不仅如此，进了一中不久，古越月又遇到了好事——她被评到了助学金。班主任是位个子娇小、有一对大眼睛的漂亮女老师，她是刚从华东师范大学毕业分配而来的大学生，她看见古越月穿的衣服很破，那天开完班会，就把她叫到办公室。

“越月，你的字写得很漂亮嘛！”老师对她说。

“我跟我爸学的，我爸的字也写得好。”古越月回答。

“越月，你家中有几个人？”老师又问。

“七个。”这几年古越月又新增了一个弟弟、一个妹妹。

“谁工作？”

“我爸爸。”

“多少钱一个月？”

“每月二十四元，我爸他刚刚才找到工作。”

“啊，这点钱，要养一大家人，你家生活很困难呀。现在政府对生活很困难的同学有照顾，我们班上决定给你一些助学金，资助你学习，每月三块钱，你可以领回去，也可以买饭票每天中午在学校吃一餐。”

“谢谢老师。”古越月听后很高兴，她立即向老师鞠了一躬，又说，“老师，我想领钱。”

“行。”老师很高兴地回答说，“古越月你不要鞠躬，等会儿我们安排一下，就把钱发给你。”

中学的生活比小学有趣多了。校园很大，从高大的学校大门楼走进去就是一个方形大花园，花园的东侧是乡村寄宿同学的宿舍，西侧是个植物园，种着许多需要让学生学习认识的植物。校园的正中央有一棵很大的枞树。这棵枞树的两侧还有两棵高大的年长的枇杷树，在结枇杷的季节，巨大的树冠枝头上挂满了黄灿灿的枇杷。嘴馋的同学经过树下时，只要没有老师看见，就会一溜烟爬上树飞快地扯下一些果子装到口袋里。从花园往后走，是一个带有斜坡的长廊，走廊两侧是木板铺就的壁报栏，各年级各班的一些男生、女生经常趴在壁报上认真地抄写一些文章，描绘一些图画。古越月经常长时间地站在这些同学身后观看，渐渐地，她也喜欢上绘画及写文章。

下了长廊就是教学区，前面的一栋二层楼是初中部，再往后是两栋学生试验楼，楼东有夫子庙、水塘、状元桥，高年级的同学常常要在试验楼做试验，学习各种化学、物理、生物知识。校园的最后面是一片山坡，高中部大楼就在这儿，它有四层，十六间教室。古越月知道这是一所旧中国留下的师资力量雄厚的老中学，初中生进来了很少有学生被淘汰，大部分会直升到高中部。在大楼后面的山坡上是成排成排的高大杨树林。

多么好、多么美丽的校园啊！古越月很高兴，小小年纪的她已暗暗下定决心，要在这儿好好学习，升上高中，并考上大学。

领取了助学金后，古越月有钱了，她把两元钱交给了妈妈。剩下的一元钱她也没有换饭票，她发现在她上学经过的路边有一条小胡同，那儿有一个街道办的公共食堂,两分钱就可以进去喝一碗稀饭,一元钱可以买五十次。有时古越月也舍不得买稀饭,她就溜进路边的书店,花一分钱换两本小人书看。

在学校大门口下坡道口有一家很大的专门为这些孩子开的小人书店。这个书店中每本书的书皮都被掀下,精心地粘贴成厚厚的书套。店主是个老头,常常咳嗽,他肯定有病,但校内的许多同学不管这些。在这个美好的很吸引人的小人书店中,古越月看了许多许多的好小人书。

初中的功课不难,古越月逐渐喜欢上语文、地理、物理和化学,她讨厌历史和数学,学科的强弱已开始有分化。她后面一位叫伍青的男生却恰恰相反,数学成绩特别好,古越月时常向他讨教。

伍青是个极其聪明的男孩,他不太看书,也很少认真听课,听说他的父母都去了台湾,他靠舅舅养大。

这天上午课间休息,古越月有一题方程解不出来,回过头想问问后面的伍青,一看,伍青正低头躲在桌面底下吃水煮蚕豆。一大瓷缸盐水煮蚕豆,正放在他的两个膝盖上,伍青正飞速地一颗又一颗地吃着。古越月知道他父母不在身边,舅舅心疼他念书辛苦,常给他做些零食让他带着。

“吃蚕豆吧,我舅给我煮了许多蚕豆……”伍青抬起头看见古越月看着自己,就对古越月说。

“你等会儿吃,你帮我看看这道方程,我怎么也解不出来!”古越月打断伍青的话。

伍青伸头朝递过来的作业本看了一眼,用手指了一下试题:“你把这个数字从括号内移出来再设一次 X,不就解出来了吗!”

古越月仔细一看,再一想,果真如此。

古越月真佩服伍青。他常年坐在她的身后,她知道这个男孩很少看书,也很少认真听课,却常常考全班第一。

他是个天才少年。

不久,一场轰轰烈烈的群众性的大炼钢铁运动在全国展开,同时穿插进行的还有除“四害”运动，开始还仅仅是社会上大人们参加，不久就发展到各个学校。

江城一中高中部的同学，特别是高三的大同学，在老师带领下下午开始不上课。一些男生在一些工人师傅的指导下，在夫子庙旁的塘边岸上建起了两座小高炉。学校动员大家去收集废钢废铁。不久，古越月和她的同学们也开始半停课，上午仍能上课，但课程少多了，下午则四处找铁找钢。从各家搜罗来的许多破旧铁桶铁锅铁条都堆在夫子庙前的空地上，形成了一座钢铁的小山。

晚上，同学们被集中到教室走廊上，帮助“学生工人”用泥巴制坩埚。在工人师傅的指导下，大家用水和着黄泥，用力把它们堆砌成块状，再砸实成一个长形圆柱体，然后再掏空成一个筒状的泥坩埚。这些泥坩埚被送到夫子庙盛装从高炉回炉出来的炽热的废旧铁水。铁水冷却后形成许多结实的铁块，然后再运到钢铁厂去进行再加工。干了几个月后，废铁废钢没有了货。同学们又用上了真正的铁矿石，那是一些有着棕黄色外皮，内部却呈深灰褐色的石头。每几个同学编成一个组，承包一小堆石头，男同学用大锤先把大的矿石砸开，女同学则围坐在周围用小钉锤把它们一一锤碎，然后再运到夫子庙。

古越月不知道高年级的大哥哥们最终练了多少铁，那些日子她和同学们常常在下午劳动的间隙跑到高炉附近去观看。只见那两个高炉中每天都是通红的炉火熊熊燃烧，常常可以见到通红的铁水被倒出来，周围的工地上一片热火朝天地忙。

再远处，坡下有两个不小的水塘，塘面上有一座用洁白的大理石建造的很漂亮的状元桥。是什么年代的状元从这儿走过，古越月不知道，但她知道，在平常的日子里，清晨或傍晚都会有许多学生专门到这儿来读书或游玩，他们心中希望能在这儿图个吉利。

古越月所在的年级每天上午要上课，下午和晚上要劳动。古越月和同学们很喜欢砸矿石，因为砸矿石时大家可以在一起边砸边玩，可以不上课，可以不用做作业了。而且，那段日子，每天晚上九点半，学校食堂都会准时给同学们送来许多油炸的甜米糕。

甜米糕是一种用甜米粉放在木模内紧紧地压实而制成的花糕，蒸好后再放至油锅中用香油炸脆。晚上每个同学都能分到两块，很好吃。

这一天是周末，第二天不上课，按照学校的统一安排，第二天早上同学们还要集中起来去剿灭一次麻雀。临放学前，班主任不放心，又一次来到同学们面前，叮嘱说："同学们，高年级的大哥哥们炼铁，他们很需要废钢废铁，你们回去再找找家中可还有不用的废旧钢铁、铁锅、铁条、铁棍，不用的都可以拿来。明天不上课，今天晚上不砸铁矿了，晚上大家来帮大哥哥们做坩埚。"

"同学们，今天晚上加班有夜餐吃的。"老师最后又补了一句。

古越月想，大概是高炉工地上坩埚不够用了，今天晚上不锤矿石而改做坩埚。

回家吃过了晚饭，古越月和两位女同学一同来到教学一楼的走廊上。先到的几个男生已经把泥和好，已有不少同学围成几个小圈，大家都用鞋垫在地上坐，用力地把泥在水泥地面上砸成一些长方形的泥块。这些活以前大家都干过，只是今天晚上没有工人师傅现场指导。古越月到了后立即分到了一个不小的泥块。

老大姐詹瑛瑛跑过来对古越月说："你们就把这团泥在地上用劲砸，砸软，砸均匀，再团成冬瓜样的长条形就行了，剩下的事由其他同学去完成。"

"好。"古越月找了一张纸，和同来的两位女生一同坐下。

许多同学就这样，三五个人围成一个小圈，依次开始工作，有人和泥，有人切泥块，有人砸泥，有人掏泥，分工明确。大家一起干，古越月和同学们都很高兴。

到了晚上九点钟，大家觉得有点累，可是，九点钟左右就会有美味的甜米糕送到。为了珍贵的甜米糕，同学们都撑着不肯走。

"晚上九点，甜米糕真好吃。"古越月在心中暗想。

可是，过了一会儿，古越月和几位女生都靠在墙边上睡着了。

“快醒醒，快醒醒，吃米糕了，吃完了都回去吧！”詹瑛瑛拿了两块米糕放在几位同学嘴唇上诱大家。

“给，拿着！”詹瑛瑛给刚睁开眼的古越月递过来两块米糕。

“给你，也拿着！”她又递了几块米糕给另外几位同学。

詹瑛瑛是班上的大妹，身体很好，她比古越月她们几个女同学要大几岁，常常在许多劳动上带头干，并非常照顾一些年龄较小的同学。

“明天上午要来打麻雀，老师叫大家来早些。吃完米糕，大家快回家吧！”值班的老师不好意思与同学们一道等米糕吃，已经离开了，老师让詹瑛瑛通知他们。

第二天上午九时，古越月和同学们拿着竹竿、破布条等物来到学校。由于这一次是大规模的统一行动，高年级的大同学们则需要到城外，散到农舍农田中，中低年级同学们则只需要守在学校的走廊及房舍旁、树下就可以了。

古越月班上的同学负责高中部的一栋楼，他们拿着竹竿、布条守候在三楼、四楼走廊的两端。

古越月站在四楼走廊上向下望去，只见校园内各个角落都安排有同学值守。有一拨麻雀惊慌地从远处飞来。

“快喊！”身边的一位同学急忙催促。

古越月急忙挥动手中的竹竿及布条大声地喊：“呵！”

这时校园内各个楼顶上、树梢上、操场上的同学们也立即“呵！呵！”地叫起来。

这些叫喊声吓得那些小雀子奋力向远方飞去。在远处，也有“呵！呵！”的呐喊声。它们此起彼落，在城市上空连成一片。

许多的小麻雀被赶得惊恐地乱飞，只要它们停下来，周围就会响起“呵！呵！”的叫喊声，同时还有许多的竹竿、布条一齐挥动。

这种方法很有效，古越月和同学们亲眼看见一些小雀子飞着飞着，累得两只翅膀往下一垂，头往下一栽，然后跌落在地上。这时守候在楼下、树边上的同学就一哄而上去争抢，抢到手的麻雀要用麻绳串起来，计上数，到傍晚再交到学校。这办法还真有效，到傍晚大家离开学校时，办公室的地上已堆放了不少从各处送来的小麻雀。

这些倒霉的小麻雀被剿灭是因为人们认为它们吃掉了珍贵的粮食。

粮食在那时是非常非常紧缺的。

在这场群众运动中，老鼠也被消灭了不少。许多的老鼠尾巴被扎成小捆，堆放在办公室的地上等待上交。古越月感到家中房间里、院子中老鼠少了许多。

老鼠很脏，古越月很怕它们。

消灭它们真好！

课上得少，还要天天参加劳动，有一些学生家长就不让孩子上学了，班上有好几位从农村来的女生退了学。

这天早上，古越月到教室上课，一眼就发现班上后面的几排位子全空了。古越月走到座位上刚把书包放下，同桌的女生就悄悄地告诉她："越月，你知道吗？昨天有许多同学都坐船去了河南、新疆！"

"有这事？我怎么一点也不知道？"

"我也不知道，我们班听说走了五个，别的班走的也不少。一共走了二十多个同学，听说不少人去了河南拖拉机厂，港务局、纱厂也都在招生，听说，有的同学跑得更远，去了新疆！"

"我们下午也去看看！"古越月说，能坐船去远方，去遥远的新疆，到那些地方去工作、去看看多好！古越月立即心生羡慕。

"迟了，你的年龄及个子都不会合格的，他们都已悄悄走了，连老师都不知道。"同学说。

原来，随着工业大跃进的开展，国家新建了一大批工厂，许多不想再念书的年龄稍大的同学获知了消息，相约着偷偷地去报了名，参加了工作。

上课铃声响了，虽然一夜之间班上少了许多同学，老师却如同往常一样不动声色地走进了教室。

"起立！"班长喊。

“老师好！”大家喊。

“同学们好，坐下。”老师说。

坐到座位上后，古越月低头想了一下，自己的年龄和个子都还偏小，不合格，算了。她逐渐安静了下来，对自己说：“政府每个月给我三块钱帮助我，我要安下心来把书念下去。”

可是，几天后，班上又出了一件事——古越月的一位相处十分要好的女同学，她也不念书，要结婚了！

这天中午放学时，老大姐詹瑛瑛拉着古越月的手臂说：“越月，我跟你说件事。”

两位女同学走到路边的树下站住。这时古越月忽然发现詹瑛瑛今天打扮得很漂亮，她穿了一件彩色的大花格子翻领布衬衣，蓝色裤子，方口布鞋，两条小发辫梳得溜光。

“越月，明天我不来了，家中不让我念了。你知道我家有许多弟妹，生活比较困难。”詹瑛瑛对古越月说。

“你不念书了？我家生活比你家还要困难，你要念！”古越月反驳。

“不行，小穆不念了，我也就不念了。”

詹瑛瑛和小穆都是古越月在小学的同班同学。古越月早就知道他俩因为来自同一所学校，年龄偏大，因而比较要好。

“马上就要升高中，你学习成绩不差，不念太可惜了！”古越月继续劝说。

“不行，已经决定了，今天晚上请你到我家去吃喜酒。”詹瑛瑛说。

“吃谁的喜酒？”古越月大惊。

詹瑛瑛的脸涨得通红，她低下了头。

詹瑛瑛要结婚，古越月一时接受不了。她停了一会儿又问：“老师知道吗？”

“我们已经说了。”詹瑛瑛又叮嘱了一句，“晚上你一定要来吃饭啊，不要告诉别的同学。”

詹瑛瑛就要离开学校了，她十分舍不得这个常常跟在自己身后如妹妹一样的好同学。詹瑛瑛家就在古越月家附近，因为是老同学，詹瑛瑛又比古越月大一些，她常常把古越月带到自己家中玩。

“那好，今天下午不劳动，我做完作业过去，不过我可没有东西送你！”古越月不客气地说。

“不要你送东西！”詹瑛瑛诚恳地说。

傍晚放学后，古越月背了书包，扎了两根小辫，穿了件红菊花上衣，悄悄去了小穆家。小穆长得浓眉大眼，性格热情直爽。他今天穿了一身新衣服站在大门口，看见古越月在笑，忙把越月引到房间内。古越月没有带任何礼品，她也没有东西可送，这时，她有些不好意思。进到房间她才发现已经有好几位同学到了，都是男生。

他们都是小穆的好朋友。

室内共摆了四桌，有珍贵的粉蒸肉，好心的小穆、詹瑛瑛决定利用这个机会让几位好友来饱吃一顿。

初中的学生大部分都还很小，詹瑛瑛是第二位结婚的同学。

吃完饭，古越月又悄悄地到学校上晚自习——在不劳动的时候同学们仍需按时完成作业。刚一进教室，没想到班上已炸开了锅，许多同学都知道詹瑛瑛结婚的消息，大家停止了做作业而议论纷纷，有几位女生兴奋地要去闹洞房。

初中生还真是幼稚啊，下了晚自习已是九点多钟，四位女生兴致勃勃地约好要去闹洞房。几位参加婚宴的男生则自告奋勇带路，古越月也随着大家去了。

大概是因为家中经济不宽裕，新房被安置在另一条街道上一处木板阁楼上的一间旧房中。

狭窄的木梯上一阵杂乱的脚步声，大家跑到楼上，看见楼梯口正对面的一扇木门上贴了一个鲜红的“喜”字。

“就在这儿！”有同学说。

有人伸手推了一下门，门竟然没有插牢，被推开了，一盏粉红色的灯正点着，但新郎、新娘都已经上了床。两个人并排躺在一床鲜红的被褥中。

几个男生见势不妙，缩回到房门外，有四位女生却大胆地一溜整齐地站在他俩床前，大家一个劲地嬉笑。躺在床上的两位同学羞得很厉害。古越月看见小穆勉强笑着，紧张地抓住身边的被子。大概，他害怕这几个冒失鬼女同学会突然掀开他们的被子。

闹洞房来迟了，未闹成。幸好，这几位女生还算文雅，未失文明，未掀被子，她们在床边嬉笑了一会儿，便一哄下楼走了。

多少年后，每当有同学谈起那荒唐幼稚的一幕，大家都大笑不止。

詹瑛瑛结婚了，古越月为自己还能继续念书而高兴。

第四章　山窝窝中的荒草黄灿灿

古越月进入江城一中高中部一点都未费劲，一切都与过去一样，她收到了一张象征性的录取通知书。她和同年级中的85%的同学都直接进入高中部，班级被扩大到七个班，有一大批其他中学和各县中学的优秀同学被招收了进来。

家中又添了一个弟弟，古越月虽然长高了不少，却已几年未添一件新衣。这天是星期天，吃过午饭，妈妈坐在床上翻弄着几件黑色的旧衣对古越月说："小越月，你试试这几件衣。"

衣服被抖开，古越月发现都是些男孩的旧衣。古越月知道这些旧衣是西门外一位远房表叔家送过来的。

"我不穿，这都是些男孩子衣服，怎么穿出去？"越月说。

"你身上的衣服都小了，又没有钱买新的，我已把衣服改了一下，等有钱了再给你买。"妈妈哄越月。

"你还要把这件格子褂子上面的小口袋拆掉，我只穿这两件。"

古越月用手抖动着两件已改过的稍好衣服说，她勉强地同意了。可是，天冷时，她上身只有一件破旧的棉背心御寒，她只好又接受了另一件黑色的男式破旧棉袄，母亲用一些旧布遮住了棉袄上的四只方形口袋。在小城的西门城外，古越月的一位善良表婶，家中有一台自制织布机，她依靠这机器织些土布生活，日子比古越月家好不少，因此经常送些旧衣、食品接济他们一家。

家中的生活更加困难了，全国人民都一样。大白兔奶糖被卖到十元钱一斤，而一百斤白萝卜竟然被卖到六十元。古越月家中也实行了分饭制。

母亲给全家每个人买了一个陶制的大口径瓦罐。每天中午,妈妈在灶上把饭一分为二,在其中的一半饭中加入白菜及少许油盐,然后搅拌在一起,每个孩子都围在大方桌前,依次从两端开始分饭。第一轮,每个孩子都能均匀地分到一勺子菜饭,再增加时则从两端依次开始。古越月每次都能加到第二勺饭,最倒霉的是老三,常常加到他的时候锅中已无饭了,分到饭的孩子则立即端起碗逃到走廊上去吃。古越月有好多次都亲眼见到这个未能添到饭的弟弟白净的大脸上一对明亮的大眼睛涌出大颗的泪水,顺着鼻翼两侧无声地流下来。这个弟弟当时很小,他只有流泪,饥饿让成长时期的他个子一直未能正常地长起来,在几个兄妹中他最矮。

在学校,从八县考进一中来的许多贫穷的同学,因为饭菜油水少都吃不饱,每天,在学校礼堂中的进餐都是一场小小的战斗。开饭后,最初的那一刻饭菜也还能均匀地分配,大家也都能假装斯文,但都一边吃着一边盯着饭桶。饭菜快完的时候,许多同学都顾不上许多了,基本上就是抢,谁的动作快,谁就能在饭桶残留下的米饭、菜汤中用木勺多刮上几次。每天吃饭结束,每只饭菜桶都被孩子们用木勺刮得比洗的还干净。

古越月很开心又被学校评上了助学金,每月有三元助学金。她仍把两元钱交给妈妈,自己留下一元,常常在饿得受不了时,钻到那个小巷中的街道食堂去喝两分钱一碗的稀饭。

小人书店古越月去得少了,在校图书馆她能借到一些书,古越月开始在课余看一些大部头的小说了。

有一天,同学丽丽和元媛穿了相同的方领短袖花褂来上学,越月靠近问:“你俩这衣真漂亮,多少钱?”

“很便宜,四尺布,只要一元钱!”丽丽说。

“那我也去买一件。”古越月说。

回到家中,越月对母亲说:“妈,给我买件短褂吧,它只要一元钱。”

母亲不作声,古越月只好又求了一次。母亲只好说:“越月,真是没有钱,要不下个月两元钱你就不要给了吧。”

这种办法古越月不愿意接受,她走了出去。常年穿着一身破旧的黑色的男式衣服让古越月很受伤害，她常常受到同学们的讥笑。不仅如此，古越月有时连袜子也没有，仅有的一双袜子如果清洗了，她只有赤脚穿着一双破布鞋。

有什么办法呢？古越月只好装出一副不在意穿、无所谓的潇洒状态。她把那件男式小棉袄扣子解开，像个男孩一样，让衣服的前襟随意摆动。这使得古越月在成长过程中逐渐养成一种在困难的生活中仍能我行我素、走自己的路的强悍性格。

吃的东西太缺乏了，学校除了扩大校办农场的种植面积，还开始动员大家种植“小秋草”。那是一种能在玻璃瓶中生长，很能吸取水中营养的速生绿色植物。这种小草可以当菜吃，且富含蛋白质，长得很快。老师用玻璃瓶装上水带来了样品让大家观看。可是古越月一听老师的讲解就感觉种植起来并不简单，她感觉自己学不会。

许多人家也都开始自救。西门长江外滩草地上每天有许多人去寻找一种叫作“丁钩”的植物，这种植物长着如萝卜一样的甜块根，很好吃。

这天又是周末，古越月刚看完一本小说，无事干，便坐在房门前的走道上想，今天或明天该帮家中干些什么事呢？她也想如许多大人一样靠劳动自救来改善生活。

去农场劳动？不行。去挖“丁钩”？人太多，也不行。去钓鱼？钓不到，也不行。古越月还曾和丽丽一块儿上街摆过小人书摊，结果书被人偷走两本，亏了，这也不行。最后，古越月想到去山上砍柴。

在去学校西边校办农场劳动时，古越月发现沿途一处山窝中有许多荒草，有半人高，周围没有见到一户农家。这些草应该是野生的，无主的，古越月想到了这个地方。

想好了马上行动，但需要找一位同伴。古越月想到丽丽，丽丽家在去一中上学的路上，离越月家不远。她是从市内另一所中学考入一中的，她学习不错，又很用功。由于每天在同一条路线上学放学，两个女孩已相处得很好。

丽丽家门前有一家小小的街道纱厂，她的母亲和姨妈带着两个孩子住在后院，是私家房。

“丽丽在家吗？”古越月进门问。

“丽丽，你同学来了！”丽丽的母亲一边喊女儿，一边对越月亲热地说，“来啦！丽丽在家。”

丽丽的母亲曾受过高等教育，她衣着整齐，行为文雅，她为越月泡上一杯茶。

丽丽从后面房间走出来了，她的母亲则有意识地避开了，让两个女孩自由交谈。

“你的功课做完了吗？”

“做完了。”

“明天是星期天，我们上午去二里半山上砍柴，好不好？”古越月开门见山。

“去砍柴？”丽丽有些吃惊。

“那山上有许多柴，也没有人管。现在生活这么难，你家生活也紧，能砍些柴回来补贴一下，你妈妈肯定会高兴的。”越月说。

丽丽是个温柔老实的姑娘，她长有一对大眼睛，瓜子脸，她的母亲是知识分子，很注意对她的打扮。她是一个美丽的姑娘，比越月小一岁，越月的话她能听进去。

犹豫了片刻，丽丽同意了。古越月叫她暂时不要告诉妈妈，以免妈妈担心。

“我家有扁担、绳子，还有砍柴的刀，明天我带来，放在你家大门外。我还会带些山芋粑，你只要跟着我走就行了。”越月说。

第二天，这两个扎着短发辫的女孩按时出发了。丽丽带了许多糖果，两个女孩一同走下高高的西城墙，走过一片小树林，绕过一条林边的沙石小道。她们来到了二里半的山坡上，这儿地处校办农场的后山，周围有许多大大小小的山丘。在邻近的一个很深的山谷中，两个姑娘看见这儿遍地都是金黄色的山草。

多好啊，来到山野中，远离了各种枯燥繁杂的试题，两个姑娘很高兴。不远处可以见到农场水库的水面在阳光下熠熠发光。古越月想起自己有一次在劳动后还曾与另外一位同学一同去水库钓鱼，虽然没有收获，但也算是曾经尝试过。被穷困生活压迫着的古越月对许多新鲜事物都感兴趣，她都想去试试。

开始砍草，很快就砍下了四大堆。仔细地扎紧后，两个姑娘正准备离开，忽然从远处的山梁上俯冲下一个农妇，她高喊着："不许砍草，不许砍草!"

不理她！两个女孩担着两担草拼命地往上走，只要上了坡，到了上面的公路就没事了。

山谷很深，从环状分布的四面山梁上旋下来的山风竟然很大，四个不小的草卷在山风中不停地打着旋儿，两个女孩竟然被风死死拖住了，一步也走不动。

那个凶悍的村妇终于追了上来，一见是两个学生模样的姑娘，态度也软了下来。

"把草留下来。"农妇说。

"为什么要留下？这草是野生的，我们砍的!"古越月不让步。

"这片草场是我们村子的，你是外人，不能拿走!"

站在一旁的丽丽急了，忙说软话："好大婶，我们不知道，原谅我们吧!"

软话起了作用，这农妇态度进一步有了改善："那好，我饶你们俩这一次，你们带走一半，以后不能再来了。"

农妇不费一点力气就得到两大捆好草，古越月不服气，却也只好算了。

上了山坡就是公路，山草虽然被扣下去一半，但还是留下了不少，两个姑娘坐下来吃了几块山芋粑，高兴地轮流挑着往回走。

到了丽丽家，草又留下了一半。她母亲看见软弱文雅的女儿竟然还能去那么远的山上弄回来这么多柴草，又惊讶又开心。

功课越来越难了，古越月的部分功课弱势日渐显现，她的三角函数很差。丽丽则相反，她的数学较好，又十分用功。放学后，她们常常在一起做作业。

丽丽家有两间半自己的房子，还有两个柜子、一张大方桌，她的母亲精打细算地过着日子。每次越月来她家，她的母亲都会热情地用一只干净的玻璃杯为越月泡上一杯绿茶，这种招待让古越月很是依恋这儿，她常常在这儿做完了作业才回家。

不久，又有两位女生加入她们。一位也是因为同路，另一位大概是因为喜欢，四个女孩在年级中形成很显眼的一个女生四人小组。虽然在每个新学年或学期中，学校不停地一次又一次地按照同学们的成绩分班、调配，但每天放学，这几个女孩都要等在教室门口，相伴着边说边谈地走出校门。

古越月更加喜欢语文及文学了。

她开始偷偷地在课堂上看大部头的小说，有时被书中的情节吸引，连上课时也常常忍不住低头看抽屉内的藏书。

《一本打开的书》《钢铁是怎样炼成的》都被她一边上课，一边偷偷地看完了。

高考很难，但这所中学的同学们大多很自信。这所学校一直有很高的升学率，老师们也很有经验，他们很有方法为学生们去解题测题。

又一次摸底考试后，古越月的成绩在班上排到了第五名。又有大批的试卷发了下来，每一位同学的课桌上都堆满了书及讲义。古越月有一个带折叠桌盖并带有桌肚的单人座位，书、试卷堆得骑在桌缝上。这天，她正在座位上用牛皮纸订试卷——这办法是她从父亲那儿学来的，被订好的试卷、讲义压缩好后可以整齐地放进桌肚中，桌面上的面积因此可以增大，班长走过来对她说："古越月，老师叫你去，在走廊外面。"

古越月一抬头，从窗户侧面看见班主任站在走廊上。班主任是位英俊的复员军人，白脸，大眼睛。虽说是军人出身，却不知他在哪儿练就了十分出色的口才，他的课讲得极富感染力，能捕获所有同学的心。古越月很喜欢听他的课。

在走廊边，老师对她说："这次考试你有进步，但仍需要努力。依据你目前的成绩，你可以报考医学院，还可以进一步向上海一医等名校冲刺！"

争夺名校、名次及争取更高的升学率是这所学校全体老师的奋斗目标，在这所很有名气的中学中，可以讲，所有的老师都有其特长或绝招。没有教学本领的老师，在这所中学是待不住的。老师们频繁地根据每次大型考试的成绩变化，不停地找不同的同学谈话。

古越月知道自己是不够用功，因为家中只有一张方桌，晚上父亲及几个弟妹都要用，因此，晚上下自习后，她很少再熬夜看书。但古越月在学习上也养成自己的习惯，一般在每门课的大考之前她会系统地用红笔画一遍杠子，仔细地看一遍，第二遍则只看画红线的内容。由于晚上回家后她从不再看书，因此古越月也就没有时间能把功课再看上第三遍。

古越月心中明白班主任的话是对的。

"谢谢老师！"古越月说。

每到周末晚自习后，几个女孩为了放松一下，常相约着绕道到人民路上去玩一下。人民路是小城中一条东西走向的大街，很热闹。晚自习后，从校门口的高坡上走下来，在晴朗的月圆之夜，常常可以看到一轮明亮的冰盘一样的圆月就挂在人民路的正前方。

人民路上的大月亮，真美！

四个女孩在路上并行，路两侧是融入月色中的朦胧的楼房身影，那是百货大楼及电影院。

在男生中也有几个学习小组，这些男孩、女孩周末在人民路上常常遇到，他们互相打着招呼，大家心情都是一样的：自信，但还需要努力。

前途在前方，它是美好的！

第五章　医学院的解剖室令人害怕

高考结束了。

这一年，江城一中的学子们在高考中取得了辉煌的成绩。

五名同学考上了清华，两名同学考上了北大，考上重点大学的同学有很多。古越月她们女生四人小组也考得不差，两人考上了医学院，一人考上了铁道学院，另一人考上了石油学院。

古越月首先从学校得知了被录取的消息，听说医学院很难考进，她很高兴。她想录取通知书也许已经送到家中，就急忙往家中走。刚走到四牌楼街口转角处，猛然间她看见了洪浩，洪浩是古越月的要好同学洪健的哥哥。洪浩看了一眼古越月，他没有说话。古越月也低下头准备走开，转身的一瞬间，古越月心中有些不安，忙喊住问："洪大哥，洪健现在在哪里？"

洪健是古越月的同位同学，两个女孩有两个学年一直坐在一起，关系很好，上学又同路，古越月常到她家喊她上学，因此与她哥哥也很熟悉。

"洪健前些日子结婚了，现在在安市。"洪浩说，他长长的脸上表情很平静。

"有空见到她，请代我向她问声好。"古越月忙说，她不敢向洪大哥透露自己考上大学了。

洪浩对古越月点点头，两个人就分开了。

分开后，古越月一下子冷静了下来。她低头陷入沉思。她知道，自己能考上大学很幸运，古越月有一位参加抗美援朝的舅舅让她沾了光。

洪健也是个很聪明、很努力的女孩，她经常穿着蓝色的工装背带裤、白衬衣、白球鞋，这让古越月很羡慕。她由于家中成分高，父亲又没有工作，高考录取的希望小。不久前，她的父亲让她嫁了人。在整个年级，像洪健这种情况没有考上的同学共有十几个人。

古越月是幸运的，她明白，考上了医学院，以后就能当上一名医生，那将是一份很不错的工作。

与洪健的哥哥分手后，平静下来的古越月一个人低头在路上晃荡。这时她又想去看看自己的同桌，那是一个长得很漂亮的女孩，圆圆的白脸上有一对柳叶眉，两条大辫子，她会写很漂亮的字，会唱很好听的歌。她这次考试滑边了，第一场语文考下来，古越月看见她颈部围了条湿毛巾，手端一个大瓷缸，坐在花坛边号啕大哭。她告诉古越月和其他几位同学，自己的作文写跑题了。古越月的这位同桌考得并不差，她与好几位同学以高分被省银行学校所录取。此时，古越月想约她一道到省城学校去报到。古越月在路上徘徊了不少时间，最终还是没有去找这位同桌。

许多年后，这几位同学的发展都超过了许多考上大学本科的同学，他们几位都做了行长，这也印证了"祸兮福所倚，福兮祸所伏"这句话。

动身那天，古越月很伤心。由于家中赤贫，妈妈连被单也没法给她买。母亲弯着腰在家中翻动着两只旧木桶，找出一块包棉花的粗糙白布、半截被反复缝补的小弟垫尿的破棉垫，让她带至省城。找了很久，母亲又翻出一件旧棉袍，忍痛一剪两截，上半截缝了几针给越月做棉衣。古越月站在木桶前盯着，与妈妈讨价还价："秋天就要到了，我穿什么呢？"

越月考上了大学，父亲古和子很高兴。他坐在大方桌前听到女儿的要求，爽快地说："把我的那件红毛衣给越月吧。"

父亲的红毛衣是全家最值钱的一件衣服，它不是鸡心领的，它的扣子开在肩膀上，它的毛线已经稀疏，但它仍然很值钱。

"爸，对不起，这件毛衣我要了。"古越月听到了古和子说的话，高兴地接受了。

到校报到后，古越月很羞涩，她选择了一张上铺，并把被子摊开，把床板遮住。

一天,邻班的一位喜欢搞体育的女孩来找古越月——古越月的长跑很好,拿过市里的好名次。“古越月,女子四百米比赛你也参加好吗?”这个女孩是年级体育委员,叫琳玲。她个子高高的,长圆脸,戴了一副眼镜,梳着两根拖肩的小辫,站在宿舍门口大声问。随即,她走了进来,站到了古越月的床边。

“运动会什么时间开?我已报了八百米长跑,再加一项,我恐怕跑不好。”古越月正坐在窗前桌边看一本书,她抬起头对琳玲说。

“两个项目不在同一天进行,再加一项吧,我们年级报女子四百米的人很少。”琳玲站在床边劝说。

“那就加一项吧。”古越月很好说话,因为她想跑一项或两项都是要去练跑的,所以很干脆就同意了。

“那你这几天早上要抓紧去操场上练一下啰,你的比赛是代表我们年级的呢!”琳玲的个子高,她站在床边,一边与古越月交谈,一边不经意间伸手掀开了古越月床上的被子看了一下,她发现古越月的床上没有床单。

古越月坐在桌边,她看见琳玲掀开了自己床上的被子,心中立即紧张起来,有点不安,她担心琳玲会惊讶地大声说出来。

还好,琳玲在床边站了一会儿,她没有吱声,告辞离开了。

星期天上午,琳玲又来到古越月宿舍,对她说:“古越月,今天是星期天,走,我请你到我家去玩。”

“好嘛!”古越月答应了。

琳玲是个心地十分善良的好同学,她的母亲是一位来自上海、十分严厉的著名妇产科教授。琳玲家就在学院西侧,是一栋连体的灰色两层别墅。古越月到琳玲家去时,琳玲的母亲正好在楼上大厅中,她与古越月点头客气地打招呼,很快琳玲就把越月带到自己的小房间中。

两个女孩坐定后,琳玲拿出点心,并泡了一杯绿茶,让越月在自己的房间中看一些画报。两个女孩说了一会儿话后,琳玲拉开柜门,拿出一床紫红色的棉布床单递给越月说:“这个床单是旧的,我不用了,给你了。”

接着,她又找出一条用蓝色和黑色菱形花块交叉相嵌拼接而成的绸裙对越月说:“我有许多裙子,这一条也不穿了,送给你,希望你不要嫌弃它是旧的。”

古越月知道,琳玲是故意这么说,好让自己能接受。“绸裙子,太稀罕了。”古越月长到十八岁,还从未穿过裙子,感动和难过让泪水立即溢满她的双眼。

这条珍贵的充满爱心的紫红色布床单古越月一直睡了三年。虽然她后来用助学金又买了一条格子床单,但那条紫红色布床单却一直舍不得扔掉,它伴随着古越月的记忆收藏了很多年。

“好同学,你在何方?古越月再次谢谢你!”工作十几年后,古越月曾很多次到省城去找这位善良的好同学,想见见面,叙叙旧,却听说她毕业后嫁到了湖南。古越月一直未能得到她的准确地址,也一直未能再找到她。

又是一个周末。

古越月穿上了琳玲赠送的这条彩色的式样新颖的绸裙去照相馆照了一张大二寸的照片,并寄回了家。

接到了女儿的照片,古越月的妈妈很高兴。照片中的女儿穿着一件黄色布底带红色小花的短袖上衣,下面穿着由蓝色、黑色、紫色三种颜色拼接而成的绸裙,梳着长及腰下的两根大辫子,一根辫子放在脑后,一根辫子被越月握在手中。照片中的越月长圆脸,有两道柳叶眉,薄薄的嘴唇,微笑的时候还有两个小酒窝在嘴角出现。穿上漂亮衣服的古越月其实也是一个很漂亮的女孩。

大一上学期的日子很快活。校园广播中经常播放动人心弦的外国歌曲《小路》和《深深的海洋》,古越月很爱听这些歌曲。在美妙的音乐声中日子过得真快,转眼到了下学期,学习生活就没有那么快活了。

在这学期医学生们要面对解剖课,在课堂上要直接接触死人,许多年轻的女孩都接受不了。

在医学院教学区西边有四栋淡灰色的小洋楼,临床前期需要接触人体的课程,如人体解剖学、病理生理学、病理解剖、组织胚胎学等等,全都在这儿进行。为了改善学生们的视觉感受，在四栋小楼之间设置了很幽静的冬青树甬道、草坪，在楼边的墙根下还栽种了大量的鲜花。

楼房的外面虽然很好看，可一进楼门就可闻到刺鼻的福尔马林味道。阴暗的大厅后面是巨大的水池，在教室里则可见许多作为标本的人体在台桌上一溜排开。

电影中穿上白大衣的医生、医学院的老师们很是潇洒，在现实生活中，学习的过程却很艰难，学生们必须在人体标本上仔细地寻找繁杂的每一根血管，记住每一根神经的走向及名称，还有人体的各种器官及肌肉。许多女孩都接受不了，连续的恶心使她们把胃内的食物都吐了出来。

古越月勉强坚持了第一堂课，中午她因为恶心没有去食堂吃饭。下午是自由复习的时间，部分胆大的同学又去了解剖室，古越月却带了几块饼干去了图书馆。在看书的间隙，她在密集的书架中闲逛，在众多的图书中，古越月发现了很有名的几部好书，它们是《乡村女教师》《战争与和平》《安娜·卡列尼娜》，还有《第三帝国的兴亡》。

大学生们的生活很宽松，在上大课时常常几个班的学生并在一起，学习全靠学生们自觉，没有人点名，你不去也不会有人发现。上自习也是自由的，学生们可以自由地分散在许多大教室、小教室及各层图书馆中。涉世不深的古越月酷爱读书，她乘机借了《乡村女教师》《第三帝国的兴亡》两本书，躲在一个角落里看起来。

对书中知识的渴望让古越月沉迷其中。利用其他的一些自由时间，她又读完了另外两部长篇巨著。

书，是人类知识及修养的宝库。

阅读，拓宽了古越月的眼界。

转眼到了考试时期。医学院中，上课时学生们自由轻松，考试时老师们却抓得很紧。临近考试前夕，古越月抓紧时间，仍用高三时的老方法，一边看书，一边画杠子，一边记忆。

厚厚的一大本人体解剖学，直到上考场，古越月还有两个大章节没有看完。

而解剖室的现场实践课，在标本上寻找人体的神经、血管她更是不能通过。

几天后，古越月得知自己的人体解剖课没有及格，另外还有半门理论课也还差两分。

形势一下子严峻起来。有类似的情况共有三位同学，班上的几位女生都担心地不敢再多话，事情一下子在全年级传开。

考试结束后，再过几天学校就将放暑假。越月没有接到补考的通知，她急得很。

晓梅来到古越月宿舍。她是一位娇小的来自南方山区的美丽女孩，有一对很大的黑眼睛，有一张明星一样漂亮的脸，与越月很要好。

晓梅陪同越月到宿舍后面的校园散步。在那儿有一排浓密高大的杨树林，它是医学院与相邻的另一所大学的分界线，林下有一个很大的还呈野生状态的荷花塘，两个女孩就坐在塘边的草地上。

晓梅全部课程都及格了，她对越月说："大家都要走了，我准备后天离校。你知道，我寒假未回去，这个暑假是要回去的，家中来信要我回去帮助干农活。"

晓梅的家在南方大山中，家中也很困难，她没有父亲，母亲一人带着外婆及一个妹妹在家干农活。

"行，你先回去吧，我还想再等等看看！"越月知道晓梅不能留下来陪她。

"你要去学生科找老师再说明一下，明明是半门课，怎么能算成一门课？"晓梅给越月出主意。

"是的，这不合理！"越月用手不停地扭动着自己的长发辫低声说。

漫长的暑假开始了，同学们忙着把自己的行李打包存入贮藏室中。又有两位高中同学来看越月并问她："你什么时候走？"并安慰说，"回去好好复习一下，开学时再来考，问题不会太大！"

"我还想再等几天。"

第二天上午，一批又一批的同学背着行李从宿舍门前走过，古越月闷在宿舍中，泪水不停地涌出来。

晓梅又一次来到她身边，还送来点心，握住她的双手："越月，我走了，你也赶快回家吧，不要紧的！"

晓梅的话令越月感动。

热闹的宿舍大楼一下子沉寂了下来，古越月把自己关在房间内正好清静。她苦思冥想：下一步怎么办呢？

在身边一张垫桌子的报纸上有一条消息，讲述一些高校组织了部分同学出去步行旅游。

"步行，旅游？"

古越月受到了启发，她萌生了去步行的想法。她想，躲在宿舍中也不是办法，出去走走看看，在路上还可以再拖延几天时间，可省去不少钱。

准备了一天，第三天清晨，古越月上路了。她背着一个小包、水壶、干粮还有要看的书，她打算路上走四天，回去要么看书补考，要么与家中父母商量重新再考，她不喜欢当医生，她想改行，不过，此时，她还想仔细再想想。

向南，向南！沉重的脚步在宽阔的省际公路上缓慢地挪动着，橘红色的太阳在西边天际缓缓地沉下去了，夜晚来临了。

走啊！开弓没有回头箭，离省城已经很远，前方预定的目的地——县城的灯光杳无踪影。古越月被困在空旷的两头不搭界的省际公路上，她心中有点慌，不停地告诫自己：挺住，挺住！但脚步却越来越小、越来越慢了。

周围没有任何人家，飞速的车辆闪动着雪白刺目的灯光从身边一辆又一辆飞速驶过。也不知到了什么时候，一辆大货车突然停在她的身边。

司机是位年轻的小伙子，圆圆的脸，浅浅的头发。他把头伸出窗外问："这么晚了，你上哪儿去呀？"

在刺目的车灯下，古越月回头望了一眼，她没有回答，继续往前走。

那车又追了上来并再次停在她的身边，司机柔和地诚恳地说："我到江城，已经十二点了，可以顺路带你，你上来吧！"

熟悉的乡音，暖心的话语，让古越月双眼立即溢满了泪水。她哽咽地说了声：“谢谢你，师傅！”便顺从地上了车。

在车上，司机告诉越月，他是泉山人，姓方，到江城送货。方师傅还善意地告诫她：“这么晚，你一个女孩子在路上走，很危险啊！”

诚恳的话语让古越月双眼再次溢满泪水，她明白自己幸运地遇到了一位善良的好司机。深夜两点，车子到达县城，方师傅把古越月带到一栋有长廊的住房门前。他敲开了这户正在睡梦中的人家，把古越月交给一位头顶上盘着一圈大辫子的货栈老板娘，让她安排古越月暂时住下。

老板娘是位善良的大嫂，她把古越月引到一间空房。那间空房中有张宽大松软的架子床，走了一整天极度困累的古越月沉沉地进入了梦乡。

第二天上午，老板娘给古越月打来了温热的洗脸水，并安排她吃了早饭。古越月看清了这是一排带有走廊的古老平房，周围是用鹅卵石砌成的土围墙，墙根有许多艳丽的美人蕉正在开放。

古越月永远记住了这个地方。

饭后，古越月再次搭上方师傅的货车。临近中午时，车子到达江城。

古越月与方师傅告别。内心的感动让她的双眼又一次溢满了泪水。她明白，在这次生命磨难中，方师傅和那位大嫂是上苍派来搭救自己的贵人。

古越月在心中永远记住了这两位恩人。2016 年，中央电视台综合频道推出了一档大型公益寻人节目《等着我》，古越月很多次想通过这个节目去寻找这两位恩人。她想，两位恩人应该是快八十岁的老人了。古越月左思右想，还是没有勇气去报名。

就让恩人永存自己的心底吧。

父母已从先行到家的同学那儿知道了古越月的学习情况，等古越月回到家中，父母没有责怪她。家中的生活十分困难，再次复习高考很难，也不现实。思索了几天后，古越月开始背诵整本的人体解剖学，她决定靠死记把这门课的考试冲过去。

■ 第六章　年级长送了一把小提琴

初秋9月，又一个新学年开始了。

女生宿舍二楼后门。

这儿的楼道口平时很少开放，为了迎接新学年，守楼的工人把楼上楼下走廊全部仔细地打扫了一遍，并开放了后门，以增加空气的流通。这天古越月正趴在窗台上想心事，她懒得与一些刚到校的同学打招呼，便悄悄地躲到这儿。古越月一边玩着自己的粗辫子，不停地把辫子尾梢拆开又编上，一边向窗外远处望去，从这个窗口可以望到远处的附属医院、大操场、男生宿舍楼。

可能是看见了这栋楼的后门是开放的，有两个同学拿着行李径直抄近路从后门上了楼梯。

一男一女两个同学一抬头看见古越月，忙高兴地问："请问二号女生宿舍在这儿吗？"

"你们怎么从这儿上来啦？"古越月问。

"这门开着，我们就顺便上来了。"

女生宿舍楼调整了，古越月接过两人递过来的宿舍安排号码，向他俩指了一下方向说："在这儿，你们班宿舍换了，房间在楼梯西端的第三间。"

这两位同学古越月不认识，古越月仔细地看了他俩一眼。那女孩姓穆，叫琴琴，长得面目清秀，瓜子脸，有一对细细长长的眼睛，皮肤白皙，也梳有两条垂胸的大辫子，身穿一套浅蓝色的衣裤，十分文静。那男生比她高一点，叫薛林，黑黑瘦瘦的，薄薄的嘴唇紧抿着，显得他的性格很坚毅。两位同学拉着包并肩向楼内走去。

古越月从他俩之间随和亲密的举止看出，两个人的关系很好。

宿舍的门正开着，两个同学进了房间。过了一会儿，古越月也到那间宿舍去看看。只见那个男同学正在帮那个女孩铺被子，而那个女生则坐在另一张床前喝水。这间宿舍已到了两个同学，此时那两个同学正好不在房间。

“铺床了吗？”古越月特地又与他俩打了一声招呼。

“对，正在铺床，谢谢你。”两位同学客气地说。

古越月与他俩点了一下头，准备离开。穆琴琴忙说：“等一下。”说完她用双手捧了一捧摆放在桌面上的花生米递给古越月。

“老家的特产，很好吃，你尝尝！——我们俩是同乡。”穆琴琴看了一眼薛林，又对古越月补了一句。

“好，谢谢！谢谢！”古越月接过花生米，装进口袋，然后回到自己的房间，拿了一本书，走到楼外的小树林中去看书。

很快就开始上课了。古越月不敢再看小说。她变得很用功，但心情很压抑，并感觉功课十分枯燥。

这天下午，古越月在小教室中复习完功课，路过年级长的办公室，她被叫了进去。

这位年级长是学院总部派驻下来的，他很年轻，江南水乡人，二十多岁，中等身材，长方脸，人很和气。派驻下来的年级长主要是负责全年级二百多位同学的学习及生活，而年级书记则是要管全体学生的思想。

年级长和气地对古越月说：“坐下来。你喝水不？”

“不喝。”

“听说你的字写得很好，并且还很喜欢绘画及音乐。”年级长又说。

“以前搞着玩的。”古越月说。

“我们年级宣传部需要几位同学帮忙搞宣传、出壁报，你可愿意参加？”

“可以试试。”

“那我通知宣传部了。宣传部工作量很大，需要不少同学业余参加，你去帮忙做一些抄抄写写的工作吧，已有两位同学参加了。”

古越月点了点头。

“学医需要经常接触死人，才能详细了解人体结构。不少女同学是有些害怕，但女同学们大多心细，学成以后能成为好大夫。好好学！”年级长鼓励她。

古越月又点点头。谈了一会儿，古越月正准备离开，年级长忽然又喊住她：“等一下，忘记告诉你，我们办公室正好有一把不用的小提琴，是以前同学离校时留下的，你如果感兴趣，可以拿去学习。”

说完，年级长立即爬上放在柜前的椅子，古越月这时发现办公柜顶上摆放有一把小提琴。

黑色的皮质琴盒，打开后，绿色的绒布垫上放有一把褐色的小提琴，琴龄看样子很长。

古越月不会拉琴，也未学过，但她明白小提琴很贵，这是年级长对自己的关心。

“送来的东西，何不接受，让同学们玩玩？”古越月暗想。

“谢谢，谢谢！那好，我拿回去和班上同学一道学习试试。”

谢过了老师，回到宿舍，古越月又把琴拿出来仔细地看了一遍。

这是一把好琴！

可惜无人指导，古越月买了书与同学们在一起认真地自学，却一直进展不大。她辜负了年级长的好意，未在这方面成才，琴后来在“文革”中在宿舍里被人偷走了。

琴未学好，古越月后来在宣传部把自己的毛笔字及文章练得越来越好。

第二天半下午，古越月早早地来到宣传部。宣传部在另一栋楼的第一间教室中。

宣传部长不在，里面有两位男生正在工作，他们都是宣传干事。古越月认出其中一位男生就是薛林。

“你来啦！我也刚来一会儿。”薛林停下手中的笔与古越月打招呼。

地上摆放着好几大张抄好的壁报。大学中的壁报场面很大，常常占满某处的一面墙，各个年级各系都互相比拼，看谁办得好。

“你们好！哟，你们已抄了许多啦！”古越月也连忙与两位同学打招呼。

另一位宣传干事叫柯华，是位很有才华的青年，他浓眉大眼，长得很帅，听说他的成绩也很好。

柯干事忙直起身来，对古越月点点头，并随手递来两篇稿子笑着对她说：“壁报抄写量很大，已抄了一部分。刚才部长把这两篇稿子留给我，你核对一下，明天下午有时间你来帮忙抄一下。我和薛林明天下午都有试验课。宣传部长到学院开会去了。”

古越月点点头：“好！”

薛林的字写得很潇洒，他是江南大山中的人，他的画也画得很好，古越月站在他俩身后观看他俩工作。

这天是星期天，古越月起得比较早，吃过了早饭，她拿着两份报纸下了楼。学院的广播还未结束，正在播放圆舞曲《蓝色多瑙河》，动人的旋律弥漫在整个校园。古越月向宣传部走去，今天她要把报纸上一篇社论中关于文艺方向的内容抄到壁报上，要抄的内容，年级领导已用红笔画好，古越月只要抄上就行。

推开宣传部的门，古越月看见柯干事也在这里，她很惊讶。“哟！你也来了，这么早！”古越月说。

她向桌子上扫了一眼，很大的由四张长条桌并起来的桌面上摆放着一本很厚的英语词典，还有一本英语书。

柯干事正坐在桌边，面前的一个碗内放着一个花卷，他在一边吃早点，一边看书。

“图书馆还未开门，这里安静，我在这里看一会儿书，等会儿也要写稿子。”柯干事解释说。

学院的学生科已为同学们开了第二门外语，柯干事是学英语的，而古越月在中学是学俄语的，她也参加了第二外语英语的学习。

古越月顺手翻了下桌面上的书本，上面是密密麻麻的英文语句。她看了一下书皮说："柯干事，你真不简单，你在看英语小说？"

"我也是看着玩的，还需要带字典才能看懂。不过，这样看英语能提高自己的英语水平。"柯干事望着古越月，笑着对她解释说。

柯干事的眼睛很大、很黑，古越月被他看得有些不自在。这是一对能让许多女生心动的漂亮眼睛。

"我是学俄语的，学医需要英语，它更实用一些，图书馆许多医学资料都是英文的，俄语医学材料很少。"古越月说。

"是的，学医一定要学好英语。外语教研组不是开了第二门外语吗？你抓紧点就行了，多学一门外语以后有用！"

"好像又要搞运动了，你看看《文汇报》上这篇文章的语气。"古越月指着手中报纸上红笔画好的文章内容对柯干事说。

"看样子是又要搞新运动了，'四清'运动已经结束了。不过，我们做学生，现在的任务是念书，与我们关系不太大。"柯干事说。

俩人交谈了一阵，柯干事吃完了早饭，他把外语书夹起，对古越月说："我去图书馆了，你先抄吧，不打搅了，我下午来。"

上午，古越月要把社论中的主要语句抄写到壁报上。柯干事走后，古越月趴在大桌子上，摊开了大白纸认真地写起来。

当我独自离开哈瓦那海港，
没人看见我多么悲伤，
……

校园广播正在播放动人心弦的墨西哥民歌《鸽子》。古越月很喜欢这首歌，广播中也经常播放。古越月想，广播站值班的女同学肯定也喜欢这首浪漫的外国民歌，不然怎么会天天播放？

古越月刚吃过午饭,她想到上午的稿件还没有抄完,中午加个班,下午好出去玩。古越月一边轻轻地随着广播哼唱,一边下楼。她上坡沿水泥路进入一排冬青树甬道,猛一抬头,在甬道转角处看见有两个人正在谈心。她认出是薛林与穆琴琴。这条甬道外侧是图书馆,很安静,常常有些同学情侣在这儿见面谈心。古越月忙打招呼:“哟,是你俩! 怎么不到宣传部去坐坐?”古越月知道他俩是老乡、老同学。

穆琴琴是位很美丽的姑娘,她有时去宣传部找薛林,与古越月、柯华等人都很熟悉。古越月的字写得很好,穆琴琴很喜欢看,因此两个女孩彼此很有好感、很熟悉。

“我找她说点小事,在这儿说几句就行了。”薛林解释。

“我到宣传部去抄稿子,上午抄了一半,还未抄完,壁报明后天就要全部贴出来了。”古越月也解释说。

“你去忙吧!”

三个同学互相点头告别。

中午宣传部没有一个人,古越月摊开纸,又认真地写起来。她很喜欢这份小小的业余工作,因为它可以让古越月把字和画练得更好。

第七章　我们的祖国真大，江山真美

古越月与柯华估计得很准确，在《文汇报》上先后有几篇文章发表后，一场声势浩大的、许多人始料未及的运动在全国迅速地开展起来。

政治学习读报纸、学文件的时间增加了，由每周两次增加到每周三次。不久，学院又有通知下来，安排同学们每天下午都要政治学习读报纸、读文件并进行讨论。

仅仅又过了两周，运动即以极其猛烈的速度在校园中蔓延开来。校园各处的内走廊上、教学大楼前的墙壁上都有人贴出了大字报，有同学们写的，也有老师们写的，每天下午大家都出去看、说、讨论，然后又回来写，再贴出去。

又过了两周，古越月听说有部分班级的同学上了街，开始扫“四旧”。

形势进展得飞快，仅仅又过了一天，邻班就已有七八个同学向工学院、工大的学生学习，率先成立了红卫兵组织。到了傍晚，就有一百多个同学报名参加了。

古越月还想再等等，再观察一段时间。

这天中午，古越月刚从食堂打饭回来，在年级男生宿舍门前的水门汀路上被班长挡住：“古越月，你什么时候报名参加红卫兵？已经有三分之二的同学都报名了，再不报名就掉到后面去了，不是所有的人都能被吸收的！”

听了班长的话，古越月心中有点慌张，害怕得很，确实有许多同学都报名参加了，报迟了不能参加就麻烦了。古越月忙说：“我正准备报名的，等会儿我喊小程一道来报名。”

“那好,今天下午红卫兵有活动,我们班也要上街去扫‘四旧’,你回宿舍去跟大家说,吃过午饭在我们宿舍楼前集合。你把参加红卫兵的申请也带过来。”老班长立即进行了安排。

一点钟时,古越月与同室的女生来到了男生宿舍楼前。这儿已聚集了大量的同学,宿舍楼前的大树下靠了一杆红绸旗,上面贴有黄色的“红卫兵”三个大字。有几位男生已穿上不知从哪儿弄来的旧军上衣,班长正站在门前台阶上给大家发放红卫兵袖章。真快!古越月也领到了红袖章,她与几位女生互相佩戴上红色的袖章,成了红卫兵的一员。大家都很兴奋,说着笑着站到了红旗下面。班长吹着口哨,引领着大家不断地高呼着口号,向宽阔的长江大道上走去。

队伍不断地与从其他各个高校出来的红卫兵们在街道上迎面相遇,大家互相举着手臂笑着打着招呼。路边已有成堆的老百姓停下来站在人行道上观看。

走着走着,忽然古越月看见一个身材不高的陌生人靠近了红旗并与班长说话。队伍没有停下来,那个陌生人与班长并行并随同大家走了起来。

走了一段路,班长指挥大家插进一条后街,又转过一个弯。在靠近一条小巷子时那人向班长挥了一下手臂就停了下来,一会儿就闪身到一棵大树下不见了身影。

同学们被带进了一户人家。古越月注意地向四周望了一下,认出这地方位于一座古老公园的西侧。

进去就是一个小小的天井,一位老人拄着一根拐杖站在厅堂中。他望着这些从大门拥入的佩戴着红卫兵袖章的学生,满脸惊慌。三个中年女人见状很快闪身进了天井边的侧屋。班长直接对这位老人说:“我们是红卫兵,来扫‘四旧’,你家有没有‘四旧’物品?拿出来,省得我们找。”

“我家没有什么‘四旧’,楼上有些旧画,你们要就拿走。”

几位男生听说,立即上了楼。在这座古老房屋的阁楼上确实堆有不少陈旧的画卷,它们被堆放在一个圆形的木桶中,一些旧书也杂乱地放在桶边,几个同学忙把它们从楼上抬下来。

进入边房的几位男生从侧室内找出三个瓷画筒、一个彩色的大瓷茶壶，在这些瓷器上绘有几位美女与相公。东西都堆放在天井中，古越月知道一会儿这些东西将会被砸碎烧毁。

古越月还在中学时就很喜欢绘画，她有点舍不得，忍不住抽出一个画卷把它抖开。那是一幅远处隐约有淡淡的山脉、近处有桥有流水有人物的古画，她想把这幅画单独放至一边。忽然她听到班长大喊一声："古越月，你想干什么？你想被人贴大字报？快放上去！"

古越月一笑，她顺从地把那卷画又放回到那堆书画中，很不好意思地闪身进到侧面的厢房。

班长来自北方的农村，虽然个子小小的，但说话声音洪亮。他是位贫农的儿子，在班上很有威信，古越月有点怕他。班上有一位很老实、喜欢写诗的同学，他在诗中喜欢用"黑色"这个词，被别的同学注意到并被举报，他没有被吸收进红卫兵，因此他被孤立了起来，这次行动他没有参加。

在侧面的厢房中，几位女生正在翻这户人家的几只箱子。三位女眷惊慌地缩在屋角两边，紧张地盯着红卫兵们，并不吱声。有一位女生竟然在一个大箱子底部发现了几块黄金和一卷旧币。

黄金被放到了地上，一共是七块。古越月从未见过黄金，她好奇地蹲在地上与大家一道仔细地观看。这七块黄金都不大，薄薄的，状如蝴蝶的半边翅膀。一位年长的女生说："我认得黄金，金子虽是金属，但它是软的，你可以把它们弯曲起来，而且，你把它们放在地上敲击，它们没有声音。"

女同学小程十分好奇地拿出一块用力一弯，这片黄灿灿的金属片确实很软，它弯曲了起来。

古越月由此也认识了黄金。

被找出的东西都被登记了下来，班长交给老头一张收条，告诉他东西待会儿将要交到街道委员会。一些书画在院中直接被点火烧毁，古越月和同学们围站在火堆旁边，她很惋惜那幅很好看的古画被焚毁。

黄金及几块贵重的檀香木，还有一些银圆被用布包起，大家又列队举着红旗就近交到附近一个巷中的街道委员会。街委会负责人接待了这队红卫兵，仔细地清点了同学们交的东西，并交给红卫兵一张收条，它盖着红印。室内还可见到从其他地方扫来的物品，一包一包地都堆放在木架子上。

"文革"结束后很多年，古越月还曾多次想到，不知那户人家后来是否从街委会领回了自己家中的那些金块和银圆。

又"革命"了好多天，课已全部停了下来，每天都是上午集中学习报纸、文件，下午写大字报。这天下午大家正趴在桌子上抄写一份文件，班长进来说："告诉你们一个好消息，我们要上北京了，毛主席要接见正在闹革命的红卫兵。"

教室中立即沸腾起来，所有的同学都停下手中的活，处于狂喜之中。

"到北京去，太好了！"

"听说今天晚上就要走！"

"可是真的？"

"是真的，快回去准备吧！"

各种消息不断传来，古越月和班上的几位女生激动地匆忙返回女生宿舍。古越月找出一个随身的军绿色挎包及一只白色帆布小提包，装了几件随身的衣服及助学金，就匆匆地跑到男生宿舍门口等待上车。

到达火车站时，那儿早已人声鼎沸，接到通知从各校拥来的许多大学生塞满整个火车站的每个角落，不少同学已经挤进月台上了车。

进站的秩序也早已不存在！

大家一齐拥向停靠在站台上的两列绿皮火车，每一节车厢的门口都挤满了等待上车的学生。许多按捺不住性子的同学则直接从窗户爬了进去。等到古越月一行人挤上火车时，她发现行李架上都已趴满了学生。

先上车的小程看见了古越月，拉了她一下，挤出一小块地方，两个女孩轮流着休息。

火车连夜出发，车厢内人声鼎沸。学生们非常兴奋，大家说着、笑着、唱着,没有一个学生想睡觉休息。

第二天上午火车到达北京。

下车后,各校同学在各校红旗的引领下,向北京城东走去。医学院的这批学生被安排到东郊一所中学暂住。行进的途中,可见宽阔的长安街上到处都是红旗,到处都是举着红旗、戴着红袖章、穿着黄色上衣从各地拥来的红卫兵。

领导告诉大家,毛主席将在明天接见大家。

又一天的凌晨四时,同学们起身,他们集合后步行到达指定的街区等待接见。天亮时,古越月看见长安街两侧地面上都坐满了学生,大家戴着红卫兵袖章,许多人都穿着黄色上衣被依次安排前行。行进的速度很慢,大家坐在街面上一边等待一边交谈。

古越月正好与穆琴琴坐在一起。穆琴琴是个很美丽的姑娘,她时常去宣传部找薛林,来来往往,两个女孩也因此经常遇到并彼此很有好感很熟悉也很友好。今天穆琴琴的老同学薛林坐在后面,只见他不停地从后面跑过来,凑到两个女孩身边讨好地递给她俩几个糖果说:“拿着,我上火车前买的,太饿了吧!”

古越月早就听说,穆与薛在高中时关系就很好,两人是同乡同学,古越月已知道他俩关系不是一般地好。

古越月说:“你怎么跑来啦?有没有水?我们渴得很呢。”

“水,我有,我带着一个水壶。”

在漫长的等待中,四周哪里还有水啊,薛林居然还带了一个装满了水的水壶,古越月由此看出薛林是个极细心的男生。

接近中午时分,古越月所处的西单这条街道上的红卫兵开始行进,队伍被一批批地放行,那是因为许多红卫兵跑到天安门城楼下都不愿意往前走了。

见到了毛主席的红卫兵们好激动啊!他们不停地蹦跳着,不停地呼喊着。

古越月清晰地看见站在城楼上穿着灰色制服的周总理挥动着手中的

红语录书，大声地喊："同学们，往前走！"

毛主席站在天安门城楼的正中央，他穿着一身草绿色军装向大家不停地挥手。

古越月随着涌动的巨大的红卫兵人流，走到天安门城楼东边的金水桥边时，她稍稍地放慢了自己的脚步，激动地不舍地回过身来向四周观望。只见宽阔的长安街两端密集的学生人流一眼望不到头，排列在各个道口及道路中不断涌出的密密麻麻的学生人流，连同天安门广场上密集的红卫兵人群，共同汇成了一个无比巨大的人的海洋、红旗的海洋。

如此壮阔、史无前例的场面，让古越月热血沸腾，她心中无比激动。

这一天，毛主席在天安门城楼上接见了一百多万红卫兵学生。

毛主席接见后，大家被告知可以在北京停留几天，可以参观，可以闹革命，城内设有许多红卫兵接待站，那儿提供免费的食宿，提供免费的返程火车票。带队的学校领导告诉大家，在北京参观后要抓紧返回省城。

但是，离开学校到达北京的各地红卫兵们，很少有人老实地听话按时返回。

机会是这么多！

各处接待站提供的招待是那么方便！

由此，全国红卫兵们大串联活动拉开了序幕！

回到宿营地后，古越月连忙到别的教室去找晓梅，想约她一道出去，晓梅早已不见踪影。古越月又立马跑了出来，决定到石油学院去找丽丽，在她那儿，古越月遇到了另外两位高中好友元媛和玉毓。此时，她们两个人正住在丽丽的宿舍中。

全国的学生跑到北京，而北京的学生在毛主席接见后开始往外跑，到全国各地去参观"闹革命"。

丽丽从食堂买来许多好菜，四个女孩围坐在桌前，交谈着，也不知有多么高兴！

"真好啊！真没想到，我们四个人能在你这儿见面！"古越月对丽丽说。

丽丽夹了一些好菜给元媛，元媛说："难得的机会，我们几个人明天一块去天安门广场照张相!"

"好!"玉毓立即同意。

几个女孩互相介绍了各自学校中的"革命"情况，吃完了饭，大家还随丽丽一道参观了石油学院内的大字报。

丽丽的宿舍中已有许多空床，当天晚上从外地来的三个女孩都留宿在石油学院。

第二天上午，丽丽安排三个好友吃了早饭，然后四个女孩乘车去了天安门广场。她们都手捧红宝书并排站在一起，古越月身穿一件方格子绿色上衣，剪着短发，在她们的身后是巍峨的、神圣的天安门城楼。这张珍贵的合影古越月至今仍珍藏着。

在石油学院待了一天后，第三天，古越月回到北京东郊的那所中学临时驻地，发现全年级的同学都已经跑光了。仅有的几位留守人员说："现在你还能找到谁？都出去了，谁还会傻待在这教室里!"同学们原先都是临时集中住在这所学校的教室中。

"你什么时候回去呀？要回去可以在这儿拿票!"

"等会儿，我看看我们班上可还有同学。"古越月说完，开始在几间教室中寻找熟悉的同学。

"嗯，确实没人了，都走了。"古越月回来对留守人员说。

"你们班上大概还有三四个人，白天大家去看老同学了，要到晚上他们才能回来。"

此时只剩下古越月一个人了。她站在桌前想了一下，也萌生了去外地看看的念头，到哪儿去呢？她此时想到了张家口，在那儿，她有一个多年未见的舅舅，这位舅舅参加过朝鲜战争，是位运输兵，开着汽车很多次穿越火线，他幸运地活了下来，复员后被安排在铁路上工作，舅妈也在车站。古越月想，返回北京时在他们手上搞票应该很方便。

"请给我一张去张家口的车票吧，我去看看我亲戚！一两天就回来。"

古越月说。

“没有火车票，就是一张可以进站上车的通行证，你要抓紧回来啊!”留守的同志叮嘱说。

“好，谢谢!”古越月说。

张家口是北方一个风沙道口中的小城，只见满街路沿石条下都积满了从远处沙漠中吹过来的芝麻粉一样的黑色细沙，这些沙很细，踩在脚下很滑。古越月好不容易在傍晚时才在车站附近找到舅妈，她住在车站旁边的一排平房中，家有两间房。

刚见面还未进门，不想这位热心、耿直的北方舅妈立马问她:“你怎么来的? 是不是没有买票? 如果没有买票，我这儿有钱，你要去补一张票。”

古越月望着剪着短发、身着一身蓝色铁路工装服、一脸忠厚的胖胖的舅妈，心中暗笑，这位舅妈太落后了，外面的事全不知道。古越月赔着笑脸说:“我是红卫兵，现在凭学生证领取通行证到各处都不需要买票，而且还给安排吃住呢。我是特地趁这个机会来看看你们的。”

舅妈笑了，放心了，她是一位革命烈士的女儿，她最革命，她不允许自己的家人做对革命不好的事。

进了房间，舅妈放下东西就开始做晚饭，并且不休息连夜为越月烙饼。热心的舅妈一直不停地一张接一张地在煤炉上烙着大饼，这一夜，她一直未睡。天亮时，一摞烙饼堆得很高，舅妈让越月把这些烙饼带着，在回去的路上吃。

善良的舅妈以这种最真诚、最简单的方式迎接这个从南方来的女孩。舅舅则一直坐在炉边，一边帮忙当下手给舅妈递饼子，一边与古越月亲切地谈心，问问外面的情况，问问老家的情况，旁边的桌上摆满了北方的许多好菜好食品。

古越月真是很感动。

又住了一天，但舅妈不停的说教让古越月待不住，她决定还是南下吧，到韶山去看看那儿的“革命”，并去看看毛主席的家乡。

第二天上午，舅舅、舅妈上班后，古越月一个人上街悄悄地找到了张家口市红卫兵接待站。在那儿，古越月很幸运地遇到了一个从上海纺织学院来的单身女孩。那个女孩也想到别的地方看看，也来拿票，也是一个人，也正想找一个同行的伴。

“你来拿票？想到那儿去呀？”女孩主动地问越月。

“我想去韶山，你呢？”古越月认真地看了一眼这个女孩，她长得很秀气，剪短发，穿着一件大红格子的学生上装。

“我也想去韶山。”

“那我们一块儿去可好？”

“那好嘛！”

两个女孩很快谈到了一起。女孩告诉古越月：“我姓刘，我们一块走，方便些也安全些。”

虽然当时社会治安很好，但有一个同伴总比一个人出行好，两个女孩想法一样。

临行前舅妈塞给越月十元钱、两件旧衣，让她带着路上使用。舅舅送越月到车站时，那个女孩已经在车站门口等着古越月了。

“越月，钱，你带着路上用，这烙饼可以放很多天，夹些咸菜路上可以吃很多天，你路上要注意安全。”身穿一身深蓝色铁路工作服的舅舅满脸笑容，他把装满烙饼及咸菜的一个大包塞给越月，并叮嘱她。

“谢谢舅舅，谢谢舅妈，我走了。”古越月告别了舅舅，和上海女孩小刘一起上了车。

古越月此时也没有想到，这次偶遇，使她与这个上海女孩开始了一次长达一个月的半个中国自由行。她也由此看到了祖国的大好河山，从而开阔了眼界。

在张家口车站上车坐定后，小刘凑近古越月悄悄地问：“前几天在北京，你去没去八达岭长城看看？”

古越月说：“时间那么紧，哪有机会去看长城！”

“八达岭长城真漂亮呢，我真想利用这次机会去看看它。”小刘小声说。

“我也很想去，那我们就在北京再待两天吧，我们现在有通行证，很方便，机会也真是很难得呀！”古越月也有同感，她同意说。

两个女孩很快就在车上商定了。临近中午时，火车到达北京，古越月和小刘立即出站直奔八达岭长城。

两个女孩兴奋地登上了八达岭长城，她俩并肩站在长城的城墙上向外观看。巍峨的长城，高耸、厚实的墙体沿山峰不断向前延伸，它耸立行走在层层叠叠的峰巅之上。望着远处蜿蜒在山峦上的长城，古越月想到了历史，她想，如果不是吴三桂开放了山海关，北方的少数民族是无法越过屹立在群峰之上的高耸长城而攻入中原大地的。

第二天上午，古越月和小刘又抓紧时间去了颐和园。两个女孩进了大门绕过围墙时，突然呈现在面前的巨大的昆明湖及远处的山、楼阁让她俩眼睛一亮，美丽的湖光山色让她们惊艳。古越月与小刘一边观看一边议论，她们想起那个独揽国家大权封闭落后的慈禧太后，她躲在这些美丽的山水之间，让绵延两百多年的大清帝国由此走向终结。

第三天，古越月与小刘又一道去了神秘的使馆区，她们绕着使馆区转了一个圈，并顺路把附近的一些胡同也跑了个遍。

北京真美啊！古越月观看了北京的一些地方后，从内心发出了深深的感叹。

很多年以后，全国的许多城市已开展了广泛的商业旅游，古越月仍一直认为，如果要玩国内城市一定要去北京，最好玩、最值得一看的国内城市，北京排第一。

古越月，她很爱北京。

第三天下午，古越月和小刘抓紧时间再次去接待站签了票。大街上、车站上到处都是密集的红卫兵人群。天黑时，她俩终于登上了京广线上一列南下的火车。

在这趟列车上，有许多去韶山、井冈山的各个年龄段的红卫兵同学。

随着人流，古越月与小刘进入了革命圣地韶山。

韶山冲不大，进山后不久就见山谷中两侧山坡已全部被芦席围了起来，席面上贴满了许许多多的大字报。在两侧的大字报墙之间形成一个不宽的人行通道，路上挤满了各地来的红卫兵，他们进进出出，一边用笔记录着，一边看着。有许多同学是举着红旗集体步行而来的，但也有许多人如古越月一样，是乘车而来的"散兵游勇"。

韶山，这是个多么神奇的地方啊！伟大领袖毛主席就诞生在这里。

古越月拉着小刘，两个女孩好奇地绕着毛主席旧居房屋前后仔细地转了一圈。她们发现这里是一座普通的农家屋，屋前有一个不大的池塘，屋后有一座不高的山，山上林木茂盛。从毛主席旧居的边门进去，里面的每一间房都不大，四周可见泥地泥墙。

古越月和小刘在毛主席旧居中，认真地观看了杨开慧和她两个孩子的合影，认真地记下了讲解员的介绍。

出了旧居，古越月又和小刘绕着门前的池塘转了一圈，发现在池塘的另一边还有一处农家住房，从这儿向对面望过去，视野非常开阔，可以完整地看到毛主席旧居及它背后的山林。她俩很想在这个位置照一张相，转了很久，也没有找到合适的摄像人，只好算了。古越月后来一直很后悔，当时未再努力想想别的办法为自己留张照片。因为后来，韶山，她再也没有遇到机会去。

在韶山各地参观了一整天后，两个女孩又来到接待站，她俩想领取一张到广州的火车票。

接待站的同志是一位中年阿姨，很和气，看了她俩的证件后，发现她们的学校所在地及目的地不一致，就问："你俩不回校，想去广州干什么？"

"我们想去广州看看农民运动讲习所。"两个女孩嗫嚅着，"谢谢阿姨，帮帮忙！"

停了很短的一会儿，那位阿姨终于说："好吧，看过了要早点回学校啊！"

大概上面有很宽松的政策，这位阿姨没有太为难这两个女孩，她俩很轻松地就领到了去广州的车票。

古越月和小刘靠着车窗下的小桌子对坐着，一边吃着煎饼夹咸菜，一边喝着开水，看着窗外飞速掠过的广袤的乡村及田野，心中真是高兴。

我们的国家真大啊！江山多美啊！

越往南走天气越热，不久在铁路两侧出现了大量成排的香蕉树，成串的十分粗大的香蕉就挂在枝头。南方的田野和北方很不一样，古越月知道广州不远了。

到达广州后，古越月发现这儿街道上的红卫兵不如北京、长沙、韶山的红卫兵多，街上的人们仍如往常一样生活。在城市中心可见一些巨大的榕树如伞盖一样生长在街面上，树下坐有许多人。古越月与小刘找到了接待站，很快办好了入住手续。

有了前面的游览参观经验，古越月和小刘首先去广州大学参观，她俩记录下一些大学报的内容。第二天，她俩又去了农民运动讲习所旧址，还去了黄花岗烈士陵园。

在一些街道上也贴有大字报，但不多。美丽的珠江给两个女孩留下深刻的印象，她俩沿着珠江河岸慢慢地步行，可以见到一些美丽的江中小岛及白色的房屋。在河岸边的绿树掩映下是修建得很好的宽阔人行道，两个女孩寻找到一处美景，那儿有街头摄影师。她俩取背后几栋白色的美丽大楼做背景，依着江岸上的栏杆，各自照了一张相，并且还合影了一张。

这张合影古越月一直珍藏在身边，只可惜两个女孩分手后因各自的原因，后来一直未能再取得联系。

广州的天气很热，许多楼房底层呈走廊状分布在街道的两侧。在这些地方，路边的特色小吃特别多，两个女孩买了几种，尝尝鲜，接着她们又去了另外几所大学参观。又过了几天后，她俩决定北上去武汉。

广州的火车站很大，两个女孩虽然拿到了票，却跑错了站台，车开走了，一时没有北上的火车。古越月和小刘知道此时不能出站，就停留在站台上晃荡。她俩慢慢地沿站台往前走，忽然看见有不少人弯着腰向远处另一条路轨上的一辆绿皮车跑去。

这是一辆运送红砖的货车，车头正朝向北方，机头猛烈地喷着热气，看样子马上就要出发。

在这辆货车车厢侧面有许多用铁条焊铸而成的格子扶梯，有不少人正爬上爬下。

“我们也上去暂时走一程，出了站台，到前面再去转车，可好？”小刘问越月。

“今天反正走不了了，出站还要再办手续入住，路这么远，很麻烦。也好，我们也上去试试，反正我们有证，到前面再补办手续。”古越月附和说。

就在两个女孩商议犹豫之际，火车似乎就要启动了，又有几个人在匆忙之中爬上了扶梯。古越月说：“我们也先上吧，上去再说，火车就要开了。”

两个女孩刚爬进车厢，火车就轰隆隆地开动了。

在车厢中站稳之后，两个女孩这时才看清，堆在这节车厢之中成堆的红砖，已被许多“偷渡客”重新垒放成许多红砖小方格墙及小凹槽，在许多红砖堆成的小凹槽中这时伸出不少脑袋。大概是因为火车已经开动，没有了危险，许多人都伸出了头相互嘻嘻地笑着打招呼。

火车开始提速正式奔驰起来以后，古越月和小刘才发现风太大了。哎呀！两个女孩的头发几分钟内就被吹得飞了起来，满脑袋的头发都乱七八糟地竖起来。人已经上车了，没有办法，她俩也只好藏到一个砖的夹缝中。风吹得她俩瑟瑟发抖，并呛得她俩说不出话来。大约过了两个小时，货车终于在一个小站停下。

两个女孩相扶着要爬下车厢，旁边的一位好心大妈劝她俩：“这车是到武汉的，干吗要下去？再坚持一下就到了。”

“太冷了，谢谢你，我们是学生，可以拿票的。”

“那好，你俩慢点儿下去。”好心的大妈关心地说。

这个地方是柳州站，古越月和小刘没有出站台，两个人用手相互拢了拢飞舞的乱发，径直向站台走去，一位穿蓝色工作服的乘务员正站在远处。

“阿姨，我们误了车，我们要到武汉去，请问在哪儿上车？”两位姑娘向这位乘务员说着好话,并拿出了学生证。

“从那边绕上去,对面那个站台的火车到武汉。”好心的乘务员为她俩指引了方向。

在那儿,古越月与小刘顺利地登上了一列开往武汉的客车。

武汉是学生们南来北往东西串联的一个主要集散地,在这儿满大街都是红卫兵。这些红卫兵中有不少人要步行去井冈山,或者去韶山,许多扛着红旗步行的红卫兵队伍从古越月她俩面前走过。古越月与小刘又去武汉的几个学校看了一些大字报,在接待站住了几天后,两个女孩准备离开武汉。

这天傍晚,回到接待站的两个女孩一同拿着毛巾到洗漱的水池边洗脸。小刘洗脸后用湿水梳理头发,她与古越月商量:“我们坐船走吧,坐船舒服一些。”小刘想的是,坐船她可以一直往东到达上海。

“行,坐船我也很方便,我家在江城,顺路,将经过我家门口。”古越月也想趁此机会回家去看看,她一口答应。

早上八时,轮船到达江城,古越月决定乘机回家看看,她要下船了。

小刘,这个美丽的上海女孩,她很舍不得古越月离开。

小刘拉着古越月的手,依依不舍地送古越月下了码头,两个女孩都难过得双目含泪。此时她们也都明白,已经出来不少时间了,该回学校去参加运动或者去上课了。

“记住我告诉你的地址,如有机会到上海一定要来找我!”小刘十分诚恳地说。

“好,如能有机会到上海,我一定会去找你的。”古越月回答,她一步一回头地挥手与小刘告别。

在家乡,这个长江边上的小城,革命也正在轰轰烈烈地进行,并且红卫兵们的活动已深入民间的每家每户,家家都十分小心,害怕小城的红卫兵突然找上门来造反。古越月背着小包进家门后,看见大弟弟正坐在家中前屋里。原来大弟弟不久前也去了韶山,他们是中学生红卫兵,一行十几人集体出发，在韶山参观后又克服了许多困难步行上了井冈山，然后从井冈山领到票后坐车、坐船返回，弟弟也是刚刚从外面回到家中的。

当天上午，姐弟俩见面后就在方桌边交谈，各自介绍了途中的许多见闻。姐弟俩很高兴，并决定自觉地在家中破“四旧”造自己家的反。

说完了话，弟弟立即弯腰在家中四处翻找。古越月家中很穷，没有什么太值钱的古董物品。过了一会儿，弟弟在厨房柜子底层找到带有古代美女头像的瓷茶杯、漱口杯及两个带有金色烫边的圆形蓝色花瓷罐，它们是妈妈用来装白糖的。弟弟把它们拿出来后对古越月说：“这些东西不能留，让人家看到会惹上麻烦的。”说完，他立即站起身来用力地把这几个瓷器摔到了地上，摔得粉碎。

说这话时，弟弟很是激动，他白净的圆圆的脸涨得潮红。此时，古越月感觉这个弟弟长大了，已是个半大的小伙子了，他此时在江城一中高二学习，学习非常好，一直在年级前五名。

“摔得好，我支持你！”古越月在外面跑了一圈，她知道大弟的这话实在，立即表示了支持。但是妈妈听到了声音，跑到后厨房中看到满地的碎瓷片，心疼得不得了。

“外面这么乱，你俩也在家中造反！”母亲白净的圆脸气得潮红，她大声地责备古越月姐弟俩。

古越月看见母亲生气了，忙摆了一下手，让大弟弟不要再辩解了。

这天晚上，母亲坐在小木凳上，从床底下一个木盒子中轻轻地拿出几个小瓷人。古越月以前见过，她知道那是家中的宝贝，是八个仙人。这套八仙已有一些年头，母亲用细软布仔细地把八仙包好，弯腰把它们藏到床后木桶下面的地板中。

地板边上放着一盏小煤油灯，父亲和弟妹都已经睡下了。古越月蹲在母亲身边看着，母亲叹了一口气对古越月说：“这几天外面闹得很厉害，你这时候回来干什么呢？你赶快走吧，回学校去！”

妈妈的话，让古越月陷入沉思。因为这天下午，有一位也是利用串联机会回家的同学来找古越月。她告诫古越月要少说话，多跟大家走。这位同学还告诉古越月一个令人心疼的消息:老同学何凯去世了。

何凯,那是一个古越月非常熟悉的好同学,两个月前,在省城,他们还曾见过一面。那天,有两位邻校的女生来找古越月。三个女孩在一块儿吃了中饭,又谈了一些其他学校的运动情况,接着她们决定去看看何凯。何凯是文科班的,在中文系学习,文章写得很好,他的学校就在医学院的后门口,很是方便。三个女孩穿过一条由白杨树林组成的两个大学之间的分隔带,不一会儿就到了何凯的宿舍,看见他正坐在双层架子床的上面,赤裸的双腿悬放在床沿边。他没有下床,几位女生也很随意地散坐在他的周围。他一边与大家说话,一边随意地摆动着自己的双腿,白中透红的青春脸面因对一些问题的看法不同而与大家争执得潮红。那是一个多么单纯、多么开朗的好同学啊。他的文章出了问题,他未能顶住压力,未能撑住,他太可惜了。

革命的形势很紧,周围的气氛也很压抑,街道上一些人家的大门上也被贴上了大字报,邻居们之间已紧张得不再互相打招呼说话了。古越月家隔壁一户邻居家的小媳妇也加入街道造反派的队伍中,她率先给自己的出身比较高的婆婆贴上了大字报,还给她挂上了纸牌子。

古越月在家中住了两天,她决定回校了。

已有不少同学返回了学校,先回来的同学又与其他学校的同学联合起来成立了红卫兵兵团。古越月的字写得很好,全年级女生第二名,她被抽到了兵团宣传组,担任一些会议的记录员,书写一些宣传材料。

古越月还参加了兵团鼓队,她的鼓也打得很好。她常常与一些女生八人一排占领了整个宽阔的长江大道去游行,女孩们兴奋地把小皮鼓敲得震天响。

课程全部停了下来,但各年级的学生助学金照样发,同学们有饭吃,又不用去上课,都很高兴。他们每天开会、批判或上街游行。他们浑身有使不完的劲。

不久中央发出文件,号召已经革命起来的同学们返回教室上课。文件号召同学们:“要革命,也要去上课。”但收效甚微。

局势进一步变得很复杂。

一些地方的造反派开始争相成立革命委员会,争斗、争夺各级权力的斗争由此在各个城市开展。

第八章　淮河大平原的冬天真冷

这天傍晚古越月去开水房打水，恰巧遇到了柯华。

“哟，来打水?”两个同学同时相互问候。

柯华浑身水淋淋的，他穿了一身蓝色旧上衣，短裤，露出水淋淋的两条光腿，他刚从开水房下面的学院游泳池回来，他是来打开水回去冲洗一下。

“我正要去找你，还你钱。你现在住在哪儿?”古越月问。古越月刚刚领到了这个月的助学金十一元。

前些时间古越月在广州，无法及时领到助学金，伙食费成了问题。考虑到学校中此时可能很难找到什么同学，古越月只好向柯华借了十元钱，柯华比较可靠。

“我搬到了原来宿舍对面的那栋楼的一层。”柯华说。

由于长期不上课，学生们四处走散，已不再如以前老实规矩地住在一起，革命运动及红卫兵们到处游荡已造成了许多空屋，现在大家是哪儿有空屋就见缝插针地往哪儿搬，许多的同学都乱住了。

“好，我等会儿送钱给你。”

两个同学点头分手告别。

吃过晚饭，古越月去找柯华。这栋楼房有许多的空屋，在这间空宿舍中也只住有柯华一个人。他已换好衣服，室内被一个一百瓦的大灯泡照得雪亮，在他房间的桌子上堆放着不少书，还有英语词典。

“你在看书?”古越月问。

“部分教室有时已经开课了，动员大家去听课，我有时去听听，现在附属医院临床，也让我们可以去看看。”柯华说。

古越月已经知道医学院零星地在部分教室给大家开了课，但许多同学都未安下心来，听课的人不多，大家断断续续地随意地去。古越月还未打算系统地去听课。

“你现在革命得很嘛，可打算去上课？”柯华说。

“我还没有去上课。”古越月被说得不好意思，“不过，我看在目前这种形势下，你‘专’得太好，也不一定有什么大前途。”古越月说。

“书还是要看的。”柯华又说，语调有点低沉。

两个同学话不投机，古越月把十元钱递给柯华。

“拖了许多天才给你，真不好意思，谢谢你！”

“不用谢！”柯华客气地说。

古越月告辞出来。

虽然同学们对复课不太重视，学院的临时教务处还是按计划分发下许多授课讲义。正规的医学课本因为大家都在闹革命无法印刷出来而成了稀缺的物品，讲义是教务处学生科自己编写印刷的。

又拖了一段时间，不久，内科学的课程教学较为正规地开始了。

临床的课程教学需要有医院的病人配合进行，也就是临床见习教学。许多典型病例的检查需要在病人身上现场讲给学生们听，邻近的附属医院安排不下许多同学，有一部分同学的见习被安排到西边大别山区另一所医学院的附属小分院进行。

古越月和另外七名同学被分到了大别山区附属分院见习，时间是四周，然后大家轮换。

大别山小分院离省城不太远，但它已深入大别山腹地，山区交通闭塞，有一条小公路直抵医院大门口。

医院的窗外就是一条河流，正是汛期，河水不浅。在河床上，山民们用大石块压着一些竖立的竹子脚手架，然后再互相捆绑连接起来，架了一座可供一个人行走的便桥。

在这个美丽的山区医院短短的四周见习期间，古越月有机会参加了一次阑尾炎手术,还与带教的李老师学习了一例重症大叶性肺炎。

事也凑巧,那天吃过早饭古越月正要去病房现场上课,实习队的领队李老师接到通知,需要他紧急出诊,去抢救一个危重病人。古越月正好跟在李老师身后。李老师是医学院派至省西分院的定点轮转医生,他们每半年轮转一次。这些医生一边上班一边革命,同时带教轮转而来的医学院见习学生。

李老师回身对跟在身边的古越月说:“马上出诊,你去借个出诊箱跟我一块去。”

患者是位年纪不小的山民,隔着河流,到医院很不方便。古越月忙回答:“行,老师,我和你一块儿去。”

门诊部已紧急配好了可能需要用的药品,古越月背着出诊箱与李老师上路了。

师生俩跨过医院门前溪水上的竹桥,上岸后走不远就是一大片低矮的细竹林。绕过这一大片竹林后,古越月看到了一种奇特的山区地貌——在她的面前呈现出许多形状如北方馒头一样的不大的圆形山丘,而且每个山丘的形状都差不多,一丘一丘地耸立在你的面前,一些农家小屋就坐落在这些小山丘的前面。

面前的景象很奇特,古越月想不明白,这儿的山怎么会是这么个模样?

进了农家的门,生病的是位农妇,她高热、咳嗽。她的爱人告诉李医生:“医生,她还吐血,吐深褐色的血!”

说完,农夫端起放在床边的小桶指给李医生看。古越月乘机看见桶内有一些深咖啡色的脓性液体。

李医生看过以后对古越月说:“这个病人患的是大叶性肺炎,病例很典型。”

李医生让农妇的丈夫掀起她的外衣,用听诊器仔细地听她的肺部。过了一会儿,他指着农妇的右侧肺部对古越月说:“你听,这儿有十分明显的湿罗音。”李医生让农妇用力地吸气。

古越月接过老师的听诊器,果然听到了农妇肺部有很清晰的细湿罗音,它如弹力胶布被撕拉时发出的嘶嘶声。

大叶性肺炎是一种很厉害的肺部疾病,它由肺炎双球菌引起,如不及时治疗,病死率较高。李老师立即给农妇开出了青霉素,青霉素对这种病有特效。

回去的路上,古越月很高兴。路上的风景不仅好,而且年轻的李老师十分健谈,他对古越月说:

"人体结构很复杂,学医很不易,你今天遇到的这个病例很典型。在见习及实习中,你要对各种疾病一个一个地看懂吃透并牢牢记住它们的特点,日积月累,经验多了,你就会成为一个好医生。"

李老师是位年轻的留校老师,他三十多岁,梳着短发,戴着一副眼镜,模样很斯文。他毕业已好几年,由于"文化大革命",他还未来得及谈恋爱结婚。李老师告诉古越月,在附属医院从事临床工作的许多医生结婚都很迟。

古越月永远地记住了这次出诊,她学会了这例重症大叶性肺炎的诊治且至今记忆犹新。

又开了几门新课,大部分同学都安下心来好好地学习了。这一年秋天,几门临床课刚进行了期中考试,学校又接到上面的通知,办学的方向要进一步面向基层,学生们要到农村去,一边念书一边与工农兵相结合。

这一次期中考试古越月几门课考得都还好。不久,古越月所在这个年级的同学被安排到淮河流域的农村与工农兵相结合,老师同学们都要在那儿的农村中一边学习一边革命。

全年级的同学都集中在男生宿舍门前,门前靠着一面引路的鲜艳红旗,许多的行李被堆放在红旗下。

工宣队长站在一张桌子上,他再一次给大家做行前动员:"同学们,我们这次下乡革命是没有车坐的,我们大家要步行前去,这样才能对你们的思想及身体进行更好的锻炼。"

全部的行程被安排为五天,革委会及工宣队还安排了宣传队及生活服务队，大件的行李被用车先行运走了。同学们背着自己简单的小件物品穿着轻便的鞋开始行走，沿途不断有先行的宣传队员在路边高呼着“同学们，加油”，给大家打气。在每一个大站都有生活服务队安排好大家的食宿。第五天的下午，队伍终于到达了淮河边。

整个队伍在这儿停下来休息。

古越月松了一口气，她放下肩上的行李，与两位女同学一道走到河边。

啊！终于见到了淮河！

古越月曾有几次在飞驰的火车上，在淮河大桥上远远地看见过凶悍的淮河，淮河常常泛滥，给两岸的人民带来灾难。今天，古越月零距离地观看它，发现这一段的淮河水很浅，它没有堤岸，有一些很大的石块就躺在河岸边，半浸在河水中。古越月低下头细细地观看，此时的淮河水很清澈，细细的水波一层又一层地涌来，轻轻地拍打着岸边的石头，显得很温柔。古越月用河水洗了一下脸面及双手，又站在河岸上向前方远眺，展现在面前的是一望无边的毫无遮挡的淮河大平原，在远处成排的高耸的杨树林下是一簇一簇的小村庄。

下午四时多，学生大队到达了一个叫作“凤”的小镇，镇口就有一座公社大礼堂，它很大，全年级的男同学都被安排住在这儿。

在这个大礼堂的东边还有一个小礼堂，它是公社食堂所在地，学生们每天将在这儿就餐。

女同学被安排住在镇里面。镇政府特地为远道而来的同学们挪出了几间办公室，在地面铺上了厚厚的麦草。几个同学又从院子中找来几块红砖头，简单地围了一下，就铺上了自己的被子。

古越月的房间安排了八位女同学，外加一位随着她们一块行动的女老师及她的两个未成年女儿。好在是地铺，没有界限，大家并不感到太拥挤。吃过了晚饭，在一片嘻嘻哈哈的说笑声中，大家度过了第一夜。

第二天就开始了学习，工宣队发下许多文件及材料。在大礼堂中沿墙脚铺了一圈麦草，男生们很大方地把自己的被子展开铺在麦草上。没有桌子，也没有凳子，女生们去了，只好不客气地脱下鞋就坐了下去。天气冷的时候,大家还几个人一堆地在腿上再盖上一条被子。

开始的日子还好度过,时间长了便难熬,主要是每天学习的内容都差不多,天天都是重复反复地学习,读、听及谈体会。

天气渐渐地冷了,不久就开始下雪了。

当大雪铺满整个田野,覆盖了整个村镇时,日子进入真正艰难的时候。

寒冷。

非常寒冷。

没有取暖的火,热水很少,吃的是玉米、绿豆及大米混合煮成的杂粮饭,同学们都感到日子很难熬。有些同学在悄悄地传说:“这次下乡锻炼结束后,有可能去医院实习,去工作,也有可能分配。”

一天,同室的同学小程在回去的路上告诉古越月:“我的一位同学来信,我们上两届的同学已被安排在学院附属医院实习,同时也在等待分配,我们很可能也会有实习,也会有分配。”

“是吗?这消息是否可靠?”古越月挽紧同学的臂膀,两个女孩相扶着穿过镇前冻得如镜子一样的光滑路面。

“消息可靠!等着吧!”

这天傍晚,学习已结束,古越月与两位女同学一同在大礼堂附近转悠。她们在等待开饭,吃完饭后再回到宿舍,忽然听说前面有同学跌倒了,古越月与几位同学忙赶过去观看。

扒开人群跑到了前面,古越月看见穆琴琴跌倒了,她躺在雪地上,双目紧闭,脸面苍白,没有一点儿血色。

“赶快把她扶起来!”有人说。

“让她先躺一会儿,不能动!”有一位男生说。

古越月突然看见薛林与柯华两位男生都在现场。他俩一人一边同时握住了穆琴琴的手腕,他俩都在给她按脉。

“要不要找老师来看看,查查有没有骨折?我们的老师可都是医生。”有一位同学提议。

“不用,她可能是饿的,她每天吃得都很少。”陪伴在穆琴琴身边的是她班上的一位女生。

有人已从小食堂大门口飞奔而来，取来了一碗米汤。大家闪开了一条路，以便让这位女生用米汤喂她。

穆琴琴被两位男生小心地扶了起来，这位女生赶紧上前用勺子从穆琴琴的嘴角边把米汤喂进去。穆琴琴喝了几口，温热的米汤让她渐渐地清醒过来。穆琴琴是位很美丽的姑娘，清秀的脸上渐渐有了血色，四肢也能动了。几位女生忙上前换下两位男同学，扶着她的臂膀把她送进食堂。

薛林与柯华互相望了一眼，两人都不放心地跟在穆琴琴身后。古越月见了很奇怪，这是两个旗鼓相当的优秀同学。古越月知道薛林可能是穆琴琴的男友，柯华怎么也在现场，这么热情？

古越月想，柯华大概是碰巧就在附近。

在这儿，古越月深刻地感受到这一带农村农民的生活很艰苦。农民们住的大都是草房，都不大，室内用麦草糊泥把房子一分为二，里面是全家人的卧室，外面则是吃饭待客烧饭的地方。房子一般都不大，男人冬天都不穿内衣，一件黑棉袄穿在身上，腰部再用一根带子扎起来。

开始下雪后不久，工宣队领导明确地告诉大家，在这儿进行革命学习持续半年左右，第二年春天天暖时离开这儿去找医院实习。时间明确以后，大家反而安下了心。在老师指导下，各班都选择附近的几个合适村庄建立了卫生院。同学们定期去那儿帮助各村的赤脚医生们看病，并为他们上课。

古越月和另一个班上一名叫陈霞的女生被安排到一里路外的一个村庄卫生院。陈霞也是古越月的同乡，她梳着两根大辫子，一张白净的大脸上有一对很大的眼睛，她很热情。两个女生每天下午都定时去帮忙。

这一天，古越月又遇到一位急性阑尾炎病人，他是个中年农民，四十多岁，腹部痛得直不起腰才来就诊，一检查确诊是急性阑尾炎。必须立即手术予以摘除，否则会引起急性腹膜炎。这儿没有正式的外科医生，赤脚医生是全科医生，什么病都看，但稍微重一点的疾病又都解决不了。怎么办呢？简单地商量了一下后，同学小陈自告奋勇去另一个村庄请随队下来锻炼的外科老师，古越月则带领那位赤脚医生消毒，准备即将使用的手术所需物品。古越月用农家用的白铁锅给赤脚医生示范性煮了针头、刀片等医疗器械。一个小时后，小陈带着从事外科医疗工作的张老师匆匆赶到。

一张普通的长条形检查台上铺上了一条干净的白布就成了一个简单的手术台。手术进行得很成功，正是隆冬季节，手术后病人不易感染。第三天，那位农民就被家人接走了。

古越月很高兴，她又一次做了外科助理医生，上了手术台，她负责拉钩、缝合伤口及覆盖纱布。

这一年的淮河大平原真冷啊，一场雪又压着一场雪。老农们说，如此厚的积雪要到第二年的三月份才能融化。男女同学们每天都窝在麦草及被褥中学习着、煎熬着，大家都非常渴望积雪早些融化，春天早点到来，这样大家就有可能早点走了。

工宣队不停地找一些同学谈话，安抚大家的情绪。

这天上午十点钟，老班长走到古越月身边，对她说："你出去一下，工宣队长找你谈话。"

古越月掀起被褥站了起来，她很高兴。工宣队长是位大纱厂的车间主任。他对工作很投入、很努力，是位平易近人的年青工人小领导，长得很帅，同学们都很喜欢他。

古越月今天穿了一件舅舅寄来的蓝色铁路工作服短棉袄，围了一条红围巾，而工宣队长今天则穿了件带小毛领的灰蓝色棉袄，他未戴帽子。两个人一同走到大礼堂北侧的空旷雪地里，面对面站住。

"小古同学，我们到淮北已经不少时间了，通过这段时间学习，你感觉这种学习方法怎么样？"工宣队长首先开口。

"我觉得还好，我们在这儿能帮助当地卫生室解决一些医疗上的问题。不足的地方是每天学习的内容，许多都重复，浪费了不少时间。"古越月直言。

古越月说完转头望了一眼身边一望无边的雪的原野。一次又一次压下来的积雪形成了很厚的雪层，覆盖了整个村庄、农屋及原先裸露的原野上一丘一丘的坟茔。不光是因为苦，因为寒冷，还因为天天都窝在被子中，她心疼的是时间，她十分焦急。

“你提的意见很好，许多同学也都有这种看法，我们要想办法改进。开春天暖后，你们就要到大医院去学习工作了……”工宣队长说。

“天气很冷，你们要注意保暖，要坚持！”工宣队长又关心地叮嘱。

“天气确实真冷，谢谢您！”古越月说。她跺了一下脚。

天气极冷，两个人都站在冻得僵硬的雪地里，谈话时呼出的水汽迅速地凝集成一团团浓重的白雾。古越月清晰地看见有一大团白雾从对面飘过来，她不便移动身体让开，她没想到这次谈话会给自己的身体造成很大的伤害。

一个月后，古越月得知这位工宣队长患上了急性粟粒性肺结核，他吐血不止，被急送回校治疗。而后来去实习医院工作后不久，古越月常常出现无力、失眠、低热等症状，透视后在她的左上肺发现一块不小的圆形结核球。古越月是名很不错的长跑运动员，她曾很多次拿到各项优秀的名次，她很好的身体抵抗力圈住并包裹了那些侵入肺部的结核杆菌。古越月很快就想到了自己的结核感染是源于那次雪地上的谈话，急性粟粒性肺结核是种很严重的传染病，患者呼出的气体中就带有许多的结核杆菌。

淮北大平原上的极度寒冷、生活的艰苦、没有营养及工作的劳累是造成这位工宣队长患此重病的原因。生病以后，他再也没有回到医学院中。

古越月又一次受到了沉重打击，她知道医学生医院实习非常重要。确诊以后，古越月在宿舍中伤心地哭了。

“你不要哭，不要难过，会治好的。”带教的老师坐在古越月床对面耐心地劝她。

年轻的女实习老师姓鲍，来自一所名牌大学，对古越月非常好，她说话时常常露出一口整齐雪白的牙齿。她告诉古越月，自己的爱人在北京航空学院工作，两个人长期分居。鲍老师的床就在古越月的床对面。

这位老师，她与同学们相处得很好。

“肺结核，好怕人啊，实习工作耽误了怎么办啊？我不想走。”古越月对老师说。

“你必须回学校好好治疗，不要害怕。我把你的关系转回去，你在学校中可以边治疗，边参加附属医院的实习学习，那儿也有你们年级其他班的同学，不会有影响的。”鲍老师耐心地劝。

古越月被送回学校，住进了自己原来的宿舍，现在房间中只有她一个人。

在学院的其他许多宿舍中仍住着许多从各个地方来的“革命者”，他们在这儿开会。在临床各项医疗学习实践中，古越月冷静了下来，她已对那些事情不再感兴趣。

临床上的各科老师对古越月都很关心，给她系统地制订了治疗计划，给她每天输液并配以中药丸服用。老师们还善意地劝古越月最好回家去休养三个月。

古越月没有走，她决定采纳鲍老师的意见，边治疗边实习。

这天晚上，楼下看大门的张大爷引上来一位面目清秀的老师，他三十多岁，来自家乡江城，是来医学院开会的。在老家，这位老师听说古越月病了，特地利用此次机会来看看她。

年青的老师，站在房门口，手中提着一个小提琴盒子。他对古越月说：“我的夫人是江城一中的老师，她教过你的课，对你很熟悉。今天，我想为你拉一首曲子。”

“哎呀，真谢谢你！”古越月忙请这位老师进屋。

古越月请这位老师坐定后，向他简单地介绍了自己的现状，忧伤让古越月叹了一口气。

“你不要太着急，会好的，江城现在条件还不是太好，你不要回去，你在学校中休养好。我是学音乐的，能拉小提琴，我经常随身带着琴，今天我为你拉一首曲子，好吗？”

没想到在这儿还能遇到母校老师的爱人，老师的热情让古越月很感动，她忙说："行，不过现在，你还能拉小提琴？"

"我拉健康的曲子是没有关系的，提琴我是天天都带在身边的！"从这位老师的谈话中，古越月估计他可能也是江城造反派的一员，不然他怎么能到省城学习呢？

"那，你就拉一首《我们新疆好地方》吧！"

古越月很爱音乐，很爱听小提琴。动人而又欢快的旋律在室内响起，在夜晚大概能传得很远很远，此时女生宿舍楼内住的人很少，并没有任何人来制止来干扰。

感动及忧伤让古越月双眼含满了泪水。这位老师拉完这首曲子后又安慰了古越月，他拿起提琴准备告辞离开。

"我走了，你一定不要难过。"老师姓江，他再一次叮嘱。

"真是谢谢你，江老师！"古越月送江老师到楼梯口。

窗外，一轮明月正冉冉升起，古越月关着灯躺在床上，她告诫自己，困难会过去的，一定要挺住。

在往后的三个月中，古越月每天上午见缝插针地去临床各科室附院学习，下午定时去门诊部打针，晚上吃中药并做各种笔记。在规律的治疗中，她的病情终于被控制住，身体渐渐康复。

第二部

医者最美是仁心

第九章　“速配”，我不要

实习结束后，同学们纷纷从各地医院返回了学院。到校后不久，古越月和同学们获知，城市中不能分配，他们这届同学将被分配到农村搞医疗队。

听到这个消息，大家又喜又忧。喜的是终于分配了，要工作了；忧的是他们将再一次走向广袤的农村。许多同学此时都想到了，在一些农舍中，在夜晚或许只有一盏孤灯、一张小床或许再加上一个小泥灶陪伴着你。

许多同学这时都想起了自己的终身大事。

到山区，到农村，到哪儿去找自己的伴侣呢？还是抓紧时间选个自己的同学吧，这是许多终身还未定的男女同学很现实的一个想法。

古越月发现，几天之内，在同学们中间就出现了许多“速配”的情侣。晚上出来一看，在光线暗淡的屋角、树下、林荫道旁边，随处都可以见到正在迅速恋爱的同学，他们正在一对对、一簇簇地抓紧时间交谈着、安排着。这种婚姻大事的“速配”现象让古越月感觉有些人太马虎了。

有人马虎就有人得益，古越月发现不少出身农家的同学迅速出手，都找到了好姑娘。找个贫农的儿子做靠山，这是许多女孩心中很实际的想法，这种想法能让你的生活过得比较踏实。于是，芸芸，一个大刀舞得很好、很俊美、很聪明的时尚女孩，有了一个土得掉渣的男友。古越月的一位老乡，田和，是个很帅的农家弟子，却没碰上特别好的运气。他被一位大妹主动找上，两个人虽是同学，可这位不知从何处来的大妹与他站在一起看上去就像是他的“大妈”，听说这位“大妈”很有钱。还有龚萍，那是位出色的聪明姑娘，也被一位满脸皱纹、面容显得十分衰老的先生找上。真所谓各取所需,统统皆大欢喜。

在等待分配的日子里,再也不用急着去看书了。古越月这天准备出去买点东西。到处都是人,她想从附院的边门出去,刚转过楼角,准备下坡,就看见前方冬青树边有两个人在说话。一个女孩手中牵扯着一根从树上垂下来的长柳条,靠在冬青树边上和另一个人在谈话,看见古越月走近,两个人忙侧身让开路。古越月看见,那女孩是自己的老乡,长得不丑,白白的圆脸上有一对大眼睛,那男生是她的班长。看见古越月,女孩忙含笑问她:"出去玩?"

"对,出去买几样东西。"古越月也笑着回答。

三个同学互相点头打过了招呼,古越月暗想,这一对还不错。她继续往前走,这一带靠近女生宿舍的后围墙,有一条窄的两侧用高高的冬青树围成的幽静的甬道,它环绕着整个女生宿舍区。从这条小路往南边插过去,走几步就可以很快到达医学院附院的后街,在那儿买东西很方便。古越月在小路上往前走了不远,不想前方又被两个人挡住了。小路很狭窄,又没有岔道,古越月感到此时不便前进也不便后退,她只好硬着头皮往前走。在楼的另一个转角处,她看见薛林和穆琴琴两人站在那儿,正在说话。古越月首先上去打招呼,开玩笑:"哟,琴琴,你俩又躲在这儿在说什么悄悄话?"

穆琴琴红着脸,未回答,薛林却是很热情地问:"你上街去?"

"对,我上街去。"古越月一边回答,一边点头,一边快速地穿过狭窄的甬道。

这条可以遮住几个方向人们视线的狭窄幽静的冬青树甬道,真是个恋人们幽会的好场所。唉,到处都是谈恋爱的同学。

古越月暗想:"我还不太老,此事我不着急!"

古越月明白"速配"是即将到来的分配形势所造成的,它也是现实生活所需要的,这种婚姻不需要浪漫的爱情。

几天后,分配的大致方案终于传达下来,各个班级的同学根据地区及各种需求被打散再分成许多的医疗小组,几个小组可聚可散,形成一些较大的医疗队,派到几个县的农村。古越月想到了自己的肺结核病,她决定离开班上同学，为自己争取一个离自己家乡较近的水乡去工作。

老师批准了她的要求。

同学们就要告别出发了，许多的行李和纸箱根据去向被分区、分县地堆放在一起。离开了班级，古越月很难过，她坐在纸箱上又一次哭了。

生病后古越月变得很脆弱，她常常哭泣。

古越月的老班长站在旁边，看见与自己同窗多年的古越月流泪，他动了恻隐之心。老班长出身北方农家，听说他大学三年级时就在老家乡下成了亲。看见班上许多同学在分配前都相互结成了对儿，而古越月此时仍是单身一人，他把古越月悄悄地叫到一边，关心地对她说："越月，你到现在还是单身，我给你介绍一个对象吧。"他拿出一张照片对古越月说，"你看他可行？"

那是一位来自北方很不错的好同学，一手字写得很漂亮，人很老实善良。古越月看了看照片，忍住泪水笑了："老班长，谢谢你的好意，这种事情我不急。"

老班长人很好，古越月很感谢老班长的好意。她想，婚姻大事这么办也太简单了吧。古越月的内心深处有一个自己的原则，那就是别人挑剩的我不要，而且，我要自己找。

古越月的新工作地点在一处美丽的水乡，周围全是平原，水很多，没有山。从陆地上向前延伸出的一块三角形沙土地被好几条湖汊及河流围住。这儿到处都是水，农民们出行经常要乘渡船，看病就医很不方便。

下乡的第一年，医疗队仍把大家相对集中地安排在公社卫生院，吃住也在卫生院腾出来的几间宿舍中。每天清晨，医生们要接受安排好的一些医疗任务，然后再坐船下到各个基层生产队去，工作的内容有医疗，也有防疫及检查工作。

在这处美丽的水乡上班后不久，年轻的医生们领到了第一个月工资，每月二十四元，虽然不多，但已能养活两个人。在这儿，古越月和她的几位同学整整过了一年轻松愉快的好日子。公社卫生院全体同志都对他们很客气、很照顾,集体的饭菜很便宜,而下到基层大队,则每次都是由妇女队长亲自接待。餐餐都有好吃的水乡珍品,鱼虾更是每餐不断。乡民们对这些年轻的医生很喜欢,上门就必定有招待,最差的也是炒花生、炒瓜子,水中的鱼儿更是多得很!渔民们常常把捕到的新鲜鱼直接客气地甩给医疗队。几个月住下来,同学们都舍不得离开这个地方了。

由于这段时间伙食明显变好,古越月病后的身体逐渐恢复了健康。

第二年,医疗队需要进一步下到乡村生产队一级,辅导赤脚医生们的工作。天气渐暖以后,一天,队长把大家召集到一起说:“最近我们要下到几个生产队的医务室去工作,最远的地方是湖口队,离公社这儿有八里地,在湖边上,要坐船走,需要两名医生。公社附近也有两个点,稍近一些,一个点只需要一名医生,时间暂定三个月,以后大家再互相调换,另外,公社医院也还要留一个人。大家商量一下怎么办吧。”

医生少驻点多,怎么分工呢?古越月所在的这个小小医疗队共有六位医生,其中女医生两名。另一位女医生姓祝,是一位来自南方山区的美丽姑娘,薄薄的嘴唇,一双大眼睛又深又黑,长长的睫毛,美得让古越月都不敢直视她的那双大眼睛。她出身干部家庭,性格温柔善良,她接受了队中另外一位很有才华的同学的追求。考虑到医疗队中的医生们年纪都已不小了,公社卫生院十分客气地专门为他俩让出了一间房。于是,这两个同学就把两张单人床推到了一起,两床被子合到了一处。公社供销社有红绸被面出售,很便宜,古越月看见了告诉祝医生,建议她买一床。两口子又在供销社买了几丈带蓝色花纹的白色罗纱,做了一床大帐子,给大家发了些糖果,就算结婚了。

下到生产队,想到晚上乡下漆黑一片,一个人生活很不方便,可能还有些害怕,古越月很想找一个伴儿。她朝祝医生那儿望去,看见站在廊柱子边上的祝医生正面带微笑注视着自己的郎君,那眼神中充满了关爱。很显然,这位善良美丽的姑娘正沉浸在家庭生活的幸福之中,古越月感到自己开不了口,便打消了自己的想法。

“我们去湖口队吧,那儿远,周围都是水,女医生去不方便,让我们男医生去吧！”祝医生的爱人林医生和另外一名男生同时自告奋勇地说。

于是，小队长接口说：“那好，就你俩去吧。古越月去红玉生产队，那儿的赤脚医生要求派一名医生带教他们。红玉队离公社只有两里地，比较近，回公社方便。祝医生，你们两口子下去一个就行了，你留在公社医院，以便与大家联系。剩下的医生去光明生产队。”

事情定下来以后，大家就分头出发了。红玉生产队确实不太远，它位于两条大湖汊之间，从公社医院大门口上船，过了河再走一里多的乡间小路就到达了。来接古越月的赤脚医生是位年轻的小伙子，叫小王，他让古越月住在自己一位亲戚家附近，并让他的亲戚王大妈照顾古越月。

王医生领古越月到了王大妈家。这位热情的农妇四十多岁，用一条花毛巾盖住了短发，已经把自家门前一间披屋打扫干净。她热情地对古越月说：“古医生，小屋很简陋，没什么东西，我给你在门口砌了个小炉灶，配了些锅碗勺，生活中你缺什么都到我家中来拿。”

古越月谢过了王大妈，她把小床铺好，把几本书放到窗台上。好几个农家的小朋友很好奇，围在窗口及门口望着她。古越月走出农屋，看见王大妈的三间房舍就在自己小屋的北侧，房屋周围是开阔的一丘一丘的水稻田，正值初夏，稻苗正在拔节生长，满目是耀目的碧绿。

王大妈一家对古越月很好，她自己也常常过来帮古越月烧小炉灶，并时常把她家好吃的东西送过来。

时间过得很快，古越月平时每天上午去医务室工作，忙碌中倒也不觉得孤独和寂寞。在这一年的中秋节，古越月触景生情，又难过得一个人大哭了一次。

吃晚饭的时候，屋前的王大妈匆忙地跑过来对古越月说：“古医生，今天是中秋节，到我家来一块儿吃饭吧。”

中秋时节，田中的农活很忙，王大妈很晚才从田中回来。看见王大妈满身灰土的样子，古越月忙说：“谢谢你，我已经吃过了。”

“再加点吧，在一块儿坐坐。”

“不客气了，谢谢你。”古越月不好意思再给王大妈添麻烦。

王大妈吃过了晚饭后，又打着手电筒端来一碗热气腾腾的元宵，说：“古医生，这是刚煮的元宵，你趁热吃下。今天是中秋节嘛，要吃元宵的！”

古越月很感动，接下碗。王大妈坐在小床边，看着古越月吃了元宵，又陪着说了一会儿话，才告别离开。

已经很晚了，古越月睡不着，她端出一个小凳坐在小屋门外。此时一轮明月挂在中天，清冽的月光洒在四周模糊的田野上，远处有星星点点的农家灯火在闪烁，周围静悄悄的。这时古越月想起了自己的身体，想起了家。回身再看看身后屋内只有一盏孤灯，昏暗的灯光下只有一张小床和一个小泥灶陪伴自己，眼角就立即有泪水渗出来。

哭吧，泪水，它不断地涌出来。

古越月，她想家了，她一个人心中很难过。

夜已经很深了，古越月回到小屋躺到了床上，仍睡不着。室内有一些从窗口透进来的淡淡月光。古越月看见室内木柱上挂着的一个黄色军用挎包，在那个小包内还装有一些信件，那是一些至今仍与古越月保持联系的同学的来信。

古越月翻了个身，她把双手枕到了脑后。她沉思，在这孤寂的农村，现在，自己是该决定，该选定一个人了。

秋末的时候，医疗队的小组长去县中开会，竟然带回来一个惊人的好消息。小组长个子不高，下巴颏尖尖的脸上一对眼睛很不小。他亲自跑到红玉生产队告诉古越月：“越月，好好干，你知道吗？政策又有了新的变化。我们这批医生完成这次医疗任务后，很有可能还会再行分配一次工作。听说，许多大医院许多年都未进人，很缺医生呢！”

“真的吗？”古越月高兴地问，她有点不相信自己的耳朵。

“是真的！”小组长穿了一件棕黄色的夹克衫，高兴地在古越月面前不停地踱步。

第十章　穆琴琴，我会证明给你看

接近年关的时候，传说变成了真事。

国家在局势进一步稳定后，开始安置大量待分配的各类毕业生。高中、初中的学生被安排到农村广阔天地去锻炼，还未完全分散开的一些毕业生则再次进行人力资源方面的调整。许多大医院医疗力量青黄不接，很缺年轻的医生。相对较为集中，并未彻底分散开的古越月这批医生，接到了再次进行调整再次分配的好消息。

已经成家定居的及还未成家定居的所有医生都被通知紧急集合，大家兴奋地又一次捆绑好行李，依依不舍地告别了工作地的老乡。从各地匆匆赶来的同学们迅速地会集成一支浩浩荡荡的队伍。一队汽车急速地向北方省城挺进。汽车行进到半路上却又接到校方的紧急通知说，他们已经毕业工作两年了，就不必回校了，因为医学院已经没有地方给大家住了。

队伍只好紧急在一所县城中学停下来。经过协商，二次分配将在这所县城中学进行。

同学们纷纷把行李抬下汽车，在这所中学几间空置的大教室中被安排临时住下来。

工宣队、军代表还有学校领导派人共同组成了分配领导小组，在教室前面的教研室设立了分配接待站。领导很希望在名单宣布以前，尽量听取一些年轻医生的意见以及他们的最后要求，以便尽可能地给大家一些方便和照顾。

好长时间未见，大家见面后互相热烈地握手交谈，并互相打听一些消息，每一个人都想为自己争取一个较好的前途。古越月放好行李铺好床后也向外面走去，她想去接待室看看，她的身体不太好，她希望能得到一些照顾。

在教室大门口，古越月遇见了薛林。“古越月，你好！穆琴琴在吗？麻烦你给我喊一下她。”薛林看见古越月，马上就迎上来对她说。

“行，穆琴琴在里面，我刚才看见了她。”古越月见到他立即客气地笑着回答，并马上抽身返回了教室。好久未见薛林，两年的农村生活让他变得又黑又瘦。

穆琴琴住在第二排床铺，她已经整理好自己的行李，坐在床前。

“小穆，薛林在门口，叫你过去一下。”

“我不去，我正有事呢。”小穆仍穿着一套蓝色衣裤，梳着两根大辫，低着头说了一声，继续整理床上的一堆零散物品。

“我已转告她了，她说她有事。”古越月又出门对薛林说，说完，她向薛林点了一下头，就继续往前走。她不知道小穆是否会出来。古越月早已听说，两年的农村医生工作，世事已发生了很大的变化，穆琴琴与薛林的关系已近结束。小穆在她的一位好友的极力推荐介绍下，已与柯华正式好上了。古越月知道这两个男同学都很优秀，他们三人由此开始了一场旷日持久的两个才子和一个美女的爱情故事。古越月知道，薛林与穆琴琴是同乡，又是中学同学，相处已很多年。薛林很难接受这一令他心痛的巨大变化，他还想尽最后努力。

“穆琴琴，你出来一下！”薛林无奈，只好在教室门口大声地喊了一声。

古越月一边走，一边回头望了一下。大概是害怕惊动更多的同学，穆琴琴还是走出了教室，与薛林一道走到离教室不远的一个地方站住。

就要宣布名单了，这所医学院以前历届学生的分配，一直都遵循着一条不成文的规则，那就是学生在分配前可以提出一些分配请求，你如果要求照顾关系就不能照顾分配地点，要求照顾分配地点就不能照顾关系，两者只能取其一。大家一直都觉得这个办法比较公正。

因为好事不能让一个人全占了，要大家公摊。

薛林把穆琴琴叫出来后，站在她的面前诚恳地向她说：“穆琴琴，就要宣布分配名单了，我希望我们俩能分配到一起，我们一起到工宣队、军代表那儿去申请一下吧。”

薛林此时想，只要两个人能分配到一起，以后就会有机会再挽回两个人的感情，他仍不死心。

“不，这已没有必要，我早已对你说过，你还是抓紧时间选择其他合适的人吧。”穆琴琴拒绝。

“琴琴，我们相处了这么多年，希望我们还能如以前一样。我会努力的，我一定会证明给你看，我不比别人差。”

穆琴琴不吱声，她沉默。

薛林用力地说着，声音很大，且越说越激动，他不断地挥舞着自己的手。古越月在远处望着，她很同情薛林，感到薛林已无回天之力，已是徒劳费劲，因为穆琴琴重新选择的柯华太优秀了。

又要分别了，这一次大家将彻底四散，各奔前程。大家在一起读书，在一起搞“文化大革命”，又下乡做医生相处了许多年，这一批年轻的医生中，大多数人年纪都已很不小了，各个班级继续在上演着还未进行完的爱情故事。有的同学感情十分简单，迅速配对搞定。有的则在最后关头又发生新的变化。争吵、努力，爱情的“战争”天天都在上演，各有各的情况，各有各的需求。与一个熟悉的同学分配到一起，比孤身一人到一个异地，前景要光明得多，同学们的想法十分实际，一点也不需要浪漫。

“同学们，请安静！”在这所中学礼堂用灰砖砌成的讲台上，分配领导组长用力地呼喊着。

礼堂中嗡嗡的讲话声顿时静了下来。

“下面开始念名单，请大家注意听清楚，然后到对面的教研室去领派遣证。”

……

周围静极了，几百双眼睛紧张地盯着前面那个破旧的用深灰色青砖砌成的讲台。

同学们极度紧张。古越月低下了头,双眼看看脚尖。终于,她清晰地听到了自己的名字,由于她身体不好,学校领导及军代表终于满足了她的要求,让她回到了故乡的小城。

泪水立即糊住了她的双眼。

名单念完后大家一哄而散,许多同学迅速地往转角处的一处平房跑去,分配办公室就设在那儿,同学们还要在那儿排队领取派遣证。

礼堂外面到处都是人,有人在不停地走动,已有两位女生站在门口哭泣。她俩都已有男友,此时正站在她俩的身后。这种时候大家都没有心思管别人的事。

古越月没有在办公室外面转悠,她不想这么急就进去。这时她看见柯华与穆琴琴一同从办公室内出来。古越月热情地问了一声:"你俩分到哪儿了?"

"大别山区的岳岳县,大山区,但是,我们分到了一起。"柯华一直与古越月关系不错,他笑着告诉古越月,穆琴琴则站在一边沉默不语。

"那好,再见,我也进去拿派遣证,我身体不太好,你知道吧,我分回老家了。"古越月对他俩解释说。

"知道,知道!你回家好,以后我们争取再联系!"柯华、穆琴琴与古越月告别了。

古越月抬头看见薛林此时正站在远处大礼堂门口,一个人呆呆地往这边看着。大概军宣队代表已经知道了他的特殊遭遇,他被分配得很好,被幸运地留在省城了。

能留在省城多好啊!

在省城,他最差也能进一家工厂医院!此时薛林心中应该是很高兴的。

古越月知道,此时薛林心中一定也很难过,她很同情他。薛林也是一个十分优秀的男生,成绩很好,但感情这件事以及它的复杂变化常常是无法控制的。在这场两个才子与一个美女之间的争斗中,薛林彻底地输了。

伤害可能是长期、持久的。古越月看过许多的书,身边也有过许多类似的故事,初恋对人内心造成的伤害常常是终身的、持久的。

领到派遣证回到了宿舍,只见遍地狼藉,满地都是被丢弃的不能带走的瓶瓶罐罐、破脸盆、破水瓶,大家都在打理行李,真是几家欢喜几家愁。但总的讲,同学们都很高兴,因为大家都知道上两届毕业生全都被派到农村。有谁会想到,这届毕业生已经在农村工作了两年,却又这么幸运,又被分配了一次。这让许多同学有机会留在省城,留在学校,去了部队,或留在一些中小城市。

古越月知道自己还是幸运的。她开始整理自己的小箱子。她理好几件衣服后抬头看见好同学娟也正坐在床边。娟是江南人,她也被分回了老家。古越月跑过去问她:“你可都搞好了?证领到了吗?我准备明天就回江城,你什么时候走?”

娟抬起头望着古越月说:“你看,现在这么乱,谁还能在这儿久待?估计明天早上就要走掉一半人。我也在理东西,我想明天就回去。”

“我俩要不要出去买点礼品带回家?好久未回去,这次又重新分配了一次嘛,是喜事!”古越月看见宿舍中许多床位是空的,她估计有不少人都是出去买东西了。

“这附近买不到什么东西,要买就要跑到县城中心去买,路不少。我不打算买东西,到家边上时再想办法。”娟说。

“那我俩明天就一块儿走吧。”

“好。”

第二天上午,古越月和娟两个人共同抬着两个大包,还有箱子,走向车站。车站上已有好几位早到的同学在等车。这些同学来自四面八方,在一起生活了将近八年。

今天就要分别了,从此天各一方,再见面很难了,许多同学在上车前都反复地相互握手,告别了一次又一次。

几辆车都到了,这些车将载着这些同学分别去往不同的方向。从此大家各奔东西,各奔前程了。

这些年轻的医生,他们的生活将要掀开新的一页。

■ 第十一章　一支阿托品救了一条命

由于很久以来国家都无毕业生分配，这次由省革委会直接分派下来的医学院校毕业生二次调整指标刚下到江城卫生局，很快就被得到消息的各个医院争抢一空。古越月很幸运，她被派到江城最大的一家市级医院工作。

一同来报到的共有八位新人，他们分别来自省内外好几所医学院校。接待他们的医务科长和王干事给大家分发了工作服、听诊器后，就带领大家去看宿舍并参观整个医院。

“我们医院前身是新中国成立前留下来的一家教会医院，它后面紧挨着一座天主教堂，南边临近长江。”带队的科长一边走，一边向大家介绍。

“门诊大楼是新盖的。后面教堂内的一栋五层大楼现在被我们医院租用，安排有外科、妇产科，你们内科病房安排在东边的一栋二层楼上。”走在古越月身边的王干事向古越月介绍。

古越月与另两位女医生被安排在内科工作。

到达内科病房外面时，古越月看见这是一栋很漂亮的西式洋楼。刚上到二楼门庭，一位皮肤白净、大眼睛、短发、时尚的叶姓护士从办公室内跑出来与古越月等几位女医生握了一下手，算是大家见了面。她笑眯眯地对古越月几个人说：“护士长今天刚巧不在，她到前面门诊学习去了，我去把她找回来。”

“不用了，改日上班时我们再见面。”古越月谢谢叶护士。她与同来的几位医生都知道，这个医院的“文化大革命”还在进行，大家每天都要抽出许多时间参加学习。

看过相关病区以后，接待的王干事对大家说："现在我领你们去看看住处，是集体宿舍，有些挤。"

古越月知道，住院医生一般是要住到医院里面的。她与大家一起上了楼。

集体宿舍在外科大楼顶层，几乎各个房间都已住满了人，在楼梯口对面的那间大房间中，还有三张木板小床是空的，很显然，这是医院行政科为新来的住院医生们准备的。古越月看见，在走廊尽头靠近东边窗口的地方还堆放着好几张小木床。

"这是集体宿舍，你们三位暂时就住这儿吧，以后有条件会给你们调整的。"王干事对三位外地女医生说。

"好！"三位女医生互相看了一眼，都答应了下来。这三位女医生中有两位来自上海二医。她们是两位穿着时尚服装的上海本地姑娘。

想到家中住房很紧张，而且无床，古越月顺口问王干事："门外这些小木床能借吗？"

"你如果暂时不住医院，这些床可以借给你用。"王干事很爽快。

"好，那谢谢你！"古越月说。

很快，古越月到内科上班了。

楼上内科有五十张床位，楼下为儿科病房。病房内很拥挤，病人多医生少。古越月感到这儿医院条件比医学院附属医院差多了，她有点儿失望。而且这儿的"文化大革命"还在进行，未完全结束。在军宣队带领下，每天下午大部分医护人员都要进行学习讨论，有人记录。

很快，古越月全身心地投入繁忙的医务工作中。

这天，古越月跟随上级医生蒋主任在病房中查房。这是一间大病房，依墙依窗一溜转弯摆放了九张病床。病房中病人及家属很多，很拥挤。查到靠窗的一位病人时，一位女病人对主任医生说："你看，医生，我的手背肿了，是你们昨天没有及时拔针，血跑出来造成的。"

这位女病人的爱人是上海人，是附近一家袜厂的工人，两口子都是上海支援内地过来的工人，这时他正站在床边，立即拉起女病人的手说："你看，怎么办？手肿得这么厉害，你们要承担责任！”

蒋主任说：“等会儿，古医生安排给你用药敷一下。”

那个上海人说：“说得轻巧，都过一夜了，你们现在就给她敷。”

蒋主任说：“我们正在查房，要稍等一会儿，查完病房再给你敷。”

那个上海人说：“不行，现在就要敷！”

看到这人这么凶、不讲理，古越月插上一句：“你稍等一会儿嘛，还有好几位病人没有看完呢。”

这时那位女病员立即在旁边大声用力地说：“你们都是些什么医生呢，水平真是差得很呢！我的手背都肿了一夜，我的身上还痒得很呢！”

古越月把她手臂上的衣服拉上去，并未见到皮肤上有明显的皮疹。蒋主任也认真地看了看患者皮肤。他对古越月说：“你现在就去请护士长安排一下，给她的手背再敷一下吧，这样她就放心了。”

古越月看到这对夫妇如此生气的样子，心中吓得很，马上转身默默地去请护士长。

护士长立即亲自端来一小盆药水，她对那个病人说：“昨天不是已经给你的手背做了外敷吗？”护士长拿起病人的手背又看了一眼说，“这已经明显消掉了好多嘛！吵什么呢！还想不想继续在这儿看病？医生还要去看别的病人！”

护士长把古越月的背推了一下，让她走，并悄悄地说：“他们看你年轻，欺负你，不要理他，一会儿就好了。”

果然，护士长来说过以后，那两口子安静了下来，未再说话。富有丰富护理经验的护士长把他们镇住了。

这是古越月从医以来遇到的第一例医疗小纠纷，这让她感到，在医院中，有时一件很小的事也可以让病人闹得很厉害。她一上午心中都不快活。她把这例病人的病情详细地记录下来，从而也永远记住了它。从此，古越月工作更加小心。

一个星期后，这天下午下班早一点，古越月把上午查房的几位病员的病历写好，坐在椅子上，忽然想起行政科答应借用的小床，她找了上去。

“王干事，那天我和你说好的，我想借小木床。”

“好！”王干事很爽快，马上写了一张字条，他让古越月办手续去领一张小木床。

“能借两张吗？”看到王干事很爽快，古越月就想多借一张，因为她想到家中的几个弟妹一直都没有床睡，全都是睡在木桶及木板、木凳上。

王干事抬头看了古越月一眼说：“就借给你两张吧！”说完，他重新写了一张字条。

古越月一下子就借到了两张小木床。她还得知，每张小木床每月租金只要两角钱。

“这太便宜了！”古越月说，她很高兴。

古越月设法带着人把两张小木床拉回家。全家人真是高兴，虽然是两张很破旧的小木床，对古越月全家却很珍贵。这么多年，古越月家中八口人只有一张床，几个弟妹都没有床，每天都是在临时拼起来的几个木桶、木板、木凳上度夜。

古越月想，晚上如果有一张有四条稳固床腿的木床让你安睡，那你的感觉就会很不一样，你就会感到很稳定，并有了安全感。

父亲和弟妹们忙把破木板、木凳挪到走廊上，两张小床依墙呈 L 形摆放，铺好棉絮后，古越月首先躺下去试试。

她整个身体躺在小木床上感到很稳定。古越月想，从此弟妹们睡觉时不必再担心那些木板在翻身时会翘起来，一下子倒掉。

“很好，这下你们晚上睡觉踏实了，可以好好睡了。”古越月爬起来对大家说，并立即找来抹布把床架子又擦了一遍。

家中生活因这一个小小的变化，也开始慢慢地有了改善。

古越月拿到了第一个月工资，她的工资由医疗队时每月二十四元一下子跳到了四十二元，这已很不少，能养四个人。古越月每个月交给母亲三十元，在家中吃饭，她还打算在半年内给父亲买一只上海表。

一只上海表当时要一百二十元，很贵，需要古越月三个月的全部工资。

古和子听到女儿的打算后忙推辞:“上海表这么贵,我不要,家里有钟,不必买它。”

古越月说:“这事你不用管,不着急,等我攒够钱,一定给你买。”

古和子见女儿这么坚持,很感动,忙说:“越月,你能做医生,真好!”

半年后古越月被调到门诊,并开始单独值班。

古越月在病房管理治疗内科病人,在门诊却还要同时看儿科病人。这天夜班,上半夜比较忙,看完了几个病人后,古越月靠在值班床上一边休息一边翻看一本书。有人敲门,古越月拉开了门,进来一对年轻的夫妇,他们抱着一个婴儿在桌前坐下。

“孩子哪儿不好?”古越月问。

“医生,孩子发热。”

“咳嗽吗? 拉肚子吗?”古越月问。

“光发热,不咳也不拉。”

古越月认真地盯着孩子,看他的小脸。这是一个十分可爱的小男孩,才四十天,有一双乌豆一样的圆眼睛,很可爱,孩子也盯着医生。古越月用手指移动孩子的眼睛,发现孩子不哭,也不笑。古越月听了他的心脏,心率较快,肺呼吸音粗,但没有湿罗音。

肛内体温 39.5℃。

“孩子体温很高,很重,你们晚上不能回去了。我给孩子先用些药,收到急诊观察室好不好?”古越月看了一下手表,正是深夜两点许。

“等天亮有床就住进去。”古越月叮嘱。

抗生素是定量配用的,要凭票取药。古越月拿出自己的抗生素药票,给孩子开了抗生素,并让他在急诊观察室治疗。

第三天,古越月上班后忽然想起这个孩子,她去急诊观察室看看这孩子可好一些。护士告诉她:“那孩子病很重,昨天上午收进去了。”

古越月又赶到病房,只见那个孩子病情较前天明显有加重,正在治疗抢救。

古越月心中很不安，她默默地回到门诊。通过这个病例，她深深地感到，孩子，特别是婴儿，身体小，短期内变化大，很难搞定，她把这个病例也仔细地记录下来，因此也永远记住了这一个婴儿病例。她暗暗打算好，以后如能归科将不搞儿科，只做内科医生。

医学是门非常深奥复杂的科学，人体结构更是复杂无比。作为一名临床医生，即使你理论知识学得很好，遇到具体的病人，也还需要医生依据具体病情灵活处理对待，这样医生的医疗技术才会不断提高。对于医学的灵活性，在处理了越来越多的各种病例后，古越月体会得越来越深。

这天下午古越月在急诊室坐班，看完几个病人后，古越月拿出内科学正在看，对面值班的护士猛喊："快，古医生，来了急诊！"

古越月忙跑步到急诊室门厅门口，只见四个警察抬着一个患者进来了。警察们对古越月说："这个病人刚才倒在前面的街边上，我们把他送来了。他大概是个流浪汉，身上没钱，你们给他治疗一下吧！"

"他没钱，那怎么办？"古越月望着警察说了一句。

"去找你们的领导解决吧，我们走了。"为首的一位警察说了一句就走了。

古越月与在班的两位护士把病人扶起抬到诊疗台上。病人年纪不大，三十岁左右，神志还清楚，但他的眼睛无光彩，口唇发绀，鼻孔中有白沫不断涌出，他已不能说话。

两位护士忙着给病人接上氧气，古越月立即给他听诊，他的肺部有大量的粗水泡音，心率很快，病人的颈静脉充盈不明显，他的下肢也不浮肿。

古越月已经确定这个病人目前患有急性肺水肿，左心衰。

"他没钱，怎么办呢？"古越月问护士。

"我马上给总值班打电话，先批一些药品吧。古医生，你赶快给他开药吧，这个病人很危险！"今天值班的是位有处理急诊经验的老护士，她对古越月说。

很快电话打通了，经联系总值班同意，这名流浪者的处方到药房去记账先借用，后面治疗依病情再处理。

“那好,你马上给他先用50%葡萄糖40ml加西地兰0.4mg静脉缓慢推注,请推慢一点。”得到领导同意后,古越月下医嘱。

值班护士立即从急救车中取出药品给患者用上了,而另外一位护士则拿着处方去报批取药了。

药用过以后,值班护士与古越月又把病人上半身用被子枕头垫着靠了起来。半个小时过去了,患者呼吸仍非常急促,两眼上翻无光泽,并且有大量的白色泡沫从患者的鼻孔顺着氧气管汹涌地冒出来,这些泡沫不一会儿就在滴管的下方形成一大堆,泡沫堆越堆越大,流了一地。古越月焦急地在病人身边踱来踱去,她不停地听患者心脏。水泡音很多很大,泡沫是从患者的肺泡及呼吸道的腺体中分泌出来的,如何才能让他的呼吸道分泌物分泌停止呢?这时古越月想到了是否可以用支阿托品以抑制腺体的分泌,但阿托品会影响患者心率。古越月又想,强心药已经用过了,过一会儿,药力会逐渐发挥作用。古越月又给患者下了一个新医嘱:立即给患者肌注阿托品0.5mg。

古越月决定在目前患者极其危重又束手无策时先用这办法试试。

没想到,一支小小的阿托品用上去以后,奇迹出现了。十五分钟后,患者口鼻中的白色泡沫停止了涌出,没有了泡沫,患者的呼吸道变得明显通畅,呼吸逐渐改善了,紫绀有好转,接着强心甙又让患者心率慢了下来。古越月一直站在患者身边仔细地观察患者病情的每一步变化,等到下班时,患者的神志已经完全清醒了,古越月与护士把他移进观察室住下来。

古越月对患者病情的分析、思索、处理是正确的、及时的。

这个病人得救了!

“你可好些了?”古越月问他。

“好些了,谢谢你,医生!”接着,这位年轻的患者又点头对站在旁边的护士说,“真谢谢你们,我感觉舒服多了。”

“你身上有钱吗?”古越月又问。

“有一点,在我衣服里面的口袋中,不多。麻烦你给我拿一下。”

值班护士从他里面口袋中掏出一些皱巴巴的零钱,一共不到二十元。

“你是哪里人？你病很重，我把你收进去？”古越月又问。

“我好些了，我不住院，就在你们这儿住一两天吧。”这位小伙子说。

“你以前有高血压吗？”

“没有。”

“那你这次得病的病因不太明确，你的病很重，最好还是住院查查。”

“谢谢你，我真没有钱！不住了吧。”

这是一个流浪的穷人，他没有钱，古越月只好又给他开了一些口服药，并对来接班的夜班医师详细地交代了病情。

第二天中午，古越月来接中班时，值班的护士高兴地对古越月说：“昨天那个流浪汉好了呢，他今天上午就出观察室走了。”

“真的吗？”古越月跑到观察室去查看，病人果然出室走了。在确切得知患者病情有明显好转，并且是自己一个人走出去的，她的心中真是高兴。

这一天，古越月为自己独立成功地抢救了这位病得很重的患者，感到非常欣慰。

她第一次深切地体会到医生这个行当、这份工作的神圣及重要。医生，这是一个救人性命的职业！医学的知识、业务的熟练及工作中深入地思索、灵活地应用，是多么重要啊！

古越月永远地记住了这一病例，并用小本子记录下这一典型病例。通过对这例病人的抢救、治疗、总结，此后，古越月的医疗技术大有进展。

第十二章　“医生面前，病人都是平等的”

这天古越月正在看门诊，忽然对面护士工作室中护士吕大姐出来喊她：“古医生，有你的电话！”

内科门诊只有一部电话，古越月忙跑过去，电话中传来科主任伍医生的声音：“古医生，你忙吧？”

“还好。”

“那你抽空到我办公室来一下，有事要与你商谈一下。”

“好！”

古越月看完手中的一个病人，回到科内。她推开办公室的门，看见瘦瘦的科主任已坐在桌前等着她。

古越月坐下。科主任开门见山，对她说：“古医生，有件事想与你商量一下。现在医疗工作要支援农村，医务人员要到基层农村去锻炼，还要帮助农村医务工作者进一步提高医疗技术。我们医院接到通知要组织两个医疗队，基本上援助的方向都是山区及偏远的农村，科内每个医生都要参加一两次，你现在愿意去吗？”

“行，我愿意去。我搞过省农村医疗队，熟悉一些农村的情况。”古越月仅仅想了一会儿，就爽快地答应了。

“家中走得开吗？”

“行，家中还好，可以走。”

“那好，现在有一个短期医疗队，马上就要去，时间四个月。明年初，还有一个时间较长的医疗队，科内医生少，要等到今年的医疗队工作结束，与回来的医生轮换后才能下去。今年这个小医疗队到沿江地区，明年那个大医疗队到大别山区，你想去哪儿？”

古越月稍为想了一下，她挑选了一个短期医疗队，时间为四个月，到沿江农村。

“我先去沈营吧，它时间短，到年底，正好明年初我想干脆再接着参加一个大型长期医疗队，把我的医疗援助任务一下全部完成。”

“那一共需要在农村待一年半时间，你能行吗？家中丢得开？你可以在几年内分两次去完成。”伍主任关心地问她。

“行，我会安排好的。”

古越月参加过省农村医疗队，她知道在农村，除少数急诊，医生晚上大部分时间很空闲。她已工作了好几年，想静下心来看看书，总结总结过去经手的一些病例。

“那好吧，就这么定吧。你今天上晚班，从明天开始休息，有三天时间做准备，医疗队三天后出发。”伍主任说。

沈营这地方紧挨长江，由于它北边靠近大别山，周围并未形成平坦的河网地区，因此算不上水乡。公社医院就设在长江堤岸内侧一个人工用土填垒的高台上。公社医院四周没有村庄，全都是棉田，并套种有大量的花生。医疗队共有四个人，一名内科医生，一名药剂师，两名护士，古越月任队长。

医疗队到达后，古越月一看地形，就知道这一带农村应该算是较富裕的，农民生活还可以。但他们这儿离城市远，缺医少药，方圆二十多里只有一个公社医院，仅有四位医生。其中有两位是一对夫妇，比古越月低一届，他俩也是几年前大中专院校再次调整分配时，按照照顾关系不照顾地点的原则分到这儿来的。他俩都是淮河以北的北方人，夫妇俩是同学，很恩爱。男医生是院长，兼搞外科，做一些力所能及的小手术；他的夫人则搞妇产科，并带领几位基层助产士，负责方圆二十几里农妇的妊娠分娩医疗。医院中内科疾病主要由一名中医师负责。古越月到达时，刚好分来一名卫校医士班的学生，他是本地人，姓严。

古越月等四名女同志被安排住在医院西侧最大的一间房，古越月负责内科疾病诊治并带教新来的严医生。

严医生是位很勤奋的小伙子，他每天坐在古越月桌子对面。遇到合适的严医生未见过的好病例，古越月就看慢一些，一边给病人问诊，一边向严医生介绍该种疾病的诊断要点及治疗方法。严医生拿着一个本子，一边听，一边看，一边认真地记录下来。

这天上午，古越月遇到一个高血压患者，是个老农，六十多岁。他喜欢进食当地生产的红衣花生米，每天喝点小酒，酒量每天达到四两左右。这天他感到胸闷，前胸部时有疼痛。古越月在他的心前区听到了频发的二联律，她怀疑患者可能有心梗，对旁边坐着的严医生说："你来听一下，这个病人心脏在规则地咚嗒跳动后，又会单独地跳动一下，这一下跳动是异常的心脏跳动。"

严医生拿着听诊器弯腰贴近病人认真地听了好几分钟后说："是的，我听清楚了，它是二联律，有好多次，跳一段时间后就会连接出来好几下。"

"这个病人需要做心电图确定一下。你们医院有心电图检查吗？"古越月说。

"还没有。"严医生说。

"这病人很可能有心肌缺血，确诊要做心电图看 ST 段的变化。"古越月说。

"没有心电图无法确诊，暂时先开些扩张冠脉的药品，让他的症状改善一下。"古越月对严医生说。

古越月很快给这位老农开了药，并对他说："你平时不能太累，不能用大力，酒最好戒掉，有机会到区医院去查个心电图，看看心脏的情况。"

"区医院离这儿很远呢，很难去，我以后有机会争取到长江斜对面的九江市大医院做心电图。"老农老实地告诉古越月。

"那更好了，小心点儿。如果去检查了，可以把结果拿来我看看。"

老农很感谢地告辞走了。

下午，已是四点多钟，医院中已经没有什么病人了。在农村，农民们办事都尽量赶早，在这个乡村医院，来了急诊病人，不管白天黑夜医生都必须去看，所以平时也不需要大家全部规规矩矩地坐班。古越月走进后院，医疗队的几位同志和医院的几个医生正在打羽毛球。

球是院长为大家准备的，古越月站在一旁看大家打球。

这个后院很不小，它由前排医院的几间主要诊室和后排的三间职工宿舍围成，两侧一边是院墙，一边是厨房、柴房。妇产科医生小杨与医疗队小章两个人一来一去，打得正热闹。小章蹦起来接住了对方一个高球，又猛一下向对面把球抽过去，用力过猛，球一下子斜了，飞到墙角边一大蓬扁豆的藤蔓上，接着，球一下子掉进去了。

这个不小的院落，在吕院长的精心打理下，挨墙种了一排香樟树，树根处是一丛丛月季花、金银花等花草，在院角还种了些南瓜、豆角，供大家食用。护士小木看见球掉了，忙跑过去帮助寻找，找了半天也未见到球。她把地上密集的扁豆藤叶掀起来。忽然古越月听见小木大喊："哎呀，你们快来看！"

"发现了蛇？"古越月心生疑问，忙和几位医生一同跑过去观看。几位大夫看到了令人惊讶的一幕：在浓密的藤蔓深处靠近扁豆主干的根部，有一个巨大的由一层层鸡蛋垒起来的蛋堆，底部是碎叶和枯草，这些鸡蛋有七十到八十个，最下面的一层鸡蛋颜色已经变深，而上面的几层蛋则是新鲜，呈浅黄色，是好鸡蛋。

"哎哟，怎么这地方有这么多的鸡蛋？你们不知道？"古越月问站在旁边的吕院长。

"我们还真不知道这儿有这么多鸡蛋呢。这儿的老农很好客，很善良，我们给他们看好较重的疾病时，他们就会在再次就诊时带来一只母鸡，我们都不收。老农们常常不由分说，自己解开绳子往院子里一甩就走了。这些鸡有些大家吃了，有些就养在这院子里。我常常看见一些鸡在院内寻食时会钻进这扁豆架里，原来是进去生蛋了。"吕院长笑嘻嘻地向古越月解释。

"有这等好事。你们这儿真是个好地方，鸡蛋在我们江城，那是很稀罕的食品呢！”古越月说。

“这地方的农民很热情、实在，人真好。这儿的生活也比我们家乡淮北好多了，就是太偏僻，离城市很远。我和我爱人一年只能回去一次，而且时间很短，我们心中记挂着医院，不放心，其实，我们真是很想家。”吕院长实诚地说。

“你们可以把父母接过来！”古越月说。

“他们不来。真希望你们大医院能经常派医疗队下来帮助我们，培养出新的医生，我和我爱人也好早日调回家乡。”吕院长说。

“你们要注重培养本土医生，这样才能留得住。你也不要走啰，你在这个医院搞得挺好的。”

“想家，这儿离城市太远，而且以后孩子念书也是问题。”

“我刚才看了一个病人，可能是冠心病，可惜没有心电图确诊。你们医院有条件了最好能进一台，心电图机子不贵，买进来派人出去学一下，那以后医院的诊断水平将会有较大提高。”古越月又建议。

“这个建议很好，心电图机子不贵，我们以后要想办法努力解决。还有X光机也想搞一台，一台X光机也不太贵。”

一名看热闹的护士拿来一个大脸盆，把乱草上的鸡蛋装起来，除去颜色变深的陈蛋，装满了一个脸盆，捡了个大便宜。大家都非常高兴，当天晚上就炒了一大盆。

吃饭的时候，护士小木盛了一大勺炒鸡蛋，笑眯眯地坐在古越月身边，对她说：“这乡下，农村，真有意思，和城市很不一样。”

古越月笑着对她说：“你没有下过乡吧，不知道农村的情况。我以前在一个水乡搞了两年医疗队，那儿更好玩，到处都是水，我们经常在雨后，在水田里、沟边捡到很大的鱼呢！”

“是真的？”

“是真的！”古越月笑道。

接近深秋时，医疗队需要下到一个生产大队协助赤脚医生治疗一批血吸虫病人。原来，这一带农村，因为靠近长江，也是血吸虫病流行区域。古越月接到通知后，带领同来的三位女队员住到了大队的大礼堂中。

服用的药品都发下去了，绝大多数病人都住在家中，四位合并有其他杂病的病人，临时住在大队礼堂东边的一间平房中。临睡前，古越月又去看了那几位病人，当班的一位赤脚医生催着古越月和护士回去。在礼堂讲台边的一间小房中，四位女队员分两侧，脚对脚睡在一张用大木板铺成的大铺上，床边的桌上有一盏煤油灯。由于担心血吸虫病治疗中有时会出现严重并发症——阿斯综合征，这病常常夺人性命——古越月感到责任重大，久久睡不着。她的枕头紧挨着墙根窗下，已经深夜一点多钟了，她清楚地听到了窗外墙下小路上有一串脚步声。她竖着耳朵静听对面观察室大门的声音，还好，赤脚医生没有来喊她们。天刚亮，古越月就和几位队员起床了，大家忙着到病房检查了一遍病人，四位病人都很平安。古越月悬着的心才放下来。

吃过早饭，古越月和护士小任一同到村中巡视在家服药的病人。刚走到一户农家门口，一位在门口洗衣的中年妇女抬头看见古越月等人背着药箱，忙放下手中的衣服站起来说："医生，我家先生在吃血吸虫病药，他吃饭时感到恶心，心中不舒服，我闺女明天就要出嫁了，他不要紧吧？"

这个女人四十多岁，说着一口标准的普通话，很好听。她剪着齐耳短发，穿着一件洗得很旧的列宁装上衣，长圆白净的脸上显露出焦急的神色。"她这么文雅，不是本地人！"古越月想着走进了这户人家。

病人五十多岁，光着脑袋，瘦瘦的脸，并未卧床。他躺在一张铺了被子的躺椅上，看见古越月进来，想要站起来。古越月忙按住他："不要动，我给你听听心脏！"

"还好，你的心脏跳动正常。恶心是服药引起的胃肠道反应，不要紧张。"古越月安慰他，并立即让小任给他配了胃药。

"谢谢你，医生，坐一会儿吧，喝点茶。"女主人客气地说，古越月和小任在桌边坐下。

"医生，你看看，这是我闺女。"女主人指着屋中间一根木柱上的照片说。

照片上是一个三口之家的室外照，背景是城市中的楼房，照片中他们的女儿长得很漂亮。

“你不是本地人吧？是北京来的？”古越月问。

“不，我是天津人。我家先生原来在天津工作，是个大学生，他乱说话犯了错误，成了右派，后来他回了老家，书白念了，我嘛，就跟着他一块儿回来了。我们回到这儿已经有十几年了，我女儿是在这儿长大的。”

“唉，医生，”病人叹了一口气说，“是我连累了她。还好，我的女婿不嫌弃我们，明天两个孩子就要结婚了。我现在正服药，身体不会出问题吧？我是个右派，医生，你能不能再发点药给我？”

这个病人十分自卑的话，让古越月听了十分吃惊。她立即说：“你怎么这么讲话！医生的职责是救死扶伤，在医生面前，所有的病人都是平等的！在治疗方面，你不用担心，你的心脏我刚才听了，心跳是好的，我再给你配些药吧。”

说完，古越月低头立即从药箱中给这位患者配发了肌苷、丹参、B1 等药片。

“谢谢你哟！你是个好医生！”

“你女儿明天出嫁？”

“是的。”

“那你家明天要忙一阵子。”古越月说。这时她才发现，这户人家靠近内室的墙边放有一些红色的衣被及盆桶，还有一只红色的木箱。这户人家的房子不大，只有一外一内两间房。

看了这户人家室内的家具后，古越月又对这位病人说：“你放心，治疗血吸虫病的药物主要是伤及心脏，你的心跳目前是正常的。我们医疗队就住在大队部大礼堂中，离这儿不远。明天下午你女儿出嫁时我们抽空再来你们家附近看看，有什么事，我们还可以帮助你。”

“那太好了！”

古越月与小任告辞出来。

第二天下午，古越月忙完了观察室内病人的事情后，她不放心这户人家的这位病人，和小任又赶到这户人家门口。可惜她们来迟了一点，隔壁的一户农家告诉古越月："新娘已经出门了，还好，还顺利。"

听到这话，古越月放心了。她俩没有再进这户人家，按照隔壁农家指的方向，她俩向东边的村子走去。

这儿的婚庆仪式很是奇特。新娘的容貌已经无法看见，只见她穿一身红绸衣裤，头盖一块红绸巾，带着她的红色嫁妆，正坐在一辆牛车上缓缓地往新郎家行进。大概由于是右派之女办婚事，女方家门口及村中围观的村民并不多，只有一些孩子跟在牛车后面跑动嬉戏。拉车的是一头黄牛，依照习俗，在它的双角上也扎了红绸。这头老牛拉着新娘在村中的小道上慢条斯理地转悠。

第三天傍晚，凑巧有一个流动民间演出团在大队大礼堂门口演出。四周的乡民都赶来观看，大礼堂大门上悬挂了一盏很亮的汽灯。一些小演员在门前的地头不停地翻跟头，下腰，表演各种杂技。古越月和队员们也出来观看。她远远地看见一对年轻人正靠在礼堂门口一边看戏一边悄悄地说话，那女青年戴着花格子头巾，正低着头。站在古越月身边的严医生告诉古越月："那两个年轻人就是刚结婚的新郎新娘，两个人都长得很漂亮。"

古越月望过去，这确实是一对很帅很俊的年轻人。古越月已经知道那新郎是本村人，在村中一所小学任民办教师，与这个女孩结婚，他顶着不小的压力。

古越月为这对年轻人获得了幸福而高兴。

血吸虫病治疗结束后，古越月一行人又回到了公社卫生院。不久，她们又幸运地看了一场乡村露天电影。

那天上午吕院长高兴地告诉大家，今晚公社下面另外一个大队放电影，这个大队靠近严医生的家，不远，他建议大家都去看电影。

乡村的生活，在晚上是很寂寞的，到处都是一片漆黑。古越月时常站在医院大门外向远处极目眺望，在很远很远的地方才可见到一点点微弱的灯光，那是乡村深处农民家中点的灯火。在这时，古越月也有点儿想家。

在农村放一场免费电影是件很大的喜事，方圆几里的农民都会拖儿带女，扛着长板凳或小木凳赶去观看的。半下午，严医生就过来邀请几位医疗队的医生，他请大家早点去，先去他家吃晚饭，他要给大家做挂面煮肉吃。

“肉汤下挂面，”严医生实诚地说，“我们这儿的挂面非常好吃，你们在城里是吃不到这种东西的。”

严医生才二十二岁，中等身材，性格开朗，不仅学习用功，而且他非常喜欢医疗队的医生，和每个队员都相处得很好。

四点多钟时，古越月和同事们处理完手上的事，安排好晚间值班的医护后，就跟在严医生身后向他家进发。

出医院大门，右转向北就是医院方块形的院墙，周围没有农家，紧接墙边小路是一大片花生地。茂盛的花生绿叶下花生已经成熟了，严医生弯下腰，在田地搂起几把花生茎，抖了抖沙土，许多花生粒就出来了。严医生说：“带一点花生晚上炒给你们吃。”

古越月说：“这是人家的花生，能这么随便挖？”

“我们这儿花生很多，你可以随便搞一点，没有什么关系的，是没有人阻止干涉的，我们这儿的民风就是这样。别人也可以到我家地中去搞一点，当然啰，只能是临时扯一点吃，你不能搞得太多啰。”

古越月听着笑了，这儿真是个民风淳朴的好地方。

护士小木也说：“我看也是没关系，你看看，这方圆好几里看不到一个人影，谁还管你呢？”摘了不少花生后，大家穿过一大片花生地，到达严医生家。

严医生居住的村庄不大，只有十来户人家，全部是青砖瓦房，村中有两条很短的用石板条铺成的小村道。

严医生的父母，还有他的女朋友早就在家中等候。说是简单地吃一餐肉汤下挂面，没想到热情的严家父母已为大家做了一桌子丰盛的饭菜。古越月和她的同事们很感动。

“真谢谢你，严大妈，给你们添麻烦了！”古越月对严家父母说。

“不用谢。你们医疗队到我们这儿来好，真希望你们以后不要走。”严母热情地说。

“以后，我们医生会经常下来的。”古越月说。

大家吃完了饭，一个硕大的明月已爬上中天。严医生早已为大家准备好几个板凳，大家扛着来到放映场。那是村外的一处空地，晚上看不清地面，银幕下方已是人山人海。早早就到的吕院长和医院中的几位同志故意站在人群的后方，他们在等医疗队的同志。

“今天晚上放两场电影，《白毛女》《红色娘子军》，两部电影都很好看。”吕院长对古越月说。

“是的，”古越月说，“我们以前看过，但还想再看一次。”

夜已经很深了，吕院长和他的同事们才带领医疗队的医生们返回驻地。

这儿农民的淳朴、热情让古越月一行人深深地感动，大家都非常高兴。

接近年底的时候，这个短期医疗队任务就要结束了。天气已变得很冷，一场大雨过后，公社医院门前的道路变得十分泥泞，大块的泥土被人们用脚踩翻起来。古越月与吕院长站在门前观看，她深深地感到，这儿的农民生活还算可以，但交通不方便，农民就医很困难。

医院的女助产士要送丈夫去渡口乘船，夫妇俩相拥相扶着缓慢地从斜坡泥地上下来。古越月忙叮嘱：“路很不好走，你俩小心。”

“是的，路很难走，我们这儿一到雨天，路都是这样，谢谢！”这位女助产士笑着与古越月打招呼。她圆脸短发，一口雪白的牙，长得很漂亮。

“医生，快救救我老婆啊！”远处树林边传来一阵呼救声。只见一位农民飞快地从泥路中东倒西歪地冲过来，他对站在门庭上的吕院长说：“医生，我老婆快要死了，她喘不过气来，麻烦你们安排医疗队医生给我老婆看一下吧。”

听到病人病情这么严重，站在边上的古越月忙问：“什么毛病？这么重?”

“她喘不过气,人都紫掉了,快救救她吧。”

这是一个急诊！古越月心中想。她对吕院长说:“这个病人可能是哮喘急性发作,很危险,不方便搞过来,我带严医生去看一下吧。我们明天走,晚上还有时间再安排其他的事。”

“好,辛苦你了,如果能动就搞个板车把病人拉过来。”说完,吕院长又安排一个护士带了氨茶碱、地塞米松、洛贝林等一大批急救药,让他们三个人出发了。

老农带古越月三个人急匆匆往江边走去。过了泥泞的土路,进入江畔的树林后,老农对古越月说:“我家就在堤外面的船上。”

原来他是个船夫,船就是他的家。他们夫妻俩经常到九江、武汉跑些小的运输,今因爱人临时发病,急靠在江堤外面,当地人指引他们到这个医院就诊。

三个人急匆匆地上了船,船舱不大,一个中年女人睡在一个两米见方的后舱房中。正如古越月所估计的,她是哮喘急性发作,这病很危险。只见病人两眼上翻,神志因缺氧已不太清楚,口唇指甲发绀。两肺都是哮鸣音,心律很快,古越月一边让严医生仔细地听病人的哮鸣音、心率,检查皮肤等地方,一边叮嘱护士说:“给她立即推注50%葡萄糖40ml加地塞米松5mg,氨茶碱0.20g,推慢一点。”

用药以后,古越月让船夫把老婆靠起来,她慢慢地睁开了眼睛。

古越月知道,这种重病号,好转还要一段时间。她带着严医生、护士在舱边坐下。她给严医生认真地讲了哮喘的症状、诊断及治疗,并对严医生说:“这种病非常紧急,不及时处理的话,病人很快就会因为气道被锁住窒息死亡。只要用药正确,好转往往也很快。”

“你老婆中午吃了什么东西?”古越月问那船夫。

“我们中午吃了一些鲜虾,昨天在江岸边买的,还有一些草菇,是我老婆在河岸上采的。”船夫说。

“这就对了,她可能对虾及菌类过敏,以后她不能再吃这两种东西了。”

三个医护在船上整整观察了一个多小时，直到那位女病人有明显好转。他们又留下一些药，接近天黑时古越月才带着严医生和护士回到驻地。

第二天早上，吕院长和严医生等人陪着古越月等医生走了很远。他们用板车拖着医疗队员们简单的行李和一些花生。花生在这儿只卖两角钱一斤，太便宜了，队员们买了一些。吕院长和严医生送大家到附近的一个小镇去搭车。

就要分手了，古越月对吕院长及严医生说：“你们这儿真的很需要一位内科医生。我们医院接收县、区一级医生进修，回去我设法给你们联系一个进修名额，让严医生来学习一段时间，他的医术很快会提高的。”

“好的，真谢谢你们！”吕院长挥手告别。

“再见！”古越月等人说。

第十三章　第四个睡胎不能有

年底，古越月在家休息了一周。过完了春节，古越月又在门诊上了三个星期的门诊班。转眼到了3月份，这一年度的医疗队又要准备出发了。

科主任又打来电话找古越月。

大概是想到古越月刚从农村归来，科主任见到古越月解释说：“古医生，广大农村现在很缺医生，我们医院比较大，年年都要往下派医疗队的，所有的医生都要轮流去参加。最近科内有些医生走不开，你再去可有困难？”

“困难当然有，我克服。”古越月直率地说。

古越月知道农村缺医少药，她想干脆把自己近期的医疗下乡任务都集中完成掉，以后也好挤出时间外出进修提高自己。

古越月同意了。

这一次医疗队将去大别山区腹地一个深山窝中，时间为一年。

古越月在“文革”中到过国内不少地方，还从未深入大山之中。大山里面是什么样子呢？她也想乘此机会亲眼去看看。

这一天是星期天，古和子起得很早，他上街去买了肉、青菜回来。女儿越月明天早上又要出去搞医疗队了，全家今天要接女儿女婿吃一餐饭，为越月饯行。

“奶奶，我回来了！”古越月一进门马上与奶奶打招呼。奶奶年纪很大了，身体不太好，这会儿她正靠坐在床上。

“你又要去搞医疗队，而且还是一年，时间这么长，你妈妈手痛得厉害，家中无人做事，还有孩子小柚柚谁照顾呢？”奶奶不放心地问。

奶奶提到了孩子，这让古越月心中有点难过。但她想起科主任的话："医疗队是每个医生都必须去的任务……"她狠了狠心，安慰奶奶说："去医疗队是每个医生的任务，一定要去的，前几年是别的医生去的，现在该我去了。妈妈的手是类风湿，我们已联系好一位同学，争取让她出去疗养。小柚柚已送到乡下让爷爷奶奶带，你放心。"

奶奶对古越月非常好。在没有粮食吃的年代，奶奶每天都把自己的一份饭菜留下一半，装在一个小瓷缸中，让古越月带到学校吃。

古越月永远都记得奶奶对自己的好。

"我给你带了药。你的胃不好，这药每天三次，每次吃两粒，你记住啰！"古越月拿出一个小药瓶递给奶奶，并叮嘱她按时吃药。

古越月和奶奶说过话，就跑到后面厨房中帮助母亲烧饭。挨墙的灶台上铁锅内正在煮饭，煤炉上的砂罐中正在炖肉汤，厨房中弥散着肉汤的香气。从乡下回来的妹妹正帮助母亲烧火，两个弟弟此时都下放插队在农村，他俩没有回来。

古越月把母亲的双手拿在手中仔细地看了一遍，说："你的手是类风湿关节炎，现在已变形得很厉害。这病是很难治的，以后你要少用冷水，要注意保护。"

母亲说："这是老毛病了，以前天热时我贪凉，用这屋后面的井水太多造成的。"

古越月知道，在这栋老屋后面有一口古井，夏天古井中的水很凉，很伤人。

古越月又转身问妹妹："你哪天回来的？"

"前天。这次回来代社员们买些肥料。"妹妹下放插队在附近一个县的农村。由于离江城较近，乡亲们常派她回来买些农产品，妹妹也想乘此机会看看父母，所以她常回来。

"越月，你过来看看我的手表！"母女三人正在厨房内交谈，在前面房内的古和子喊女儿。

"你给爸爸的钱，前几天他买了一只新表，上海表！"妹妹高兴地告诉她。

“啊,我去看看。”

这是一只崭新的上海表,古和子活了大半辈子,今天有了一只女儿为他买的手表,他的心里感到很高兴、很温暖。他把手表从手腕上小心地褪下,放在桌上让古越月观看。一百二十元古越月早就交给了父亲,可市场上的国产表如上海表,进口表如罗马表、英纳格表、梅花表都是要票才能购买,家中搞不到票,再说,古和子也舍不得用一百二十元去专门买一只表。

家中有钟呢,何必急着买表？古和子一直这么想,这么拖着,买表的心愿不久前才实现。

“嗯,这表真不错！表面光泽铮亮,也很漂亮。听说上海表经久耐用,走得准!”古越月认真地看了表后说。

“你看看我这表!”古越月从手上取下自己的手表,这是一只进口的梅花表,做医生没有手表很不方便。古越月和先生结婚时俩人合买了这只表,也是唯一的纪念品。古越月二十八岁才结婚,成家比较晚,和那个年代的其他所有青年一样,结婚极其简单:两个人合照了一张相,在窗户玻璃及大门上贴了个大红喜字,几个同事送了一个脸盆,没有办任何酒席,也没有任何聘礼,给邻居们发了一些糖果,就算结婚了。

父女俩在一起看了一会儿表,古和子对女儿说:“你明天走？奶奶最近身体不太好,她吃得很少。”

“我先走,以后有需要再请假回来。我刚才带了一些药回来了,要让她按时吃。”古越月说。

古和子感到家中有个医生方便多了。这几年家中各人,不论老少,生病都是靠古越月诊治解决的。

对门粮店有位同志跑过来喊古越月去接电话。她的先生说,今天厂中有领导来检查,走不开,不来吃饭了。

古越月说:“我们先吃吧,不等他了。”

汽车在崇山峻岭中沿山路盘旋着,转过一个又一个险峻的弯道。这次医疗队人员多，行李多，路又远，医院特地派了一辆医疗用车送大家。古越月靠车窗坐，眼前远处是重重叠叠的灰色山岚，近处脚下都是陡峭的山崖。汽车在沙石路上前后摇晃，大家心中都十分紧张，不敢大声说话。车行很久，才见前方路口出现一处较大的凹陷，那是一个很大的山窝。有一条清澈浅淌的河流在山谷中呈扇形铺开，沿河岸北侧有十几幢砖砌的灰瓦民房。在这儿，云竟然飘浮得很低。古越月看见远处隐隐约约的山腰上就挂有一抹白云。

队长在车子上站了起来，他告诉大家："目的地到了。"

这个小镇叫汤湾。

这个镇上有一所区医院，它背靠山建在河岸上。医疗队被安排在区医院工作。当天，大家与区医院的工作人员见了面，并在一块吃了一餐。

第二天医疗队就开始分工。

古越月仍主要负责内科方面的诊疗工作。她要看门诊、出诊并参与病房的部分工作。

待了几天，古越月发现这个区医院病房床位很少，内、外、妇、儿科都综合性地混在一起。在这个大山区里，小毛病病人自己上门来看，中等疾病山民们大多上门来请医生出诊到家中看，而大病、重病则需要设法转到山外的大医院去治疗。在这一带大山中已设立了较为完善的基层赤脚医生医疗网，几位赤脚医生各自承包了一片或几片山头的医疗工作。

这个公社的范围非常大。它的核心部位——公社委员会还不在汤湾，而是设立在更远更深更大的深山之中，那儿离汤湾还有十五里地。

医疗队到达后不久就派出第一批医护三个人进到深山。古越月一行医护将在7月份与他们换班。

汤湾这地方山高水清自然环境好，山民们的身体基础大多还好。古越月发现这儿青壮年山民得慢性病的不多，她每天的工作不繁重。

有一天中午休息时，古越月沿着河边的小路往西行走。在那儿她找到了镇口。镇口边有一座大祠堂，出镇口就是两座大山相对而立，沿山脚往北则有一条不宽的山涧通过前面的高山沿山崖往下流淌，那溪水汹涌得很。山民们在溪道上筑有一个小小的仅一米宽的挡水坝,坝上架有一台水泵,在它后面带动着一台小小的发电机,机下沿山崖筑有一间小屋,有一位山民在此看守。

山民知道古越月是医疗队的医生,他对古越月说:“你别小看这台小小的发电机,它发出的电量可以供整个汤家湾镇使用。不过,它的发电能力有时也随溪水变化的大小而时断时续。”

古越月在这个溪水发电站边站了很久,她十分敬佩大山之中山民们利用自然力量生存的智慧。在这个镇上,家家都备有手电筒、煤油灯,医院的医护们也是这样。在医院还有一台自用的柴油发电机,以备在紧急手术需要时使用。

5 月份的时候,父亲来了一封信,告诉古越月,不久前老祖母病重,不幸去世了。古越月的先生联系好他的一位同学,已把母亲送至一处疗养医院去治疗类风湿。古越月的妹妹在生产队请了一个月假,陪母亲去了。古越月接到这封信心中很难过。因为刚进山不久,她咬着牙没有陪母亲去治病。她明白,在这个大山区中,交通很不方便,孤身一个人出山与进山都是很困难的。

6 月份的时候,古越月做了一件令她感到欣慰的事——她又救活了一个婴儿。这让她感到,这一年她在大山中没有白干,她的工作有意义。

已是夏天,山里夏天也不热。古越月这天与几位护士赤脚在溪水中洗被子,队长跑来通知:“今天可能有急诊,可能有一名孕妇要从深山中抬出来,你们洗好后回去做好接诊的准备。”

“孕妇? 我可不会接生孩子。”医疗队未配有妇产科医生,古越月担心地说。

“随行的有一位当地的助产士,古医生,你主要是配合她,你要注意大人和孩子的安全。”队长对古越月说。

回到医院,大家一直在等待。到了晚上八时许,周围的大山、河谷、溪流全部被浓重的黑暗所笼罩,四周看不到一点儿星火。突然,从镇西山口来了一大群山民,他们打着许多火把,照亮了小镇的夜空。人们簇拥着,用两根竹杠抬着一张翻过来的竹床,竹床上躺着一名临产的孕妇。

医疗队和医院的医生、领导忙把这群人接进医院。古越月拿着听诊器走近这名孕妇,一问病史,古越月吓了一大跳。原来这名孕妇年纪已经很不小了,而且生了三个孩子,都是睡胎(注:睡胎,此地民间百姓习惯地把出生时死亡的胎儿雅称为睡胎。)。这是她的第四个孩子。孩子的父亲是山顶上一个生产队的队长,他很想保住这唯一的孩子。助产士已经到了他的家,他知道山脚下有医疗队驻扎,左思右想后,他决定:连夜把妻子抬下山。

病人安顿好以后,焦急的生产队长在人群中找到了古越月,拉着她的手恳切地说:"古医生,麻烦你费心,我的爱人拜托你了。"

老队长四十多岁,黑黑的脸面布满细细的汗珠。他曾请古越月到自己家中出过诊,看过病,他们曾见过一面。老队长的家在一座山峰的山顶上,那山四周都是悬崖,沿崖脚流淌的水在峡谷中呈 U 形大转弯并产生巨大的轰鸣声,只有一条小路盘旋上山。在这样高的山顶上竟然还住有十多户人家。看着老队长,古越月忙安慰他:"你放心,我们会尽一切努力的。"

承诺的话说得很大,古越月心中却是很虚的。因为她一直很害怕看小孩,特别是很小很小的婴儿,变化很大,那是很难搞定的。

古越月让老队长家人在门外等候,自己带着护士走进产室。那个孕妇躺在产床上,看见古越月从外面走进来,忙一把抓住她的手恳切地说:"医生,麻烦你,这次,你一定要保住我的孩子!"

古越月看见那孕妇的眼神中充满了恳切和期盼。她弯着腰,靠近那孕妇,握住孕妇的手,安慰说:"你放心! 我一定尽力!"

产程开始以后,由于患者是位经产妇,陪行的又是位很有经验的老助产士,孩子很顺利地就产下了,孕妇很平安。产下的孩子却又出现和以前类似的情况:生下来的孩子身体已经没有一点张力,整个身子软得像皮条,在生产的过程中她被拉得很长。她不哭,面色极度苍白,已经没有了自主呼吸及心跳。

古越月此时立即明白了这个孕妇前三胎为什么都是睡胎了。她忙命令身边的护士说:“立即给孩子吸痰!”

“立即给婴儿肌注半支洛贝林!”

医嘱下去以后,古越月把孩子用手托起,轻轻地拍打孩子的臀部,并用四指在孩子的小胸脯上持续地进行人工呼吸、心脏按压。

又一次半支洛贝林打下去了。

古越月用听诊器听了听孩子的心脏,突然,她听到了孩子的心跳。

“有心跳了。”古越月对紧张地站在产床旁边的老助产士说了一声。

心跳恢复了,虽然孩子心脏搏动的声音很弱很急,古越月知道这个孩子有希望了,她坚持轻轻地用四指按压……不放弃……过了很久,终十,有一大块痰液从孩子的口中被古越月用手指挤了出来。

这个孩子,她在胎中大概吸入了不少羊水。她哇的一声哭了出来。

这个婴儿,她有了自己的呼吸!

她得救了!

听到了自己孩子的哭声,躺在产床上的中年产妇双眼立即充满了泪水。

这是喜悦的泪水!

在经历了三胎的磨难、痛苦和挫折后,今天,她终于有了一个自己的孩子。她的心中充满了喜悦。

古越月和护士收拾好医疗台板上的各种器械,与助产士打过招呼,洗好手,准备出去了。出门前古越月与产妇告别,对产妇说:“孩子很好,你也好好地休息吧!”

那产妇又一次一把抓住古越月的手,双眼含泪说:“真谢谢你,救了我的孩子,给了她一条命!”

产妇和孩子在医院中观察了两天。第三天,山民们又要把她抬回山上。老队长在街对面的医院食堂门口找到了古越月,他手中拿了一斤茶叶,硬要古越月收下:“这是山里家中园子里摘的土茶,请你不要嫌弃,请尝尝它的味道吧。”

“真谢谢你,古医生!”老队长对古越月深深地鞠了一躬。好几天,古越月心中都很高兴，她感到自己这次来到大山中工作很有意义。

8 月份的时候，古越月被派到更为深远的大山之中，在那片深山中，还有一个完整的公社。连绵弯曲的山道有十五里，一路上都是青翠的山、浓密的竹林，队员们不停地爬坡下坡、爬坡下坡，古越月并不觉得太疲劳。远处的山岚呈现出深蓝色，在阳光下熠熠生辉。山谷中空气在阳光照射下微微地颤动。接近公社时，山坡才被水泥修砌成了梯道，两侧仍有溪水沿山道从成片的竹林松木中往下不停地流淌。

这儿的风景真是美丽！古越月一边爬一边感叹。

在这片大山中，公社委员会，这个很大的基层行政机构就坐落在山顶上。快到时，眼前似乎已经无路了，在连接着两座高大山峰的山梁上有几栋平顶瓦屋，山梁内侧下一点是一个小小的公社木材加工厂。

这儿的山真大啊！山峰层层重叠密集分布，让人感到很压抑。古越月感叹自己看到了真正的深山。

在这处大山梁对面的一座山腰上，有人工辟出的一小块平地，公社医院就坐落在它上面。后来有一次出诊，古越月随着公社医院一位年轻的医生一道翻过了西边那座山梁，才知道山梁的更西边也是一个小山谷，谷内有二十多户山民居住，再往西就是一个峡口，出峡口就是另外一个县的范围了，那儿的山也不小，主峰达到一千八百米。

在这个公社医院中，古越月和她的两个同事要待到年底，她们每天的工作是看门诊及出诊。

这儿的山民们习惯喊医生上门看病，古越月出诊了很多次。山区木材多，每户山民家中几乎都有漆得红彤彤的杉木家具。每次看完病，山民们都客气地拿出许多瓜子、豆子、板栗等山货款待医生。有一次出诊回来路上下起了雨，古越月与另一名护士只好钻进一处浓密的松树林中暂时躲一下。只见一团一团的灰色雨云飘浮得很低，随着山风就在林边流动。古越月低着头，踏着青草，发现雨后的松林中忽然长出许多松花菇，这些有灰白色条纹带酱红色伞盖的蘑菇长得飞快。古越月和护士看着，稀奇得很，忙弯下腰采摘了许多,回到医院俩人把蘑菇交到食堂中。

烧饭的老阿姨却笑了:“这东西我们这儿太多了,我们不吃它,因为它需要用肉配着烧才好吃,可是哪里有许多肉呢?”

是的,山民们虽然住得还可以,但生活并不富裕,他们现金很少,过春节时才会杀一头猪。

古越月想到一句谚语:“一处烂米,一处烂柴。”此话真是一点不假,这么好的蘑菇,这么好的稀罕物品,不吃,真是可惜!

不过这一次老阿姨还是给古越月不小的面子,她以食堂的名义去山梁上的肉铺中买了两斤肉,烧了一大盆蘑菇炖肉,医院中全体同志都沾光猛吃了一顿。

这天早上古越月和她的同事刚起床,就听到对面山梁上公社广播在播放哀乐。大家大吃一惊,忙跑上山冈向靠近公社的方向仔细地听,才知道:伟大领袖毛主席逝世了。

在大山中待着,平静的日子一天滑过一天,让人们没有了时间的紧迫概念。古越月这时才知道,这一天的时间是1976年9月9日。

医疗队领导通知大家不必下山返回驻地,路太远,建议古越月等医生与当地公社干部、山民们一道参加悼念毛主席的活动。

古越月和两名护士站在山冈上,望着公社委员会的平房,静静地听着播音,她们心中很难过。这一年,我们的共和国经历了太多的事,我们敬爱的周总理、朱老总都先后去世了,还有,在唐山发生了骇人听闻的大地震。

许多山民都站在家门口哭了。

人们用青青的松枝扎了许多花圈摆放在公社革委会的大门口、山梁上、松树上。

整个的山都笼罩在一片悲伤之中。

接近年底时,古越月等三位同志被通知下山返回驻地。做了简短的工作总结后,医疗队一行人踏着皑皑的白雪,到一个长长的山道坡顶上去乘车。山谷中有许多山民,医院的同志都依依不舍地跟在他们后面,他们踩着积雪送了很远。

再见了，美丽的汤湾。

再见了，难忘的汤湾山民。

当车子载着医疗队驶离山区回到江城，穿行在大街小巷中时，古越月等人看到了满街都是横幅和标语，街道上人潮涌动。车上的医生们默默地看着，他们已明显地发现：大山外面的世界与年初他们进山时已有很大的不同。

“四人帮”已被打倒了！

古越月他们感觉到，中国已开始并将发生翻天覆地的变化。

■ 第十四章　越月姐，请你看看我妈妈

“妈，我回来了。”古越月刚走进过道，就听见木板墙后的家中有许多说话声，心中欣喜，忙推开虚掩的房门。

今天古越月下夜班，她处理完手上的全部医嘱后，看看时间还早，就想回家看看，她已好多天未回家了。

门被推开了，古越月很是惊讶——在狭小的前房中竟然挤满了人，他们是七个姑娘和小弟。小弟正站在桌旁与女孩们说笑。

“小弟，你回来了？”室内已无法进入，古越月就站在床头边很窄的缝隙中与弟弟打招呼。

“这是我大姐，她是位医生。”小弟忙给室内女孩们介绍。

古越月忙和室内的姑娘们点头：“你们好！”

“她们是与我下放在同一个生产队的队友。我们那个插队小组共有八个人，有七位是女生，她们都是从上海来我们这儿插队的。小组中只有我一个男生，她们都对我很好，经常帮我烧饭洗衣。现在，她们中间有两位要走了，所以今天大家约好到咱家来玩玩，在一块儿聚一聚。”小弟又向姐姐介绍。

古越月迅速地把这些姑娘看了一遍，她们个个都眉目清秀，都很漂亮。

“大姐好！”七个女孩同时站起来与古越月打招呼。

知识青年上山下乡已有很多年了，古越月最小的弟弟下乡也已两年多了，除了大弟在下乡插队的县被招工外，还有三个弟妹仍插队在农村。看到这么多的插队女孩来到家中，古越月很是高兴，忙问：“你们中间哪位姑娘要走呀？到哪儿去？”

“是她，她马上要到澳大利亚去，她的姑妈在那儿。”小弟马上指着一位穿着浅灰色雪花呢上衣的姑娘对姐姐说。

这位要走的姑娘立马向古越月点点头，并不好意思地摆动一下上身。这是一位十分美丽的姑娘，白净的面孔，两条软软的发辫拖在肩头。因为来做客，她今天还穿了一双平跟的棕色皮鞋，细细的裤裙，显得很时尚。

“她也要走，到香港，她有位亲戚在香港，要她去。”小弟接着又指着一位穿着蓝色的确良上衣的女孩向姐姐介绍。

这也是一位很漂亮的女孩，长圆脸，大眼睛，梳着短发，文静优雅。古越月又仔细看看其他的女孩，发现她们个个都很漂亮。这些女孩，她们远离家乡，插队在陌生的江城农村，在田地间劳作已有不少时间。当她们洗净脸上的泥土，梳好发辫，穿上时尚的衣服后，个个都显得文质彬彬，显露出美丽姑娘的本色。

“真巧，你们刚好是七个姑娘，七仙女！你们个个都漂亮！”古越月由衷地赞美说。听到古越月的话，七个女孩都笑了。

“谢谢你们平时照顾我小弟，他有哮喘病。”古越月说。她常听母亲说，小弟运气好，因为身体不太好，他被分配与几个女孩子插队在一起，生活上方便得多。

“你弟弟人很好，他也经常照顾我们。他很会钓鱼，经常钓到鱼就送给我们吃。”有两个姑娘笑着说。

“我弟弟会钓鱼？我倒是从未听说过。在乡下学的？”古越月问。

“是的，你的小弟很聪明，在乡下跟几个返乡的学生学会了钓鱼。他钓鱼灵动得很，每次都能钓到。有一次还钓到一条十多斤的大草鱼呢。”又有两位姑娘抢着对古越月说。

“你们在我们这里的农村待着还习惯吗？”古越月又关心地问身边的一位姑娘。

“还习惯。这儿好，靠长江，离上海也还近，环境也差不多，我们有时请假回去也还方便。我们有好多同学去了云南，那儿真远，回来很难。”

“云南太远了。我听说外省一些地方有些知青自己返城了，估计知青政策不久会有变化。”古越月关心地与几位姑娘交谈。

“是有这事，估计我们在乡下也待不久了，一些先来的老插队知青，有些自己就走了，不回来了。”一位年龄稍长的姑娘说。

“你们有机会要争取考大学。”古越月鼓励她们。

与几位知青谈了一阵子，古越月往后走到厨房中，只见母亲与妹妹正在厨房忙着做菜。母亲的手很不方便，却仍坚持站在灶台边炒菜。

“今天你正巧来了，就别走了。中午陪这些姑娘吃饭，她们与小弟插队在一起，住在一个大院中，平时常照顾小弟，帮他洗衣烧饭。她们还共同给小弟织了一件毛衣，你弟弟身上穿的黑毛衣就是她们织的呢。上海姑娘真能干，毛衣还带花呢。”母亲对古越月说，语气中充满了感激与高兴。

“你哪天回来的？”

古越月转身问正在切菜的妹妹。妹妹下乡已有七个年头，也有过一些上调及上学的机会，但每次都因为名额太少，她争不过人家而败下阵来。败了几次，她反而无所谓了。现在，由于她在农村长年独立生活，她已练成能独立做一桌饭菜的好功夫了。

“回来有两天了。”

“你最近在乡下做什么事？”古越月又问妹妹。

“现在天冷了，乡下没什么农活了，我被抽到县宣传站当宣讲员，包吃包住，时间三个月。”

“那很好嘛，有时间你要看看书。”古越月劝妹妹。

妹妹曾参加过一次高考，可惜考数学时乡村屋梁上一条毛虫掉到了颈背上，受到惊吓，数学未能考好，总分只差了几分而未被录取，很可惜。

姐妹俩正在交谈，小弟到后面来问：“饭可好了？她们下午还要上街买些生活用品，可能不久都要走了，所以，我们今天相约着到咱家来聚一聚，玩一玩，吃餐饭。”小弟对站在灶台边的姐姐说。

“饭已好了，菜也炒好几碗，你往前面端吧。”妹妹对小弟说。

几碗简单的炒菜端上了桌，大家围坐在大方桌边。妹妹还特地为这些难得来的客人烧了一碗红烧肉。

“多吃点，多吃点，没什么好菜，不用客气。”古越月忙着为几位女孩夹菜。

正吃着，古和子下班了，他从后面厨房进门，听说来了客人，忙挤到前屋与这几个姑娘打招呼：“你们真是稀客！”他热心地告诉这些女孩子，“听说知青不仅能考学校，也还能顶替父母工作，还听说，不久知青们都要安排工作了，不知可是真的。”

大家听到的消息，都是好消息，非常令人振奋。小弟和几个女孩，还有古越月的妹妹，一边吃着，一边进进出出地忙着，交谈着，都十分高兴。

这是一次充满了期盼和希望的午餐交流会。

这一天，这些女孩非常高兴。她们知道，有些小道消息及传言，往往过了一段时间后就会变成现实。

吃过午饭，小弟带着几个女孩上街去玩，买东西。古越月抓紧时间躺到床上，她想睡一会儿，对妹妹说：“我下午要上门诊，睡一会儿，等会你喊我一下。”

“好！”

“下一号！”值班喊号的门诊护士扭头向走廊上望去。

古越月刚好看完一个病人，她抬头向大诊室的门口望去，只见一个穿着深蓝色格子布小翻领上衣、扎着两根小辫、面孔稍黑的姑娘走进来。

姑娘站在了桌边，古越月问：“你哪儿不好？坐下来说。”

“越月姐，你不认得我？我是吕敏啊！”

“你是吕敏？”古越月很惊讶。仅仅一会儿，她立即想起二十多年前，她曾在洪公祠大院老房子大门后面发现一个弃儿，后来那孩子被同院的一位好心邻居收养了，她想起那个孩子名字就叫吕敏！

“你认得我？”古越月问。

“认得！我妈妈早就听说你在这个医院中工作。她带我到这个医院来看过你，不过那天你太忙，我们在门口站着看了你很久，没有叫你。”

古越月很感动，她站了起来，忙拉住这个女孩的手，亲热地对她说：

“坐下，快坐下，慢慢说。”

“不用客气。”女孩扭捏着不肯坐下，她低下头，说话的声音也低下来。古越月见她的神情有些难过，忙问：“你有什么事吧？你爸爸妈妈还好吧？”

“越月姐，我想请你到我家去一下。我妈妈病了，她头昏，腿浮肿，但不愿意来医院。”

“啊！”古越月低头看了一下手表，“行，马上就要下班了，我再看一个病人就和你一起走。”

古越月忙站起来，走到诊室大门口，向排队等号的走廊上望了一眼，又问喊号的护士大姐说：“还有病人吗？”

“没什么病人了。”

“我今天有点事，要出去看一个熟人，那我先走了。”

“行，没什么病人了，再来病人就让值班医生看吧。”

与值班的护士说好后，古越月洗了手，脱下工作服挂到了门后，又拿上听诊器，就与吕敏一同出门了。

“你家现在住在哪儿？”

“离这儿不远，就在大台里。我们从洪公祠搬出来后，在北门小拐头又住了一段时间，后来就搬回到大台里住了。”

“你爸爸呢？他还好吗？”许多年未见，古越月还清楚地记得吕敏的爸爸，那是一位很豪爽、很热心的北方人，他是一名建筑工程师。

“他已经不在了。”

“啊！”古越月没有再问下去。

大台里离医院不远，古越月想起自己一位中学好友詹瑛瑛的家以前就在这条街上。两个人从一条小巷转弯插入，不一会儿就到了。这栋房子古越月还记得，从前她曾因家中无处待，每天放学后，就从这栋屋前经过，跑到詹瑛瑛家中去玩。自从詹瑛瑛结婚与她分别后，这两个老同学就再也没有机会见面。

古越月随着吕敏进了一个小天井，又上了一段狭窄的木楼梯。在二楼堂屋边的东厢房，吕敏推开了一扇门，在一间空荡荡的房屋内，室内什么家具也没有，地板却拖得很干净。靠墙的地板上铺有一套垫被被褥，上面睡着一个人。

“妈，越月姐来看你了。”

原来，地板上睡的是吕敏的妈妈。

“她怎么能睡到地板上？”古越月惊讶地问。吕敏低着头不作声。

“越月，谢谢你来看我，你做医生真好。我这几天头昏得厉害，起不了床。”吕妈妈一边说，一边用手臂撑着地板想坐起来。

“不用起来，不用起来，你躺着把病情说清楚就行了。”很多年不见，古越月发现吕妈妈的模样仍没有多大变化，只是头发花白了，凌乱了，椭圆的脸面显得很苍白。古越月估计吕妈妈的血色素大概只有六到七克。

“我妈妈不听我的劝，老是去卖血，她是抽血抽成这样的。”吕敏站在旁边替妈妈说。

“越月，你不知道，我不抽血怎么生活？吕伯伯早就不在了，吕敏又下放在农村，我不能干什么事。我抽血后也常用钱买些好吃的补血的东西吃，这几年一直都还好，不知为什么最近一下子头昏得厉害。”

“那是你抽血抽得太频繁了吧，身体内的血来不及长上来又去抽，头就昏，你的血色素大概只有六到七克。这样低怎么能不头昏呢？你一定不能再卖血了。”古越月心疼地劝她。

吕敏端来一个小板凳，古越月坐在被褥边检查。吕妈妈的心率很快，但节律正常。

“咳不咳？”古越月问。

“不咳。”

“可发热？”

“不发热。”

“吃饭还好吧？”

“这几天要差一些，前些日子吃饭还好。”

“你母亲目前主要病因是贫血。”检查、询问后，古越月基本确定地对吕敏说，“你给她买些红豆、红枣炖稀饭吃，还要吃些新鲜的猪肝，有条件最好能到医院中去输次血，这样能好得快些。”

“我不去医院输血。没有大的毛病，我就放心了，我以后不卖血就是了。我这几天多吃些补血的东西，血会长起来的。”吕妈妈躺在地上，“谢谢你了，越月。”

“吕敏下乡几年了？”

“七年了。”

“我妹妹也在乡下待了七年多，我弟弟也还在农村。今天上午我家中来了一大帮知青。大家都说知青不久都要被调回城里了，我的弟弟妹妹都想顶替我父亲的工作，想调回城里来呢！”古越月坐在小板凳上与吕妈妈聊天，介绍自己家中的情况，安慰吕妈妈。

“每年的招生、招工名额都轮不到我家吕敏，也不知她什么时候才能够调上来。”吕妈妈躺在地铺上唉声叹气。

“现在家家都有孩子在农村，我家几个弟妹都插队下乡了。听说最近要招收更多的知青进工厂，再等等吧。”古越月安慰吕妈妈。

又谈了一会儿，古越月站起来告辞。

“我走了，吕妈妈，你以后绝不能再卖血了，抽血太频繁很伤人。”古越月又一次叮嘱。她想起自己以前值夜班时，常常在门诊大厅中见到一些等待抽血的卖血人。有些有经验的卖血人，常常在抽血前喝许多盐水、菜汤，以便快速地让血液稀释，减少分量，这样的血液在使用时常常会引起病人的输血反应。

“吕敏，快送送越月姐。”吕妈妈躺在地铺上叮嘱女儿。

吕敏陪古越月下楼，在大门口俩人停住脚步。古越月又一次叮嘱吕敏：“不能再让你妈妈卖血了，最好争取搞到一张床，不能让她再睡在地上了，她年纪也不小了。”

“我在乡下好多年了，家中的家具都让她偷偷地卖光了。”吕敏低声嗫嚅着，又说，“我这次准备在家多待些日子，等她好些再下乡。”

“等会我走后，你上街去买点红枣炖稀饭让她吃，明天早上去买些新鲜猪肝炖水让她喝下，效果会好些。"古越月说。

"身上有钱吧？"古越月悄悄地摸了一下口袋，发现匆忙中钱包未带。

"有，不久前生产队刚发了些钱，我有钱用。"

"那我走了。"古越月又一次拉着吕敏的手告别。她看见女孩眼中有泪花在闪动，心中也很难过。许多年不见，那个可怜的在大门后被发现的小女孩已长成大姑娘了，她是个有良心的好女孩！吕敏长得不丑，只是她目前的生活仍过得十分艰难。

"你别着急，看样子，知青们很快都要上来了。我妹妹与你一样，也下乡七年了。"古越月又一次握紧了吕敏的手安慰她。

"谢谢你，越月姐。生产队中还有许多学生未上来，我不急，大家都在等。"

"先看几天，你妈如不好转，你可再来找我。"

"你放心，谢谢你。"

古越月转身缓缓地离去。走了几步，她又回身看，只见吕敏仍在大门口默默地目送着自己。

■ 第十五章 请给我买一本《俄语医学词典》

“古医生在哪里?”急诊室的一位护士急匆匆地跑进内科门诊室。

“什么事?”坐在窗边正在给一位病人看病的古越月忙问。

“古医生,你上午收留观察的那位病人输液后发冷,护士长要你去看一下。”

“好,我马上去。”

古越月把手上的病人看完后向大门口急诊观察室走去,刚走到观察室门口,看见一位男医生从急诊室内快步走出。两位大夫正好在大门口顶头相撞,同时都停住了脚步,一刹那,两个人都愣住了:站在古越月面前的这位男医生,蓬松的乌黑的短发,很深的黑眼睛,尖尖的下颏。

这不是老同学柯华吗?

“柯华! 怎么是你!”古越月惊喜地问。

“我到你们医院来短期进修三个月,昨天来的,听说你在这个医院工作,所以我来找你。”

“好,你稍等片刻,里面有个病人我要去处理一下,等会儿到我科里坐一下。”

古越月走进急诊观察室第二个房间,在进门的那张病床上,躺着她收留观察的那位病人。古越月询问了病史及检查后,确诊为输液反应。她对值班护士说:“这个病人出现了输液反应,把输液管拔掉吧,给他打一支非那根,25mg 肌注。”

说完,古越月就坐在桌前写病历,下医嘱。

处理好这个病人后,古越月带着柯华回到自己的诊室。正好没有病人，古越月给柯华倒了一杯茶，说：“你一个人来进修，你的那位来没来？结婚了吗？”古越月听说柯华与女友穆琴琴共同分到一个山区乡村医院后，两个人一心搞业务，拖了好几年都未结婚。

“结婚了，我们都三十好几了，怎能一直不结婚？这次琴琴没有来，我们已经有一个女儿了，她离不开。”柯华两只黑眼睛望着古越月笑着说。

“听说你俩很浪漫，工作好几年，光谈恋爱却不结婚。你俩好不容易分到一起，怎么不结婚呢？”古越月笑着说。

“当时我们条件很差。你知道我们分在什么地方吗？我们所在的医院离位于大山之中的县城还有二十里山路，在大山里怕负担不起，也就不想过早成家。你呢？成家了吗？”

“也成家了，还有了一个小男孩。”古越月有些不好意思地说。

“你的先生是干什么的？也是医生？”

“我家先生是我高中的同学，一个农民的儿子。我现在也觉得找个农民的儿子靠着，心中比较踏实。”古越月说。

“是的，你说得有道理，在现实生活中，许多人都是这么考虑的。”大概是想起了“文化大革命”，柯华笑着接着说，“我一个亲戚家是大地主，有许多房子，但他幸运地有三个女儿，分别嫁给了一个工人、一个复员军人、一个警察，在‘文革’中好得很。”

“这说明你的这个亲戚，头脑很聪明。”古越月说。

“你现在搞哪一科？”古越月又问。

“在山里无法分得太清楚，样样都要搞一点。我以外科为主，在乡下做些阑尾、疝气、外伤修复等小手术，内科我也看。这次是县卫生局派我来进修的。你们医院的条件很不错，比我们那儿强多了。”

“你现在在哪科进修？”

“普外科，内科最后也想去看看。”柯华说。

“你不要着急，你先进修，回去后再换琴琴过来进修，我可以帮你再领一张进修表，我们医院十分欢迎进修医生。”古越月安慰老同学。她知道，当时自己是因为身体不好，才幸运地占了便宜，分到了城市。她想起分配前夕，柯华、穆琴琴和薛林三人之间的激烈争吵，场景历历在目。古越月现在松了一口气。

“你现在住在哪儿？我们医院，进修医生宿舍很差。”古越月又关心地问。

“我没有住在医院中，因为时间不太长，我现在住在一个小旅馆中，这样晚上看书方便些。”

“你还是那么用功！”古越月笑着说，“等会儿下班了，到我家去吃饭吧！”

“不了，我还有许多事，今天找到你就行了，过几天我再来找你。”柯华说完，起身告辞。

“到我家去坐坐吧，我家房子不大，但不太远。”古越月尽力挽留。

“下次再来吧！”

两个月后。

这天古越月在门诊正在书写一份病历，忽然看见柯华未穿白大衣站在门外示意她出去。

“耽误你 下，你知道吧，今年国家通知一些高校开始招收研究生了。”柯华急匆匆地对古越月说。

“我已经知道了，不过现在才得到消息，准备已经来不及了。你想考？”

“对，我打算考，今天就结束这儿的进修，我准备立即赶回去报名。你考不考？”

“我们天天上班，忙得要命，没有时间，来不及了，我的外语也不行，我是学俄语的。不过，我还真想试试。你在乡下医院，时间多，你又那么聪明，你的业务也一直未丢，你肯定能行。”

“我也是试试。我准备打电话问问省里的几位同学，从他们那儿问问，考些什么内容。”柯华说。

“你打电话时，请给我问问省新华书店可有《俄华医学词典》，请他们给我代买一本《俄华医学词典》，我们这儿没有这类书。”

“好！我给你问问，明天我走时就不来打招呼了，以后再联系。”

想到老同学就要回去了，古越月忙又说：“今天一定到我家去吃饭，很快就搞好，不耽误你走！”

“不了。”柯华见古越月真诚地邀请自己，只好老实说，“我家那位也来了，她来接我，就在门外。”

听到这话，古越月连忙跑到医院大门外。在医院大门边上靠墙的一处，古越月看见了老同学穆琴琴，她正拉着一个小女孩站在那儿，那孩子四岁左右。

“哎呀，琴琴，你怎么不进去？”

“我们马上就要赶回去，柯华要进去与你打招呼，还有许多事情要办，我带着孩子不方便，下次来一定去找你。”穆琴琴看见老同学，高兴让她白净的脸上立即飞上一抹红云。她已剪掉了大辫子，留着齐耳的短发，穿着一件紫红色的格子上衣，显得更加清秀美丽。

柯华也急忙从急诊室赶了出来。古越月拉着小女孩的手，依依不舍。见实在留不住他们，古越月只好脱下白大衣搭在手臂上，陪伴着他们三个人慢慢地又向前走了很远。他们一边走一边聊，直到街角转弯处，几个人才分手告别。

柯华一家三口沿着街角北边一条巷子走了。古越月站在街角，她望着两位老同学的背影，深深地感到，地处大别山深山腹地小山窝中的柯华夫妇，只有通过考研才有可能蹦出来。柯华很聪明，外语很好，在“文革”中他的英语及专业都没有丢，古越月已预感到柯华这次一定能够考走。

柯华急匆匆地走后一周，古越月收到了一位老同学从省城寄来的一本《俄华医学词典》，古越月知道是柯华帮助解决的。这是一本很珍贵的书，因为古越月找遍了江城所有新华书店及相关几所图书馆，都未借到它。

书内夹有一封信，转来了几位老同学的问候。古越月得知省城有四位同学也参加了研究生的报考，其中竟然也有薛林，他想考回母校工作。真没想到，大家都想到一块儿去了。

大城市就是好，机会就是多，古越月深有感触。

书是搞到了，却没想到寻找相关的专业更难。古越月发现，几乎所有的医学院校临床专业都只考英语。无奈之下，古越月选择了广州一所医学院非临床前期专业，这所院校的专业考俄语。

与古越月在同一内科工作的芹医生，报考了自己位于上海的母校的临床专业。

专业课程很生疏，配齐了全部相关材料后，古越月咬咬牙开始准备，时间只有五十天。她白天上班，晚上则是一吃完饭，碗一推，就在桌子上摊开书开始一页一页地啃书。她还是用以前读书的老方法，书一章一章地认真看过并做出笔记，标出重点。古越月的先生则很自觉地配合，他每天抢着去洗碗，吃过晚饭就带着孩子躲到一边，把家中唯一的一张长桌让给古越月。

这天是星期天，古越月正值大夜班。当门诊值班室窗帘缝隙玻璃上显露出一抹很淡很淡的灰白色时，躺在床上临时休息的古越月就起床了。她睡不着，拉开值班室的门向外面看了一眼，整个门诊大厅静悄悄的，没有一个人。她回身翻出放在枕边的外语书想看一下，却又看不进去。今天下班后，古越月上午还要去参加最后一门医学俄语的考试。古越月的前三门课，她自觉考得还好，但她感到外语不行。由于时间紧，又身处小城市，一直没有搞到比较新的可供参考的原版俄语医学资料，她心中虚得很，没有信心。刚到七点，值班室虚掩的门就被推开，同科的同事芹医生端来一大搪瓷锅年糕——她住在医院里。她亲切地对古越月说："刚煮的年糕，吃一点吧，省得一会儿还要出去买吃的。"

芹医生是与古越月同时分来的，她毕业于上海二医，与古越月关系很好。芹医生长得很漂亮，一头黄黄的软软的细卷发，一张白净的圆脸，戴了副薄边眼镜，一身时尚得体的衣服，显得文质彬彬。

"我吃不下，昨晚真不凑巧，上半夜忙得很，一点都未休息，今天考试肯定够呛了。"

“还早，先洗洗脸，吃一点，等会儿我与你一块走。”

芹医生安慰古越月。由于难以预料考试结果，古越月与芹医生报考研究生都未告诉别人，所以，她们也不能请假。

早上没有病人，古越月吃了几口年糕后，就拉开抽屉，拿出外语书翻了起来。

“报考俄语的学校太少了，这次我恐怕不行。你是学英语的，专业范围广，你的志愿范围宽多了。”古越月一边吃早餐，一边与芹医生交谈。

“我也不行，临时抱佛脚，天天上班，书没看好，也难有希望，试试吧！”芹医生说。她是上海人，一心想调回上海，拖了很多年，不久前才结婚。对于考试，她的心态比较好。

考场设在第二中学。当第一次预报的时间响起时，古越月看了看表，只剩下三十分钟了，而试题还有一半没有做出，她答题的速度太慢了，一些句子，她需要频繁地查翻字典才能译出，这太耽误时间了。她抬头看了看坐在斜前方的芹医生，她正埋头答卷。古越月感到自己这门外语课不行了，立即就有汗水从她的额头慢慢地渗出来……

铃声响了，芹医生先交了卷，她考的是英语，看样子不太吃力。出教室后，她站在门口等古越月。

“这门课肯定不行了，全是未见过的医学单词及句子，唉，我还有一小半题目未做完。你呢？”古越月懊恼地说。

“我的英语考得还好，但我的内科基础考得不好，也有许多题未做。”芹医生说，“你呢？其他几门怎样？”

“那三门课考得还好，能过，但外语不能过，就白费力。”古越月说。

两位大夫慢慢地沿着人行道边走边谈。

到了T形大道口，古越月想一个人待一会儿，她不想现在就回医院，她与芹医生告别。

“你回医院吧，我从这边走了。”古越月说。

“好，我回医院。别难过，不行就算了。”芹医生盯着古越月的脸关心地说。她拢了拢头上的卷发，夹住肩上的包，转身慢慢离去。

再往前走几步就是湖心路。在这条路的两侧都是湖泊，路边林下湖边处处风景都很美丽。古越月此时不想回家，她找了块平滑的石头坐在了湖边。

外语一门课不行，就让五十天的辛劳白费了。古越月十分心疼地望着水波粼粼的湖面呆呆地想，她心中有点难过。她想起，前几年在乡下，在山区搞医疗队，每天晚上都有许多时间，可是那时没有医生去看什么外语，大家都用晚上的闲时间打毛线织纱衣以改善生活。许多的好时间全浪费了，真是可惜。

古越月在心中责怪自己没有远见，临时抱佛脚，可是又有谁能预见，在高考都停了许多年后还会再招研究生呢？

古越月在湖边坐了很久，她感到虽然现在工作很忙，但业务要抓紧了。她决定下一步争取找机会到外面大医院去进修，以提高自己的业务水平。

第十六章　伸手一个“三”

这天古越月上班不久，在对面值班的护士就来通知大家说：“新工作服做好了，你们医生等会儿轮流抽时间到行政科后勤组去领一下。”

“好！”大诊室中的几位大夫高兴地齐声回答。

行政科后勤组位于内科病房后面的一排平房中。上午十时多，古越月身边的几位病人都已看完，她起身去领工作服。走到病房后面她才发现，原先一大片平房已经被拆除，变成一个工地，有一栋很不小的楼房已盖到三层。

古越月在楼边找了不少时间，才找到行政科的后勤组，它暂时被安排在洗衣房边上。

“我来换一件工作服。”室内刚好只有一位四十多岁的大姐，古越月对她说。

“旧的带来了吗？”

“旧的就穿在我身上！你们什么时候搬到这儿的？好难找。那边在盖什么房子？”古越月一边脱下身上已穿得十分破旧的工作服，一边与后勤大姐说话。

“你看这件可合身？试一试。我们搬过来不少时间了，你不知道？这儿正在盖病房大楼，听说要盖四层的呢。”大姐说。

听到正盖的新楼是做病房用的，古越月心中真高兴。虽然儿科病房几年前搬出去单独设立了病区，但内科七大系统疾病仍是杂乱地挤在一起，楼上一层，楼下一半。古越月觉得，现在的内科病房实在是太拥挤了。

古越月一边与发衣的大姐说话，一边试衣服。

“这件正好，就这件吧。”古越月把新衣穿上身，把旧衣扔到旧衣堆上，她知道这些旧衣回收后还可以做抹布用。

“谢谢你，我走了。”古越月和那位大姐告别。

古越月从里面出来后，顺路绕到了旁边的工地上。

这栋正在建设的楼房不小，古越月怀着欣喜的心情想绕着楼的外围转一圈看看，走到东边顶头处，走不过去了，有一位老大爷正看着工地，不让闲人进入。古越月停下来随便问了一句：“大爷，这楼要盖几层？”

“四层，做病房用的。”老大爷看见古越月穿着新的白大衣，这么好奇，也高兴地回答。

“真好！”古越月望着大楼说。

许多年了，各地都很难看到有什么新的建筑。在古越月家门口大转盘路口有一栋四层高的新华书店大楼，盖了好几年，一直拖着难以完工。古越月每天骑自行车上下班路过尘土飞扬的路口时，都在心中盼着这栋新华书店大楼早点完工，让附近街道的面貌、路况早点改善。今天，在医院中看到有一栋新的病房大楼正在建设，古越月心中真是高兴。

这栋新的病房大楼建得很快，仅仅过了一年时间，整个大楼就装饰完毕。大内科获得两层，科内迅速地把医护人员进行了调整，进行了粗分科：一层主要收治神经内科、血液内科、肾内科病人；二层以心内科、消化内科为主。每层设置固定床位四十五张左右，医生们在各层各科轮流工作。病区还添置了新的病床、新的办公桌椅，各项医疗条件有了较大的改善。

这个季度调班，古越月被分配到神经内科组，她的上级医师是一位从事神经内科工作很多年的老医生。

古越月一行人推开病房门，走进一个病室。

“医生，我父亲不会说话，却老是把手指攒成一个圈，不知怎么回事。”

这是一位前几天才收进来的脑血管病变患者，有六十多岁，经过治疗，患者神志已经清醒。看见几位医生进来查房，患者的儿子忙从床边站起来对医生说。

今天带领众医生查房的马老师对患者儿子说:“你让过来,我给他检查一下。”

马老师仔细地检查了病人的神经系统后说:“他的神志已基本清醒,两侧瞳孔等大,脊柱的颈部是软的,没有抵抗,心肺正常,他的左侧上下肢有软瘫,右上肢能运动。”马老师把患者的右手从床上握起,只见患者的拇指、食指圈成一个“〇”,另外三个手指头则成扇形张开。

站在床边观看的古越月接着伸手想把患者的拇指掰开,发现没有用。患者望着自己的手,用两个手指用力地圈成一个“〇”。

仔细检查后,马老师对随行的几位医生进行讲解,分析病情:“这个病人脑部血管有问题,目前他的神志已基本清醒,但他失语讲不出话来,他颈部不太抵抗。目前从他的症状及检查治疗情况看,患者脑部血管可能有栓塞,也就是脑梗死,而不支持为脑出血,确诊需要脑部 CT 检查。我们医院目前还没有 CT 机,建议先按脑栓塞处理,继续用些活血的药物进行治疗。”

检查分析病情后,马老师等一行医生准备出门去看下一位病人。

“医生,他的手是什么意思?”患者儿子追问。

“目前他的意识和思维反应还不是完全正常的,他不能说话,他的手指表达的可能是一个数字。”马老师停步对患者儿子说。

“啊!”患者儿子不由自主地“啊”了一声,马上站在病床边愣住了。

第二天,古越月带着实习进修医生单独查房,推门进去时发现这位患者的女儿也从外地赶来了,兄妹俩正趴在病床两侧问患者:“爸,是多少?三万?三千?你点个头。”

很显然,这两个青年正在追问父亲的钱到底是多少。

只见这个病人翻着两只眼睛,呆呆地看着两个孩子,却没有任何反应。古越月一行人站在床边等了几分钟后说:“你俩等会儿再问吧,我们先给他查一下。”

患者的各项检查与前一天没有多大变化。古越月从被子中把老人的右手拿出来一看,只见他的右手拇指与食指仍如前一天一样顽强地攒成一个圆圈，另外三个手指仍是伸展开的。很显然，这个老人目前的意识中想表达的仍是一个“三”字和一个“〇”字。

查完了病人，古越月回到办公室开处方。不一会儿那位老人的女儿找到古越月说：“医生，我爸爸什么时候能说话？他做的手势大概是表示他有钱，要告诉我们。”

“你爸爸有钱？”古越月望着患者的女儿问。

“他肯定有点钱，他有收入，一个人单过，平时过日子省得很，肯定有钱。”患者的女儿大约三十岁，她在钢城工作，穿了件翻领直腰的格子上衣，因为夜间未休息好，她的短发显得有些凌乱。她对古越月肯定地说。

“你父亲的病情目前还稳定，经治疗会慢慢地好起来的，但恢复说话比较难。你和哥哥要耐心地等，不要过分地逼问他，刺激他，因为他的耳朵听得到。”古越月好心地劝说。

又过了一天，这天下午古越月正在办公室写病历，护士站一位护士急匆匆地来告诉她：“古医生，十二床病员有些抽搐，请你去看一下。”

十二床正是那位不会说话的老人，怎么会抽搐呢？古越月心中带着疑问，忙赶到病房查看。

“怎么回事？他上午查房时还很好呢。”古越月问老人的女儿。

“刚才我用力掰了一下他的手指，大概用力大了些，他用劲抵抗，不让我掰，后来他的手就抽搐起来了。”老人的女儿实话实说。

“你哥哥呢？”

“他回去了，中午是他送饭过来的，下午我让他休息一下，明天我要回去了，我只请了五天假。”

古越月又给老人检查了，他的意识变化不大，心肺检查无异常，他的右手臂抽搐已经停止，但肌张力仍很强。

“我给他开点药，等会儿你拿到后喂他吃下。”古越月对患者女儿说。

古越月离开病房，老人的女儿见状忙跟出来问：“古医生，可有什么办法让我爸爸能说话？我明天就要回去了。”

“这是不可能马上就达到的，要等病情进一步改善，也有些病人可能以后就不能讲话了。”

“那怎么办呢？我马上就要走了，我父亲肯定是有些钱的，那不是太可惜了吗？”

听到如此露骨的问话与要求，古越月有些不高兴。她感到这个老人的孩子想法、做法有些过分。古越月停在走廊上对那个女儿说：“你们真不能再逼问你的爸爸了，他如果有钱，肯定还是藏在家中的某个地方，你和你哥哥在家中仔细地找找，不就解决了吗！而且，你爸爸也许以后能恢复得比较好，也许还能说点话呢，你们何必如此着急呢！”

古越月说完，走了。

那位老人的女儿呆呆地站在走廊上，没有再说话。

■ 第十七章　他是位业余工人作家

“好，今天查房就到这儿吧。”胖胖的科主任对跟在他身后的古越月一行医生说。

几位实习进修医生忙着把桌上散乱的病历抱走。古越月仔细核对好今天的医嘱后，签上了自己的名字，把医嘱本送到了护士站，让护士们执行。

回到医生办公室时，古越月看见老主任还未走，他正坐在医生值班室的椅子上喝茶。古越月在门口犹豫了片刻，鼓足了勇气走进去，试探性地对主任说：“主任，许多医生都出去进修了，我也想出去进修一门专科，不知今年可有机会？”

国家恢复考研招生几年后，各大医院也都开始外派医生到上海、北京等地的大医院进修专科，以便让一些资深的医生进一步专攻某一学科，这样可使一些专科医学水平在短期内诊疗技术迅速提高。古越月发现在她前面毕业的医生先后都已被派出去了，她想现在该轮到自己了。

“你想外出进修？”老主任喝了一口水，望着古越月关心地询问说，“今年的进修指标及相关医院专业还未下来，有机会我给你留意，有合适的专业就告诉你。”

这位老主任曾在省医科大学工作多年，他的业务基础很扎实，而且善谈，语言、文学修养也很好。古越月很喜欢跟在他后面查房，能学到东西，并且查房气氛很愉快。从前的科主任，因为要照顾家庭，跳槽到另外一家医院去了。

“谢谢！谢谢！”听到老主任爽快的回答，古越月忙高兴地退了出来。

两个月后正好是季度大换班，古越月被换到门诊。这天，她正在门诊看病，对面分号的护士大姐跑过来喊她：“古医生，你的电话。”

电话是科主任打来的，请古越月去一下。

古越月推开了主任办公室，专门在室内等她的科主任请她坐下。他笑眯眯地对古越月说：“有个好消息告诉你，上次你说想外出进修，现在上海中山医院有一个定向进修指标，培训专业是血液内科，它是个面向全国的学习班，你可愿意去？”

听了老主任的话，古越月愣了一下。在短时间内，她迅速地把科内同志所学的各个专业都想了一遍，许多专科如消化、心血管、肾脏都已有人外出进修了，以前学习血液内科的几位医生都出国了，血液内科目前很须要派人外出进修，她想了一下，决定就学习血液内科吧。

“好，我愿意进修血液内科，正好以后可以跟在你后面继续工作。”

古越月笑嘻嘻地答应了。她知道老主任也是搞血液内科的。古越月在高中时期就很喜欢绘画，有一定的基础，她一直对那些用伊红染料染出来的色彩美丽的人体的各种细胞很感兴趣，她的细胞学及组织胚胎学一直学得非常好。

“血液内科可不好学呢，有一定深度，而且还要学习血液及骨髓中各种细胞等基础医学知识。”老主任坐在古越月对面对她说。

“进修学习多长时间？”

“时间不短，为期一年，你还要安排两三个月时间进试验室，血液病试验室诊断是关键，还有染色体方面的进展也要注意。”老主任为古越月的进修做了一些安排。

“好。”

“这是进修表，你拿回去认真填写，明天交给我。”

“好。”古越月告辞出来。

古越月上午拿到表格时很高兴，晚上吃过饭坐在桌边一边填表，一边却发了愁：“这一走又是一年，妈妈最近身体不太好，她的下肢有一个不小的溃疡，经常要换药，把她交给谁呢？还有两个孩子怎么办呢？”古越月又有了一个小女儿，她与坐在桌边的先生商量，看样子女儿又将走她哥哥的道路，到农村奶奶家去了。

“你走你的，到上海一医附属中山医院学习机会很难得，不能放弃。”先生说。先生当兵很多年，到过不少地方，他知道外出学习提高的重要性。

“是的，不能放弃，这个机会是我争取要来的，去肯定还是要去的，把小的送下乡吧。”

“你的妈妈，你放心，我经常去看看，还是请以前常来换药的阿姨帮忙吧。有大事情我到医院去找你科内的同志帮助解决。”先生安慰古越月，替她分忧。

大致的解决方法想好以后，古越月填好了表，并开始进行一些相应的准备。

一个多月后，学习班开班的通知就到了。古越月的父母既为女儿高兴，又非常舍不得，他们知道，家中有一个病人，女儿是医生，那要方便许多。

清早，小妹就上街买了不少菜。今天，两个老人要在家中多炒几个菜，为又一次远行的古越月饯行。

母亲的双下肢已不能方便地行动，她坐在床沿。在狭窄的前房中，唯一的一张大方桌从窗下被抬到了床边上。这处住房古越月全家已住了很久，它细而长，很狭窄，很拥挤，古越月的弟妹们都仍住在家中。

“妈，这个豆果很软，你吃一块吧。”古越月为母亲搛菜。

“哪天走？”母亲问。

“还有两三天，科内还有许多事情。”古越月说。

“孩子安排好了吗？”

“安排好了。”

“到上海学习，中间好请假吗？你妹妹可能不久要结婚了，她结婚时你最好能回来一下。”

“小妹要结婚了？”古越月惊喜地问。

“日子还没定,她也老大不小了,早就该结婚了。”母亲笑嘻嘻地说。

“是的,是的。”古越月一边说,一边回身望望正在端菜进来的妹妹。妹妹听到她们的话,满脸羞得潮红。

古越月很为妹妹高兴。这位老实的妹妹在农村待了很长时间,在全国知青被集体统一调回城中时才解决工作。幸运的是,她谈的男朋友也是一个在乡下待了许多年的老知青。俩人状况相似,在一起很能谈得来,古越月见过妹妹的男友,那是个很勤奋、很努力的阳光青年,靠自己不断奋斗也考上了大学。

“到时候办大事,要告诉我啊!”古越月笑着对妹妹说。

“还早,还早!”

“妈,你在家中行动要小心,不要跌倒。你的腿换药的事我已安排好了,还请了以前常给你换药的老大姐上门来帮你,她的技术好。”古越月对母亲说。

“那个阿姨,人真好,你要好好地谢谢她。”古和子坐在桌子对面对女儿说。

“她是个很热心的老护士,我不会忘记她的。”

“不去不行吗?”母亲突然试探地问。

听到这话,古越月心中有点难过,她知道母亲的身体离不开自己,只好进一步说:“妈,外出进修是很难争取到的,不出去学习,业务很难提高,我争取中间请假回来一次。”古越月哄妈妈。

“让越月走吧。”古和子打圆场,并叮嘱女儿说,“常来信,有机会请假回来,看看你妈妈。”

“好,我争取!”古越月说。

中山医院紧挨着上海第一医学院这所全国著名的高等医学学府,一座行政大楼及一条冬青树通道将学院教学和临床部分紧密地连接在一起。这所大学的老师、医生、学生经常地在这两个医疗及教学单位间跑来跑去。

内科设在一座六层灰色大楼内。大楼分为东西两个大部分,中间由一些阶梯形教室相连接,血液内科在四楼。楼的两侧是病区,住病人,中间的教室则供老师及学生们上课用。

古越月初步安排自己先进试验室,在那儿学习各种细胞形态及先进的染色鉴别方法,然后进病房搞临床。这样,在试验室中学到的东西马上就可以与临床病人的诊断治疗结合在一起。在下午、晚上安排有许多课。古越月要到好几个地方或教室中去听课。除此以外,每个来学习的医生都要挤出时间参与急诊科一线值班工作两个月。

用新的瑞氏染色方法后,许多各式各样精美漂亮的人体血液骨髓细胞在先进的高倍显微镜下展现在古越月面前。她非常喜欢观看这些细胞,并把每一种有代表性的细胞病例都认真记录、绘图留了下来。

天气已经变冷的时候,古越月接到了先生的一封来信,信中夹着两个孩子的照片。他告诉古越月,不久前古越月的小妹结婚了,她的两个弟弟也先后有了自己的女儿。古越月学习、工作很忙,无法请假回去,家书抵万金,得到这么多喜讯,她真是高兴。这天是星期天,古越月把工作上的事情忙完后,想上街走走并买些东西。

大上海真是拥挤啊,到处都是密集的人流,连街头小公园的石凳上也坐满了许多或热恋或怕冷而拥抱在一起的男男女女。古越月在街上跑了一下午,想找一个能坐一下的地方都很困难。回到宿舍,正好有几位进修医生在一起聚餐,古越月忙凑上一个。

吃完了饭,从东北吉林来进修的大个子李医生坐到古越月身边,对她说:“古医生,今天晚上我有点急事,你替我代个班吧。”

“行。”古越月很爽快地答应了。古越月与李医生刚巧同一天来医务科报到,因此二人首先认识并相处得很好。

在这所大医院的门诊急诊工作中,从各地来的众多进修医生承担了很大的工作量。晚上急诊科非常繁忙,同时有四位医生在接诊。

过了午夜十二点以后,病人才稍微少了一点,已连续工作好几个小时的古越月感到十分疲劳。她站起来活动一下四肢,喝了几口开水,然后把堆放在桌面上的杂物推开,再垫上一张大的干净的化验单,把头伏在桌面上，想打个盹休息一会儿。天气很冷，坐在对面的另一位进修女医生马上关心地把桌子底下加热板推了过来。

也不知过了多少时间，忽然，古越月听到了一声急促的刹车撞击声。她被惊醒了，抬眼望去，窗外就是公交车站台，这是一辆四十五路车到达了，几个人簇拥、扶持着一个病人正在下车。

两位医生立即整理好桌面，振作起来迎接这位病人。病人在家人的帮助下，呻吟着慢慢地走到古越月面前坐下，古越月接待了他。

“你哪里不舒服？”等病人坐定后，古越月问他。

“我的腿痛得很厉害啊。我有白血病，经常发作，这次发作得太厉害了，实在撑不住，等不及天亮就连夜赶来了。”说话的病人是位年轻的小伙子，才二十八岁，叫叶宁，他患有慢性白血病，一直用药物进行化疗，已断断续续维持了三年。

“哪里痛？”古越月又问。

“这里。”那青年解开上身深咖啡色的夹克式棉袄，指着前胸部，接着他又拉起裤子说，“这腿上的骨头也痛得厉害。”

古越月用手指轻轻地在他腿骨上按了一下。

“哎哟！”这青年大声地叫了一声。

患者的症状及体征很典型，古越月给他开了一张化验单，并把他指引到诊疗室旁边的化验室进行检查。

一会儿，叶宁的检查结果出来了，他的血常规显示白细胞高达十二万，分类还好，主要是中、晚幼粒细胞，他的诊断已经明确：慢性粒细胞白血病。这种病的预后相对比较好。

“你的白细胞很高，所以骨头痛。你需要住院进行治疗，把增高的白细胞压下去。”古越月仔细地向他讲解。

“行。”

“带钱了吗？”

“带了。”

古越月给叶宁开了一张入院证，并安排值班护士引导他去办理入院手续。

安排好这个病人后，古越月向窗外望去，在淡淡的晨曦中，灰暗色的楼房轮廓已逐渐显现。

大上海就要苏醒了。

两个星期后，这天古越月在试验室中做完了自己手中的工作，洗了洗手，她要到血液内科病房去看看叶宁。她很记挂这个小伙子，想知道这个病人病情现在怎样了。

“叶宁住哪床？”在病区的走廊上，古越月问一位刚巧碰到的护士。

“在西边最大的那间病房，靠窗的那床，他刚才还在病房中。”这位年轻的护士用手指了一下。

在这间大病房中，呈U形摆放有七张床位，住的都是些病情有所好转的轻病号。古越月朝病房内望去，看见叶宁正坐在一张小木凳上弯腰趴在床沿上写东西。

“叶宁。”古越月叫了他一声，并走近他的床边。

“古医生。”叶宁抬起头，一眼认出是古越月，忙不好意思地笑着站起来，并喊了一声算是打招呼。

“你好啦？”古越月问。

“上了化疗，好多了。”叶宁说。

“你的腿不痛了？”

“好多了，不怎么痛了。那天发作可真是厉害，痛死我了。”叶宁笑着对古越月说。

“你在干什么？”古越月一边说，一边低头看了一下床上的纸。叶宁的床沿上铺有一块不大的软板，上面是一沓方格稿纸，旁边的一张纸上写有一些文字，很显然他正在抄稿子。

“你在写文章？”

“嗯，有空时就写一点。”

在旁边相邻的一张床位上住着一位剃着光头的小病号，他的母亲，一位三十多岁的上海女人这时对古越月说:“你这位医生还不知道吧,他是我们这儿的一位工人作家,业余的,他写了许多文章,在上海小有名气呢。”

“啊!”古越月很惊讶,她弯腰认真地看了看叶宁的床头,在他的枕边,床的里侧,有一沓厚厚的方格纸,其中有许多是已经抄清的文稿。

听到他们的谈话,又有几位同室的病友靠了过来。

“他每次住院都是这样,只要一好转,他就写,我好几次住院都遇到他。”旁边又有一位经常来化疗的病人对古越月说。

古越月听后,点点头,她对叶宁说:“你刚好,要注意休息,不宜太累。”

“谢谢你,古医生!”叶宁仍站在床边与古医生说话。古越月望着这个小伙子,他的面容此时很坦然平静。生这么危险的重病,他竟然没有一点悲伤,古越月心中很佩服。

叶宁的病情好转很快。古越月与叶宁告辞,她要到诊疗室去翻看他的病历,看看他用的是什么化疗方案。

古越月详细地翻看了叶宁的病历资料,发现他这次使用的是一种新的HOAP化疗方案,这种方案目前正在全国少数大医院较大的血液内科使用。古越月所在的医院目前还不知道。

古越月掏出随身携带的笔记本,把这个方案详细用药情况记在了笔记本上。

“你在抄什么东西?”坐在桌子对面的张医生问古越月。张医生比古越月稍大几岁,她来自济南一家大医院,也在学习班进修,她目前正在病区轮转。

“我来看看叶宁的材料,他是我收的,他的病好得很快。”古越月说。

“他是用HOAP方案治疗的,这儿血液科,许多髓细胞性的白血病病人,现在都在用这种方案。我这组也有好几个病员在用,效果很好。”张医生说。

“试验室你进了吗?”

“我把它放到后期,先搞临床。你什么时候来病房?”

“我在病房已待过一个月,现正在试验室,急诊科也还未做完,我也想尽快再来病房。”古越月对张医生说。

有一位护士来拿叶宁的病历，古越月乘机问她：“刚才，我看见叶宁趴在病床上写文章，他刚好，怎么不劝他休息？”

“古医生，你不知道，他是我们病区的老病人，经常复发来住院，每次都是一好转就写文章，主管医生及护士长都劝过许多次，他都不听，只好随他去了。”这位护士向古越月解释。

古越月听了这位护士的话，心中疼痛了一阵。古越月明白了：这个病人是在与生命赛跑，真难得。

离开了病房，古越月缓缓地下了楼，沿着楼下的冬青树通道慢慢地向宿舍走去，她的心被叶宁的病情及他的事迹深深地震动。

在这所全国著名的大医院中，古越月观察到，由于这儿病区病房隔离做得好，护理好，许多白血病患者都能获得较好的短期化疗效果，因此，它吸引了许许多多的血液病重症患者。他们从全国各地经历千辛万苦赶到这儿，他们中间许多人都是年轻的青少年，他们生存状态的悲凉，他们与疾病进行斗争的不屈精神，让古越月大夫心灵受到很大的震撼。

古越月几乎每隔两天就要抽时间去病房观察，并记录一些典型病例的治疗方法和临床经验，以便带回自己的医院参考使用。

一个月后，一个周末的晚上，在学院部的一间大型阶梯教室中，古越月走到最高的最后一排座位靠边的一个椅子上，她也在自己面前的桌子上摊开了一沓纸。她低着头在思索，在想。是叶宁，这个普通的工人病人，一个业余的写作者，他不屈不挠的奋斗精神，触动了古越月大夫内心深处最柔软的部分，她觉得自己应该为这些不屈不挠的白血病青少年呐喊。

应该为他们做点什么，古越月心中很激动，她把叶宁的事迹一气呵成地写成一篇文章寄了出去。

从此，古越月为自己开辟了另一份小小的业余工作，那就是，她经常用笔，记录下身边让自己感动的医疗小故事。这些小故事叙说了一些年轻悲凉的生命不屈不挠的奋斗经历。古越月为他们呐喊，她要让社会关注他们，这些故事大多以散文的形式被刊登在一些报纸杂志上。

第十八章　一对青年跪在门诊

“古医生，这是你的证书，你评上了主治医生！”

今天是星期天，古越月值门诊白班，她把自行车推到门诊室的大门口，看见上午值班的医师已换好衣服站在内科值班室的房门口等她。这位医生手中拿着一个红本本，笑眯眯地对她说。

“是主治医师证书？”古越月接过小本本说。

“是的，上午住院老总送来的，他知道你今天值班，叫我转交与你。听说这次评了不少，科内还有好几位老医师评到了副主任医师。”交班的医生是位年轻的小伙子，他是恢复高考后招生考取的本科生，来到医院工作时间不长，但已能单独值班。

“我们不走运，工作了许多年从未晋升。”古越月一边说一边翻开了小本本，她一看本子上盖印的时间：“1987 年 9 月”，就叹了一口气。

“1987 年，你看时间，我们这批医生是做了十八年的住院医生才晋升的，其他几位晋升的医师工作年限也很长了。”古越月继续对交班的医生说，“以前住院医生十五年就可升主治医生，你们以后可能会很快了，我想不会再等十八年了。”

“是的，你们给耽误了，不过现在这项工作一旦开始，后面会逐步按规定的时间进行，我们以后晋升的时间也就快了。”交班的医生很高兴，他笑呵呵地与古越月交谈。

“有什么交班的吗？可有未处理完的病人？”古越月问他。

“没有。今天上午不忙，主要是一些感冒的病人，上午没有收病人。”

“那好，你走吧。”古越月催交班医生回去，她把自行车慢慢地推到隔壁一间空闲的房间中。

古越月换好了衣服，坐在桌前。她想，升了主治医生总比不升的好，应该高兴才是。没有病人，她把刚发下的技术职称小本子又拿出来认真地看。正在这时，古越月听到了远处门诊大厅有人在大声地说话并有脚步声传过来。她侧耳细听，感觉到有一阵慌乱的脚步声正沿着走廊向内科诊室走来。内科诊室的门正开着，很快，一个青年双手搀扶着一个女孩冲了进来："医生，快救救她，快救救她！"女孩的头部斜靠在男青年的肩上，男青年用手扶着女孩的腰望着古越月大声地说。

"她怎么啦？"古越月忙站起身来，帮那青年把女孩扶到凳子上坐下。

"我心中很难过啊，医生！"女孩半睁开眼睛，低声对古越月说。

"她哪里不好？"古越月又问那青年。

"我心中很难过啊，手抽筋。"女孩又对古越月说。

"要告诉医生实话，就说了吧。"那青年劝女孩。

女孩低垂着头，喘着粗气，无语。

"那我就说了。她心中太难受了，医生。刚才我盛好饭放在桌上，正准备让她吃，她的毛病突然间就复发了。她趴在桌子上，全身直抖，手抽筋，人也坐不住，赖在地上。她说她心中很难受，这病以前她在老家也发过，用一支杜冷丁就好了。求求你，医生，给她用一支吧。"

"杜冷丁！"古越月听到这个药品名称后心中很惊讶，立即明白了这女孩的病因是怎么回事。

"她是哪里人？"

"重庆。"

"她是你的什么人？"

"我是她的男朋友。"

古越月用听诊器听了听女孩的心跳，又对那青年说："你把她的衣袖往上卷一卷。"

女孩没有拒绝，她让男友把自己的衣袖卷了上去。古越月看到这个女孩整个前臂静脉边缘满是密密麻麻的针眼。

这是一个依靠静脉注射毒品而生存的女孩!

古越月沉默不语,注视着女孩。女孩用另一只手吃力地支撑着自己的下颌斜靠在桌边,对毒品的渴望及痛苦让她的面色变得十分苍白。她穿着一套时尚的白色翻领运动套衫,留着长发,容貌清秀,病历上写的年龄十九岁。这么好的一个女孩,怎么会染上毒品呢?真是可惜。

“你不知道她吸毒?”

“知道,是我特地让她从重庆来江城我这儿,我要帮她戒毒,我们这儿比她那儿环境好。她前几天也都还好,今天实在是不行,撑不下去了。求求你,医生,给她打一针吧,她太痛苦了。戒毒也是要有一个过程的,今天我们打了这一针,以后我们再也不用针了。”

在那个青年与古越月交谈时,古越月观察到那个女孩伏在桌上,她也侧着头仔细地听青年和古越月的谈话。古越月感到不便直接在这个女孩面前询问她的病史,便请这个青年到走廊上,接着问:“她的手臂上有那么多针眼,她用毒品几年了?”

“大概有两年多了。前几年她还很小,与同学们在一块儿玩,玩的时候就有小青年主动递上白粉。年青,认为是好玩,就吸了,而且是大家在一块儿吸,也不要钱,吸后就在一块儿唱歌、跳舞,快活得很,就这样几次吸下来就有瘾了。那时她很小啊,周围她的同学、同伴吸的人不少,大家还认为是一种时尚行为,是快乐,是赶潮流,大家都彼此彼此,都吸嘛,并未深刻认识到它是毒药,依赖性渐大后就开始打针了。”那青年大概是为了获得古越月的信任,他想获得那支杜冷丁,说得比较多。

“你们俩相距遥远,怎么碰到一起的?”古越月又问。

“我到重庆我亲戚家玩,在那儿认识了她,她对我很好。我们这儿吸毒的人不多,起码表面上很难看到有公开吸毒的人,所以我要求她离开她周围的那个环境,这样才能戒掉毒瘾,才能得到新生。她也还听话,于是就来了。”

“很遗憾,我没办法开给你杜冷丁,打这种针又怎么能戒掉毒瘾呢?”古越月说完这话,又走进门诊室。

“求求你了，求求你了，医生！”那青年看见古越月离开走廊，也从走廊回到门诊室中，说完之后，他竟然向古越月跪下了。

接着，坐在凳子上的那个女孩也向古越月跪下了。

“你们起来！不能这样！”古越月伸手去拉那女孩，那女孩却瘫在地上，不停地流泪，怎么也拉不起来。

“这种药是严格控制的，不是随便就能拿出来的，它要凭麻醉处方，还要有癌症或手术病历才能拿到，你们的要求我没办法满足。我也不能那样做，继续用这种药只会加重病情。”看见两个青年跪在门诊室的地上，古越月心中不忍，她耐心地对他们说。

“求求你啊，好医生啊，开一支吧！”两个青年一直跪在地上说，不起来，古越月只好又走出门诊室。

古越月在走廊上走来走去，一时也想不出什么好办法解决，幸好是中午，没有其他的病人来就诊。

这两个青年跪在地上不起来，怎么办呢？要不要打电话通知保卫科？不行，这样做不行！古越月想，这两个青年也是相信医生，才说出了真话，古越月不能报警，她知道一打电话，立即就会来人，这两个青年很可能将会被立即强行带走，送到派出所询问。作为医生，古越月不想做出太过分的事情。

想了好一会儿，古越月走进门诊室对那个男青年说：“你起来，把你的女朋友也扶起来，我给你们想办法，让她能感觉好一点。”

古越月低头拿出处方，开了两粒安定，对那青年说：“我给你们开两粒安定，扶你的女朋友回去，先让她吃点稀饭，然后给她服用一粒安定，让她睡一觉，看看她醒来时能否好点。如再发作，隔天，也就是后天，还可以在她最难受时再吃一粒，让她舒服一点。在她不发作时，让她吃一点她平时喜欢吃的小零食，以分散一些她的注意力。如还不能明显改善，那你们最好自动到戒毒所去戒毒吧。这个姑娘很年轻，未来的路很长，你们准备戒毒是对的，一定要争取把毒瘾戒掉。”

“好，好，谢谢你，医生。”那青年听了古越月的话，站了起来，并扶起那女孩让她坐到凳子上。

“去拿药吧。你们住哪儿?”古越月说。

“我就住在前面不远的地方,在剧院门口,我开了一个小书店。医生,你有空到我书店去,我借书给你看,我有许多好书。”

这是一个喜欢知识的青年,他拿着处方出去了。

古越月也紧随其后,她要与药房药师打声招呼,请药房的药师按处方批价给这个青年发药。

古越月想了很久,才想出来这个对女孩无伤害的临时解决办法,也不知它是否有较长的效果。

那青年扶着女孩又一次谢过古越月。痛苦使女孩的长发散落在胸前,她用手往上撩了一下,露出一张清秀苍白、稚气未脱的脸。

很漂亮的一个女孩,真是可惜,不知她以后怎么办。

这个下午,也真是凑巧,其他的病人一个也没有。这个女孩让古越月一直挂心。古越月想起自己常在报刊上看到一些零散的消息,在西南靠近边境的一些城市中吸毒的青年已有不少。她还看到一则消息,有一个吸毒青年被父母关在家中,犯毒瘾时竟然用绳索从窗户上放下一只小篮子买毒品,古越月很为这些现象担忧。

一个星期以后,古越月心中仍放不下那两个青年。一天中午下班后,她特地绕到那个剧院门前去找那家小书店。果然,在剧院的西侧,古越月发现了一家小小的书店。古越月远远地站在街的对面向店中望去,隐隐约约地看到了那个男青年的身影,他在柜台上忙着,那个女孩却没有见到。不知道她怎么样了,她好些了吗?是走了,还是去了戒毒所?古越月无法知道。

古越月为这个女孩担忧,为吸毒这种不良的社会现象深深地担忧。

晚上,古越月回到家中,先生已经烧好了饭菜,小方桌上已经摆放好一盆萝卜烧肉、一盆青菜,还有一盆汤。两个孩子已经坐好。古越月一边洗手一边回头说:“菜都摆好了,你们怎么还不吃饭?”

“等你!”先生说,“小柚柚前几天看到了我以前当兵的照片,想以后也去参军，非要我讲在部队当兵的故事给他听。”

“那你就讲一个呗，讲讲部队中有趣的故事，让他也受到一些教育。”古越月发现，近两年大孩子长得很快，身高已在一米七以上了。古越月知道先生很会讲故事，他以前说过的一些故事听起来很有趣，也很有吸引力。

“那好，我就讲一个‘孔田螺’的故事吧。”先生说。

古越月听到先生的话，笑了，说：“这个故事你讲过好多遍了。”说完，古越月抓紧时间把提包拿进房间，开始换鞋换衣。

“什么孔田螺？”大孩子问。

“孔田螺是我的一个战友的名字。”先生开始对两个孩子说，“那时，我在福建部武下连队当兵，在连长的安排下，我们和一些从深山走出来的穷苦战士一对一结成对子，互相帮助。和我结成一对的那位战士就叫孔田螺，他是福建大山中的人，只念过几年书，以前从未走出大山，也从未见过外面的世界。初出茅庐，刚入伍的孔田螺对上级交代下来的事情特别认真，一丝不苟。

“有一天夜里，轮到孔田螺在部队营房门口值班。天快亮时，他看见从营房旁边的一栋房子内走出一个头戴鸭舌帽的男子，那人低着头，步履匆匆。孔田螺认为那个人很可疑——福建前线特务很多——于是，孔田螺立即端起枪，对那人大喝一声：‘狗特务，不许动，举起手来！’

“那个戴鸭舌帽的人大吃一惊，一看，天刚蒙蒙亮，周围没有其他的人可以帮助解释，忙笑着说：‘小兄弟，我不是特务，你别误会！’

“‘不行，举起手来，再不举手，我就不客气开枪了。’

“‘小兄弟，小兄弟，别误会，我不是特务！’

“‘再不举手，我就不客气了！’孔田螺说完，拉开了枪栓。

“哗啦一声，枪栓拉开了，吓坏了那个戴鸭舌帽的人。’

“他乖乖地举起了双手。

“‘站到墙边上去！’孔田螺把举着双手、戴鸭舌帽的中年人押到墙根，让他面对墙壁举手站立。

“时间很慢地一秒一分地流过，直到天色大亮，连长起身来到营房外，才发现孔田螺干的这桩‘好事’。连长忙走到孔田螺面前。

“‘报告连长,我刚才抓到了一个特务!’

“连长一看,大吃一惊。这个戴鸭舌帽的特务不就是昨天刚刚给战士们表演节目的演员吗!他忙对孔田螺说:‘你快把枪放下!你搞错了,他不是特务!’

“听到连长的话,孔田螺半信半疑地把枪放下了。连长忙对那个戴鸭舌帽的演员说:‘真对不起,误会了,真对不起!’连长拉下那个演员已经举得有些僵硬的臂膀。

“‘他不是特务,干吗要戴鸭舌帽!’孔田螺仍不解。

“连长又对孔田螺说:‘他是个演员,昨天还给我们演节目,你怎么把他当成特务?戏中的特务戴鸭舌帽,但生活中,现在许多老百姓也喜欢戴鸭舌帽,不是戴鸭舌帽的人都是特务,要认真地把他们区别开来。’连长仔细地说。

“连长沉下了脸,认真地批评了孔田螺。

“那位倒霉的演员,见到连长已在批评孔田螺,只好让步,说了一句:‘真是莫名其妙!’他离开站了好久的墙角,去上厕所。

“这件事情发生以后,连长就把孔田螺交给了我,与我结成一个帮扶对子,让我教他文化,给他讲山外的事情。”古越月的先生对两个孩子说。

“我在福建当兵的时候,台湾海峡形势正紧张,台湾国民党方面常常有一些特务混到大陆搞侦察搞破坏。有一些特务确实喜欢戴鸭舌帽,再加上舞台上的特务是以戴鸭舌帽的形象进行表演的,所以孔田螺就认为戴鸭舌帽的人都是特务。这故事发生时正好有一队文工团来前线给部队慰问演出,那个演员清早起来上厕所,天气很凉,他就戴上鸭舌帽出门,结果被孔田螺这个当兵不久的战士误会了。

“孔田螺是个孤儿,家中很穷很穷,是他叔父把他送到部队的。我离开福建时他已进步得很快,不仅学习了许多文化知识,懂得了许多实际生活知识,还成了一位‘五好’战士。”

“讲完了?这个故事真好听,真有趣!”古越月的大孩子小柚柚说。

古越月这时正好已收拾好,她从房间出来,坐在小方桌边对孩子们说:"你爸爸刚才这个故事讲得好,这是他很多年前当兵时遇到的故事。现在改革开放了,我们的生活好多了,但是也有一些新的问题出现了。我也给你俩讲个故事,它是我这几天遇到的一个真实故事。"

在饭桌上,古越月一边吃饭,一边给先生及两个孩子讲述了那个不幸的重庆女孩的故事。

古越月说:"毒品这东西非常可怕,特别是一些无知的青少年很容易上当,毒品是社会的一颗毒瘤。"

古越月对两个孩子说:"你们在外面要注意防范,一定不要随意接受不认识的人递过来的食品或饮料。"

两个孩子听了不住地点头。今天,他们听到了这两个故事,也受到了一次很生动的教育。

第十九章　厂长的位子虽然好，你也别想走

摆放在五斗橱上的座钟清脆地敲了五下，在厨房中烧饭的古越月听见了，忙跑进房间匆匆地看了一眼，又急忙地跑回厨房，把坐在灶上炖菜的锅端了下来。她把饭锅掀开，快速地盛了一瓷缸米饭，又盛了几勺子菜，然后飞快地把瓷缸放进放在小方桌上的提包中。

已经五点多钟了，古越月明白，她必须赶快出门去接夜班了。

自从小女儿从乡下回到身边，几乎每次上夜班古越月都是这样。现在女儿已经上小学六年级了，马上就要升初中了，古越月忙多了。每隔四天古越月就要值一个大夜班，在这一天，上午下班回来后，古越月吃过午饭一定要强迫自己睡一下，以备好充沛的精力去迎接晚上的战斗。起床后就是紧张地做饭炒菜，备好晚餐，这样让孩子、先生们回来能有饭吃。

古越月已装好饭菜，理好提包，她锁门下楼。

天气很热，古越月剪着短发，她换上了一件军绿色的确良短袖上衣，一件深绿色涤棉混纺裙，从车棚中推出自行车匆匆地骑上出发了。

刚下过一场大雨，雨后的地面在高温的炙烤下弥漫着浓重的水汽。前方路面出现一大摊积水，不知这儿水面下可有水坑，古越月在心中暗想。时间来不及了，冲吧，古越月猛蹬着自行车向水塘冲去。哗啦一声，她连人带车歪倒在路旁。果然，在这摊水下面藏有一个水坑，车卡住了，翻掉了。还好，提包虽然湿了，但饭盒还完好，衣服也还好。古越月扶起水淋淋的自行车，猛踩着向医院冲去。

接班是不能迟到的，否则上一班的医生会很不高兴。

到达内科门诊时，古越月有意识地看了一下表：刚好六点。

值白班的医生是位女医生,已工作不少年,她笑眯眯地对古越月说:“来啦! 吃没吃?”她与古越月常在同一组工作,两个人关系不错。

“还没有吃,今天下午多烧了一个菜,时间就紧了,来不及吃,我带来了,等会儿没人时可以慢慢吃。”

“今晚值班你肯定很忙。刚才我到急诊室查班、交班,急诊室今天有两个脑出血病人,前几天病房无床收不进去,现在病人家属见希望不大已不愿意再住院。两个人年纪都已不小,深度昏迷,很危险,今晚是很难度过的。”

古越月一听,立即有点失望,但她马上稳定了自己。从医多年,常年在一线值班,她知道急诊室经常住有收不进去的重病号。

“你走吧,慢慢熬吧,门诊可有交班的?”古越月问。

“门诊没有需要交班的病人。什么时候门诊、急诊能各自单独值班,不混合在一起就好了。”值班医生心有感触,叹了一口气说,因为明天晚上她也要值夜班。

在这个医院,由于医生紧缺,还未成立单独的急诊科,仅设立了急诊观察室。各个班次医生遇到收不进去的重危病号,都要暂时收在急诊观察室观察,由内科各个班组医生负责治疗。

白班的医师走了,古越月换上工作服,拿出大瓷缸,坐在电扇下吃饭。由于工作量大,古越月很能吃饭,每次她都能把满满一瓷缸饭菜全部吃光。她刚吃到一半,急诊室一位护士来喊她:“古医生,抢救室内一位脑出血病人在抽搐,家属要求你去看看。”

“好,我就去。”

古越月忙放下手中的瓷缸,拿上听诊器去了急诊室。她检查了患者。这是一位体形肥胖、年龄六十多岁的老大爷,他的呼吸很微弱,古越月看到老人正在输液的手指有轻微抽动。

“他的血压怎么样?”古越月问站在旁边的值班护士。

“用升血药维持着,每分钟十二滴,目前血压还好,84/50mmHg。”

古越月用听诊器听了患者心率,他的心率很快,心音微弱。他的瞳孔一只大，一只小。

“脑疝已经形成，呼吸也不好，天气这么热，很危险。家属知道病情的严重性吗？”

“知道，下午值班医生、我们在班的护士都反复地告知病人家属了。”

“他的抽搐不厉害，但呼吸很不好，再用药可能更不利于呼吸。”古越月说，又问，“甘露醇几个小时用一次？”

“六个小时。”

古越月又看了看病人手指，他的小指抽动已经停止了。她说：“先继续观察，注意血压、呼吸。”

古越月正和护士说着，抢救室门口又来了一男一女两个青年，问：“请问内科值班医生在这儿吗？”

“在，我就是。”古越月说。

“我们刚才挂了号。”

“好，就到这边来看吧。”

古越月把两个年轻人带到抢救室对面的值班室中。

“你们哪位看病？”

“她，发热，咳嗽很厉害！”那青年指着女子说。

问完病史，检查听诊后，古越月让护士量体温，并开出一张血常规检查单。

“量好体温，到门诊那边二楼去查血。”古越月吩咐。

古越月又走进抢救室，她要去看看另一位脑出血患者。

这位脑出血患者也是位年纪很大的老大爷。他有高血压病史多年，现在，他的呼吸已呈临终状态，呈叹气样，频率很慢，他是依靠呼吸兴奋剂在维持生命。

“这个老人很危险呢，你们要有个思想准备。”古越月检查完病人，对站在床边的患者的两个儿子说。

“我们知道，他这么大年纪，又是脑出血，我们已有思想准备。我们的妹妹一会儿要来，我们还要商量一下，准备搞回去，他老人家高寿，不能死在外面。”

“医生,现在能拔管吗？我们想做做准备。”患者的一位儿子问。

“现在不能拔管,现在一拔管他的呼吸可能马上就没有了。病人住在医院中,就需要予以治疗。这个老人很危险,最好等你们家里人来了商量定了,再做决定吧。”古越月说。

看完两个脑出血病人,古越月又到另外三间病房转了一下,看了看其他几位轻病号。古越月问值班护士说:“今晚你们几个人值班?”

“我们现在小夜班已排双岗,两个人值班。”

“这么忙,是需要两个人值班的。”古越月又说,“我回门诊了,等会儿那个查血的门诊病人回来,让她去门诊找我。”说完,古越月离开急诊室。

内科门诊设在门诊大楼的一层,它离急诊观察室有一段距离。刚走进门诊大厅,古越月已看见走廊尽头,内科门诊室门口已有好几个病人在等候。

古越月快步走进门诊室,开始看病人。一共是四个病人,古越月把他们全部看完时,已经十点钟了,她站起来想稍微休息一下。忽然大厅那里又传来急促的脚步声,许多人抬着一张竹床狂奔而来。

“医生,医生,快！快！她喝农药了,快抢救她,快抢救她!”有几个人同时在大声喊。

古越月连忙迎出门去,她看见竹床上睡着一个女病人,忙询问走在最前面的一位中年农民说:“喝农药了?”

“是的。”

“赶快抬到急诊室去,要马上给她洗胃。”

古越月立即拿起听诊器,与这些人快步向急诊室跑去。天气很热,输液室中一些正在输液的病人热得受不了,都把躺椅移到门外的梧桐树下,吊瓶就挂在树上。

病人是位农妇,傍晚因家中争吵,吞下半瓶敌敌畏,炎热的天气及疾病使她的上衣已全部湿透。

护士快速拖动机器准备插管洗胃。古越月靠近病人时发现她面色灰白，口角有许多白沫，已经没有了呼吸。

“病人已经不行了，没有了呼吸！”

古越月用听诊器去听她的心脏，她的心跳已很微弱很慢。

“插管洗胃已经不能进行了，一插进去她的心跳可能马上就要停止。先给她打一支洛贝林、一支可拉明。建立静脉输液通道，把输液挂起来。”古越月对一位值班护士说。

“你们把病人立即抬到抢救台上，抢救方便些。”古越月又对患者家属说。

大夜班的护士这时已到岗，另一位准备下班的护士也延迟下班没有走。大家立即帮忙，与患者家属一起把病人安放在抢救台上。

护士立即快速地给患者插上了氧气管。

“请帮我给内科总值班医师打个电话吧，请他来帮忙抢救。”古越月一边给患者进行人工呼吸、心脏按压，一边安排一名护士打电话。

不一会儿，接到电话的总值班医师快步赶到。他个子高高的，瘦瘦的，是一位高年资的副主任医师。

古越月又一次听了听患者的心跳，发现心跳已经听不到了。她对总值班医师说：“这个病人是刚才来的，傍晚吃饭时在家服了不少农药，在乡下未洗胃，村子里大家帮忙用担架抬过来的，到达的时候已经没有了呼吸，心跳每分钟只有二十几次。”

“天气这么热，病人耐受性差，病人服药已经有好几个小时了。”总值班医师听到古越月的介绍后说。他立即检查患者的瞳孔，发现患者的瞳孔已经散大。

“瞳孔已经散大了，可能不行了。”总值班医师说。

“让我换你按一会儿。”总值班医师立即接上去进行心脏按压、人工呼吸。

“静脉注射洛贝林、可拉明各一支。”

“静脉注射地塞米松20mg。”总值班医师一边抢救病人，一边连续地下医嘱。

两位护士立即取药予以执行。

天气很热，古越月被总值班医师换了下来，她发现自己的工作服背后已全部湿透，额头及颈部也已渗满汗水。

“让我再来做一会儿。”停了一会儿，古越月看见总值班医师脸上也布满汗水，连忙说。

就这样，两位医师连续地交替地抢救了半个多小时，病人的心跳及呼吸一直未能恢复。

总值班医师看了看表，对古越月说：“我来已经四十分钟了，这个病人抢救不过来了，你先和病人家属说说吧。”

围在抢救室门口一直观看医生、护士们抢救的农妇家属听到了医生的谈话，有两个农妇立即大声哭喊起来。

随后，其他随行的同伴也立即哭成一片。

“请你们小声点，这里还有两个很重的病号。”古越月走到他们身边劝他们。

“搞不过来了？”一位中年农民样的男子过来问。

“我们已经抢救半个多小时了，病人呼吸、心跳都没有了，我们已经很尽力了。这么热的天，病人耐受性差，喝农药是很容易送命的。你们没有洗胃，她喝得又多，来得又太晚，我们真的是很尽力了。”古越月说。

“我后悔啊，不过是争了几句，哪知道她这么倔啊，我们在乡下很远，晚上又找不到车，是村里人帮助，完全靠扁担抬上来的……”那中年人一边说一边哭。

“下一步，你们打算怎么办？”古越月问。

“老乡们都还在，没有走，天气这么热，我们必须马上搞回去。”那人用手擦了一把脸上的汗，又回身与同伴们说。

古越月立即走进诊疗室，坐下来给病人补写病历，补开处方，并谢谢总值班医师的帮忙。

总值班医师的短袖工作服也被汗水湿透了背，他在水池边洗了洗双手，又走到抢救室内查看了另外两位重危患者。

“这两个病人也不行了嘛，你今天晚上真是碰得巧，可能是送三个！”总值班医师对古越月说。

“这两个人都是年纪很大的脑出血病人，深度昏迷，脑疝，不过有一位马上准备出室自动回家。”古越月说。

两位医师正说着，抢救室二床脑出血患者的三个孩子来找古越月。

“医生，我妹妹妹婿都来了，大家都要把老人搞回去，他老人家眼看就不行了，你给我们办一下手续吧。”

“我走了，你忙吧，我还要到其他病区去看一下。”总值班医师与古越月打招呼。

“好，谢谢你！”古越月与总值班医师告别。接着她对要求出室的病人家属说：“你们父亲很危险，氧气管一拔，很难到家。我给你们父亲再打一支抢救针吧，这样还能撑一会儿。你们怎么走？”

“我妹婿带了一辆板车，拉回去，我们住得不太远。”

“小李，给抢救室二床再打一支洛贝林、可拉明，他们马上出室。”古越月安排。

“急诊室的手续很简单，你们不欠费直接走就行了。我给你们写一下病历。”古越月又对患者家属说。

古越月给两个病人全部补写好病历及处方。她在交班本上写下病程记录、医嘱，再看表，已经是深夜二时。

又有一位门诊病人来就诊。这是一位小伙子，他晚上饮了许多啤酒，回到家中一直呕吐，等不及天亮也来到急诊室，要求输液。

“医生，给他输点液吧，他呕吐很厉害，吐的东西中都带血呢！”这青年的爱人对古越月说。

“好，我给你输点液，下次可不能再傻饮酒了。大热天，饮酒太多，也会送命的。”古越月警告他。

古越月回到了内科门诊值班室，靠在椅子上。她已连续工作了七个小时，感到十分疲劳。她知道今天晚上还不能休息，因为还有一个极危重的病人随时都会需要她去急诊室。

古越月靠在椅子上闭着眼睛，养养精神。也不知过了多长时间，又有人敲门，拉开门一看，是急诊室值班护士。

“古医生，另一位脑出血病人家属也要求出室回家，他们也要求给病人打一针，以保住能撑到家。”

“他们也想走？”

“是的。”

“好，那我去看一下。”古越月看了一下表，已经四点多，再过一会儿天就要亮了。在急诊室值夜班的医生、护士，如遇深夜有危重的病人要求紧急出室，都会迅速地予以协助办理，这样双方都可以省去许多麻烦。

夏天天亮得早，古越月走出门诊大楼时朝东方的天空望了一眼，她看到，东边一些楼房上方的天空已经呈现出淡淡的鱼肚白。

古越月又走进急诊观察室，又一次检查了病人，这位老人的家属已经做好了准备。古越月问：“人很危险，你们怎么走？”

“用一张竹床抬回去。”

“氧气管拔掉了，路上要小心点，尽量走快一点，人能到家。”古越月细心地叮嘱，她希望患者能撑到家。

“谢谢你，医生！”

“抢救针打了吗？”古越月又问。

“刚才护士已经推药了。”

“好，路上小心点。”古越月送病人一家人到急诊观察室大门口，并叮嘱他们一行人。

东边的天空渐渐地一点一点变亮。

古越月又走进诊断室，她需要写夜班交班报告，补开医嘱及处方。当她把所有需要做的事情做完以后，她又走出急诊室大门。

此时，天已经完全大亮，许多红霞已飞挂在东方的天空上。

这是一个多么忙多么累的夜晚啊！夜班忙是常有的事，今天这个夜班，创下了古越月从医许多年来的一个小纪录，那就是，她一夜不眠一连送走了三个危重的病人。

这是一个很不平常的夜晚，古越月永远铭记。

门被轻轻地推开，古越月被惊醒，她看见先生侧着身子推着门向里面张望。

“已经十二点钟了，还不起来？怎么今天上午就睡了？中午吃什么？煮饭还是下面？”先生看见古越月已醒了，忙问。

古越月下夜班后，一般上午是不睡的，她要利用下夜班半天时间买点菜，做些小家务，吃过中饭后她要睡到傍晚。

“十二点了，哎呀，睡过了，我昨天晚上真是太累，在两栋楼之间跑来跑去，一夜忙到天亮，送走了三个病人。我们医生这碗饭多难吃啊。”古越月一边说，一边掀开薄被穿衣起床。她扣着衣扣、趿着鞋跑出房门找两个孩子，还好，大孩子还未放学归来，小的已趴在方桌上做作业了。

“你不用烧了，一点菜都没有。我到街上排档上下几碗面回来。”古越月说。

“我在家中下面也是一样。”

“家中什么菜都没有，怎么下面？昨晚太累，早上下班后实在无法再上街买菜。”古越月进一步解释。

“还是上街解决吧。”古越月自言自语，她知道马上大孩子也要放学到家。她忙把头发梳理一下，洗了脸，然后拿上竹筐、饭锅，还有两个菜盆出门了。

拖着软绵绵的双腿，古越月高一脚低一脚地往路口走去。从厂宿舍大门口往前走，窄窄的街道尽头是一条南北贯通的大道，这个T形岔道口两侧布满了许多固定的或流动的排档。炒菜、下面，在这儿都十分方便，古越月是这儿的常客。

刚出路口，第一个排档女老板看见古越月，抢先招呼她：“又来啦，今天吃什么？”

路两侧的另外四位摊主也都望着古越月。

“就在这家买吧。”古越月想。她说：“下四份面条，炒两个菜，一份土豆炒青椒,一份毛豆炒肉丁,我带着锅。"

"好!"

女老板手脚很快,两个锅同时进行。古越月只等了一会儿,回到家中时,看见先生已在吃饭的小方桌上摆好了碗筷。

"喊两个孩子都出来吃饭吧。"古越月在小方桌上放下锅及瓷盆说,她看到大孩子已经回来了。

"我跟你说件事。"先生一边给两个孩子分面条,一边对古越月说。

"什么事?"古越月望着先生问。

"我们先吃饭吧,等会儿再说。"先生大概觉得在饭桌上说此事不妥,又改口。

吃完了饭,先生主动洗碗。古越月想起他刚才说的话,站在先生的身后盯着问:"你刚才说有一件事要说,是什么事?快说说。"

"你知道我们有位同学叫余晴吗?"

"知道,她与我们的一位老师很好,她比我们低一届,听说她考入清华了。"

"是的,她的爱人也是医生,他与我们曾在一起复习上课。你知道吧,他们两口子都下海了,现在都在深圳。今天上午她到厂里来找我,她真有办法,不知怎么竟然找到了我厂里,找到了我。他们要办一个大型矿泉水厂,现在缺一些技术工程人员。他们知道我是搞药的,上午与我谈了好长时间,要我过去,并答应我过去后马上当厂长,钱嘛,就不必说了,肯定不少。"

"现在许多人都下海了,先下海的人,不少人都已发达起来了。我也有一个老同学,叫君君,以前和我特好,他们两口子也下海去了深圳,听说搞得很不错。"

"听余晴说,他们的厂房已经盖好了,很快就安装设备上线生产了。她的话还真让我动心呢,我们的胆子也太小了。"古越月的先生试探地说。

"你答应她了?"古越月问。

"还没有,说好明天电话再联系。"

“如果同意,大概什么时候走?”停了片刻,古越月又追问。

“余晴说,希望两三天内就能与她一道走,那边急等着找懂生产管理的人去安排上生产线,进行生产。”

“这么急,那不行！这确实是个好机会。但是,你看看,你走了我怎么办？我又不能也过去,我的工作经常是通宵达旦,这么忙。而且,我现在已经很爱医生这个职业了,并深感责任重大,我不想改行,也不想走。我有好几个同学都去了美国、澳大利亚,我都不羡慕。另外,你想想,两个孩子一个在高中,一个也快升初中了,厂长的位子虽然很好,你也不能走。退一步讲,就是我也能去,孩子怎么办？所以算了,给再多的钱也算了,让她再去找别人试试吧。”

古越月听清了先生说的事情,她仔细地想了一下,拿定了主意。她认真跟先生分析情况,说完以后她转身离开了厨房。

先生不语,他一个人默默地在洗碗,此时他的思想也在斗争:“走是很好,这确实也是一个好机会,许多人都去了深圳。可是,自己家中的情况,确实让人难以脱身。”

过了一会儿,古越月又走到水池边,她安慰先生:“你现在已经是生产科长了,在这儿的厂里面,你技术娴熟,继续努力,以后也能当厂长。”

事情已经很明朗,结果也已经出来。

一次多好的机会,确实很可惜,但家中的现状让古越月的先生明白,他必须考虑放弃。古越月的先生碰了一个钉子,没有再说话。

第二十章　老船长，你不能出院

“古老师，你看看四十一床这个病例，这位病人头昏晕倒的原因目前还没有查清。”古越月正带着几位住院、进修、实习的医生查房，坐在桌子对面进修的杨医生递过来一份病历。杨医生来自邻近一个县城中的区医院，他很年轻，能干又用功。

“血色素有10克，不太低，怎么会突然晕倒呢？”古越月接过患者病历，她一边看材料，一边说，一边在想。

这个病人很奇怪，三天前他在船的一次颠簸中突然感到头昏，晕倒在甲板上，被急送到门诊。门诊医生以“头昏待查”为初诊，怀疑他有血液或消化系统的问题，把他收进来。

看了一会儿材料，古越月对杨医生说：“这个病人还要再查一下。胃镜开了吗？头CT开了吗？”

“这个病人是个船长，他的船路过我们这儿，马上就要开走。他入院时只交了五百块钱，所以未开头CT及胃镜。”杨医生说。

“那我们等会儿去他床旁再看看。”

四十一床位于病区最西头，古越月一行人依次看完其他病员后来到最后一个病房。

“你可好些了？”古越月站在床边温和地问老船长。这位船长看上去五十多岁，剪着平头，黝黑的圆脸，他正靠在床上休息。

“我好多了，只是刚才坐起来时还有些头昏，今天清晨吃早饭时我已能下床自己活动了。”这位船长告诉古越月，他今年才四十八岁，在船上工作已经二十多年，他和爱人带了三个船员，开了一艘很大的货船，一周前从上海出发往上游走，他们运了许多货要到四川去。

“你爱人呢？”古越月又问。

“她刚走，这次我有一个孩子也带在船上，她不放心，我让她回去看看。我好多了，能出院吗？”

“你头昏的原因还没有查出来。你以前有高血压吗？”古越月又问。

“我没有高血压。”

“你饮酒吗？”

“每天喝一点，医生，干我们这一行很累，很辛苦。我每天只喝一次，量也不是很多，这样可以让自己松一松。”

“好，你躺下，我给你再看看。”古越月说。

“你看着我的手指，回答我提出的问题。”古越月又一次对患者的颅神经进行了仔细检查。

“你把两条腿抬起，膝盖弯起来，并向上用力。”古越月对患者的运动神经也进行了仔细检查。

“这个病人的视神经有些问题，他的视野有缺损，比正常人狭窄，另外他的一侧肢体有一项病理征也是阳性的，这个病人必须做头CT，省不掉了。”古越月对同行的几位医生说。接着，古越月又对躺在床上的患者说：“你的头部可能有问题，最好查个头CT搞清楚，你再补交一些钱吧。”

“好。”患者表示同意。

“给四十一床补开一张头CT、一张胃镜检查单。”古越月一边往外走，一边告诉杨医生。

“昨天晚上神经内科有一位医师讲课，你来听了吗？”古越月一边往办公室走，一边又与杨医师交谈。

“昨天晚上我来了，那位医生课讲得很好，他讲了CT检查在临床诊断上的意义。”杨医生说。

“头CT检查对颅脑内部的一些病变诊断很要紧。老师的专题讲座一般比平时临床查房讲解得要详细，我们科内经常为一些进修、实习及刚工作不久的医师举办讲座，到时候，你要尽量争取来听，这样提高快一些。”

古越月又说。

“是的，你讲得对。”杨医生谦虚地说。

第二天上午，古越月正在查房，医生办公室的门被推开，有人问：“古医生在吗？”

古越月听见开门声，向门口望去，认出是四十一床病人，那位船长。

“你有什么事？”古越月问。

“我的头昏好多了，我想今天就出院。我的船上有许多货，急等着要运过去，船上的人都等着很着急了，催得很厉害。”船长说。

“我们正准备等会儿查房时告诉你，你的头昏晕倒原因找到了，你的颅内有出血，出血量还不小呢。你进来吧。”古越月停下手中的医嘱，对船长说。

“你看看，片子中这些白色的地方都是出血灶，好几个层面都有。刚才我们已初步计算了一下，共计有52ml的出血量，这么大的出血量，你却没有什么特别的症状，你的感觉也还好，你真是了不起，我还从未见过像你这样的病例呢。”古越月拿起桌面上的头颅CT片，把它插到读片灯上对老船长说。

“啊，医生，我头脑内有出血？”

“是的！像你这种病例没有头CT是很难查出来，很难确诊的。”古越月对老船长说，“你很幸运，出血量虽然不小，但出血部位比较好，主要在顶叶，只有很小一部分颞叶受到影响，所以你没有出现脑出血病人常见的偏瘫症状。脑出血是很重的疾病，你需要好好地休息，进行治疗。你不休息不治疗再到船上去颠簸，受累操心，出血部位会继续扩大，把脑部其他地方搞坏了，那就很麻烦了。因此，老船长，我郑重地告诉你，你现在不能出院！”古越月很耐心、很仔细地向老船长解释。

“那我要多少天才能好？”

“第二周后，血液才可能开始吸收，因此你需要住院三到四周。”古越月说。

“那怎么办呢？我的船是马上就需要走的。”老船长焦急地说，他低下头沉思。

“你不必着急，你这次很幸运，这么大的出血量，这次被发现是幸事，得亏了 CT 检查，如未能发现，耽误治疗，那真是麻烦呢。等会儿让你爱人来找我，我告诉她，你的船上还有其他水手，实在等不及，可以让他们先走。”古越月一边安慰老船长，一边给他出主意。

“好，好！那谢谢你，你的主意很好，这也提醒了我。”船长说，“我可以让他们先走，等船回来时再把我带回去。”

“你的情况目前还可以，要绝对卧床休息，不能多动。你一个人在这儿，我们在治疗及生活上尽量照顾你。你爱人走之前请她再交些钱。”古越月说。

“好，就这样。”老船长说完，告辞离开。

查房结束了。古越月抓紧时间把四十一床病人的详细病情、各项检查结果记录到病历上。古越月深深地体会到医院新增加的 CT 检查机对临床诊断治疗的巨大帮助。许多隐匿性疾病在临床上被诊断出来了。古越月已在临床上遇到好几例类似老船长这样的病人，不过，那几例的颅脑出血量不太大，最多的一例病人出血量有 20 多毫升，这些病人的出血灶大多在颅脑的顶叶枕叶，没有 CT 是不可能诊断出来的，这个病例太典型、太特殊了。古越月决定，今后要继续观察这方面的一些材料。

三周后。

老船长的爱人由重庆返回来，她再次来到医院。分别了二十天，夫妇俩见面时真是高兴。

“你还好吧？我看得出，你养好了。”她站在船长面前笑眯眯地说。今天，她从船上下来，特地穿了一件深蓝色带碎花的翻领 T 恤衫，一条黑色直筒裤，皮鞋，微卷的头发在脑后扎成一个发卷。虽已年过四十，这位夫人仍显得不失时尚。

“在床上休息了二十多天，只吃不动，怎能养不好呢？得亏这个医院的医生、护士，还有工人，对我都很照顾。他们不让我多动，每天帮我打开水，还送饭给我吃，我的治疗真是很顺利。等会儿你见到医生、护士、工人，要好好谢谢他们。”老船长高兴地对夫人介绍情况。

“你们这一路上来去还好吧？”老船长又关心地问夫人。

“这次你不在船上，我们还真是顺利得很，一路上一点都未耽误，这也多亏了老李、老吴两个人，他们几个人都卖力得很。”夫人说。老李、老吴是船上的两个老船工，他俩与船长夫妇一块工作已好几年。

“回去后，我要好好地谢谢他们。”船长说。

“孩子呢？”船长又问。

“我让他和老吴、老李上街玩去了，我不想让他们到医院来。你现在可以出院了吗？”

“大黑还在船上吗？”船长又问。大黑是船长养的一只老猫。因为是老船，船舱中常常有老鼠，船长一家特地在船上养了一只猫。

“还在，大黑不乱跑。”夫人说。

老船长把几件挂心的事问清楚后，他放心了，对夫人说：“昨天上午复查 CT，血液已基本吸收了。古医生检查我的视力视野已基本正常了，我上船后再养养，就差不多了，我明天出院。”

一直在旁边听船长夫妇对话的另一位病人这时也高兴地插上来说：“老船长，这下你可好了，可以出院了，解放了。”

“嘿嘿！”老船长笑着高兴地躺到了床上。

“你快去找古医生吧。”

“好！”听到了船长的安排，他的爱人忙高兴地到医生办公室找到古越月。

“古医生，真是感谢你们！你们医院真好，把我家先生的病治好了，真谢谢你们！”船长爱人见到古越月高兴地说。

“不用谢，你家船长好多了，头 CT 复查颅内血液基本上已吸收，视力也正常了。”古越月说。

“我家先生明天想出院，他想随我们的船一起走，不知可行？”

“行,明天给你们办手续,回去后还要好好休息一段时间。以后让他尽量少饮酒了,不要生气。”古越月说。

“好!好!谢谢你,医生。”

两天后的下午,古越月做完病房中的工作,到图书馆翻阅了近期的一些材料,仅在一本神经系统专科 CN 刊号杂志中看到了一篇类似的个案报道。回到病房中,古越月又翻阅了以前自己经手的一些病例临床记录。她把这些病例集中到一起,再观看再分析再思索后,她深切地感觉到,这些病例,如果无头 CT 检查,肯定会被漏诊。她觉得自己可以把这些不太典型的脑出血病例集中起来,写一篇好论文。

半年后,古越月的这篇医学论文被一家大型医学期刊刊登了。

第二十一章　追赶的脚步总是慢一拍

这天早上刚上班，住院总通知大内科全体医师到病区二楼开早会。科内又分配来好几位年轻的医生，大型的科会可以让大家在一起见见面，早一点熟悉起来。科主任今天安排好下一个季度各个病区、门诊的医疗工作后，还告诉大家一个好消息：省里最近有两个医疗进展研修班要开班。

原来，为了追赶上国际医学发展的新步伐，省卫生厅以讲课的形式集中向一些基层医院的医生介绍近年国际医学的一些新进展、新疗法，时间为两周。

科主任又说："这次学习班学习是有学分计算的，今后大家晋升职称除了需要学历、外语考试 、论文，还需要拥有各个医学专业的学分，需要进一步晋升的医生可以优先去参加。"

医学专业积分的获得，需要医生们在日常医疗工作中慢慢地积累，可以通过参加各种医学会议或学习班去取得，外出开一次医学会议一般可以获得三个积分，而这种大型研修班的积分最少是七分。

古越月已准备晋升副主任医师。还好，几天后，她得知科内已考虑到她的年资已经不短了，主动给了她一个学习名额。

古越月很高兴。

报到后，古越月被安排住在省立医院侧面街巷内一个中型招待所。这个招待所有一间很大的空置会议室，研修班每天的讲课就在这儿进行。住定以后，古越月很快在学员中发现了自己的两位好同学，她们是大学好友晓梅和老同学唐敏。

三个人在吧台边遇到,几只手一下子拉在一起。晓梅是古越月大学时代的好友,许多年不见了,她的相貌变化不大,穿着一身浅灰色带暗条纹的西装,剪着短发,一对大眼睛仍是炯炯有神,古越月见到她真是高兴。

“你现在家在哪儿?”古越月问晓梅,“我真的时常想念你。”

“我前几年已从江南大山中调回老家县城,在一所卫校教内科学。”晓梅说。

“先生呢?”

“他是中学教师,也在县城中。”

“唐敏呢? 你现在在哪里?”古越月又问另一位女同学,唐敏是古越月邻班的一位女同学。

“她现在已经是一所镇医院的院长了。”晓梅抢着告诉古越月。

“很好,都不错。以前我们在乡下待了许多年,许多好光阴未抓紧,都浪费了,现在可以补一补业务了。”古越月叹了一口气说。

“你妈妈和妹妹还好吧?”古越月仍拉着晓梅的手又问。“文革”期间,学院中有很长一段时间无课可上,晓梅曾邀请古越月到自己家中玩了一次,古越月知道晓梅家中仅有母亲和一个妹妹,她很关心。

“妹妹已经结婚了,嫁到了另外一个县,现在还好。我母亲已经去世了,老家已经没有人了,房子空着。我现在有两个光头儿子,都在高中读书。”晓梅说,“你的父母还好吧? 几个孩子?”

晓梅问起了古越月的母亲。提起往事,这让古越月有点难过,她想起那年到上海进修,自己已经把班次工作安排调整好,准备年底请假回家看母亲并过年,没想到计划赶不上变化,母亲突然生病,她身体底子薄,病情迅速急转直下,很快就不行了。等到古越月匆匆地乘上轮船,慢吞吞地赶回家时已无回天之力。古越月对晓梅说:“我的母亲也生病去世了,已好几年了。父亲还好,现在跟我小弟住在一起。我也有两个孩子,一儿一女,一个在高中,一个在初中。”

听到古越月与晓梅的谈话,站在边上的唐敏这时插上来说:“越月,我也和你一样,有一儿一女,不过女孩大些,在读卫校,儿子读初中。”

古越月听了,笑了。

过了一会儿,靠在古越月身边的唐敏灵机一动,她拉住古越月的臂膀说:“越月,今天碰到你,真走运。我想问问你们医院最近可要护士,我女儿马上就要卫校毕业了,我能不能沾沾你的光,以后帮忙把她分到你们医院工作?”唐敏个子不高,稍胖,一双眼睛却很大很机灵,她望着古越月说。

“我们医院可能不行,进人,我帮不上忙,很难。我有一个同学在另一家医院当医务科长,他们医院也不小,以后我可以帮你去问问。”古越月说。

“那太好了,拜托你了。我女儿是正规卫校毕业,当时是高分考进去的,她能到江城工作就行了。现在的孩子,考出来了。肯定不会愿意再回到我们那个小镇,到镇医院去工作,我的女儿学习很好呢。”唐敏恳切地说。

“正规卫校毕业,工作好找,现在护士还是比较紧缺的,我帮你问问。”古越月说。

“你真会找机会,见缝插针!我们几个人先看看能不能想办法调到一块儿先住下,其他的事以后再谈。”站在一旁的晓梅打断古越月与唐敏的交谈,她提议说。

“对!对!我们几个人去找找看,争取调到一块儿住吧。”古越月说。

几个老同学在一块儿有说不完的话。她们一块儿跑到报到处要求,又跑到招待所楼上楼下地找。唐敏在三楼最末端看到了一个大房间,推门一看,正好有三张床,三个老同学干脆要求住到了一起。

吃过晚饭,唐敏抓紧时间钻进卫生间想冲一个热水澡,让自己身体放松一下。晓梅与唐敏说了一声后,拉着古越月就出门了,她俩想利用这时间上街走走。

省城这一带变化并不大。古越月与晓梅两个人挽着臂膀在一些小街巷中慢慢晃荡,两个人走着说着。古越月忽然想起,在“文革”中,有很长一段时间学校无课可上,晓梅与她的男友曾邀上古越月,三个人一道去泰山玩过一次。那天凌晨,天未亮,三个人很早起床,一道去山顶崖边看日出。风很大，山顶很冷，晓梅与她的男友依偎在一起，却把古越月甩在一边，让她当了一回“灯泡”。此时，想起那天早上泰山顶上的情景，古越月一个人偷偷地笑了，她问晓梅：“你家的那位，是工大毕业的吗?”

晓梅拉了一下古越月的臂膀，十分平静地说：“越月，那一位早就吹了，他去了部队，大概是嫌我的出身不是很理想，我们分手了。现在，我家先生是我的老乡，他是一位中学老师，最近在教委工作。”

“那挺好的，你们俩都是老师，你们的孩子读书肯定好，将来孩子升大学肯定不成问题了。”听到晓梅介绍了自己生活的变化，古越月连忙称赞说。

“你与你妹妹经常见面吧？请代我向她问声好。”古越月又想起晓梅的妹妹。那年，晓梅曾邀请古越月去她家乡游玩。那是一个隐匿于江南大山之中的小山村，汩汩的山泉水从每户农家门前流过。晓梅家的房子很大，有厅堂，有厨房，有天井，屋后还有竹林及菜地，有一台缝纫机就放在二楼。在这儿的大山之中，许多的农家都是屋大房大，山大光照少，晓梅的家中有许多房间，却只有四个人居住。那两天，晓梅全家对古越月的热情接待让古越月至今难忘。

“妹妹住得近，我们经常见面，她记得你。”晓梅说。

“你的妹妹很聪明，让她有机会也到我们这儿来玩玩。”古越月动情地说。

“她很忙，孩子小，走不开，要等以后有机会才能带她出来。”

“你们医院接收卫校的实习生吗?”晓梅又接着问。

“接收。除了医科大毕业生，我身后也常常跟有卫校的实习学生呢。”古越月说。

“明年，轮到我带毕业班外出实习，时间一年，我想争取让我们学校也能在你们医院设置一个实习点。”

“行，到时如需要，我可以帮你们联系介绍，我们医院很欢迎实习的同学，顺便有机会也让你妹妹过来玩玩。”古越月又一次动情地说。

第二天，学习班就开始上课了。

每一堂课都是好题目,全体学员收获都不小。第四天下午的课题是《急性胰腺炎的内外科治疗进展》,讲课的老师竟然是古越月的老同学,他是薛林!

许多年不见了,薛林今天一身深蓝色条纹西装,他系了领带,戴了一副金边眼镜,薄薄的嘴唇,瘦削的坚毅的脸型,他夹着讲稿走上讲台时显得非常文雅潇洒。古越月对坐在身边的两位老同学低声说:"你们看,今天的老师是我们的老同学薛林!"

原来,薛林考取了母校研究生,毕业后被省内一所大医院录用了。由于他的成绩突出,这次是作为人才被抽到卫生厅临时为研修班同学们上课的。

这些年外国医学上的进展多快啊!古越月深深地感到以前课本上学习的一些医学知识已经很落后了,许多新技术新疗法新药让临床病人的疗效可以大大增强。

古越月认真地听课并记录下大量笔记。

课间休息时,三位女同学急忙跑到讲台桌边齐声问:"薛林,你还认得我们吗?"

薛林不好意思地微微一笑:"认得,认得!你们也来学习?"

"来补课!"唐敏说。

"古越月,你现在在哪里?"薛林亲热地问,他与古越月以前很熟悉,首先问她。

"我在江城市立医院内科。"

"你呢?"薛林与晓梅不是很熟,也客气地问她。

"她在卫校当内科老师。"古越月代她回答。

四位老同学在一起叽叽喳喳地说个不停,课间的十分钟休息,一直都没有停下来。

当第二节课上完后,薛林一看表才四点半,他没有立即离开教室,而是走到几个老同学面前开玩笑地说:"怎么样?我讲得还好吧?"

"那当然,你是研究生嘛!"几位老同学异口同声地说。

“你现在搞什么专业?”古越月问。

“我们医院分科已比较细了,我主要搞肝胆外科,我的重点研究方向是胰腺。”

古越月说:“今天你讲的这个课题很好,胰腺炎在临床上很容易被漏诊,如不能及时诊断,有些重症胰腺炎预后很凶险。”

“我们医院差多了,整个内科各个专业都混在一起,我们是全科医生。”唐敏说。

“你们那儿是镇医院,内外科能很好地分开就不错了,哪能与他们比?”晓梅说。

“多做几年全科医师并不坏,许多疾病中,许多脏器在发病时都是互相影响的。全科医师的知识面广,基础打好了,有利于在工作中对疾病进行快速诊断。”薛林说。

薛林说得很对,古越月很同意他的看法。

“你家住哪儿?”老同学唐敏又问。

“我住在我们医院的职工宿舍中,我刚搬家不久,是新房子。”

“我们到你家去玩玩,可欢迎?”唐敏又笑着说。

“对,我们去你家看看!”晓梅也附和说,她想去看看这位在省城工作的老同学的工作及生活情况。

“好,欢迎!”薛林很爽快。

薛林很高兴地回身拿起放在讲台上的讲义,和几位同学走出教室。正好四个人,叫了一辆的士。

这座古老的省城大医院宿舍区内又增盖了两栋新的职工宿舍楼,大楼的外围环境已显得十分拥挤。薛林告诉大家,他家住在新楼的四楼。

敲开了门后,薛林见妻子正好在家,忙给几位同学介绍说:“这是我爱人,姓欧阳,她也在这个医院工作,她搞中医。”

欧阳医生立即伸出手与古越月她们一一握手。

古越月认真地看了欧阳医生一眼:她中等身材,一排柔软的头发拖在肩头,面孔文静秀气。她热情地请几位同学坐下。

“请吃点水果，你们真是稀客！”欧阳医生端来一盘苹果、一盘点心，客气地对大家说。

“我出去买点菜，晚上你们几位就不要走了，趁此难得的机会在我家聚一聚。”欧阳医生与大家点头告辞说。

“你不用忙，我们学习班晚上有饭吃，我们在一块坐一会儿，聊聊天就行了。”晓梅连忙阻挡推辞。

这是一套很不小的房子，装饰比较简单，中间的厅很大，一块灰绿色的布缦把厅的一部分隔出一小块，靠近布缦的一侧放有一套沙发。厅大的一部分是待客用的，小的一部分大概是薛林的书房，靠近布缦另一侧还摆放有一张小木床和一个木沙发。室内的装饰虽不豪华，但古越月感到薛林家住得很不错了。

几位同学围着一块长方形木质茶几坐下来，薛林把洗好的苹果、葡萄端上来。安顿坐好以后，几位老同学七嘴八舌谈在一起，首先谈论的仍是其他同学的近况。

“听说我们年级，还有上一届同学，有好多位同学都考上了研究生。”唐敏说。

“是有好几位，王美林夫妇俩都考上了研究生，而且已经到美国去了。他们夫妇俩专攻血液内科，正在研究白血病。”薛林说。

“听说柯华也考上了研究生，目前正在北京一家大医院工作。”唐敏接着又说。

“柯华现在已不在北京了，他是考取了北京一家大医院的研究生，在北京，他只待了很短的时间，现在，他已跳到了澳大利亚。他也搞肝脏外科，重点研究肝脏的介入移植等课题。”薛林又介绍说。

“柯华的爱人穆琴琴呢？”唐敏又追问。

大概是唐敏的问话刺到了薛林的伤痛处，古越月发现刚才还很热情的薛林脸色这时沉了下来，他的声音也低了下来：“她也到了澳大利亚！”

“你怎么知道得这么详细？”晓梅在边上插嘴问。

“我在省城，能接触到各地的同学，消息要灵通些。柯华与我们的同学冯祥关系很好，柯华托冯祥照顾自己的妈妈，冯祥常到我这儿来。”薛林说。

古越月知道柯华没有父亲，他对母亲很孝敬。

“北京、上海的机会多一些，出国比较方便，改革开放后，出国进修学习比以前方便多了。不过，出国也没有什么了不起，我们在国内也可以好好搞，也可以做出好成绩。”薛林收敛了笑容，语言沉闷地告诫大家。

“你在省城这儿，条件很不错，你怎么不出国？”晓梅又进一步追问。

“以前有人也劝过我，我不走！现在有不少人都争着比着出国了，这已成了一种新的社会潮流。我不那么看，我认为，如果大家学到了一点本事都跑出去了，为别的国家去服务，那我们的国家什么时候才能强大！我不出国，我在国内好得很，为国家为人民服务，我心中踏实得很。”薛林说话的神态很严肃，他脸上没有一点儿笑容。

古越月在旁边静静地听着他们的谈话，她发现薛林已不及刚才进门时快乐。薛林一边说，一边拿起茶几上的一只茶杯喝了一口水，大概是因为激动，古越月发现他拿水杯的手在微微地颤抖。古越月忙转移话题，她拿了一串葡萄递给唐敏说：“吃葡萄，你尝尝，这葡萄不小！”

晓梅又问：“后面你在培训班还有课吗？”

“没有了，一般一个医生只讲一次，这次研修班的讲课老师都是从各个医院临时抽上来的。”薛林说。

几位同学又坐了一会儿，古越月说：“薛林，我们要回去了，晚上还有一个小讲座呢。”

几位同学站起来告辞。

正在这时，薛林的妻子回来了，忙留大家：“我买了菜回来了，你们几位留下来吃饭吧。”

“不了，谢谢你，有空下次我们再来，我们今晚上还有讲座。”

几位老同学告辞出来，薛林夫妇送至门口。

送走几位老同学，薛林的爱人欧阳医生立即敏锐地发现丈夫不太开心，她也不便多问，忙到厨房中做饭烧菜。薛林等妻子进入厨房后，立即拉开那面大布缦，一个人坐在书房中的木椅上，陷入深深的沉思。

心灵深处的伤口刚才又被几个老同学无意中撕开。不，其实这伤口，这么多年来从未愈合。那是多么令人气愤，又多么令人伤心的分别啊！

已经二十年了，一切却宛如发生在昨天。

在第二次分配名单宣布后，薛林还想找穆琴琴最后再谈一下。想到自己爱恋了六年的女友，马上就要与自己天各一方，薛林的心痛得很厉害，他感到自己的胸腔中充满了许多块块垒垒样的东西，好像要爆炸一样。他不知道在这场争夺战中自己败在什么地方。在江南的大山之中，大概是由于山大，每天的光照较少，那儿的男生身材一般很难很高，一米七五的都很少，而柯华则要高许多，而且，柯华还有一双黑不见底的大眼睛，头脑也极聪明。薛林不甘心，他的学习也很好，也很努力，他有点恨自己心中的这位女神，在一块相处了好多年，却说变就变，还变得如此坚决，不念旧情，他的心痛得厉害。

拿到派遣证后，柯华与穆琴琴一同向这所中学的校外走去，沿着校围墙的后面往西走是一条小河，河对面有一座不高的山。薛林拿到派遣证后，他没有心思整理自己的行李，他暗中注意柯华及穆琴琴的背影，有一种说不出的难受、惆怅、落寞和伤感的情绪笼罩着他。薛林跟在他俩身后走了一段路，想了想，决定再搏一次，终于鼓足了勇气追上去说："琴琴，你等一下，我有几句话最后和你再说一下。"薛林说，他想亲口告诉她，我被留省了，希望我们能再联系。

柯华与穆琴琴两个人同时回头，停了下来，但马上柯华又坚决地说："不要理他，不要去！"

"去就去，怕什么！"琴琴说。

"没什么可说的，我们有事。"柯华回头向薛林说。

"我又没有找你。"薛林赶上来不客气地说，"你们又未结婚，她目前并不属于你！"

"我们现在有事！"柯华拉着穆琴琴的手想走，"你可以凭本事竞争！"

“好！凭本事竞争，等着瞧！”薛林回嘴。

“琴琴，你等一下，我有话要和你说。”说完，薛林也上来要拉穆琴琴的手。

柯华见状，立即伸手把薛林的手甩开。薛林忍无可忍：“你敢动手？”他伸手向柯华的肩膀一下猛击而去。

两个男生由此在小河边路上打了起来，幸好，周围并无其他同学看见。穆琴琴见状什么也没说，她沿着河岸向前快步走去。她不想看到这两个同学之间的战斗。她心中也很难过。她觉得自己并未做错什么，薛林与自己是高中同学，是同乡，他一直对自己不错，两个人也曾一块儿出去买东西，或一块儿做伴回乡返校，这一切都是同学之间的正常关系。穆琴琴明白自己从未答应过薛林的什么要求，也从未承诺过什么。

老同学、老乡们在一块儿有时玩玩，一道办事，这一切非常正常。谁知道，命运之神有时会有一些特殊的安排，那是一次与低年级女生在一起演出的时候，一位与穆琴琴关系很好的漂亮女生，在一场演出后把穆琴琴偷偷地叫出来：“告诉你一个小秘密，你们年级的柯华看上你啦，托我介绍你，他给你写了一封信。”

“拿去！”漂亮女孩把一封信塞到了琴琴的手中。

柯华是年级的宣传干事，学习在年级名列前茅，而且长得帅，有一双能让许多女生心动的黑眼睛，他是许多女生心中的“白马王子”。柯华的表白令穆琴琴心动，她白净的面孔立即变得潮红。她想，柯华如果去找别的女生，别的女生也一定不会拒绝，有这样优秀的男生看上自己，机会很是难得，她不想拒绝。穆琴琴也曾想到薛林对自己不错，她想，那是两位老同学、老同乡之间的友情，它不是产生于心底深处的爱慕之情。穆琴琴觉得自己有权利选择，她没有错。拖了一段时间后，接近分配时，她再次明确地表明了态度。

跑了一段路，穆琴琴回头看见薛林从地上爬起来，他猛力地追上来并再一次用力地向她喊：“我会证明给你看的，我不比他差！”

二十年前自己喊出的这句话，此时又在薛林耳边响起，他伤感于自己这么多年努力地工作、考研，努力地写出许多医学论文，就是为了在一个女人面前为自己争一口气，他伤感自己还是未能追赶上柯华的脚步。许多年来，一直暗中注意柯华消息的薛林在自己考研成功后，第一时间就知道了柯华也从大山之中出来考了研究生，一下子直接蹦到了北京。从老同学冯祥那儿，薛林还得知，柯华走得比自己更快，他不但到了北京，而且未待多久，就又从北京蹦到了澳大利亚，现在澳大利亚一家肝胆研究所工作。

薛林忽然想起几句自己不知在哪儿看到的诗句：

爱如苦海，
我只为你存在，
失去了你的世界，
人却依然在你身边徘徊，
我回不来，回不来……

妻已烧好了几碗饭菜端到了桌上，她拉开了布缦喊丈夫吃饭，她不知道丈夫今天为什么突然不高兴。是薛林的研究生导师介绍他俩认识的，她很爱自己的丈夫，这么高的学历，一位十分出色的外科大夫，她从内心很佩服他。薛林的心思及心中的伤痛她从不知道，他也不告诉她。她有时会发现丈夫在看到一些英文期刊时默默地一个人坐在椅子上沉思，他从不说，她也从不询问。

欧阳医生，她很爱她的丈夫，只知道尽自己的力量尽力地照顾、呵护着他，而不太在乎丈夫是否爱自己。

“出来吃饭吧！今天，我烧了不少好菜！”欧阳医生用力地把丈夫从木椅上拉了起来。

古越月与两位同学从薛林家出来后，由于是种不太愉快的退场，三个人都显得有些落寞，不自在。古越月埋怨老同学唐敏说：“你说话太不注意，你不知道薛林与穆琴琴的关系？”

“我知道，都二十年了，还能不放开，薛林消息灵通，老同学之间问问近况有什么关系?”唐敏不以为然。

“薛林与穆琴琴以前关系很深，很不一般，在现实生活中，许多人初恋失败所造成的伤害都是持久的，有些甚至是一辈子的。”古越月对老同学说，“在真实的生活中，有许多人都暗暗地躲在一边，舔自己心灵上的伤口，他们通过不断奋斗来修补及展现自己的人生，我们不能为了好奇，随意地去掀人家心中的伤疤，提那些旧事，那等于在他的伤疤上再撒把盐。你俩觉得我讲得对不对?”

随着年龄渐大，对生活认识的加深，古越月见到了许许多多不同的爱情，还发现一些很令人感动的事例，觉得爱情对有些人来讲是个魔鬼，如果它真的找上你，让你动了心，如不成功，对不少人的伤害将是终生的。

古越月与同学们一边走，一边说：“我给你们讲两个我知道的故事。”

“一个故事中的男主人公是我一个亲戚的孩子，那个青年长得很帅，高高的个子，大眼睛，白皮肤，有一份很不错的工作，单位也很好。他家门对面邻居家有一个女孩。两家的孩子从小在一起相伴，互相天天看着慢慢地长大了。青春的萌动让这个男孩后来暗暗地恋上了对面的邻家女孩。那爱是极真挚的，那时，那女孩还下放在农村，每当这个女孩从乡下回到家中时，这个青年就魂不守舍。

“有一天，这男孩家中率先买了一台小电视机，那时电视机还十分稀罕。这男孩看到了一点机会，于是他天天都在家门口等着这个女孩，诚心地邀请女孩到自己家中去看电视。他不但请这个女孩看，还常常请女孩的全家人都去自己家中坐着看电视，搞得这个女孩全家人都很不好意思。

“这个女孩长得不丑，高高的个子，雪白的皮肤，两条大辫子。不巧的是，这个女孩的一个同学很热心地给她介绍了一位大学生，这样事情很快就变得很明朗了，女孩没有与这位邻家青年走到一起。

“女孩的部分家人也感到很惋惜，他们是看着这个青年长大的，深感他是个很不错的好青年，对他很有好感。

“过了很久，这个青年也经别人介绍，结婚成家了，但初恋的伤害已在他的心中扎了根。也许是他常常想起心中的那个邻家女孩,他一直很难与自己的妻子很好地相处,生活中两个人经常争吵,很不和谐,很不快活,直至最终分手。又过了很多年,这个青年又第二次成家。走了许多年的弯路,这个青年才越过了情感上的这道坎,在生活上安定了下来。”

古越月停了下来。

“故事讲完了?”一直注意听着古越月说故事的唐敏和晓梅同时问。

“讲完了。”古越月说。

“你的故事很有教育意义,看样子薛林心中有坎,生活不一定很幸福。”唐敏说。

“薛林好像一直很注意柯华,盯着他。” 晓梅也说。

“好像是这样。”古越月也说。

“你的第二个故事呢?”唐敏催问,“快说给我们听听。”

“前面快到招待所了,不讲了,要想再听,过一两天听我下回分解吧。”古越月笑着说。

三个女同学笑着回到招待所。

第二十二章　除夕，一个永远铭记的夜晚

“妈,我们下乡了呢!”

房门已被打开,古越月的两个孩子和先生已经拿好为下乡准备的全部礼品,站在了房门口,小女儿又不舍地回头叫了一声妈。

“你们走嘛,快走!再迟就搭不到车了。”古越月正站在小厨房中,她停下手中的活,催促孩子们快走。

又是一个大年夜。古越月的先生老家在乡下,他是家中的独子。每年的农历大年三十,按照乡下的习惯,先生都将携带全家老少回老家陪老父老母过年,这是许多年来的习惯。

古越月想起自己以前度过的许多个大年夜,一般都是在中午下班时,安排好科内自己主管医疗组的各项医疗工作,详细交代给值班的各位医生,然后匆忙地吃饭,拿上各种早已备好的年货,匆匆地去车站赶车。古越月清楚地记得,有好几次,为了等古越月下班,全家人走迟了,他们坐上最后的一班车,古越月坐在车窗边,看见红日在暮色中慢慢地在西边的天空沉落。这时,他们全家就要走很长的夜路。他们在乡间的土路上高一脚低一脚地匆匆地往前走,路旁的农家不断有鞭炮声响起,有烟花燃放。此时无论天有多么黑,路有多么难走,大家都是必须要努力地往前走。因为,在那乡下的农屋中,一对老人及一个妹妹早已做好一桌饭菜,无论多么晚,都是一直要等着他们到达的。

一家人进了屋,大家才开始吃年饭。

今年,这个除夕,古越月要留下来一个人过了。自从1993年秋天,她的副主任医师聘书批下来后,古越月开始参加二线班医师的值班工作。

今年除夕,古越月排到了二线班,她就必须留下来了。

“走吧,走吧,快走！别耽误了上车!”古越月抹干净手,也站到了房门口,催送孩子们、先生快走。

“那,我们走了。”先生和孩子们下楼了。

古越月没有送下楼,她回到厨房中开始烧饭做菜。她想,虽然一个人过年,好菜也还是要准备一些的。

有鱼有肉,还有圆子和青菜,几样好菜烧好后,天已经快黑了,古越月开始装包。盛好饭菜后,按习惯,古越月每次都要带上一些业务书。晚上一个人值班的时间很漫长,那是不能浪费的,节后新的一届实习医生要来医院上班,古越月要为他们上课。她已准备好要讲的两个课题:《贫血的诊断及治疗》《急性白血病的诊疗进展》。这两个讲稿,古越月感到还需要再看看。

全都装好了,古越月又找到一份《参考消息》,出门了。她蹬上了自行车,在沿途密集的鞭炮声中,冲下一条狭长倾斜的慢坡道,用力地踩着来到医院。

二线班医师值班室设在老干部病房的一楼。病区看门的老大爷看见古越月来上班,忙迎上来亲切地说:“来啦,今晚你值班?”

“今晚我值班。”古越月推着车子和老大爷打招呼。老大爷是位工作十分认真又十分善良的老工人。

“吃年饭了吗?”

“还没有,我带来了。你们呢？吃年饭了吗?”古越月知道老大爷的家就在病房后面的披屋中,忙问。

“我们刚才已吃过了。我已给你打好了开水,隔壁的干部活动室中有新买的电视机,待会儿你吃过饭,可以过来看节目。”老大爷热情地对古越月说。

“好,谢谢你。”

满满的一大瓷缸饭菜古越月吃得很开心,今晚菜很好,还有一份小报边吃边看。吃过了晚饭,按以往的工作习惯,古越月必须先到各个病区门诊部急诊科去转一圈，早早地处理掉需要解决的问题，然后才能坐下来安心地看书、看材料。她想，今晚如果不忙，要去看看电视。

“大爷，我到门诊及各病区去看看、转转，干部病房不知病人是否都出院了？”古越月到活动室对老大爷说。

“没有走空，还有好几个重病号没有回去过年。”大爷说。

“我等会儿也上去看看。”古越月说。

门诊值班的是一位年轻的女医生，她刚分配来，单独值班时间不长，也在看报纸。古越月问她：“还未吃饭吧？”

“没有。我马上就要下班了，今晚我们门诊交接班往后移了两个小时，这样，大家可以互相照顾着与家中人吃顿团圆年饭。”年轻的女医生说。

“是的，干我们这行，每年都有不少医生、护士是没法在家中过年吃团圆饭的。”古越月说，“下午还忙吧？”

“下午很忙，许多人来拿药，现在好一点，晚上吃过年夜饭后肯定会有些醉酒的病人来就诊，年年都是这样。”女医生笑着与古越月交谈。

“我今晚值二线班。等会儿你与来接班的医生说一声。我现在还要到急诊科及其他几个病区转一下。”古越月与女医生打招呼告辞说。

“好！”

急诊科情况很好。古越月到几个观察室转了一圈，发现一个病人也没有，忙笑着对值班护士说：“你们这儿快活嘛，一个病人都没有。你值小夜班？”

值班护士是位年轻漂亮的姑娘，白净的脸面，护士帽后面梳着一条软软的马尾辫。她正坐在桌前写交班记录，见到古越月，也笑着对古越月说：“今天大年三十，人人都要图个年头年尾的吉利，谁还愿意住在这儿过年？实在病重撑不住的，我们也会收到病房中去，后面病房床位空得很。”

“好！我走了，我还要到后面病房去。给你拜个早年，新年好！”古越月与值班护士打招呼，挥了挥手。

古越月到达内科一病区，她工作所在的血液内科就在这一层楼。一进病区，只见值班护士正在忙碌地配水，忙问：“还剩几个病人？病人好像还不少嘛。"

"都是不能走的重病号,还有十六个病人。有四个病人很重。抢救室有一位脑出血的病人,今晚很难度过,很危险。"值班的是一位老护士,她对古越月说。

"啊,今晚是过年,希望平安。"古越月笑着说。她出门来到对面的医生值班室。值班的是位年轻的男医生,三十多岁,业务上他专攻神经内科,是神经内科的一位主治医师。

大概因为忙,这位医生也正好才吃饭。

"你才吃饭?"古越月亲切地问。

"家中刚送来的。古主任,今晚你值班,我们这儿有一位脑出血病人,他年纪很轻,病人脑疝形成已经两天了,很危险,家属却坚决要求尽量保,今天晚上,很可能我要找你。"值班的主治医师站了起来,对古越月介绍说。

"行,不要紧,有需要你就找我嘛,不要紧的。"古越月说。说完,她与值班医师共同来到抢救室看病人。

抢救室内人不少,有四位家属在陪伴。患者呼吸很不规则,时轻时重,治疗药品正通过两条输液通道在进行。

古越月检查了病人的瞳孔。病人五十多岁,他的瞳孔一只扩大,一只缩小。"你们来了这么多人?"古越月对家属说。

"今晚过年,我们来陪他。求求你,医生,把他救过来。"说话的是位二十多岁的姑娘,穿着一件深紫红色棉袄,也梳了一条马尾辫,她大概是病人的女儿。

"他的病情很重,脑出血,出血量很大,很难救回来。他很危险,你们要有个思想准备。"值班医师立即对这个姑娘说。

"治疗,我们会尽一切力量的,你放心。"古越月也安慰这个女孩。

古越月看完病人,和值班医师一道走出抢救室,她对值班医师说:"我还要上楼去看看。"

"好。"

古越月告辞后上了二楼。二楼是内科二病区，主要收治心血管、消化系统的病人。值班医生是一位男青年。他也是一位主治医师，看见古越月进来忙站起来介绍说："楼上未出院的病人还有二十一位，今晚住在这儿的还有十一位病人，都是比较重的走不了的病人。有位大面积心肌梗死的病人很重，今晚很难熬过去。"

"刚才到楼下看了一遍，一楼也有位很危险的脑出血病人，今晚过年，病房有的忙了！"古越月对值班医生说。

"古主任，现在病人都很难讲话，紧急时我可能要找你帮忙。"值班医生对古越月恳切地说。

"行，如需要，你喊我。"古越月安慰值班医生说。她到抢救室窗口看了看，病人目前还安静，治疗正在进行，室内有两位家属，正警觉地扭头盯着古越月和值班医生。

古越月走进抢救室。病人是位六十多岁的老人，深度昏迷，心音很低，监护仪上的各种数字目前还好。古越月叮嘱患者家属："病情很重，晚上多留点心，有什么情况及时找医生。"

"谢谢你。"患者的一个儿子说。

古越月回到了干部病房。老大爷看见古越月，忙对她说："楼上只有七位病人未出院，都还好，晚上有几位被家人接回去过年了。"

"那好，我上去看看。"古越月说。

干部病房在小二楼的二楼。这儿条件比较好，共设有二十四张床位，所有的单间都配备有单独使用的洗浴室及电视机。进入病区，古越月看见值班医生是位女医生，她正与值班护士坐在护士站中说话。

"还剩几位病人？"古越月问。

"七位，有四位轻病号晚上被家人接回去吃年饭了，我们已叮嘱他们家人小心，吃过年饭要把病人平安地送回来。"值班医生告诉古越月。

古越月曾有两年时间一直在干部病房工作，这儿不少老病员她都认识。值班医生陪古越月到各个病室去查看。有一位老病员，夫妇俩都是抗日战争期间的老干部，今晚，老人的老伴和他们的几个孩子都来病房陪他。

“古医生,你好!”老人已认出古越月,客气地与古越月打招呼,看样子他状态还好。

“你老好,新年好！在病房中过的年?”古越月忙打招呼。

“他们不放心,不让我回去,几个人把菜都拿到病房中来陪我,我们在病房中吃了年饭。今晚这间病房中只有我一个人,也还方便。”这位老人与古越月很熟悉,笑着对她说。

“这样做,好！安全！过年不就是吃一餐年饭吗?你老年纪大,跑来跑去不安全,在这儿过年好。”古越月赞同地说。

“你说得对,谢谢你,古医生。”老人说。

“不谢,祝你们全家新年好,给你们拜个早年!”古越月客气地说。

与几位老病员交谈后,古越月又下到一层。几个病区全部转了一圈后,古越月一看时间已经十点多钟,她没有去活动室,她不好意思一个人坐在那儿看电视,就拿出讲课稿,靠在床上改起来。

也不知道过了多少时间,她大概是合上眼睛,眯了一会儿,忽听见房门被咚咚地敲响,隔壁值班的大爷在喊她:“古主任,古主任,有你的电话,内科病房一病区请你马上去。”

“啊!”古越月一下子惊醒了,灯是亮着的,白大衣也还未脱,她伸手看了看手表,正是夜间十一点半钟,外面已断断续续地响起辞旧迎新的鞭炮声。

古越月迅速地跑去开门,值班的老大爷还站在门外。古越月谢谢他,问清了是内科一病区后,她拿起听诊器快速地向病区跑去。

出现问题的正是晚间已查看过的那位脑出血病人,他的呼吸、心跳一下子全部突然停止,值班医生在给他做心脏按压、人工呼吸。

“我来,你歇会儿。”古越月一边双手掌叠放在病人的胸骨下端做起了心脏按压,一边问值班医生,“心跳停止了多少时间?”

“已经十分钟,刚才已给他静脉注射了一次洛贝林、可拉明、地塞米松。”

“好!”

古越月双手均匀地、有节奏地按压着患者的胸部，由于来得急，她没有脱去棉袄，用力让她的额头不一会儿就渗出汗珠。

“古主任，我来做一会儿。”值班医生又走近古越月身边要换下她。

古越月让开身，并用听诊器又听了听心脏，患者的心跳、呼吸仍没有恢复！

“继续做，再用一次洛贝林、可拉明，静脉推注 5% $NaHCO_3$10ml。”古越月向参加抢救的护士下医嘱并对值班医生说。她看了看围在不远处的患者家属，走过去对他们温和地说：“你们知道吧，脑出血，出血量大，已经形成脑疝好几天，是很难再抢救回来的。”

“我们知道，但他年轻，请你们再抢救一会儿吧。”患者的一位家属说。

“好。”

古越月休息了一会儿，又用听诊器仔细地检查了患者的心脏，心跳仍没有恢复。古越月又替换下值班医生，她继续均匀有力地按压着患者的胸部。

站在旁边的值班医生这时走近患者的几位家属说：“已经半个多小时了，心跳不可能再恢复了，按压时间太久会损害病人的胸骨和肋骨的。”

站在门口一直观看医生抢救的患者家属，听到医生的最后一句话，立即哇的一声哭喊起来。

终于，患者家属同意停止抢救。护士拔去了患者的输液管道。病房楼外门口立即响起鞭炮声，夜晚，那响声显得格外刺耳。

古越月走到一位患者家属身旁，悄悄地对他说：“请你们小声点，不要再炸鞭了，现在病房中还有许多重病号。”

这位患者家属点点头，表示同意，他向大门口走去。

古越月正在水池边洗手，看见楼上值班的护士正站在门口向里面张望。这位护士看见古越月，立即对她说：“楼上那位大面积心梗的病人也不行了，值班医生请你马上过去。”

古越月拿起听诊器，向楼梯走去。

又一轮紧张的抢救，心脏按压、人工呼吸开始了……

一个半小时以后,在病区楼房的大门口,又是一阵鞭炮声响起。

……

在这新年之夜,在这已辞去旧岁,迎来新春的大年之夜,值班医生、护士还有古越月等人,他们尽心地、虔诚地又送走了一位老人。

天就要亮了,古越月回到值班室。在这座小城各处,一些陆续燃放的"开门鞭""迎新鞭"此起彼落。

很累,古越月躺在床上,在全国千万个家庭都在欢乐团聚的时刻,在这除夕到大年初一的夜晚,古越月想,她又创下了一个小纪录:除夕之夜送走了两个病人。她将永远铭记这个日子。

医生,这是个什么样的职业啊。在中国千年传承下来的习俗中,人们十分讲究年头和年尾,图个来年万事吉利,图个顺畅。古越月觉得自己的心理在长期的工作中已炼就得十分强大,她是医生,救死扶伤是职责。她没办法回避一些事情。古越月想起,有一年夏天,十分炎热,她在门诊值夜班,和两位护士战斗了一夜,一连送走了三位病人,也创下了一个小纪录。古越月想起自己刚进医学院时,真是年轻,她曾十分害怕死人,上课时到解剖室,她从不去触碰那些僵硬的人体标本……今天,现在……

这是多么巨大的变化啊!

大年初一,早上八点,下班了。古越月收拾好自己的小包,推着自行车到楼外。值班的老大爷已知她昨晚忙了一夜,关心地在门口安慰她说:"大过年的,听说你们昨晚忙了一夜,你别放在心上。"

"大爷,新年好。昨晚真是不凑巧,送走了两个。"古越月平静地说。

新的一天,新的一年已经开始。今天是个大晴天,街面上却如白昼中的"梦城"一样,静悄悄的,很少有人影。欢乐了一夜的人们刚刚才入睡,但初升的血红太阳,已穿过树梢从东方升起。

古越月觉得,做医生,只要对得起自己的良心,就行!她心中坦荡荡地骑上车,朝东边的一条大道上勇猛地驰去。

第二十三章　姑娘，那不是真正的爱情

新的外科病房大楼完工了，原先占据在内科楼内的外科的两个病区搬走了。内科病区又进行了一次调整，增加了不少床位，血液内科搬到了三楼，并扩充到完整的一层楼面。重新设置后的血液内科共有四十三张固定床位。

搬迁的这一天，古越月刚好上门诊。上午十点钟，她把第一批病人全部看完后，抽空回了一趟病房。她想去看看。

新上任的病区护士长长得很漂亮，她有一双明亮的大眼睛，脾气很温和。此时，她正指挥医生、护士们把一些办公用品、医务用品依次往楼上搬。护士长看见古越月，说："现在病区大多了，东边有两间最大的房间，现改做你们医生的办公室、诊疗室，你进来看看！"

古越月忙随护士长走进办公室。只见室内墙面已被粉刷一新，地面也已擦洗干净，最东边的那间办公室很大，里面已摆放好五张办公桌，可以供三个医疗组的医师们查房使用。

医生们工作的环境比原先宽敞多了。

在新病区看了一会儿，古越月又忙着赶回门诊。刚走进楼道，古越月看见在门诊内科对面的长椅上有一个熟悉的身影，这不是老同学唐敏吗！

古越月连忙跑上前，惊喜地对唐敏说："你什么时候来的？怎么不去病房找我？"

"我也才来一会儿。护士说你今天在门诊上班，刚才有事去了病房，我就在这儿等你下班。"

"快进来吧！"古越月看见走廊上已经没有了病人，大概是别的医生把病人都看掉了。她在身上擦了擦手，把老同学拉进诊室。

两位老同学在椅子上坐下。古越月看了看手表，已经十一点了，再过一会儿就要下班了，她对老同学说："你这位稀客到江城来了？"

在交谈的过程中，古越月发现这位平时一向活泼机敏的老同学今天面色有些沉重，笑得也很勉强，忙又问："上次你寄来的稿子，那两篇论文，修改后是否寄到杂志社了？"

"寄了。"

"发表了吗？"

"有一篇在一家小杂志上发表了，另一篇后来没有消息。"

"能刊登一篇也不错，写过几篇慢慢地就会有感觉了，以后再写就不难了。你的那篇《血吸虫病肝硬化的腹水分析》写得很好，这篇文章再补、再改一下，以后肯定能在大杂志上发表。"古越月热情地说。古越月的这位老同学所在的基层医院，由于条件限制，积累病历及材料分析都比较困难，这也造成这位老同学职务晋升受到不小的影响。

"写论文的事，我不急，我今天来找你，有另一件事。"唐敏面色沉了下来，没有了笑容，她坐在椅子上眨着大眼睛对古越月说。

"什么事？女儿还好吧？"古越月警觉地说。

"等会儿再讲吧。"

古越月不作声了，她又站起来跑到水池边去洗手，一边洗一边想，这位老同学这次从县中跑来，路很远，她有什么事呢？

洗好了手，古越月又跑出去看了看钟，已经十一点二十分了，可以走了。她跑到分诊的护士台，对值班护士说："没有病人了，也快下班了，我老同学来了，我提前几分钟走，万一有人找，下午我在病房。"

"行，你走吧，都看完了，也到点了。"值班护士客气地说。

古越月匆忙地脱衣，收好东西，拉着唐敏的胳膊往外走："到我家吃饭去，昨天刚好买了不少菜。"

唐敏挽着古越月的胳膊慢慢地往外走，对古越月说："我在前面茶叶市场一家小店已经订好了饭菜，我们难得见一面，就在一块儿吃一餐，我有话慢慢对你说。”

“有什么话,要到饭店中去说?”

“唉,说来话长,丫头出麻烦了!”

丫头是指唐敏的女儿。古越月听了心头一惊,她因此没有再推辞,也没有再说话,顺从地与老同学挽着胳膊沿着人行道慢慢地往前走。唐敏的女儿,古越月以前见过两面,印象中那是个十分单纯美丽的小姑娘,娇小的身材如她母亲的一样,白皙的皮肤,圆圆的脸,梳着齐耳的短发,一双眼睛长得也像她母亲的,又黑又大又机灵。女孩从卫校毕业后拿着母亲写的一封信到医院门诊来找她,喊她“古阿姨”。古越月一见面就很喜欢这个可爱的女孩。古越月曾与唐敏在一次学习班上见过面,唐敏请古越月帮忙,古越月想起自己有一位关系还不错的同学也在一家医院工作,就随口答应下来。没想到,现在这个女孩一个人找上门来了,孩子的母亲反而没有来,怎么办呢?古越月对女孩说:“到我家去坐坐,我给你设法想办法问问。”

女孩说:“不了,那我等两天再来。”

一周后,女孩又到门诊来了。在这一周中,古越月抓紧时间去找自己的那位老同学。没想到,这位同学很好说话,很热情。他对古越月说:“现在护士紧缺,我们医院正好也要招收一些护士,你让那个护士带齐毕业证书及各种相关材料来找我就行了。”

于是,古越月也给这个女孩写了一封信,让她拿着信,直接去找那所医院中的那位同学。两个月后,唐敏又带着女孩来到门诊,这次唐敏是陪女孩来江城报到,顺便来看看古越月。

母女俩站在古越月面前。古越月真高兴,今天这个女孩真是漂亮,高兴让她白皙美丽的脸上又添上一抹红润。古越月坐在椅子上弯腰靠近母女俩,悄悄地问:“事情办得这么好,花钱了吗?”

唐敏说:“没有,没有花钱,你的那位同学人真好,我们送了两斤茶叶,他都没有收。不过,我女儿也是正规卫校毕业的,她的成绩在学校名列前茅。越月,你知道吗?前些日子,考中专比考重点普高录取的分数还要高,很难考的。”

后来，古越月听说女孩被安排在内科做护理工作。

一晃几年过去了，现在，这女孩遇到了什么麻烦呢？

唐敏与古越月走进市场内一家比较干净僻静的小餐馆坐下。服务员看见两位客人已到，忙送上早已准备好的饭菜：一盘红烧鲫鱼，一盘红烧肉烧山粉圆子，一份圆子汤，外加香菇炒青菜。

古越月与唐敏相对坐下，菜放好了，唐敏却坐着不动，烦恼地说："越月，唉，老同学，我真是无法启齿，无法告诉你。我女儿太年轻了啊，她太不懂事，太不认识社会啊！"

古越月已经拿起了筷子，她听到唐敏的话又惊愕地放下了筷子，瞪着眼睛问唐敏："发生了什么事，这么严重?!"

"她和她们医院一位半老的老医生，听说，也是位主任医师好上了。"

"啊！"古越月一听马上明白了。她立即想起"老少恋""大叔恋""师生恋"这几个字眼，这是这几年社会上十分流行十分常见的一种婚恋状态。古越月接口问道："你女儿谈恋爱了？"

"哪里，气死我了，那个老主任已有老婆孩子，我女儿成了小三！"

"这也不难办，现在社会上十分流行老少恋，让那个男的离婚，问题就解决了。"停了一会儿，古越月又说，"我有一个朋友的女儿，也是很好很漂亮的一个好女孩，也是与一个大她很多的大男人好上了。那个男的后来离婚，退休后与我这个朋友的女儿搬到另一个城市，结了婚生活在一起，现在已经有了一个小孩，两个人相爱，心诚，生活得很好。现在这种事情多，不少女孩还认为是一种时尚，你不要大惊小怪，以老观点老眼光去看待现在新的社会现象。"

"快吃，快吃，菜都凉了。"古越月说完，反客为主，拿起筷子开始吃饭，并劝老同学放下心思，想开些。

唐敏拿起筷子低头扒了一口饭，又停下来告诉古越月说："唉，事情麻烦呀，不是你说的那么简单。孩子现在已经不上班了，她在单位已经没法混了，她们医院护理部打电话把我叫来，大概，他们也害怕出事。这怎么办呢？这孩子今年才二十一岁，还很不懂事呢。"

"她人在哪里?"

"她自己在外租了一间屋,现在家中。"

"让那个男的离婚!"

"离不掉,他不想离婚,仅仅是玩玩而已。那个男的听说技术业务很好,他们医院很重视他,他的老婆很厉害,孩子都十几岁了,是不可能离婚的,我的孩子这亏吃大了。"

"这种情况,就很难办了。"古越月说不下去了。

"越月,今天又麻烦你,真不好意思,你可有什么好办法?帮我出出主意。"

"孩子小,千万不能给她太大的压力,否则会出更大的问题,先要稳住她,她的业务技术好,以后不愁没饭吃。"

"她现在在医院待不下了,家又不在这儿,真不知道如何是好。"

"接她回家住几天。"

"她不走!"

"你现在还是镇医院的院长吗?"

"还是院长。"

"那你与县卫生系统、县医院一定有许多联系,我建议你去县卫生局、县医院联系一下。你可以直接去找医院领导,你孩子是正式的有编制的护士,又有一手好业务好技术,你去介绍一下,吹吹自己的孩子,找一个理由,争取从正常渠道调过去。"

"你们医院,你可有办法?"唐敏试探地问,"你的那个同学打电话给你了吗?"

"我的那个同学没有打电话给我。这种事情他肯定不方便讲。"古越月说。

过了一会儿,古越月又说:"我们医院是很大,但我平时只钻业务,上班,其他事很少管。我是个单纯的业务干部,不善辞令,很难帮上忙。老同学,你要理解我,实在是不行。"

"唉。"唐敏叹了一口气。

谈话停止了，两个老同学都不作声。默默地吃了一会儿饭，古越月抬起头来对唐敏说："走，我们等会儿去看看你的孩子。"

"不知她可愿意见你。"

"试试看，给孩子也带点饭吧。"

"家中有。"

像许许多多漂泊在城市中的年轻毕业生一样，唐敏的女儿一个人租住了一套很小的两居室，屋子在小区一幢楼的顶层，楼房已很老旧。唐敏带着古越月上了楼，敲开了门。那女孩散着一头乱发，苍白的脸上，一对眼睛显得格外大。她开开门，愣了一下，看清是古阿姨来了，她猛地掉头飞快地扑倒在床上，面朝里，背朝外，呜呜地哭了起来。

"古阿姨来了，你坐起来吧。"唐敏拉了拉孩子臂膀。

女孩一动不动，只是不停地哭。

古越月在床边坐下，她看了一眼这套很小的出租房，里外两间都很小，十分破旧的家具，在门道入口处有一个炉灶及一个水池，生活必需品也还算基本齐备。一个女孩也还能凑合着过生活。

"这房子每月多少租金？"

"每月四百。"

"还算便宜，孩子一个人在外很不容易。这几年，我没有关照你女儿，真对不起。她工作以后，没有来找过我，我不知道她住在这儿，我工作又十分忙，忽略了这件事。"

"这怎么能怪你！"

"孩子，你别难过，没关系的，这种事，现在多得很。不过，姑娘，它不是真正的爱情！你一定要振作起来，重新去工作。"古越月弯下腰轻轻地拍着女孩的臂膀，低声柔和地劝她。

女孩仍是无声地抽泣，她一边哭一边在暗想：不知道那是不是爱情！本来一切都很顺利，女孩的工作很好，她业务熟，操作准确，她青春靓丽，一对眼睛又黑又大，楚楚动人，医生、护士们都很喜欢她。谁知有一天值夜班，值班室中只有她一个人，老主任查房进来看了她，交谈了几句后，突然从身后抱住了这个年轻的姑娘！可能是因为害羞和敬畏，也可能是因为此刻感受到关爱而心中觉得温暖，她的心激动得怦怦乱跳。她没有，可能也是不敢激烈地反抗。从那以后，他俩之间的普通工作关系发生了深刻的变化，女孩一步一步地陷了进去，直到变成现在的状况。

今天，古阿姨来了，女孩除了哭，她已无法面对曾帮助过自己的这位“贵人”。

古越月心中很难过，她告辞下楼，唐敏送她。在小区大门口，两人停住了脚步，古越月回身对唐敏说：“没想到会出这样的事，我以前读书时也曾受到许多次挫折，有几次很艰难，但都幸运地得到了别人的帮助，渡过了难关。所以，在随后的生活中我常常带着感恩的心去帮助别人，我帮过不少的人。除了你的女儿，我还帮过一位熟人的女儿，那个女孩是复旦大学新闻系毕业生，她毕业后一直找不到合适的工作，我也是仅仅给她写了一封信，让她自己带着信去找我的另一位老同学，从而解决了工作。这个女孩，现在南方一座大城市中，已是一位作家，小有名气。真没想到，我好心帮你的女儿，却是好心办了坏事，真是对不起。”

“越月，你怎么这么说？这事不怪你。”

“现在这时，很要紧，你女儿如果不愿意回去，你就不能走，你要请假在这儿陪她，你不能把她一个人留在这儿。社会上人们的闲言碎语会像刀一样刺伤她，她还小，像只迷失方向的羔羊，撑不住就麻烦了。我劝你还是干脆设法把她调回去吧。在医院中，她这么好的技术，长得又漂亮，以后争取找个年轻的医生成家，就安定下来了。”

“是，是！看样子也只有这样了，我也想过这个办法。”

古越月转身准备离去，停了一会儿，她又回头叮嘱老同学：“唐敏，这事不要让别人知道！”

“是的。”

古越月背着小包，心中十分难过，她沿着人行道向医院的方向慢慢地走去。

两周后，还是在门诊，护士长进来喊古越月去接电话。

电话中传来唐敏熟悉的声音："越月，真是感谢你，问题已经解决了。我女儿已经顺利地调回县医院工作，我先让她回去，以后再找机会。我们已经办好了全部手续，马上就要乘车回去了。"

"啊，那太好了，一定要鼓励孩子，以后再找机会。孩子年轻，时间长，机会以后有的是。叫她不要泄气，要振作，只当什么也没发生，重新开始。"

"谢谢！"

"我不去送你们了。"

"马上上车了，不用了，以后再见！"

"再见。"

古越月回到诊断室，正好一个病人也没有，就要下班了，她坐下来低着头深深地舒了一口气。

下班了，连日来沉沉地压在古越月心头的那块无形的巨石终于移掉了。古越月背着小包轻快地走出门诊大厅。出门后，她没有立即乘车，而是沿着人行道慢慢地往前走，她的思绪也慢慢地飘到远方。她在心中暗暗地祝愿唐敏的女儿，这个可怜的女孩，今后的生活能掀开新的美丽的一页。

第二十四章　女孩的命与男孩的命一样宝贵一样值钱

周一上午，病区医疗组查房。

“这个病人，二十三床，急淋 L1 型化疗结束后第二周末，目前白细胞已停止下降，白细胞总数维持在 $1.2\times10^9/L$ 左右。病人目前状态还好，暂时还未出现明显感染。”医疗组的主管医师向古越月介绍道并把病历递过来。

古越月接过病历，一边翻看，一边问：“骨髓复查了吗？”

“昨天下午已经复查了骨髓常规，结果试验室还未报出来，这个病人病情很可能已经缓解。”坐在桌子对面的主管医师继续介绍说。他是一位年轻的住院医师，进入血液内科后常常跟在古越月后面工作。

“目前这个病人白细胞很低，查房时要多叮嘱她注意防护，避免感冒。”古越月说。

“急淋 L1 型白血病比较好，它在临床化疗中容易缓解，治疗效果较好。二十三床病人病史症状均十分典型，你们可以把她作为重点病例进行学习，等会儿我们到床边再看看。”古越月又对坐在桌旁的两位实习医生说。

全部病历看完后，古越月一行医生首先来看二十三床。

这是个朝北的小病房，为了尽可能地减少交叉感染，化疗的病人一般都要安排在小病房内进行。在这间小病房中只设置两张床位，还配有供病人使用的洗漱间，隔离、消毒均做得比较好。

二十三床是位很年轻的姑娘，她才十七岁。看见一大帮医生进入病房，女孩忙从床上坐起。经过两次输注新鲜血液，女孩的面孔今天看起来已有些红润。她穿了一件浅绿色翻领上衣,稍显淡黄的柔软的秀发经过化疗还未出现明显脱落。今天,女孩安静地靠在床头,等待医生们看她。

“你这两天还好吗?”古越月走近女孩温和地问她,治疗组其他的医生也围着女孩的床站定。

“还好。”女孩说。

“可有发热? 咽喉可有疼痛?”

“不发热,咽喉也不疼痛。”女孩说。

“吃饭怎么样?”古越月又问。

“前几天吃不下,现在好些了。”女孩回答。

“最近几天,你家中谁在照顾你?”古越月问。

“是她,我姐姐。”女孩指了一下站在床头的一位中年妇女说。

古越月回身看了看女孩的姐姐,对她点点头,然后对女孩说:“你躺下,我给你看看。”

女孩顺从地躺下了。在每次的查房中,古越月曾多次查看这个女孩。今天,她询问女孩的病情后,又一次仔细地检查了女孩咽喉扁桃体浅表淋巴结以及她的心肺,女孩的呼吸音很清晰。古越月轻轻地按了一下女孩的胸骨,女孩已没有什么特别的反应,这说明她的胸骨已经没有了疼痛。

古越月对站在床边的医生们说:“这个女孩来的时候胸骨压痛很明显,多处浅表淋巴结都肿大,现在胸骨已无疼痛,淋巴结也已正常摸不到了,说明治疗效果很明显。”

“小姑娘,最近一段时间你要注意戴口罩,注意保暖,不能感冒,这样,你就能为自己省下许多钱。”古越月温和地叮嘱小姑娘。

全部病员都查完后,古越月洗完手,向血液试验室走去。

血液试验室在三楼血液病区内。

古越月刚走进试验室,正在看片子的柯医生看见古越月进来,忙告诉她:“病区昨天下午送来的两份骨髓片,二十三床急淋骨髓提示已经完全缓解;另一例十四床急性髓系白血病 M2 型病人也达到了部分缓解,估计再做一个疗程,也能达到缓解。”

古越月一听很高兴，她马上在圆高凳上坐下说："我是来看看这两个病人的片子的。"

柯医生与古越月差不多年纪，两个人共事多年，一直配合比较默契，合作甚好。古越月80年代到上海中山医院进修时，发现中山医院血液试验室在细胞染色、检验、分类、染色体方面很先进，她想到，要想在临床上求发展，使用新的先进诊疗技术，就必须有同步及配套的试验检查手段。到上海两个月后，古越月与科内及医院联系，在中山医院申请到一张血液试验室的进修表，让柯医生也到上海进修了一年，从而使科内血液试验室检查技术迈上了一个大台阶。

"你来看看，这张骨髓片中只找到了这两个细胞，都是幼淋，如灯笼状，小小的，有两个核仁，很典型，原淋已经全部消失了。我已调好了，你看看。"胖胖的有一头柔软细卷发的柯医生调好镜头，让开了凳子，让古越月观看。

古越月仔细地查看了整张的骨髓片，发现原先存在于骨髓片中大量密集的原淋细胞在这张片子中已经很难找到了，骨髓检查证实二十三床病例骨髓已经达到完全缓解。

"二十三床，这个病人确实已经缓解了。这是个十七岁的女孩，她对化疗药物很敏感。"古越月与柯医生交谈。

柯医生也很高兴。她是位资深的血液细胞学检验专家，看片子很厉害，一些很难确诊的疑难病例，经她阅片后，往往诊断就能定下来，古越月很相信她。每次查房后，只要有时间，古越月都要来看看自己主管病人的片子，这样，医生在治疗中对病人病情前后有一个直观的比较，对治疗很有利。

下午三点多钟，古越月正坐在办公室写今天的查房记录并给一些病历签字，忽然护士长跑过来对古越月说："二十三床那个女孩正在病房中哭，我们劝了一会儿，她也不听，你去看看，主管医生今晚上夜班，下午不在。"

"二十三床在哭？你是说那个小姑娘？上午查房时她好好的，怎么会哭？”古越月听到后很惊讶，她对护士长说。

“听她房间中另一位病人家属说，中午女孩家中来人了，没有带钱来，还要她马上出院。”

“啊！我去看看。”古越月说完，马上站起来向病房走去。

推开了病房门，古越月看见那个女孩仍伏在枕头上哭泣。女孩两个瘦瘦的肩膀不停地在抽动，女孩的姐姐坐在床头的椅子上不作声。

大概是听到了开门声，那女孩从枕头上抬起头，看了一眼古越月，眼神显得十分伤心、可怜、无助，接着她又哭起来。

古越月拍拍那位姐姐的肩膀，示意她到走廊上。两人到走廊一处站住，古越月问那姐姐：“怎么回事？她上午不是还很好的吗？”

“中午家中来了人，我的另一个妹妹来了，只待了一会儿又走了，说没有搞到钱，还要我这个小妹妹尽快出院，她一听就哭了。”这位姐姐介绍说。

“你的这位妹妹疗效很好，病情已经缓解了，再加一个巩固疗程就可以出院了，下面花钱不太多。”古越月说。

“我的父亲已经很老了，我在娘家是老大，几家凑了些钱才让她住了这么多天。乡下搞钱很难啦，看样子真要出院了。”大姐无可奈何地说。

“下面花钱不会很多，我劝你们不要放弃，病情已经缓解了，放弃太可惜！”古越月又劝说。

“这不是个普通的病，她又是个女孩子，花钱太多，我们花不起！”大姐又辩解。

“女孩怎么啦！你怎么这样看问题？你妹妹如果知道了，得多伤心。”古越月批评姐姐。

“在我们乡下，女孩不比男孩，女孩没用，就是花大钱把她治好了，以后她也是别人家的人，哪儿有许多大钱花呢？我妹妹大概也已经知道自己得的是什么病，在病房中，许多病人都知道自己的病，都是互相在一块儿问出来的。不过，我妹妹自己不说。”大姐说。

“你这位大姐，你的这种说法很不对，它已经是很久以前的旧观念，现在,女孩的命与男孩的命一样宝贵一样值钱。”古越月劝说这位大姐。

“我有一位邻居,家中只有一个女儿,前些年这女孩老是生病,常来找我看病,现在病好了,还考上了中国人民大学,以后她还能养她父母呢,你怎么能说女孩没用呢?”古越月继续做工作。

“那是你们城里,与乡下不一样。”

大姐低声与古越月辩解,她低下了头,眼睛里渗出了泪水。在她面前浮现出,在长江北岸靠近江堤的那个小小村庄中,受千百年流传下来的乡村习俗影响,每天在田地间辛苦劳作的父母艰难地一连养育了六个女孩却仍不甘心,幸好,第七个孩子是个男孩。现在,除了这个住院的小妹,家中还有一个更小的尚未成年的小弟,可父母都已经老了,做不动农活了。那天,年迈的父亲把已经出嫁的三个女儿召集到家说:“我已经老了,家中也没有攒下什么钱,你们的小妹病了,很重,住院了,你们几位给帮助一点吧。”三个出嫁的姐妹,家都在农村,各家也都不太富裕。而且,这一带农村还流行“嫁出去的女儿是泼出去的水”这一古老习俗,出嫁的女儿所能独立做主承当的能力十分有限。大姐,她真不知道自己还能有什么办法再搞到钱。

“我说的都是实话,在我们那儿就是这样。”大姐低头抹泪,继续对古越月说。

“现在城里、乡下是一样的!”古越月与这位大姐继续辩解说,却一时也不能说服她。

古越月走进病房,那大姐也跟着走了进来。古越月弯下腰靠近那女孩哄她:“你不要再哭了,你不用着急,你最近无特殊的药物要使用,每天的花费不多,再等等,我们想办法,小姑娘,可好?”

古越月轻轻地拍那女孩的肩膀,耐心地劝她,并对那位大姐说:“你也劝劝妹妹,她是病人,刚好一些,不能哭。她下面的治疗在一周后才会进行,你们不用着急。”

古越月在床边站了好长时间,她一直等那女孩情绪好些了,才离开病房回到办公室。

第二天上午，科内总查房，古越月惦记着那女孩，又跑去看她，只见那女孩一个人默默地坐在床上，不作声。古越月问二十二床病人："她姐姐呢？"

"大概回去了，可能是回去想办法，傍晚能回来。"二十二床病人说。

下午三时许，古越月在办公室看病历，改病历，签字。忽然一名护士急匆匆地跑进来："古主任，二十三床那女孩躲在卫生间很久了，不知在干什么，快去看看。"

不一会儿，护士长也匆忙地跑进来说："古主任，二十三床从中午就躲在卫生间，不知干什么，可不要出什么问题。"

古越月听到后忙赶到病房，小病房门口已聚集了不少人，病房的门是敞开的，但洗漱间的门是紧闭的。

古越月忙问二十二床女病人："她什么时候进去的？"

"中午就进去了，都两个多小时了，弄得我都不能上厕所，也不知她在里面干什么。"二十二床是个血小板很低的ITP病人。

古越月和护士长两人同时敲门，门紧闭着，里面没有一点声音。古越月从门缝中向里面观看，隐约地看见那个女孩正站在水池边的镜子前，在梳理自己的头发，并在头上扎一条绿色的绢带。

古越月看了一会儿，又低头想了想，她对护士长说："我到楼下去看看，这里面的窗户很小，应该还比较安全，你在这儿望一会儿。"

说完，古越月迅速地跑到内科病房大楼楼下查看，从楼的东边大门绕着墙转到了楼后。她发现大楼后面有一道围墙，楼与围墙之间间距很狭窄，仅仅两米，从楼底往上看去，楼上卫生间的窗是小窗，两扇门，一个成人应该是不易出来的。在一楼的外墙脚处，古越月还发现一条用泥土堆成的斜坡，坡上还生长有一些野草。

仔细地看过以后，古越月又跑到楼上对护士长说："卫生间的窗户很小，墙脚下面还有一个斜坡，叫值班护士、医生、工人都多注意点儿，傍晚她姐姐能回来。"

"姑娘，你出来一下，我有话要告诉你。"古越月又一次敲门并哄那女孩。

女孩无反应。

又过了很长一段时间，病房门口围观的人渐渐散去，古越月叮嘱二十二床女病人帮忙注意听着里面的动静，然后她忐忑不安地回到办公室坐下。

古越月很是担心。在这栋内科楼，以前也曾发生过一起令人心疼的事情，一位肾衰尿毒症患者在久治不愈经济上难以承受时，从四楼的走廊上跳了下去。

又过了半个多小时，四点半左右，一名护士跑进来慌忙地说："古主任，二十三床可能跳下去了，刚才二十二床说，听到里面有很响的声音。"

古越月和几名护士，还有值班医生，许多人飞快地向楼下冲去。

幸好，古越月刚才已看清了地形，她迅速地赶到了现场。这时她看见那个女孩，头上扎了条漂亮的翠绿色的绢带，浑身上下穿得整整齐齐，跌坐在那个斜坡的草地上。

还好！那丛软草帮了很大的忙，再加上每一层楼都不太高，女孩并无大碍。古越月和两名护士快步跑上前去，从前后两侧把那个女孩慢慢地扶起来，慢慢地扶上楼梯，慢慢地送上病床。

古越月仔细地检查了女孩，她确实安然无恙。

真是幸运！

"姑娘，你怎么这样？你的病好多了，你不要着急，治疗的事也不用你操心。"古越月安抚她。

女孩双眼含泪，她没有哭，也没有说话。

这个下午太紧张了，古越月让护士长安排专人看住这个女孩，直到她的大姐回来。

三天后，女孩的大姐坚持要带女孩回家。古越月见劝阻不住，便让主管医生给女孩办了出院手续。

女孩临走时，古越月又到病房去看她，简单的几件物品已经整理好，放在床上。古越月一边与两姐妹交谈,一边送她俩下楼到病区门口。每当一位危重病人治疗抢救成功顺利出院时,古越月都尽量与病人正式告别,并叮嘱他们一些注意事项。古越月这时也会在心中庆幸自己又一次挽救了一个鲜活的生命,这是她很多年来养成的一个工作习惯。女孩就要走了,古越月在大门口再一次叮嘱两姐妹:“后面的巩固治疗比较简单,花钱也不是太多,你们一定要按时前来住院。”

那女孩双眼含着泪水,一边走,一边回头。

白血病的治疗,即使是很顺利的病例,花钱也是很厉害的,古越月知道这个女孩很可能不会再来。因为,在家人眼中,她是一个女孩!

这些可怜的女孩,古越月在长期的行医过程中见到过许多,她们不仅被凶恶的疾病侵害,她们软弱的生命还同时被世俗的人们所轻视。

解放虽然许多年了,几千年沉淀下来的旧观念仍然根深蒂固。这让许多女孩,特别是在一些农村,她们的生命常常不受重视,她们常常被迫辍学,生了病也难以得到很好的治疗。

古越月下班了,她从医院前大门慢慢地往外走,看见医院前大门又有一栋新的被绿色防护纱网笼罩住的大楼在建造。古越月想,以后新大楼应该安装带有安全网的窗户,以保护那些处于困顿之中的病人。

这个美丽女孩的悲凉故事让古越月内心深处最柔软的部分再次被触动,她想,该为她们做点什么。古越月面前浮现许多不屈的可爱的生命,他们中间有水兵、大学生、业余工人作家……

这天晚上下班后,古越月用手中的笔,为那些可怜的白血病青少年的困境人生再次呐喊,她又写了一篇文章寄到了报社。

■ 第二十五章　你要忍耐，忍耐，再忍耐

天就要亮了，古越月望了望窗外灰蒙蒙的天空，把散落在房间地面上的一些材料、杂志及病历又往小桌边挪了挪。在连续做了二十八年临床一线内科医生后，古越月今年向医院人事科提交了晋升内科主任医师的申请。这是一项庞大而艰巨的"系统工程"。今天上午八时是上报交送各种表格及所有相关材料的最后期限。古越月还有十几份病历没有抄完。她已经抄写了整整一夜，她的工作太忙了，许多事情堆积下来了。但是今天，她必须在上班前抓紧搞完。她扭动了几下已经十分酸胀的腰背，又低头伏在桌面上写起来。

"妈，你怎么起来这么早？"睡在厅侧面一间很小侧室的女儿推开了房门，她并不知道古越月忙了一夜未睡。小女儿看见满地的材料、书籍、杂志、病历，惊讶地问。

正在小方桌上抄写的古越月抬头看了看钟，已经六点半了，忙对女儿说："今天我有点事，忙得很，上午要交许多材料。你赶快起床洗脸，自己上街去买早点，自己走吧。"

"要不要我给你买些早点送回来？"女儿一边跳跃地从杂乱堆放的各种材料、杂志边越过，一边关心地问妈妈。

"不用，不用，我可以在路上买点吃的，你把自己搞好后快点上班去吧。"

古越月的女儿刚刚有了工作，上班不久。

八点整，古越月提着一大包整理好的材料，奋力地蹬着自行车赶到了医院。她先到科内与自己所带的医生打个招呼，让他们先看病人，然后又

请科主任在大报表上签上名字。当古越月匆匆地赶到人事科时，已经八点半了，还好，要上报到省里的材料还没有送走。在这儿，古越月还遇到了好几位医生同事，他们都是如古越月一样，匆匆地在最后限定的时间才把材料送来。

人事科干事是一位年轻的小伙子，他坐在桌前，一份一份地与古越月核对她所上交的各种材料：毕业证书、职称证书、外语成绩证书、医学学分证书、医疗技术进展综述、科研项目、发表的一些论文及近期亲自经诊的五十份典型病案的住院号码登记大表等一一签收，一一签字。在这一切都忙完后，古越月站在桌子边长长地舒了一口气。

"总算搞完了，试试看吧。"古越月在心中暗想。

正在这时，在另一张桌子上登记的一位汤姓女医生，也正好办完各种手续。汤医生是古越月的同学，她俩是同时来到这个医院工作的，平时经常有联系，关系很不错。

"你可搞好了？"汤医生拉了拉古越月白大衣的衣袖。

"搞好了。"古越月说着拿起提包，两位大夫一同离开了办公室，一起下楼。

"你的材料准备得怎么样？"汤医生关切地问。

"天天忙得要命，拖到最后，昨晚加班搞了一夜，也不知可行，反正试试，不行，我准备明年再申报一次。"古越月说。

"我这次不知可有希望，这几年我的论文写得比较少。我家先生不在本地，前几年我一个人要照顾两个孩子，科里又忙得很，真是搞不过来。"汤医生向古越月诉说，她有点为自己担心。

"你很不简单啰，一个人把两个孩子都送进了一本重点大学，很了不起，许多人都羡慕你呢。"古越月夸她。

说到这儿，古越月叹了一口气。她想起自己在漫长的工作中，曾无数次地不顾孩子的吵闹，越过房间地面上杂乱的玩具及各种物品冲向房门口，然后飞快地骑上车去上班，她还曾多次冒险地把孩子单独锁在家中。不仅仅古越月是这样，古越月的许多医学院同学，还有许多医生同事，他们的状况也都差不多,他们中间许多人的孩子高考都不太成功。因为他们的工作实在太忙,顾不上孩子,更不要说挤出时间去辅导孩子们的功课了。像汤医生这样,两个孩子都能一次考进一本,很少!

汤医生是很了不起的。古越月非常佩服她。

“这次你交了几篇论文?”汤医生又问。

“只有四篇,不过都是全国性的大杂志,再加上以前写的,我现在共有两篇中华级医学论文发表,这项条件,在我们这个小城,应该算是比较过硬的条件,反正等着吧,医院中不少医生都已申请了好几次。我已想好,不行明年就再申报一次,我们都要有这方面的思想准备。”古越月开导老同学。

“听说以前有些人带着许多钱物去省里找人帮忙,要保险一些。省里高评委中你可有熟人?”

“没有!我们一个小地方的普通医生,哪里会有高评委的熟人?不行,我明年就再申报一次。”古越月决心依靠自己的力量去努力。

两个老同学一边走,一边交谈:“你们科内的芹医生呢?我很久都未看到她了。”芹医生也是与古越月、汤医生一块分到这个医院的一位女医生,汤医生这时想起了她。

“你不知道?她调走好几年了。”汤医生的话,让古越月也想起芹医生。那是一个有着淡黄色卷发、白白的脸上戴了一副眼镜、很文雅的上海姑娘,她曾给古越月送过许多年糕,她与古越月相处得很好。“芹医生是上海人,上海人非常依恋上海,她家两口子都是上海人,所以,一直找机会往上海调动,可上海又进不去,结果仅仅是挪动得离上海近了一些——她调到了无锡一家塑料厂,做了一名厂医。芹医生的业务很好,很可惜,她如果不走,这次也肯定是与我们一道晋升主任医师。”古越月继续说。

“啊,她调走了,我还不知道呢,她两口子都在江城好得很,干吗非要走!”汤医生表示不可理解。

“前年,我到无锡去开会,想去看看她——我和她关系以前比较好——查了好几个塑料厂,打了好几个电话也未找到她,只好算了。我还真怪想念她的。”古越月说。

到了医院内的T形路口,两位医生分手告别。

回到了科内,几位年轻的医生忙迎上来关心地问古越月:“古主任,你的上报材料备齐了? 上交了?”

“忙了好多天,终于备齐了,完整上交了。”

“难不难?”

“你说难不难呢,太难了! 你们也要为将来的晋升早早地做做准备,以免临时准备太仓促。国家各项工作都日渐走向正规了,今后你们每五年就可以晋升一次了。”古越月笑着对身边的医生说,“病人都看了一遍吗?”

“都看了。”

“那好,我们开始查房吧。”古越月说。

三个月后。

这天上午,古越月下门诊经过妇产科病房楼下,在楼门前的一条通道上,古越月遇到了一位资深的老主任。这位老主任为人非常好,他看见古越月就对她笑着点了一下头。古越月也客气地问候:“老主任,你好!”就在这两位医师即将错身分别之际,古越月敏锐地发现老主任的脚步停了下来。他回头向周围望了一眼,见没有人,便靠近古越月悄悄地对她说:“告诉你一个好消息,你的主任晋升通过了,你暂时不要告诉任何人。”说完,老主任又笑笑,往前走了。

突然听到这个好消息,古越月又惊又喜。

三天后,古越月又从另外两个渠道核实了老主任告诉她的消息是真实的:古越月晋升主任医师确实已在高评委会议上获得通过,并且,古越月还获知自己的综述被认为写得很好。

在各地报上来的大量材料中,许多医生的综述都是电脑打印的,而古越月的综述却是在普通病历纸的反面用钢笔公公正正地抄写出来的,而且字体娟秀,这给人留下很不一般的好印象。为了写好那篇综述,古越月查阅了许多近期医学前沿相关资料,花费了许多的时间及大量心血。

不久,医院及省医科大学领导给古越月颁发了主任医师及省医科大学兼职内科教授的聘任证书。领到两份聘任书的那一时刻，古越月忽然有了一种被承认了的成就感。

接着，科内对古越月的医疗工作进行了调整。古越月被安排为病区组长，负责整个病区两个医疗大组每天的日常医疗查房工作。而另一位高年资主任则负责每周一次的疑难病例的诊治。

沉重的医疗担子压了下来。在别的病区，一般一个主任医师只带一个医疗组，而古越月却必须面对整个病区的所有病人。古越月带领一群年轻的医生，每天在两个医疗大组（四个医疗小组）轮流查治，工作非常艰难。

“一双手按不住十只蚂蚱。”这是民间的一句普通谚语，古越月这时深刻地理解了这句话的生动含义。

面对每天繁重复杂的医疗工作，古越月小心谨慎。每天晚上睡觉前她都必须想好安排好第二天相关病人的主要诊疗措施，准备好相关的治疗处方，她才去睡觉。即使这样，古越月仍常常挂心而晚上睡不着觉。

年轻的医生们还未成长起来，而一些中年医生早已基本定科于相应的各个病区。古越月所在的病区，中层医疗力量明显地不足。这时，古越月性格中的缺点暴露出来了，她谨慎有余，魄力却不够。古越月感到病区医疗力量不足，却不敢去说，不敢去要求。

古越月十分小心，许多的操作她手把手地教，许多的要点她一次又一次地叮嘱各位大夫注意。每天，她如临深渊，如履薄冰，小心翼翼，病区的麻烦仍然不断发生。

这天下午，古越月从专家门诊下来，刚走进病区就听见病房吵翻了天。长期的医疗实践，让古越月感到医疗纠纷常常会出现连锁反应。前几天一位患者手臂上因输液渗漏出现一些肿胀，其家属闹了好几天，刚刚才把他们安抚好，现在隔壁一间患者中又有一位患者家属在大吵大闹。

这是一位前几天才从东郊一个特殊单位转过来的年轻患者，近期持续发热不退，白细胞明显增高，门诊医生怀疑他患有血液病，以“发热待查”为初诊收住了血液内科。进来检查后，患者的血液系统并未发现明显异常，上午肝脏的彩超报告提示他肝右叶有一块边界还不太清晰的占位，需要进一步进行肝脏CT检查。当主管医师把他的妻子从病房喊出来，从侧面婉转地告诉她病情及可能出现的严重预后时，这位年轻的妻子难以接受，立即不客气地与主管医生大声吵了起来："这不可能，他仅仅是发热，他才二十多岁，你们的诊断肯定有问题。"她大声地喊叫，她的爱人被惊动了。

古越月立即走进病房去了解情况。这位可怜善良的年轻人，人品修养很好，听到妻子与医生争执很不好意思，忙对古越月解释说："古医生，真对不起，我爱人为我的病情太焦急了，请你们原谅。"

古越月也忙说："这没关系，你妻子她着急，我们理解，我们不怪她。我们还要对你的病情进一步检查，我们医院有办法进一步解决。"

古越月安慰了这个青年，然后把这个患者的妻子请到了办公室。

这位年轻的妻子二十多岁，刚才的争吵让她的心情仍然难以平静，刚谈了几句，她就对古越月说："我丈夫这么年轻，怎么可能是那种疾病？你们医院技术水平不行，诊断不准确，我要求转院。"

转院不是一件简单的事，它需要先向科主任汇报，再填表报到医务科，获得批准后才能进行。在日常的医疗工作中，转院被控制得很紧。

古越月请这位年轻的妻子坐下来说。古越月耐心地与她商量："目前你爱人的病只要做腹部CT就可基本确定，如还不清楚，可以进行CT增强检查，这些我们医院都能进行。"

"我不想让他在你们这儿再检查了，他还在发热，我要立即转院。"

"转院不是简单的事，等查清楚了，我们解决不了问题，我们会给你设法转院的。"古越月说。

"那不行，我们不想再等，我要求你们马上给我们转院。"

说着说着，也许是因为焦虑和着急，这位年轻的妻子说话的声音又大了起来，她如同与人吵架一样大声喊了起来。

谈话进行不下去了。

人命贵重啊，保障病人生命是行医过程中的第一要素！

古越月想,医生有时也要站到患者的角度去考虑问题,还是想办法让这个患者走吧,他的病情检查有些未能顺利进行,在这种情况下,会诊也不能解决问题,这个年轻的患者,病情很重。

傍晚,几位医生还有领导商量研究后决定,立即紧急给这位年轻患者办理转院的全部手续,安排第二天清晨转至省立医院,科内委派了一位经验丰富的年轻医生护送。

吵闹终于暂时平息下来了。古越月一夜都未睡好,第二天清晨她早早地赶到病区,检查转院及途中所必需的全部医疗材料及药品。

车就要开动了,古越月仍不放心。在病区通往医院大门的T形路口,古越月挡住了车,她又一次叮嘱护送的医生:“你一定要忍耐,忍耐,再忍耐! 不管她怎么吵你都不要生气。”

古越月感到,不管怎么难,目前必须做到让这个患者平安到达省立医院,必须证明自己医院科内诊断没有错误。

这位年轻的重病号终于转走了,古越月松了一口气。

当医生就怕纠纷怕事故更怕意外死人!

医生穿着白大衣多么潇洒,可是,医生这碗饭多么难吃,常常一个事故刚结束,又来了一个事故。

忍耐,再忍耐,以至于极度地忍耐,是古越月许多年来在医疗工作中经常使用的一个法宝。她的性格,也如一块顽石,在大水的不断冲刷下变得没有了任何棱角,变得圆钝了。这一点,是许多血气方刚的年轻医生在开始工作的许多年间,都无法做到的。

年轻的医生们,有上级医师带着你们,你们是幸福的!

几天以后,从省立医院传来消息,这位可怜的年轻人做了CT检查,结果证明江城市立医院血液内科的诊断没有错误。患者夫妇俩到省立医院后也平静安心了,他们接受了在当时已十分先进的介入化学治疗,这种治疗方法近期效果十分显著。

古越月所在的江城市立医院也曾成功地进行过许多例介入化疗。

第二十六章　爱情面前人人平等

“古主任，你出来一下！”

古越月正在科内开大早会，大办公室的门并未关紧，留有一条门缝，古越月听到有人叫她，她从门缝中看见科秘书正对她招手。

古越月起身来到走廊上。

科秘书正站在门外等她，对她说：“古主任，有件事要与你说一下。医院在后大门开设了一个新的大型专家门诊，全部是主任医师上岗，首批上岗的主任有二十名左右，已经给你排了班，你每周安排有三次。这是排班表，如与其他工作时间冲突，还可以再调整。”

科秘书和住院总工作是由年轻的医生们轮流干，这位科秘书刚上任不久，他十分认真地对古越月说。

“这事我已知道，医务科和科主任都和我说了，每位医生每周上三次这有点多。”古越月说。

“每位主任是要上三次的，后面门诊开诊后，每天上下午各主要科室都必须有主任在后面坐班。”科秘书说。

“那好，就三次吧，尽量安排一两次在下午吧，以免与病区工作及前面门诊工作重叠在一起。”古越月同意了。

一周后，后大门知名专家门诊隆重开诊了，还上了电台及报纸。开诊那天，古越月在病房上班，未能见到热闹场景。周三上午，她到后面门诊上班，深感这个知名专家门诊部条件真是很不错。

原先的大厅装饰一新，由铝合金板及立柱分隔出许多条件较为齐备的小方块诊室。大厅内单独设有心电图室、彩超室、检验室及药房，每一个主要科室的医生都配备一名专职护士协助工作,基本上做到了一医一护一患一诊室。新上岗的护士都是刚招收进来的,她们个个貌美如花,精明能干。

这间高规格的门诊,开诊后不断地有人来观看,好条件确实吸引了不少人,医院的门诊量有了明显增加。

古越月的好几位同学也跑来凑热闹。她们找到古越月,异口同声地对她说:"越月,你还认得我们吗?"

"认得认得,你们真是稀客!"古越月忙说。她们几位是古越月的儿时同学:冰冰、佳佳、君君。

"君君,听说你很早就去了深圳,在那边搞得很好,什么时候回来的?"古越月儿时常到君君家玩,她亲热地问候老朋友。

"我先生在深圳开了一家公司,我一直帮他打理。最近我回来探亲,在橱窗中看到了你的工作照,才知你在这儿工作,就约了几位同学来看看你。"君君说。

许多年不见君君,她高高的身材,洁白的皮肤,大眼睛,修剪得十分时尚的短发,一套休闲秋装,美丽优雅的神态,简直一点也未变老。

"真谢谢你们!"古越月说。

"越月,以后我们来看病,来找你,你可要给予照顾啊!"冰冰说。古越月有时在街上会遇到冰冰,她依旧是清瘦的面孔,短发,她也客气地说。

古越月高兴地说:"那是当然,不用说的!"

佳佳告诉古越月,她已从单位退休,不上班了,轻松的生活,让她较以前变胖了。她热情地对古越月说:"今天看到你真是高兴!"

"佳佳,你要注意饮食,不要吃太油腻的食物。我们很多年都未见面了,真是谢谢你们今天来看我。"古越月说。

几个老同学在一起有说不完的话,她们聊了很久。

这天上午,古越月刚在门诊看完一个病人,猛一抬头,看见不知什么时候进来一个人,这人默默地在桌子对面坐着。古越月一惊,认真一看,很面熟:这是老同学洪双木嘛!

洪双木是古越月大学邻班的老同学，年轻时的他，瘦瘦的长圆脸，中等身材，是个很努力很老实的好同学。他拉得一手好二胡，写得一手好字，古越月对他印象很深。两个人还曾共同被抽到年级参与一本很厚的药物手册的编刻工作，那一页一页的钢板蜡纸刻下来真是辛苦，洪双木刻的钢板比古越月刻的好。

今天，古越月看见老同学的模样仍没有大变，只是一头乌黑的头发已经花白。

“你怎么来啦？真是稀客，怎么找到我这儿的？”古越月亲切地问。

“我早就听说你在这儿工作，来了一问，就找到了。你们这间知名专家门诊部条件真是不错。”

“已经开了不少时间，刚开诊时，全市仅此一家，我们医院是三甲医院，这个门诊部全部是主任医师上岗，条件及诊疗水平应该讲是比较先进的。”古越月介绍说。

“你这些年还好吧？”古越月又问。

大学毕业后，大家天各一方，很难有机会再见面。古越月已经知道这位老同学被分配到北方的一个城市，今天看到他，古越月很高兴。

“还好。”

“几个孩子？”

“两个，一个女儿，一个儿子。”

“那太好了，我也是。”古越月说，“你来出差？中午到我家吃饭去！”

“我是特地来找你的，真不好意思，许多年不见，一见面就给你找麻烦！”

“什么事？”

“我的儿子，也就是老二，现在正跟在你后面实习。他在医科大学读书，2002 年毕业。前些时候他回去拿衣服，告诉我们，他分配到你们医院实习，还正巧跟在你后面。”洪双木同学说。

“你怎么知道你孩子跟在我后面？”古越月惊讶地又问。

“孩子回去说了带教老师的模样，我一问姓名就知道是你了。”洪双木高兴地笑着说。

正好，诊室内此时没有号叫进来，古越月问：“你儿子叫什么名字？”古越月想起科内及自己医疗组有好多实习医生，又问。

“他叫洪亮亮，个子高高的，瘦瘦的。”

“啊，我想起来了，我那一组是有一位高高瘦瘦的男孩。”古越月这时想起，科内是有一位姓洪的实习医生，那是一位皮肤白净、阳光帅气的大男孩，他长得不像他爸，比他爸高许多。

“你的儿子表现很不错，我发现他每天上班到科室都很早，学习也很认真！”古越月称赞。

“做医生嘛，就是要多练，现在是学习阶段，每天去早些是应该的。”洪双木谦虚地说。

“今天来之前，与孩子见过面了吗？”

“我昨天下午就到了，晚上还与孩子在一块吃了一餐，我准备今天下午就回去，今天来看看你，也希望你多多关照一下我的孩子，多教他一些医学上的实际经验，做医生这一行，光有理论是不行的。另外，我孩子明年毕业，他肯定不想回到老家那个小城，我想麻烦你留意一下，毕业后能不能进你们医院工作。”洪双木说。

“你孩子是医科大学正规本科毕业，就业找工作应该不会有太大问题。我们医院每年都要招收不少毕业生补充力量，到时候让他注意一下这方面的消息，早点报上名，搞定后到我们医院来考试一下就行了。你孩子的学校、专业都不错，又在这儿实习，知道这儿的环境及各个科室，留下来应该问题不大。你让他以后经常与我联系，来找我。”古越月热情地说。

“那太好了，真谢谢你。今天找到你，知道了你们医院及毕业分配情况，很受益，很感谢你，我下午可以放心地回去了。”

“我一会儿就下班了，中午到我家去吃饭，或者，我们就到附近的小店中聚一餐。”古越月笑着说。

“不了，你还要上班，我也不等了，再见！”说完，洪双木站起身就要走。

这时，刚好有一位病人要进来，古越月忙让病人坐在椅子上等一下并说："请你稍等片刻，我送一送我的这位同学。"

洪双木听到古越月的话忙制止："你不要送我了。"

两个老同学拉拉扯扯，古越月还是把老同学送到了大厅门口，两个人挥手告别。

下班后古越月回到科室，忙到医生办公室去找洪亮亮。洪亮亮正在写病历，还没有下班，古越月笑着对他说："洪医生，刚才你爸爸到后面门诊找到我了，真没想到你爸爸是我的老同学，你长得一点儿也不像他，比你爸爸帅。你爸爸以前学习很好，以前我们经常见面。你以后要好好学习，有什么不懂的地方你可以多问我。"

"谢谢老师，谢谢阿姨！"洪亮亮从位子上站起来，十分腼腆地说。

这天是周一，上午病区医疗组要大查房。一般在这一天，古越月要结合自己治疗组的典型病例，给自己带教的实习、进修医生讲一些诊断及治疗上的知识。古越月查好一个病例后，洪亮亮拿出自己分管的一份病历说："古老师，这是一位淋巴瘤病例，听说淋巴瘤诊断很难，你给我们讲讲。"

"好！"古越月接过洪亮亮递过来的病历看了一会儿，说，"你现在分管的这位淋巴瘤病人是个症状很典型的病例。淋巴瘤一般诊断不太难，有些特殊部位的淋巴瘤隐藏较深，症状表现可不典型，易被医生忽略而漏诊。比如一些腹膜后的淋巴瘤，在临床上常常因仅有发热而变成疑难病例，不易被确诊，淋巴瘤的分类比较复杂。你们在血液内科实习期间，只需要了解淋巴瘤的主要临床表现、诊断要点，简单大分类就行了。等会儿到病人床边，我们结合病人再仔细检查及讲解一遍。"

洪亮亮听了古越月的话点点头。

三周的血液内科实习时间很快就结束了，实习医生们在实习期间，要把四年在校学习的理论知识结合到临床，与病人一一对起来印证学习，因此每一位实习医生在每一个科室待的时间并不太长。这天中午下班时，洪亮亮特地跑到古越月面前告别说："阿姨，我明天要到别的科室去轮转了，谢谢你这么多天带我，教我许多知识。”

“实习期间学到的经验比大学四年上课学的理论知识更有实际意义，每个学医的毕业生不到医疗一线学习就很难看病。因此，每个主要科室的一些主要病种学习都很要紧，这样知识才会全面，正式走上工作岗位后再历练几年，然后选择一项自己最熟悉、最想从事的科目深入下去，从而确定自己以后的主攻专业。有空时，还回我们科室来看看，有什么困难就来找我。”古越月叮嘱洪亮亮。

“好！”洪亮亮背着书包，和一帮同学依依不舍地离开了办公室。

很快到了年底，古越月和科室内的其他医生一般都要忙到大年三十的下午才能稍微松口气，实习医生则相对悠闲一些，在过年的前几天，各个科室的实习医生都请假回去过年了。这天是腊月二十九的下午，古越月仍趴在桌上写查房记录。正写着，她感觉门外面有人，一抬头，看见洪亮亮侧身站在门外向里面张望。古越月忙喊：“洪亮亮，你进来！”

洪亮亮笑着快步走进诊室，走了几步，他停了一下，向门外招了一下手。古越月忙望着门外，这时走进来一个女孩，忸怩地与洪亮亮同时站在古越月面前。

哎呀！这是一个真美的女孩：她长圆脸，下颏部位稍尖，一对黑眼睛又深又大，一对柳叶眉像画的一样，乌黑的披肩长发，白皙的皮肤，长睫毛，薄薄的嘴唇。女孩今天穿了一件浅白色羽绒袄，牛仔裤，棕黄色半靴棉皮鞋。这个美丽的女孩，让古越月眼睛一亮。

古越月马上想到洪亮亮谈恋爱了。实习生实习期间谈恋爱的很多，古越月不惊奇。她忙问：“这女孩是你同学？”

洪亮亮不好意思地扭了一下身体，收敛了笑容，摆了一下头，表示了否定。古越月这时发现那女孩极不自然地一下子涨红了脸。

“是女朋友？”

洪亮亮点了一下头。

古越月忙说：“亮亮，你的女朋友真漂亮，春节你们回去过年吗？”

“回去。”洪亮亮说话声音大了，此时他又恢复了平常的状态，“实习队放假一周，大部分同学都已走了，我们明天上午回去。马上就要分配了，还不知去什么地方，所以我们打算一起回去与父母见见面，以后也好安排。今天特意来与阿姨打个招呼，也让阿姨看看我的女朋友。”

“亮亮，你的女朋友真漂亮。”古越月又一次当面赞美。

“内科实习结束了吧？”古越月又问。

“内科全部结束了，外科有些科室也已经去了，开年后主要准备毕业论文及考试。”

“过年后还来吧？”

“还来。外科有的科室我还没有去实习。”

“过年后，我们医院马上就要去各个高校招聘了，你要注意这方面消息。你爸爸想让你到我们医院来工作，我们医院是三甲医院，又是医科大学附属医院，条件很不错的，你能到这儿工作，你爸爸肯定会很高兴的呢。”古越月对洪亮亮说。

“我知道，谢谢阿姨。”

“那好，回去代向你爸妈问声好，代向他们拜个早年。”古越月忙说。

在交谈过程中，古越月发现那女孩始终靠在洪亮亮身边，面带微笑，未说一句话，古越月不方便问这女孩是干什么的，从哪儿来。不过，古越月知道，上次洪亮亮父亲来看古越月，曾与她谈到自己的孩子。老同学洪双木曾说过：“孩子年纪现在还不大，不希望他过早地恋爱，如果要找，也希望他能找一个女医生或者是护士做女朋友。”

古越月站起身来，送两个青年到门口。她望着这对青年的身影，心中为洪亮亮高兴，深感这个女孩真漂亮！

春天的时候，一天，古越月从网上得知医院已开始着手到一些高校并同时在网上公开招聘，忙到外科大楼去找洪亮亮。她在一个科室拦住了一位挂着胸牌穿着白大衣的实习女同学，问：“请问，你们的同学洪亮亮现在在哪个科室实习？”

这位女生愣了一下，想了一下说："他前些时候回学校了，他的毕业论文还未写好，先走了。"

"啊！"

又过了几天，古越月想起老同学的托付，她不放心洪亮亮，又给洪双木打了电话："喂，洪双木吧？我是老同学古越月。"

"啊，古越月，你好，谢谢你来电话。"

"我们医院最近正在招聘，今年要进好几十个医生、护士呢。你儿子洪亮亮回学校了，我找不到他。你赶快通知他上网看看，如果想来我们医院，就要好好准备各方面材料，另外，每个人招进来的同学都还要考试的，要认真准备。"古越月在电话中一口气说。

"越月，真谢谢你！老同学，我那个儿子淘气啊！"

"淘气，我看洪亮亮文质彬彬，很老实的，怎么会淘气呢？"

"唉，越月，老同学，你不知道啊，他一点儿也不听我的话，他自己在网上已经搞定了一家民营医院，在湛江。"洪双木说。

"湛江很好，在海边，很漂亮，比我们这儿开放得早，去湛江工作也行。民营也不错，那边工资高。"古越月支持洪亮亮的决定。

"你不知道啊，我儿子谈恋爱太早了啊，分了心，他的毕业考试及毕业论文都还没准备好。所以他跑到民营医院去了，那些医院进去不用考试，也不用准备。"洪双木在电话中说。

"你儿子的女朋友我见过，很漂亮的女孩。现在的孩子有的谈恋爱很早，有的很迟，很正常，你不要大惊小怪。"古越月劝老同学。

"越月，你不知道啊，那个女孩长得是很漂亮，她把我儿子迷住了。你可知道，她没有正经工作，也没有什么学历，她在一家饭馆中打工，两个人八字未见一撇。去年过年时，那女孩就跑到我们家里来了，我和他母亲很不高兴。"

"啊！"古越月在电话中听着老同学无可奈何地述说，她知道老同学是位老医生，儿子也学医，他心中自然是很希望儿子能在医务界找一位心仪的女友。

但是，现在的年轻人，有几个人能被家长控制？

这是一个不短的长途电话，古越月在电话中听着老同学不停地述说，感觉其实这是一个很美丽的爱情故事：

江城，城东北一条小巷。

在这条小巷中有许多小小的餐馆。刚刚实习两周的洪亮亮，这天因为一次医疗检查技术操作，耽误了去食堂吃饭的时间，当他把检查操作后的各种医疗器械收拾好，洗好手，跑到食堂时，食堂已经快关门了。看着一些残菜剩汤，他心想："今天这么累，上街去吃一餐吧。"

洪亮亮立即下了楼，出医院后大门，街对面就有许多饭馆。他在这些布满油污、油气弥漫刺鼻的狭小饭店门口转了一下，不敢进入。往前又走了几步，洪亮亮闪身进了对面街口一条小巷中，他知道，在这条离医院不远的小巷中也有许许多多的小饭店。

洪亮亮往前走了一截路，在另一条巷拐角处的一家门店门口，他看见一个女孩站在那儿。那女孩看见他，忙走上来对他说："先生，你来吃饭吧，我们店菜好，又便宜。"

女孩声音很甜，说话之中还隐约带有洪亮亮家乡的那种乡音。他望了一眼这个女孩，发现她是一个看着很顺眼、长得很漂亮的女孩。他顺从地随着女孩进了店，在一张桌边坐下。

店面不大，在外面有四张长条小桌，靠近里面还有两个大方桌。已过吃饭时间，店主是个四十多岁的中年人，他见店中又来了客人，忙打开摆放在店门口的炉灶说："先生，你吃点什么？"

"先生一个人，你炒个茭瓜炒肉丝，再加一碗丝瓜鸡蛋汤，两个菜就够了，饭不要钱的，好不好？"女孩建议。

"好，好！"洪亮亮说。

姑娘听后，立即从抬板下拿出几根洗好的茭瓜、青椒细细地切成丝，又拿出切好的肉丝，配好盘后交给店主。不一会儿，一菜一汤两大盘就端上了小台桌，姑娘又盛来了一大碗饭，洪亮亮一个人吃着。他想起刚才的那个患者。那是个一侧胸部充满大量胸水的患者，除了要抽出一些液体，做检查鉴定外,因为积液量太多,上级老师还要求他利用这次穿刺部位较好又顺利的机会,给这个患者尽量多抽去一些液体。胸穿,在内科是个中等难度的普通检查,洪亮亮以前曾做过两次,这次是第三次进行,他做得还好。当病人看到从自己的胸部抽出了许多淡黄色液体对他连声说谢谢时,洪亮亮心中真是高兴。

洪亮亮喝了半碗汤,深深地松了一口气。他感到今天的这碗汤味道真是鲜美,比医院食堂中的饭菜要好得多。吃过大半碗饭,他抬起头,看见那个姑娘正坐在另一张长条桌边默默地望着他。他有点不好意思,忙说:"这汤味道真不错!"

"是嘛,我们店中的菜、汤味道就是好,而且很便宜,这么一大碗汤只要十元钱。"已过中午,店中没有第二个客人,姑娘就坐在他面前称赞自己店中饭菜好。

"都一点多了,怎么现在才吃饭?你在哪里上班?"姑娘好心地问他。

"就在前面不远的医院,今天太忙,下班迟了,耽误了吃饭。"洪亮亮说。

"你是医生?"

"嗯。"

"那你以后有机会就多介绍你同事来吃饭,我们店中的饭菜比别的店要便宜。"

"这是你开的店?"

"不是,店主是我舅舅。"女孩扭头指了指站在灶台旁边的店主说,"我在乡下没什么事,我妈让我出来帮我舅舅做生意,挣点钱。我们这家店位置有点偏,生意比别的店要差一点。"女孩与洪亮亮交谈。

"你们店虽小,却很干净,菜也不错,以后我有机会还来你们店,照顾你们生意。"

"那真谢谢你。"女孩站起来,又给洪亮亮递过来一杯茶水说,"你以后多介绍一些你的同事来!"

"好!"洪亮亮又问,"今天多少钱?"

“一菜一汤，饭不要钱，一共二十二元，你就给二十元吧。”姑娘又一次优待了他。

高兴，让洪亮亮又一次认真地看了看这姑娘。这是位很漂亮的女孩，他感觉这女孩眼睛真是美丽，又黑又大，看不清底，她的皮肤很白，双眉也很清秀，说话时脸面一阵一阵发红。

“你是哪里人？口音我好像很熟悉。”

“我是宁城人。”

“啊，我也是宁城人。”洪亮亮说，“我们还是老乡呢。”

“我家在乡下，离宁城还有二十里地，周围有一些小山。”

“山区好，环境干净，人能长寿。”洪亮亮说。

说着洪亮亮告辞出来，今天他吃得很饱，很高兴。

在洪亮亮实习的这家大型三甲医院中，年轻的医生们每天都有许多做不完的工作，延迟下班耽误吃饭那是经常有的事情。此后，洪亮亮每到因工作误了吃饭时间时，就来到这个小店。

一回生，二回熟，吃了几次饭后，两个小老乡彼此混得十分熟。而且，每次来吃饭时，洪亮亮发现菜是越来越好，收的钱却越来越少。时间久了，女孩天天吃饭时都站在店门口，眼睛却望着小巷路口等着他。洪亮亮一到食堂吃那些普通的饭菜，就会顿感这食堂的饭菜又贵又不好吃。于是，他一次又一次地往这个小店中跑。不过，他每次都是一个人去，他从没有应这个女孩的要求，带某个同学或者某个同事去光顾这个小店。

洪亮亮也说不上来自己为什么要这么做。

后来，就如许许多多的爱情故事一样，这个女孩的美丽容貌和善解人意，让洪亮亮喜欢上她了。

女孩的舅舅看在眼里，十分高兴。他想，姐姐把女儿托付给自己，虽然外甥女长得很好，但她没有什么学历，也没有工作，如果能嫁给一个医生，那真是天大的幸福。

女孩也想，如能嫁给一个医生，那真是天大的幸福。

想到这儿，女孩的脸暗暗地红了，心怦怦地跳。她刚刚十九岁，而洪亮亮已经二十三岁了，她不知道自己的愿望能否实现。

在很多次地吃过这便宜的饭菜后，洪亮亮终于请这个女孩一道去看电影了，这两个青年牵上了手，他们之间有了更进一步的亲密接触。

接近年底的时候，许多个人大事已定下来的同学都忙着准备毕业论文及一些考试。已经分了心的洪亮亮这时却想到，即将毕业，下一步去向如何的问题。他决定把这个女孩带回家先让父母看看，如果老两口同意，洪亮亮准备争取留在实习的这所大型三甲医院工作；如果老两口不同意，洪亮亮就准备带这个女孩到南方去，他已听说南方民营医院很多，门槛很低，收入又高，他是正规医科大学本科生，不愁进不去。洪亮亮准备先把眼前困难解决掉，他想，若论将来的发展，在民营医院也不一定比在正规医院差……

当然还有许多细节，洪双木他是不知道的。

一个多么令人感动的爱情故事，古越月听着笑了起来。古越月在电话中说："老同学，恭喜你了，你的儿子给你找了个很漂亮的儿媳妇，到时候，你可要请我喝喜酒啊！"

"越月，你不要开玩笑了，那女孩没有工作，初中生，又在乡下，我们是不能同意的，真气死我了。我要把他们搞掉！"洪双木说。

"只怕你搞不掉，现在的年轻人不像以前，他们都很有个性，你越反对，他们越爱得真切。"古越月在电话中笑着说。

"麻烦你在医院中遇到他，帮我做做他的工作，让他放弃！"洪双木仍求古越月帮忙。

古越月想，现在只有在乡下、在山区才可以见到这种纯朴、不加修饰的单纯美丽的女孩。

"老同学，现在是什么年代了，你还是以老眼光看问题，现在年轻人的婚恋，一千个人就会有一千个故事，每个故事都很神奇、很精彩，你就接受现实吧。现在的年轻人，只要有双手，到哪儿都能搞到饭吃，很难讲哪一种模式更好，只要孩子自己高兴就好，好坏他们自己扛着，你就不必要求孩子按自己的想法办了。"古越月在电话中说完了，她放下电话，嘘了一口气。

古越月一个人坐在椅子上微微地笑着，她很高兴。

洪亮亮再也没有来找古越月。

古越月也没有再见到他。

秋天的时候，古越月又打了一个电话给老同学。洪双木在电话中气得咬牙切齿地说："越月，我那个逆子，还是带着那个女孩走了，他们未去湛江，他们去了惠州，我一分钱也没有给他！"

古越月笑着说："你这样，肯定吓不住他！好了，算了吧，惠州更好。老同学，爱情面前人人平等，我相信这对年轻人以后生活一定会很幸福！"

第二十七章　十个闺女不抵一个伢

又是一年清明节到了，已经八十五岁高龄的古和子提出要与孩子们一道去做清明。祭扫完公墓后，古和子又提出要去龙山贤关，去祭扫老老祖母的坟墓。

“爸，你年纪大，龙山你就不要去了吧。”古越月与老爸商量。

“老老祖母是我的老祖母，她以前对我和你们的小佬特别好，我好多年都未给她老人家扫墓了。前些日子，小佬还特地寄了些钱回来做清明，今天天气很好，我也出去走动走动，去看看她老人家，你们谁愿意陪我？”大概因为激动，古和子说话的声音有些颤抖。

老爸的话让古越月想起远在他乡农村的小佬，古越月唯一的叔叔古和孝年纪也不小了，叔叔已很多年都未回乡了，他和他的一家人在当地深深地扎下根了。

“小佬来信啦？”古越月问父亲。

“来信了，还特地寄了好几百元钱来，让我们代他全家做清明呢。”古和子说。

“我陪你去。”站在一旁的大弟自告奋勇。

“我也陪你去。”古越月说，“今天是周六，我下午前大门有门诊，我们得走快一点。”

“你们三个人到前面大道上搭车去，快一些。”小弟在一旁建议。

“好！”

龙山在贤关这一带，山不太高，古越月与弟妹们以前来过两次。她与大弟及父亲沿着山的缓坡慢慢地爬了上去，在一堆乱石乱草中找到了老老祖母的墓。这个墓地是古和子奶奶的墓地,古越月常听父亲讲,父亲的祖母以前非常爱他。看见老老祖母的坟地,引起了父亲的许多回忆,烧完纸后,父亲要古越月与大弟在墓地边缘的一块石头上坐下,说:“我们在这儿歇一下再下山吧。”

坐在山腰上,放眼往山下能看得很远。古老的江城在这些年的大发展中,已向北扩张了很大一块地方,许多高楼已经耸立在龙山的山脚之下。

古越月从背包中拿出几个橘子,剥好了递给父亲和弟弟。她高兴地对老爸说:“爸,前不久我们医院组织一些医生去台湾看了一圈,台湾这个岛很漂亮呢!”

“是吗?你到台湾去了?怎么未听你说呢?”古和子说。

“我太忙了,最近一段时间也未回家,所以未能及时告诉你。”

“越月,你说起台湾,这让我想起时间真快啊,一晃几十年都过去了,我已经很老了,一直未有机会告诉你们,1949 年,我差一点儿就去了台湾。当时,我和一些同事已经到了新安江畔的深渡镇口,上了船。我那时舍不得你们姐弟俩还有你妈妈,才偷偷地跑回来了,当时有一箱子东西都丢在船上了。我的那些同事大部分后来都去了台湾,他们妻儿一直离散了好几十年。”

父亲古和子想起许多往事。许多年过去了,古和子仍清楚地记得当时未去台湾的一些细节。今天,在这个山头上,他对自己的一对儿女说出了藏在心头几十年的一个小小秘密。

古和子叹了一口气说:“当时我要是去了台湾,那你们母子三人可就很苦了,也不知我们家现在是什么样子了。”

古越月笑了:“你如果去了台湾,现在肯定是一个住在养老所的孤老头了,你也就成了台胞。在台湾住在养老所的老人们很可怜,我曾在台湾见到他们,并很注意地观察他们。那是一天傍晚,我们经过他们一座住处的围墙外面,在一个高坡上,我看见他们每个人手中都拿着一个瓷盆,成排地坐在几个长椅上,痴呆呆地望着大道,望着我们,等着分饭。”

大弟也接着说:“我们也就成了台属,你如果还活着,也许你会拿着几只金戒指或者几根金项链来找我们了。”

父子三人都大笑起来。

古越月的父亲古和子老实善良，一生工作十分勤奋，在“文革”中他没有一张大字报，这让古越月心中十分庆幸。

古越月又说：“我有一个同学，初中时坐在我位子后面，是个天才少年，他爸爸去了台湾，几十年都不能见面。可惜，我那个同学因病英年早逝，未能等到今天，如像现在，他们父子也能经常见面经常往来了。”

古和子又说：“越月，你们单位对职工真是照顾。”

古越月说：“我们医生工作很累，还常有委屈，有时出去休假几天，喘口气，这对调动医生工作积极性也是有好处的。听说今年还要组织大家去日本看看，如果能去，那真好。日本是清末民初中国人去得非常多的国家之一，我很想去看看，那个状如松毛虫样的小小国家，到底是个什么样，如何有如此大的胆量，竟敢侵犯我庞大的中华古国，真是蛇想吞象啊！”

大弟也感慨地说：“日本确实是个很奇怪的国家，以后有机会，我也想去看看。”

古越月和大弟在墓地边坐了好久，才扶起老父，三个人说笑着一路向山下走去。

在小弟家吃过饭，已经快两点，古越月告别大家，赶到医院前大门上门诊。前门诊大楼是新建的，它呈环形方块状分布，有五层，厅很大，自下向上望去很像一个大型综合超市。其后连有十五层行政大楼，从远处看，大楼前后两部分融合成气势恢宏的一个整体，这栋大楼领先其他许多地市级大医院很多年。

古越月感到进入2000年以后，医院发展得很快。

古越月的专科门诊室在内科门诊大厅后面第一个诊室。

“古主任，有你的电话！”古越月正在看一个白血病复诊病人，门外护士站一名护士匆匆进来说。

“电话在哪里？”

“在护士站!”

“啊!”古越月站起身来,并顺手掏出手机看了一下,上面没有来电。她走到了护士站又问:“什么电话,打到了护士站?”

“外面打进来的,好像还是长途。”坐在电脑前工作的护士说。

“喂,喂,我是古医生,你是谁?”

“古医生,古医生,我是尤美兰,你可记得我?”

“啊,记得记得,我想起来了,你好久未来,你在哪里? 可还好?”

“我现在在外面,很远,在东北吉林,我这几天鼻子又出血了,出血很厉害,我的毛病可能又复发了。”

“那你要赶快在当地住院治疗,治得好!”古越月在电话中大声说。

“已经住院了,这次毛病发得厉害,这儿的医生想查看我以前在江城市立医院住院的病历材料,我想问问你,不知能否借到。”

“可以来借的。让你母亲带身份证星期一到医院来找我,我帮她去病案室办手续,把病历材料复印一下再传给你就行了。”

“好,我马上打电话给我母亲,谢谢你,古医生!”

“不谢!”

周一上午。

古越月在病房查房,刚上班不久,就见一中年妇女站在办公室门外向里面张望。古越月认出她是尤美兰母亲。古越月对正在查房的同组主治医生说:“你还记得尤美兰吗? 她的病又发了,鼻出血很厉害,现在人在东北吉林。”

“记得,尤美兰是重症 ITP,每一次病发起来,血小板都降得很低。”年轻的主治医生说。

“你们先看病人,尤美兰的母亲来复印病历,我带她去办一下。”古越月安排治疗组医生工作。

古越月来到走廊,尤美兰的母亲忙迎上来。几年不见,这个农妇较之前看上去苍老了许多。她穿了一件深色暗花长袖夹衫,不多的短发拢在耳后。见到了古越月，她的眼泪就顺着瘦削的脸面流下来了，说：“古医生，我女婿打电话来说，我女儿鼻子出血很厉害，麻烦你帮我查查我女儿以前的住院材料。”

“你女儿前天来电话了。我带你去病案室复印一下，印好后你赶快给她寄过去，或者电传过去，这样更快。”

“好，谢谢！”

“身份证带来了吗？”古越月一边走一边问。

“身份证我带来了。”

“你女儿女婿是什么时候去东北的？”古越月又问。

“有两年了，俩人结婚后，我女婿就把美兰带到东北一块儿打工去了。”尤美兰的母亲与古越月一块儿下楼，一边抹眼泪一边说。

“药一直在吃吧？”

“药一直在吃，这两年也还好，不知怎么一下子就发了。”

“你女儿的毛病很易复发，特别是饮食方面，如不注意吃了致敏性食物，就很易诱发。你女婿是干什么工作的？”古越月继续问。

“还是以前陪美兰来找过你的那个青年，小周，他是做油漆装饰的。”

“啊！”

古越月记起来了，三年前有一次复诊，尤美兰曾带来一个青年陪诊。在交谈中古越月得知那个青年是个油漆工，他的工作场所特有的气味对尤美兰的病情很不利，古越月记得自己曾从侧面告诉过尤美兰和她的母亲。

“我以前曾告诉过你们，油漆及摆放油漆的环境对尤美兰的病情很不利，很易引起病情复发，你怎么不听劝告，还把女儿嫁给了他？”古越月说。

“古医生，我知道，你说过，可我没有办法啊，美兰已经不小了。而且，我还有个儿子也要成家，还要花许多钱。”尤美兰母亲一边说一边抹泪。

尤美兰是古越月的老病号，她患有特发性血小板减少性紫癜很多年。曾有几次很凶险的发作，血小板下降到 1.0×10^9/L 以下，幸好年轻，血管壁还好，没有出现脑出血并发症，几经抢救治疗，几年来病情一直还稳定，尤美兰也在生病的过程中逐渐长大。古越月知道这个中年农妇很不容易，她一个人带着两个女儿一个儿子，在农村终日在田地间辛勤劳作，耕种着一些棉花地，生活很不易。古越月见过她的三个孩子，长得都很好。

“油漆对尤美兰的病很不利呢，那么好的女孩，你怎么这么着急把她嫁出去呢?”古越月一边走一边继续与农妇交谈。

“在我们乡下，十个闺女不抵一个伢，女大不中留，都是要嫁出去的，不能拖得太久。我还有一个儿子，他也要成家的。”尤美兰母亲辩解。

“十个闺女不抵一个伢!”古越月又一次听到这句话，她十分吃惊，这是古越月第三次从一个中年农民口中听到这句十分刺耳的话。

解放这么多年了，改革开放也这么多年了，都已21世纪了，还有这么严重的重男轻女的思想！古越月不言语了，她沉思着。记得去年春节，在后大门知名专家门诊，她曾听到一位江南老农说过这句话。那天正好是大年三十的上午，一位老农，他是位骨髓有异常增生，造血有困难的重度贫血患者，他带一个儿子和两个女儿一块儿来就诊。老农请古越月多开几个疗程的药，古越月说:“这药不便宜，少开一点吧，以后依病情调整用药，药开多了用不上，浪费了可惜。”

“不行的，医生，今天我把儿子、女儿都找来了，就是要多拿些药。医生，你不知道，今天是过年，他们态度好一些，不好拒绝，今晚年夜饭一吃，人就散了，再找儿子就不容易要到钱了。初二，儿子就要到他丈母娘家去，然后又出门去打工，一年到头，难找啊！麻烦你，医生，一定给我多开一些药。”这位老农恳切地说。

古越月说:“儿子走了，你还有好几个女儿，以后让她们陪你，给点药费，也一样。”

“那不一样。在我们那儿，嫁出去的女儿是泼出去的水，她们是不给钱的。唉，十个闺女不抵一个伢呀!”老农叹了一口气。

古越月心中十分惊异，她记住了这句话，记住了这位困难又可怜的老农。

还有一次，也是在后大门专家门诊，一位重症再障青年，他的父亲及两位姐姐陪他来就诊。那两个姐姐都穿得十分光鲜、十分漂亮，卷着头发，蹬着半高跟鞋，挎着小皮包。一些很小的检查，血常规十几元钱，那女儿都伸出手来找老农要钱去交费，伸手及取钱就在古越月面前进行。古越月看不下去，多嘴一句：“你们是他姐姐，他的病不轻，也该帮他一点！”

姐姐们望着古越月说：“他带的有钱。”

两位姐姐扶着青年去查血，剩下老农坐在椅子上对古越月说：“医生，你不知道啊，十个闺女不抵一个伢啊，她们是不会给钱的。我儿子病这么重，真不知以后怎么办。”

如此沉重的话语，让古越月也记住了这位老农一家几口。

病案室到了，古越月让尤美兰的母亲拿出身份证。古越月亲自带着病人家属来调病历，一报号码、时间，病历马上就调出来了，很快就复印好了。

古越月送尤美兰母亲到门诊大厅大门口，又关心地问：“你的小女儿呢？”古越月记得尤美兰妹妹多次陪姐姐来复诊，那小女孩长得十分漂亮，有一对黑亮的大眼睛。

“她现在也不念书了，到浙江一家服装厂打工去了。”

“她还小，怎么也走了？”

“她念完了初中，也十七岁了，女孩念书多了没有用。她学了裁缝，已两年了，今年，她自已要求出去打工，与村中人一道进了一家工厂，现在还好。”尤美兰母亲说。

“现在社会不一样了，女孩与男孩都是一样贵重，你看许多女孩做了老师、医生、工人，各行各业都有。你女儿尤美兰的病不是癌症，虽然发作起来重一点，但能够治得好！”古越月叮嘱这个农妇。

“谢谢你呢，古医生。”

“回去后，你一定要求女婿认真地给尤美兰治疗呢。你一个人养一个女孩也是很不容易的，女孩也是一条命呢。”古越月不放心地又叮嘱。

在长期的医疗生涯中，古越月常常见到在一些还较落后的农村，还有不少人不重视女孩的生命，他们常常为了一些聘礼，就匆匆地把家中的女孩打发出门。古越月曾遇到好几例疗效甚好的白血病患者，因为是女孩，其家中早早地放弃了治疗。

古越月曾为这些女孩可怜的状态写过一些文章。

尤美兰的母亲走了，古越月回到诊室，她十分为尤美兰的生命担心。因为，古越月还发现那油漆工由于常年在许多雇主家流动进餐，还患有乙肝大三阳(+)，古越月当时未能说出来。她怕那个油漆工怪她多嘴，坏了他的好事，也怕尤美兰母亲会怪她耽误了女儿的终身大事。

古越月坐在椅子上暗暗为尤美兰祈祷。但作为一个小小的医生，她能做什么呢？她只能从侧面劝劝家属，或者写点小文章。面对几千年形成的乡村习俗，古越月无能为力。在许多地方，这种乡村陋习的力量是强大的。古越月有一个熟人，还是一个基层的小官员，他有两女一儿，两个女儿很努力，其中一位女儿还是大学老师，这人却不珍惜她们，认为女儿是人家的人，自己仍一心挂在儿子身上。他省吃俭用送儿子到美国留学读博士，千方百计为儿子找老婆。对儿媳，他的要求不高，只要大专就行了。后来孙子出世了，那就不得了了，他整天把孙子抱在怀中、骑到颈子上，并让古越月看。古越月在门诊看到他们老两口那种劲儿，感到真是不可理喻，深感那是一种根深蒂固的重男轻女的思想在他们心中作祟。古越月感到要想彻底改变这些陋习，需要无数的中国农村女孩，靠自身的努力学习，考上大学走上工作岗位；靠自身的努力奋斗，掌握自己的命运，向家庭、向社会展示自己。

古越月想，这种变化或许还需要整整一代人的努力，也或许要不了多长时间，这种落后于时代的陋习就能逐渐地被打破。

古越月有一次坐一位乡村中巴司机的车，这位司机认识古越月，他在车上掏心窝子地告诉古越月说："我只有一个女儿，我让她一直念书，她现在已是博士生了。我觉得我的女儿，以后肯定不会比别人的儿子差，她会如儿子一样地孝敬我，并为社会做出贡献。"

古越月很支持这位司机的看法，很为他高兴，并对他说："你的这种看法很正确，肯定会是这样！"

第二十八章　你一定要好起来，我俩还要斗

2005年12月1日。

新门诊大楼干部体检科。

检查桌旁坐着一位老干部，古越月给他量完血压后，低头给他填写表格。忽然，她感觉有一只手压在自己的右肩膀上，回头一看，人事科长正微笑地站在她的背后。随即，科长对她说："古主任，有点事，你出来一下。"

古越月点了一下头："好。"便站起来，向门外走廊走去。

人事科长已先行快步退出，正站在门外墙根处等她。这位女科长年轻时很漂亮，她与古越月同时期到这座医院工作，因此彼此很熟悉，平时见面也很客气。今天，她温和地笑着对古越月说："你的生日已经过了，按医院规定的年龄，准备安排你退休了。不知你可有什么意见，可有什么要求？"

其实，刚才看到这位女科长的那一瞬间，古越月就已明白她找自己有什么事情。

古越月说："我知道我要退休了，一直在等你们的通知。我在医院工作几十年了，医院待我不错，我没有什么意见，也没有什么要求。"

"那好，我们就准备给你办手续了，你们科里、医院里很可能还要留你。"女科长语气很轻松地说。

"行。"古越月爽快地答应着。

两个人互相点了一下头，古越月又走进诊断室。

今天是县干体检日，后面还有好几位同志正坐在长椅上等待检查。在查完最后一位检查者后，古越月全身松弛了下来。她直起腰杆，靠在椅背上待了一会儿，然后拿起茶杯、听诊器缓缓地走出诊断室。

这栋大楼新建不久，很高。今天，古越月不想与别的几位医生一道乘电梯很快地下去，她转身悄悄地进入右边的楼梯通道。

因为楼太高，在这宽阔的楼梯间里面，这会儿只有她一个人步行下楼，静悄悄的。锃亮的不锈钢扶栏一直向下盘旋，如一口巨大的深井。此刻，这儿没有任何人干扰古越月，她沿着楼道十分缓慢地一层一层地往下走，心中慢慢浮起一丝惆怅。

就要走了，在这座医院中，古越月忙忙碌碌地工作了三十多年，留下太多深刻的记忆。

古越月忽然想起一些往事。有一年夏天，天气特别热，古越月在急诊室值夜班。那天夜里病人真多，有许多垂危的病人，急诊室门外几棵很大的梧桐树下摆满了躺椅，树上挂了许多吊瓶。那一夜，古越月一连送走了三位病人。还有一年农历大年三十，在万家团聚欢乐的夜晚，古越月在病区值夜班也不能松一口气，她楼上楼下跑上跑下，竟也送走了两位病人。还有一次，为抢救一位老干部，一位老游击队长，古越月夜间赤着双脚冲向了病房。还记得有一次，古越月装了一大瓷缸米饭，骑着单车去上班，一双刚买的紫红色羊绒手套夹放在提包的侧面。急速的行驶及路面的上下颠簸中，古越月发现一只手套不见了，回头一看，那只漂亮的时尚新手套远远地躺在师范学院的大门口。古越月犹豫了片刻，没有骑车回去，咬咬牙向医院奔去。不一会儿，另一只手套也蹦出提包，落在肉联厂大门口的地面上，她又一次回头看了看，也没有回去拿。那个时候真是忙啊！很多次，古越月越过家中地板上被孩子搞乱的许多瓶瓶罐罐，头也不回地向门口冲去。那时真是油瓶倒了也没有工夫去扶它！许多次，在极度劳累时，古越月与不少医生都曾盼望着能早点退休回去休息，从而让自己得到解脱。可是，当这一天真正到来时，古越月的心中很不是滋味，她的心情变得沉重并有点难过。

此刻，古越月有点舍不得医院，舍不得自己的岗位，舍不得自己的许多病人。

人生真快呀！古越月记起自己最初很不喜欢医学，她喜欢文学，时间一晃，却发现自己已在这所医院做了三十多年的医生。

从门诊楼缓慢地下来后，古越月回到病区自己办公室的门口。

这是一间朝南的长方形大办公室，在病区的最东头。古越月开门进去，关上门，随手把东西放到桌面上。往事和莫名的惆怅充满她的心房，她坐在椅子上继续发呆。

这时，门被轻轻地推开，科主任走了进来。这是一位年轻的、长得娇小玲珑的漂亮女医生，很能干，大概她一直也在等待古越月回来。

进来后，科主任站在桌前笑着对古越月说："古主任，回来啦！上午人事科打电话到科里征求意见，准备安排你退休了。不过，目前科内工作还需要你，准备留你。你不要介意，一切仍如以前一样，你还在这儿干吧！"

"谢谢你。"古越月抬起头望着科主任，声音沉闷地说。

这位年轻的女医生与古越月多年来一直在一个医疗组工作，两人一直配合得很好。古越月明白这位漂亮的科主任此刻的好意是真诚的。

古越月的脸上没有什么笑容，此时，她笑不出来，又接着说："上午人事科长也找到我，通知我了，是否留下来我还需要再考虑一下。"

古越月暗想，不留也没什么关系，记忆还未迟钝，身体也还可以，到外面医院再干也行，挣钱可能还会多一些。

"行，不着急，古主任，你再考虑一下。"科主任笑着说。

沉默。

"我走了。"科主任点头退了出去。

古越月又关上门。

科主任的几句话，更让古越月心中涌动着不平静的情绪。她拉开自己的抽屉，开始往外收拾东西。几本不常用的书、小册子、笔记本首先被古越月抽出来堆放在桌面上。

"该撤退了，"古越月心中自嘲地想，"即使留下来再干，也是已退休了，这些日常不太使用的东西要一批批地往家中带了。"

时光真快呀！

古越月烦躁地在办公室中踱了个圈，然后拉开了东边楼道的大门。由于病区西边楼道及电梯的开通使用,这个东边的小楼梯已很少被人使用。此刻正值中午,静悄悄的,病区东边的玻璃大门掩闭着,古越月站在大门外抬头向上望了一眼,“血液病区”几个大字映入眼帘。

暗淡的光线中,古越月仔细地看着这几个字。今天,她才注意到这几个字是深蓝色的,每个字都是胖胖的、扁扁的。大内科有许多病区,血液病区在内科大楼的第三层,为内科的第三号病区。

透过病区东大门的玻璃门,古越月可以清楚地看见整个病区。走廊上灯火通明,不时有年轻的护士从护士站内出来,在各个病室间进进出出,她们在打针、配药、量体温。

多么熟悉的日常护理工作!

蛰伏了多年的新旧记忆此刻苏醒了,将病房中许多鲜活的生命铺陈于古越月面前,它们逐渐清晰而灵动。

医院就是一个复杂的小社会。

在病区走廊两侧的每一间病房中,每一张床位上,都曾留下过许多或令人感动,或令人揪心的故事。古越月看到过许多,听到过许多……最让古越月揪心、难忘的是许多曾在这儿短暂停留的患白血病的孩子和青年。多年来,古越月的心常常会为某个医生、某个护士无意中提起的一个姓名、一句话所牵引,面前立即浮现出一个永远难忘的生动面孔。

那是一些在古越月心中深藏着的奋斗不息、永不屈服的悲凉生命。这些记忆,古越月很难忘记,很难摆脱,也很虐心。

想到这里,古越月心中有点难过,眼睛立即就有泪水渗出。她不知道这泪水,是因为那些孩子,还是因为自己即将离开这个岗位。

古越月深深地嘘了一口气。

古越月以前曾为那些孩子写过不少豆腐块样的细碎文章,为他们呐喊,以期引起人们对这些孩子的关心、注意。她很想写些较长的文章纪念他们,可是没有时间。医生的工作很辛苦,肩上扛着病人的生命,日夜都不能有丝毫松懈。

以前为了生活、职责,古越月不敢放下手中的听诊器。

现在好了，退休了，如果不干了，时间也就多了，人也自由了。

古越月一个人在病区楼道中站了很久，望了很久，也想了很久，她心中的郁闷心情渐渐消散了。

古越月回到办公室，拉开了抽屉，收拾一些书，用塑料袋装好，然后脱下白大衣挂在墙上。她换上了自己的黑棉袄，背上自己的小包。

现在，古越月准备回家了。

古越月的脚步在病区的走廊上缓慢地走过，伏在桌上写东西的值班护士听见了脚步声，抬起头惊讶地与古越月打招呼："古主任，你怎么才下班？"

今天，这位值班护士很漂亮。

古越月向她笑笑，点点头，没有回答。

近年来，由于就业难，医院招聘的护士个个都很漂亮。因为工作忙、家庭忙，或许还因为年轻，从这些年轻护士手上如流水一样流过的许多病人，时间久了，她们不太记得住。古越月不一样，她在做学生时就养成了记笔记的良好习惯，在日常的医疗、生活中，古越月写下了许多医疗、生活笔记，还有许多医疗散文。

因此，古越月也永远地记住了许多的病人。

古越月慢慢地向前走，并向两侧的病房望去。

这些病床，这些病人，这一切，太熟悉了。在短短的时间内，古越月心中忽然闪现一个坚定的念头：以后如有机会，她要用自己手中的笔和纸记录下自己所看到的许多令人感动、令人心碎的故事，尽一个医生最后的绵薄之力，呼唤社会、呼唤人们对许多可怜的病人予以关注、支持。

已是下午一点多，古越月回到家中，把背包和书重重地放到桌面上，对先生说："退休了，今天人事科和科里都正式通知了，如不签约续聘，很可能几天之内就不能上班了。"过了一会儿，古越月又补了一句，"不过，科内已经留我了。"

"回来就回来嘛，到时间了嘛！都要退休的，干了这么多年，也该休息了。"古越月的先生安慰她。

古越月沉默着,没有说话。

“快吃饭吧,饭都凉了。”

先生忙从厨房中把几样菜端来放在桌上。古越月的先生也已退休,他有时在家中帮助做些家务。

这天,吃过晚饭,古越月坐在桌边思索了很久,她决定,还是留下来,在这个她十分热爱的医院中再干几年吧。

四个月后,转眼已是又一年的春末。

这天上午,古越月正在病区查房, 刚写好一个患者的治疗医嘱,忽然她感到白大衣口袋中手机在振动,是一条短信:“古越月你好,我们的老同学薛林病危,肝血管瘤破裂合并心肌梗死,极危,请转告江城其他同学。”短信是老同学唐敏从省城发来的。

唐敏在省城了?古越月心中有了疑问。

查完了病房,古越月记挂着薛林的病情,她来到走廊一处无人的地方,拨通了电话:“喂,唐敏!是我,古越月!”

电话中转来唐敏的声音:“越月,你好,我是唐敏,短信收到了吗?”

“收到了。你在省城?”

“对,我在省城,我退休了。你还在上班吧?”

“对,我还在上班,还比较忙,我也退休了,但没有离开医院。你怎么到了省城?看薛林?”

“哪里,我女儿前几年跳槽,到了省城一家民营医院。我在这儿帮她带孩子,做家务,每个星期有几天在社区卫生室帮忙。”唐敏在电话中告诉古越月。

“女儿结婚了?”古越月又问。

“嗯,女儿结婚了,还有了一个孩子,我儿子也在省城工作。”

“那太好了,我为你高兴。薛林生病了?很危险?说说怎么回事。”古越月又在电话中问。

“是冯祥打电话告诉我的,他让我通知一些同学,大家去看看他,听说病得很重……”唐敏在电话中简单地介绍了薛林的病情。

“我等会儿与在江城工作的几位同学联系一下，问问有谁愿意去省城，有些人不一定走得开。我争取去省城看看他，我和薛林以前很熟悉，关系还好……”古越月在电话中说。

“好，你来省城的话，打电话给我。”唐敏说。

“好！”

古越月放下电话，立即给江城的几位老同学转发了短信。中午的时候，老同学方医生来了电话：“越月，老同学，薛林怎么得了这么重的病？他才六十多岁呢。你听谁说的？”

“是省城唐敏发短信，后面又打电话说的。薛林前几年调到上海一家民营医院工作，家人不在身边，可能生活照顾上要差一些，听说工作很累，经常一天要做几台手术。”古越月在电话中说。

“我们医生这一行现在很不好做，又累，风险又大。既然有同学通知我们，我们是不是去看看他？”方医生是外科医生，也还在上班，他在电话中询问。

“好，我也有这打算。我还在上班，还很忙，星期天我休息，我们一块儿去吧。你给别的同学也打打招呼，困难的时候，大家去看看他，尽尽同学的情谊。”古越月说。

薛林的年龄还不大，他和古越月比较熟悉，以前经常有来往，古越月有些伤感，她与方医生在电话中说着。这几年，她已得知自己的好几位同学都不在了。

“好，那就定在星期天吧，这两天我再与别的同学联系一下。”方医生最后说。

“好。”

美国迈阿密郊区一栋别墅中。

处理完白天留下的全部工作后，柯华教授打开了自己的邮箱，他发现有一封从中国发来的邮件，是他最好的朋友冯祥发来的。

“柯华，告诉你一个不好的消息，我们的老同学薛林肝巨大血管瘤破裂合并心肌梗死，已上了两个支架病情仍未好转，很危险，命悬一线。你是世界知名专家，可有什么好办法，救他一命?”

看到这封 E-mail，柯华愣住了，他看了一下墙上的挂钟，已经是深夜十一点钟。

他走进卧室，妻子穆琴琴已经上床了。她穿着一件乳白色的薄睡衣，靠在床上看一本画报，很显然，她在等他。

“琴琴，刚才国内传来了一封邮件，是冯祥发来的，我们的老同学薛林病危。”柯华站在床边对妻子说。

“啊!”琴琴听到后，立即掀开被子从床上下来。

柯华陪着妻子又回到书房，俩人盯着电脑又仔细地看了一遍邮件。

“怎么这样呢? 薛林今年才六十三岁呢。”穆琴琴自言自语，她重重地呆坐在椅子上。

柯华知道妻子的心病，他忙下楼到厨房中为妻子冲了半杯咖啡，端到她的面前为她提神，并说:“别着急，现在国内医学发展也非常快，应该还会有办法。肝血管瘤一般不易破裂，如果意外地破裂了，也可以结扎或者肝切除，可以输血;心肌梗死如用支架撑不开，还可以做搭桥嘛。”

“你说得轻巧，你不知道国内的医生和我们这儿不一样? 他们工作很累。”

“他们累，我们就不累? 不过，我们的工作环境要比他们那儿好一点。”柯华说，“听说，国内医生遇到的医疗纠纷多。”

穆琴琴低头沉默不语。

柯华穿着一件深灰色带条纹的 T 恤，在书房内轻轻地踱步。

穆琴琴抬头看见书房另一端的另一台电脑，她的脑海中猛然浮现出从前在小河边与薛林最后分手的情景，眼泪很快从她的眼角渗出。她很难过，披衣离开了书房，走到楼下。

在这栋装饰比较豪华的独栋别墅的大厅中，依墙还放有一台电脑。大厅中央是一组价格昂贵的乳白色皮沙发，它的前方是大屏幕的彩电和木格子背景墙。现在这里只有她与柯华两个人居住,他们的一双儿女都已成家另立门户。和许多美国普通家庭一样,在这栋别墅侧面还有两个车库,别墅后面是一个小花园,花园外侧还有一条很小的河,河岸上是开满碎花的草地。

美国地广人稀,许多中产阶级的家庭都差不多。但是,在屋外的街道上,每一栋别墅的式样及构造都是不一样的。一样的房子,政府就不批准建造。迈阿密,这座美国南方海滨城市,它的环境很干净,海滩很优美,城市中到处是大量的绿色植被及一栋一栋的美丽别墅。今天,穆琴琴感到自己与柯华什么都拥有了。

看到妻子走到楼下,柯华在楼上踱了一会儿也下来了。他坐在妻子身边问:"你有什么想法?"

"我想,我们是不是回去看一看?你是这方面的专家,看看能不能帮上忙。"穆琴琴说。

"现在国内许多医院的心外科医生都能做心脏搭桥手术了,肝移植搞得好得很,我们去,他们不一定欢迎。"柯华说。

"你以前不是回去做过这类手术吗?"

"那时是那时,那时国内这方面手术还不行。现在不一样了,这几年国内医学发展得非常快。"柯华说。

"那我们就去看看,顺便也回家住几天。"穆琴琴有些想家了,她一边说,一边拿起放在茶几上的一个小相框看了看。照片上,他们一家四口正坐在一片开满碎花的草地上,背后的天空碧蓝。

柯华不作声了,他坐下来也陷入深深的沉思。他想起自己刚从国内出来那一段时间是多么困难啊,他拼命地用功,每天不停地看书、做手术,写出许多好论文,钻研、学习全世界最先进的肝胆外科方面的各项新进展新技术。他的努力没有白费,加上他的聪慧,很快,他的事业达到了巅峰状态。他用纯英文在多家著名的外国大杂志上发表了近百篇医学论文,拥有了别墅及好车。在工作中,他受到同行们的尊敬,享受着快乐及幸福,他庆幸自己终于走对了路。早在大学期间,当许多同学都在闹革命时,他就已偷偷地躲在角落里看英语了。他想,运动肯定是要结束的,多学些知识肯定不会是坏事。他打下的坚实外语基础,后来给自己帮了很大的忙。今天,他的英语如同汉语一样说得好,幸好想得远啊!

“我们是不是回去看看薛林?大家同学一场,也是难得的缘分。”穆琴琴停了一会儿又说。

“特地回国去看他?你说得轻巧,那可不是一件轻松的事,那要在天上飞十二个小时呢!”柯华说。

“这有什么难的?你前些年不是经常在中国、澳大利亚几个地方跑来跑去吗?”穆琴琴又说。

“那是工作需要!”柯华说。他想起那些年,自己年轻一些,正处在事业的顶峰,那时,他每月确实要数次打“飞的”到几个地方去讲课、去做手术、去研究、去开会。而且柯华的母亲弟妹们都在国内,他也常回去看他们,在天上飞来飞去是常有的事。

沉默了一会儿,柯华仔细想了想,他让步了:“让我想想,最近国内可有什么机会,我们好回去一下。”

柯华在网上看了一会儿,对妻子说:“我们准备一下,安排一下家中及工作,后天走吧。”

柯华夫妇俩商量后决定返回国内,去看看薛林这位老同学,争取尽点力,帮帮忙,或者去鼓励、安慰他一下。顺便,他俩也想趁此机会回去看看家中的亲人。

“很晚了,已经大半夜过去了,你还是抓紧时间上去睡一会吧。我稍微等一会儿再睡。”柯华安慰妻子后,又坐到电脑前准备回国的事情。

省城,周一上午。

东山医院手术室门外的大通道上聚集着许多人,他们是薛林的老同学和亲属。古越月和方医生也在其中,这是一群今天没有穿上白大衣的高年资医生,共九人,他们在得到信息后,匆匆地从各地赶来看望薛林,要在精神上为他撑一把劲。不仅是老同学们在想办法,医院领导及薛林的主管医生们也在竭尽全力挽救他的生命。同学们已获知,医院组织了全国最好的心外科专家,薛林的心脏搭桥手术正在里面进行。

手术已进行了很长时间,同学们都坐在外面的排椅上等待。许多年未见,老同学们在这种令人难过的场合相见,真是又高兴又焦急。大家相互热情地交谈着、握着手,询问着薛林的病情,询问着各自的情况。

冯祥来到古越月和方医生面前。许多年未见,古越月感到这位同学模样仍未变,黑黑的瘦瘦的脸,戴了副眼镜,只是头发有些花白。古越月问:“薛林怎么病成这样?主要问题在什么地方?”

“累的!”

冯祥接着说:“他下火车时,肝脏被一个铁杆撞了一下,肝上一个巨大血管瘤破了,抢救好转后又出现心梗,他的左侧冠状动脉狭窄达到60%,多支心脏小血管也发生病变,有左心功能不全,心力衰竭,两肺还有感染。他摊上了两种极其危险的重病……”听到冯祥说出一大串医学名词及术语,古越月就明白薛林这次有多悬了。

“这么危险,薛林这次难逃啊,看他的造化了。”古越月悄悄地对方医生说。

“如能平安下手术台,心脏血液循环改善了,术后加强抗感染,进行支持治疗,就还有希望,关键是要平安地下手术台。”方医生说。

老同学芸芸和唐敏来到古越月身边,紧张地握住古越月的手。古越月知道芸芸是薛林同一个班级的同学,古越月毕业后就没有再见到她。年轻时的芸芸是个很美的姑娘,有两条大辫子,能舞大刀并跳得一身好舞,在年级中是位很出色的姑娘。毕业后她嫁给了班长,在那个年代,她也选择了一位农民的儿子。古越月当年听到后,还曾为她的才华、美貌惋惜。今天的芸芸已有些发胖了,留着卷曲的短发,穿着一件式样新潮带披肩的灰上衣。古越月看见她的眼睛仍炯炯有神,还闪现着当年的风采。

“往事越千年,魏武挥鞭……”古越月望着芸芸的脸,学生时代的许多往事浮现在眼前,令古越月很感慨。

中午,九位同学在附近的一家餐馆简单地吃了一餐,又回到手术室门外继续等候。

下午三时许，终于有同学探得消息：手术已结束，基本上获得成功。

不一会儿，从手术室中出来一位大夫，他对大家说："手术已顺利结束，获得成功，下午将转往 ICU 观察，请大家回去休息。"

这位大夫是薛林的同事，医学同人，他知道，今天在手术室外有一群不寻常的人，他们都是薛林的老同学，他们是一群大夫。

薛林的爱人，焦虑及疲劳让她的短发显得十分凌乱，她瘦多了。这时，她和儿子也跑过来对大家深深地鞠躬，双手合十，表达了他们深深的谢意。古越月曾与薛林夫人见过一面，记得她姓欧阳。古越月忙跑上前去握住她的手说："欧阳医生，还记得我吗？我们见过面，在你家。"

"记得，记得。"欧阳医生忙说，她有一瞬间的停顿。

"你不要太着急，手术获得了成功！"古越月说。

"谢谢！谢谢！"

听到手术获得成功这个好消息后，大家都高兴地与欧阳医师告别并往外走。这时冯祥对大家说："我刚才得到一个消息，柯华和他的爱人穆琴琴也回来了，明天到达。"

"你怎么知道的？"古越月问。

"柯华妹妹给我发短信说的。"说完，冯祥打开手机让古越月等人看短信。

在这个医院的大门口，大家又简单地商量了一下，本市的同学准备回去，以后再来，古越月和另外几个同学这时都想见见柯华，他们打电话回去请假，或与家中人说一下，准备再留一两天，等柯华和穆琴琴。

"既然我们来了，干脆就再等一下吧，都是几十年未见面的老同学，趁此机会在一起聚一聚。真是很想念啊！"芸芸和方医生还有唐敏同时说。

周三，下午三时。

医院重症病房门外。

古越月和一大群同学都等在门外走廊上，他们在等柯华和他的爱人穆琴琴。并且，他们还希望，在下午家属探视时间时，争取派代表进到里面去看看薛林，与他见一面。这些同学除部分本市的外，其他的人都是专门从外地赶来的。

三时多一点，古越月看见冯祥领着两个人匆匆而来，她知道那两个人肯定是柯华与穆琴琴。

大家一拥而上，在前面的楼梯口边就与柯华夫妇俩握上手。

“柯华、穆琴琴，你们也来啦！”芸芸同时用两只手握住老同学夫妇俩的手。

“你们也来啦！我们上午刚到。”柯华说，“听说薛林已经做了手术，还好吧？”

“已经做了心脏搭桥手术，医生告诉我们，手术获得成功。”芸芸说。

“那太好了，我们高兴。”柯华、穆琴琴同声说。

“你好，你真是稀客，我们几十年都未见面了。”方医生上去用力地握住了柯华的手。

唐敏也跑上去握住柯华的手：“稀客，欢迎你！”

古越月也插上去与柯华夫妇俩握手并说：“柯华、穆琴琴，你俩好，真是稀客，我们也是几十年未见面了。”

“是的，我们还是80年代我在你们医院进修时见面的，快有三十年未见面了。你还在上班吗？”柯华说。

“我还在上班，现在搞血液内科。”古越月说，并认真地看了几眼今天的这个老同学。他已变得很厉害，大概由于过度地用脑，书写出许多篇高水平英语医学论文耗去了他的不少智慧，原先一头浓密的黑头发已悄悄地退至头顶，显露在眼前的是一个光亮的前额。古越月想，除了日常繁重的医疗工作，大量写作也是很伤人的。只有两只眼睛，此时仍炯炯有神，不失当年的风采。柯华今天穿了一套深灰色的休闲套装，浅蓝色的衬衣，系了领带，人很精神。他的夫人仍很优雅，一身浅灰色细羊毛衫，西裤，微卷的齐耳短发，白净的面孔，文雅风采依旧。

唉！条件不一样，生活也就不一样！古越月回首望了一眼其他的同学，发现不少同学都已显现出衰老的面容。古越月知道，在国内工作的医生,工作及生活很累,许多人背负着很大的压力。

而在美国,医疗纠纷是极少的,医生们在工作上很少有这方面的压力。

大家在门外交谈了一阵后,冯祥对大家说:“刚才我与欧阳医生和ICU协商,ICU考虑到我们都是薛林的老同学,从外地赶来,而且都是医学同行,决定破个例,利用现在的探视时间,让我们推举几个同学进去看一眼薛林。”

“好!”同学们一阵兴奋,一阵骚动。

“ICU一般是不让人探视的,薛林术后已经苏醒过来了,这两天神志清醒,精神还好。大家从那个边门进去,有个走廊,在那儿换上隔离衣再进去。”冯祥指挥安排大家,他是个本地通,十分热情。

“让外地来的同学先进去吧,我们本市的以后可以再来。”一位在省城工作的同学建议。

于是,柯华、穆琴琴,还有古越月、方医生、芸芸、唐敏六人获准分成两批进入ICU,每批五分钟。古越月陪柯华夫妇,还有冯祥首先进去。

进入ICU探视,一般是不允许的,又有一位大夫出来悄悄叮嘱大家:“破例,给你们面子,念及你们都是同行,念及薛林是我们的老师,你们轻点声!”

在ICU这间巨大病房中共放有四张床,薛林的床位正好在门边,大家悄悄地在床边站住。薛林,睁着眼,神志完全是清醒的,身上仍插了不少导管。柯华挥了一下手,示意大家不要说话。柯华低下身,拉着穆琴琴靠近前,低头对薛林说:“我是柯华,还有穆琴琴,我们特地从美国飞回来看你,还有古越月、芸芸、唐敏也来看你。你已脱离危险,会好起来的!”

薛林猛地睁大了眼睛。古越月看见薛林的嘴唇轻轻地动了几下,大概是鼻腔上插有氧气管,他没有说出声来。薛林的双眼这时很有光彩,他盯着柯华的脸紧紧地看了一会儿,又盯着穆琴琴的脸看了一会儿,有泪水从他的眼角渗出,并很快顺着面颊流了下来。

古越月看了很辛酸,他病得这么重。她忙走上前一步,按了一下薛林的手腕,低头在他耳边也说了一句:“别难过,要坚强,会好起来的。”

柯华握着薛林的手轻轻地说着鼓励薛林的话，古越月和冯祥静静地站在旁边望着他们。五分钟时间很快就到了，刚才那位引他们进来的年轻医生过来催他们走：

“好了，这儿不宜待太久，你们可以走了，让你们第二批同学进来也见见面吧。”

“你一定要坚强，一定要好起来，我们才六十多岁，我们俩也还要斗下去，你不能认输！”柯华再一次激励薛林，他握着薛林的手。

又有一串眼泪从薛林眼角渗出来，他用另一只手拉了一下氧气管，冯祥立即明白了他的意思，忙对站在边上的护士恳求说：“他大概想说话，麻烦你把他的氧气管暂时松一下。”

薛林在柯华即将离开床边时拉住他的手说：“很感激你这么多年还记得我，回来看我。听说你在那边搞得不错，你应该回来，做回中国人，再过几年，我们不会比老美差。”

简短的几句话，薛林吐字清晰。古越月明白，薛林以前是在为一个女人竞争，而现在，他已是在为一个国家，为自己的祖国而竞争了。

柯华说：“薛林，你说得好。你放心养病，等你再好点，我过几天再来看你，我们好好谈谈。”

“好，我们走吧。”柯华带领大家离开 ICU，剩下的同学中又推举了三位代表进去探望了。

古越月、芸芸、方医生等人明天将要返回各自的城市，晚上大家又在一家餐馆聚了一餐。

在省城各家医院的一些同学，外地这次来的同学，共有两大桌，不少同学是临时接到冯祥的电话而赶来的，不知是谁请的客，改革开放这么多年了，大家口袋中都有不少钱，钱早已不成问题。

许多同学围着柯华问长问短。上次同学会，柯华没有来，只发了一封邮件问候了大家。柯华是古越月这一届同学心目中一颗耀眼的明星，虽说出国并在国外站住脚跟的同学有好几位，但取得成就最明显的还是柯华！

“你现在还是每周在几个国家及地区间飞来飞去上课做手术吗?”唐敏笑着问柯华。同学们都知道,柯华前几年经常如一些国际大明星一样,在天上打“飞的”上班的。

“我现在年纪也大了,在天上跑要少一些。我带了好几位博士生,现在在网上给他们上课了。”柯华谦虚地说。

古越月坐在靠边的一张椅子上,默默地望着柯华与同学们进行交谈。古越月曾与柯华在一起近距离地工作过好长时间。那时,古越月并不太赞同他的一些看法,认为他专得太突出,不一定有很好的前途。可是,年轻的医学生们,谁会想得到后来会有改革开放呢?谁又会知道在改变了绝大多数土豪地主们的绝大部分私有财产后,又会允许个人单干,允许个人开店开公司,允许个人靠奋斗挣大钱发大财呢?这些都是不可想象的事。

这些年,年轻的共和国变化太多,让人们花了眼睛,看不清世界。古越月非常羡慕现在的年轻人,他们遇到了一个十分稳定的好时代,不但开放,而且稳定。

“柯华,你真了不起,听说在美国能成为医生很难,你搞得这么好,可打算回来?”芸芸心直口快,问话很尖锐。

“回来?前些年我也常回来,我母亲及弟弟妹妹都还在国内,他们不愿意跟我走,他们都有了自己的家,我可能还是要经常在中国、美国两地跑。”柯华回答。

“芸芸,你不知道?柯华前几年经常回来帮助国内专家做手术呢。”唐敏向芸芸解释。

“我是问他以后可想再回中国工作。”芸芸说,“我们中国过些年不一定比老美差。”

“这有点难,我已在美国扎下了根,我的儿子、女儿也都在美国安了家,再动,不是简单的事。再说,我也六十多岁了,国内现在肝胆外科也发展得很快,我不一定能找到一处适合我又需要我的地方工作,目前我还是两地经常跑跑、经常看看为好。”柯华说。

柯华喝了一口水,接着又笑着说:“现在国内发展得真快,许多在美的华人都被一个问题所困扰，那就是：回国呢？还是不回？许多人絮絮叨叨地说，都快成祥林嫂了。现在，许多华人每次回来时都激动万分，回去时则十分惆怅。因此，我们也在考虑，我们年纪也不小了，该考虑此事了。”柯华直率地说。

“再不回来，骨灰以后留在美国，以后清明没人看你，没人扫墓了。”有一位老同学坐在远处，突然冒了一句。

“出去了，还回来干什么？现在是什么年头？你还是用老眼光看问题，现在许多人把在中学读书的孩子都早早地送出去了。”老同学黄力立即驳斥，“今天可以讲，人人都想出国赴海外镀金，你这种观念还有用吗？人一辈子窝在一个地方，如井底之蛙，难得见世面，是没有出息的。”

同学们七嘴八舌有些尖锐地问话，这让古越月想到，难怪上次同学会，柯华未敢回来。柯华有不少家人在国内，探亲回国肯定是经常有的事，他肯定是悄悄地来悄悄地走。古越月想，柯华肯定是既想见大家，又害怕听大家尖锐的问话。

柯华今天已是一位真正的有钱的美籍华人了，他们的孩子已是第二代华裔美国人，以后他们的孙子也会很顺利地融入美国主流社会。柯华的最大理想今天已经实现了。古越月知道，在美国，许多华人主要是从事餐饮业或开小店开公司，他们要奋斗很多代才能融入美国主流社会。古越月想起自己有一个熟人，她的爱人和孩子去了美国，她奋斗了十几年，每年都去跑签证，才终于团聚。她如果留在国内，早就是教授、主任了。古越月对她的行为不理解，为什么要去美国呢？要知道你是东方人，在牛高马大的美国佬面前，你需要十二分地努力，做出很大的成绩才能被他们看重。

贫穷很可怕，早期因为家中极度贫穷，古越月也曾失去很多。今天，我们的祖国已经在东方崛起，许多的商人、演员、律师、医生……也都已住上了大房子，有沙发，有电脑，也有车了，与柯华他俩在美国的条件相比也差不了多少。

你特别特别优秀，这在美国你又算不了什么。柯华是了不起的，他是古越月那一批同学中奋斗成功的代表，但他与许多出国镀了金又返回祖国,为中华腾飞做出贡献的研究员、科学家相比,又算不得什么。

古越月坐在一旁,心中暗暗告诫柯华,请别忘了祖国,请别忘了陈嘉庚、钱学森、钱三强等人的例子,请不要忘了你从哪里来,没有祖国就没有你柯华。只要根在,回家的路就还在,你就不会迷茫,你就会对得起自己的良心。

古越月觉得,人生在达到了基本的温饱,有了幸福生活之后,最终的价值是让生命有意义,对社会、对祖国有贡献。

在冯祥的倡议下,许多同学一齐站起来,向柯华及他爱人穆琴琴敬酒,祝福他们,大家也为薛林的平安而干杯。

古越月又望着穆琴琴,她的年纪也不小了,却仍那么文静优雅,她真是个好女子。

聚餐结束后,许多同学手拉手,依依不舍地一同来到酒店大门外。面前就是一条十分繁华的街道,两侧店铺密集,人行道上川流不息的人群如潮水般一拨一拨地涌动。古越月已有几年未来省城了,她发现省城外围虽然大楼林立,市区内几条主街变化却并不太大,在晚上,有无数炫目的光芒汇集在一起,许多闪烁的车灯首尾相连,形成一条长长的蜿蜒滑动的闪光脊梁。就要分别了,柯华特地走过来与古越月又一次握手并说:“我回来一趟不容易,我还要再待几天,等薛林再好一点,我们还要去看他。”

“我明天回江城了,你走我就不送你了。欢迎你经常回来看看,希望以后还能有机会见到你。”古越月笑着说。

大家又一次握手告别,许多同学频频地回首观望。古越月明天回江城,今晚她准备到她的一个姑妈家去看看。她不想乘车,沿着人行道向城东走去,她回忆着晚上大家一起聚餐的情景,很感慨。这一次,她亲眼看到两个唱了一辈子对台戏的老冤家,终于穿越了以前无法逾越的情感山峰,在病房中见面和好的场景。没有了对手,他们可能就没有了动力。今天,薛林哭了,那是感激的泪水,还是欢喜的泪水?抑或是屡战屡败的伤心泪水?

人生犹如马蹄铁,磨灭方休!这是现在许多中国人的生存状态,他们已不缺吃不缺穿，但他们的中国心、他们的性格、他们的意志决定了他们就是这样。中华民族是个非常勤劳的民族，许多人在困苦的生活中奋斗了一生，古越月和她的许多同学，乃至他们这一代人，到现在也没有歇着。他们中间的许多人为中华腾飞默默地做出了许多贡献。

竞争，努力，是永无休止的，甚至是残酷的，最后一个人倒下，理想也不会倒下。

有一点是明确的，那就是，我们都已不再年轻，在生命的黄昏中，有些往事该画上一个句号了。

古越月深深地感到，初恋的伤害许多是沉重的、很难治疗好的，心伤一生不快乐，常常也是终生的。现在的花花世界，每天都在上演着许多这类故事。

在写这本书时，古越月想在此说上一句，小伙子、小姑娘们，初恋是珍贵的，常常是很真诚的感情，请珍惜！往往你的一个不小心，或一个任性，或一个无意无所谓的选择，对他人的伤害却是永远的，有时会毁掉一个人的半生乃至一辈子，这在社会中是真实存在的。

■ 第二十九章　你的眼球像金子一样黄

搬到新的内科病房大楼后，医院的医疗秩序及各项措施进一步正规化、高端化，大量的病历要书写、更改，工作也越来越忙。每天上午，古越月刚上班时还感到精力充沛，可是到了中午下班时人就开始乏软。她经常一出医院大门就感到很疲乏，撑到家门口上楼时，两腿都瑟瑟发抖。因此，她很讨厌烧饭，经常在途中或家门口排档上买快餐，烧两个菜，端着一个大锅下些面条，很快地解决中餐后，她便急急地上床睡一会儿，运动更是谈不上。

这天傍晚下班后，古越月进门就放下提包，钻进厨房准备拿锅上街去买面。忽然，她看见灶上已经坐了一个砂锅，忙掀开看看，是一锅汤，鲜美的肉味飘过来。这时先生听见动静忙从里屋出来。古越月很惊讶："你炖汤了？"

"我今天下午出去散步，路过市场，买了些肉，回来得早，就炖了一锅汤，你尝尝味道可好。"先生说着，伸手从灶上端下锅放到了饭桌上。

"什么汤？"古越月问。古越月的先生一年前出差去外地，受了一次大伤，病了半年，伤后身体一直欠佳，能一个人在家炖出汤很不易。

"萝卜炖排骨。"

"啊，那很好，不过，我不能多吃。这几天我胃部不舒服，上腹部痛已经好几天了。"

"那少喝一点吧。"先生很殷勤地为夫人盛了一碗汤。最近很长一段时间，家中只有两个人，女儿到江苏读书去了，儿子也已结婚成立家庭，并有了一个小男孩，他们单独开灶烧饭另立门户走了。

汤的味道很鲜美，古越月吃了一小碗饭，又喝了半碗汤。饭后不久，她又感到了上腹部胀得很，看了一会儿电视，便准备到小房间早早地睡了。

“明天，我全天二线班，上午还要查病房，我先睡了。”古越月与先生打招呼。

刚躺下不久，古越月感到上腹部胀得更厉害，她把身子朝右边侧卧睡，希望这样胃部能早点排空，腹胀能好点。可过了好久，她仍睡不着，就干脆面朝上伸直了身子。这时她感到上腹部在胸骨剑突下出现了一种牵扯性的阵阵疼痛，难以忍受。十几年来，古越月一直很健康，她从未生过病。她坚持了一会儿，感到自己可能是生病了，忙爬起来，在抽屉内找药。她吃下了左氧沙星、胆酸钠、奥美拉唑三种药，又躺下。也不知是什么时候，她睡着了。

天亮时，她感觉自己好了。

先生正在厨房烧水，问她：“胃痛可好些了？”

“好多了，已经不痛了。”

匆忙梳洗后，古越月收拾好上班要用的提包，准备出门。在厨房门口，她对先生说：“今天二线班二十四小时，上午要查房，我中午就不回来了。冰箱内有现成的饭，还有汤，你热一热，一个人慢慢地搞吧，照顾好自己。”

“我行，你放心。”

“明天上午我还要接着上门诊。今天傍晚，我抽时间回来一下吧，你给我煮点稀饭，我回来吃。”古越月在房门口停了一下，想了想，又说了几句。

“好。”

古越月早早地到达医院后门口，买了一份蒸麦面，吃完以后，刚好到点，同事们纷纷来上班。上午八时半，在开完病区简单的工作早会后，例行的病房医疗查房开始了。在这间面积约二十平方米的长方形办公室中，拥挤了许多忙碌的医生、护士，桌上摆放着许多大小不等的检查单，许多的病历已被实习医生提前拿来堆放在办公桌上。

有几位医生正在荧光屏读片灯下分析一位患者的两张胸片，古越月在旁边也看了一会儿。接着，她带着自己治疗组的几位进修、实习医生在大方桌的一角围成一圈坐下。

所有的病历都被一本一本缓慢地认真地看过。上午十时多，古越月又感到上腹部疼痛，她坚持着查完了病房，其间疼痛一阵紧于一阵。古越月决定赶快挂一点水，以免耽误工作。她知道医生的各级岗位是一个萝卜填一个坑，都是固定死的，临时去找一个医生来代班是很麻烦的。

在值班室，古越月输完液后，感觉又好多了。傍晚的时候，她抓紧时间回去吃稀饭。

到家后，先生把煮好的稀饭端出来，问她："胃痛可好些了？"

"好些了，但是今天上午又发了，疼痛很厉害，我中午在医院还挂了水，恐怕不是胃病了。我上次体检发现胆囊有两块小石头，很可能是胆囊发炎了。"古越月一边喝稀饭吃榨菜，一边与先生说。

"你查一下胃镜不就清楚了吗？"

"我怕那东西，我不想查，再看看吧。"古越月说。她想，那么长的一根管子插进食道，肯定很难受，不到万不得已还是不查为好。

吃完稀饭，晚上八点，古越月又回到医院。

上半夜还好，古越月到各个病区、门诊、急诊都转了一圈，以便及时解决需要协助处理的一些麻烦问题，然后她回到病区查看了自己分管的几个较重病人的病历，还好，这天晚上几个病区及门诊、急诊都相安无事。下半夜，古越月在值班室睡下了，也不知是什么时候，睡梦中翻了一个身的古越月又被上腹部的疼痛弄醒了。

那疼痛仍在上腹部剑突的下方，这次古越月已能肯定是胆囊的问题，而不是胃痛。

她穿衣起床，已经是凌晨五时。她找出放在自己抽屉内的静脉输液，对值班的护士说："你要给病人抽血了吧？"

"还有一会儿。"

"我胆结石病犯了，现在痛得很厉害，麻烦你给我输点液吧，我上午还要去上专家门诊呢。"

"行，你到值班室去躺着，我马上给你输。"值班护士是位很美丽、很热情的女孩，她接过古越月递给她的药热情地说。

病因已经很明确了。古越月给自己安排了两组输液，一组左氧沙星，一组阿米卡星，她要把胆囊炎压下去，因为她上午必须上完门诊才能下班休息。

古越月半躺在值班床上，望着药水一滴一滴地往下滴。天渐渐亮了，古越月听到了远处海关大钟敲了六下。六点了，走廊上有咔嚓、咔嚓的轻微声音传过来，那是一位每天清晨进行消毒的工人正在走廊上喷洒消毒药水，淡淡的药味很难闻。门被轻轻地推开，值班的工人悄悄地进来拿水瓶去开水间打水，看见古越月醒着未睡，忙打招呼："古主任，你怎么啦？你不舒服？"

"胆囊炎犯了，麻烦你去十二床看一下病人在不在，十二床病人叫李双，如果在，你让她到我这儿来一下。"

"好。"

不一会儿李双就来了，她三十多岁，一头细软的黑发扎在脑后，白净的面孔显得很清秀。她站在床边惊讶地说："古主任，你也输液，你病啦？"李双是古越月的老病人，她患免疫性血小板减少性紫癜已好多年，疗效虽还好，但这毛病易时常发作，她常来找古越月看病。由于经常见面，这对医患之间已混得很熟。

"医生也是人，怎能不生病？只是医生生病自己治疗自己。"古越月笑了。

"你现在没事吧？"古越月问她。

"没事。"

"那好，那边桌子上有一个瓷盆，麻烦你等会儿帮我用水冲一下，到食堂二楼给我买二两稀饭，饭票就在碗底下。早上病房中护士、工人都很忙，我不方便麻烦他们。"

"好。"李双听到后拿了饭碗就走了。

一会儿，古越月一边输液一边接过李双递过来的稀饭。她把碗放在床边的凳子上，谢过李双后，侧着身子开始喝稀饭。

“你走吧，谢谢你了。”古越月说。

“我现在没有事，我在这门边站一会儿，帮你望着输液，你慢慢吃吧。”

“那好，那桌边有个椅子，你就进来坐一会儿吧。”

古越月一边吃稀饭，一边问李双：“你好些了吧？”这一次李双未住在古越月一组。

“血小板长了一点，可能还要住几天。”

“这一次怎么就你一个人来啦？”古越月问。

“我家那位现在还不知在哪儿鬼混。提起他，我还真不知道怎么办才好，古医生，你帮我出出主意。”李双很信任古越月，不把她当外人，对她说了心中的烦恼。

“你家先生以前不是很好的吗？”古越月多次见过李双的先生，知道他有一份很不错的工作。

“我现在不常在家，他就变了。”李双说。

“你现在在干什么？”

“我现在在镇上陪孩子读书。”李双说。

“那你现在最好还是忍着，现在社会比较开放，天天电视上放的都是乱七八糟的男女关系，三角、四角恋情到处都是，许多人跟着学，以为是时尚。你装作不知道，他不会把你怎么样，可从侧面劝劝他。一旦揭穿，肯定是吵，结果很可能是离婚，家也就散了。家庭散了，你孩子怎么办呢？那要受很大影响的。”古越月很同情李双，为她分析。

“古医生，你说得对，我也曾这么想，这事看样子只能慢慢地处理了。”李双说。

李双一边与古越月说着心中的烦恼，一边看着古越月把输液输完，她喊来护士拔了针头才离去。

“谢谢你了，李双。”古越月说。

上午八时整，古越月穿好工作服准时坐在专家门诊的座位上，等待第一位就诊的病人。

古越月看好几个病人后又感到上腹部疼痛，牵扯样的阵痛，在心窝处。她看看时间，刚好又是上午十点，她想再撑一会儿，等到十一点半下班，就问在门外走廊上巡视的护士："外面还有没有病人？"

这位护士听到问话，忙跑进来，当她靠近古越月的桌边时立即惊讶地大声说："古医生，你的眼球黄灿灿的，你怎么啦？"

"哦，你说我的眼睛是黄的？"

"是的，巩膜很黄，像金子一样黄！"

古越月心中一抖，知道问题大了。她站起身来，来到护士值班室，门后面有一个小小的方镜子，那是护士们每天用来戴帽子的。古越月拿起镜子仔细地看了看，发现自己的双眼巩膜重度黄染，真如同金子般黄灿灿的。

在隔壁工作的护士长闻讯忙过来关切地问："古主任，你的眼睛这么黄，你不能再上班了。我把你停号吧，你赶快去查查！"

"好吧，谢谢你。"古越月只好说。

"有病人未处理完吗？"护士长问。

"没有。"

护士热情地陪古越月到门诊检验室急抽了血常规、肝功能，古越月又给前面的B超室打电话咨询，她准备中午不进食了，下午去做肝胆B超。

下午三时多，中午已禁食的古越月做了肝胆B超，检查发现有一块不小的结石正好卡在她的胆囊颈部，胆汁排泄不畅，所以她的巩膜黄了，胆囊明显增大并有急性炎症。检查结果出来了，没有其他更为严重的情况，古越月一颗悬着的心稍微放下了。她暗暗庆幸，还好，这些问题都是能解决的。

古越月不想挨一刀，她害怕手术。接下来，她到消化内科去就诊，到外科去咨询。

一位资深的肝胆外科主任告诉她："你的胆囊要立即做手术治疗。"

"我不想做手术，我想内科保守治疗，可行？"古越月试探性地与外科主任商量。

"你的黄疸这么深，黄疸指数达到120单位，转氨酶达到600多单位，白细胞也高达2万,用药压下来要一周时间。而且,你这种情况不宜用腹腔镜摘除胆囊,以后也还是要手术的。”外科主任分析给古越月听。

这样前后一拖要耽误很长时间,检查出来的数字很吓人,古越月听到后,心中很不安,她不知道自己当时怎么还在上班。她说:“那就做手术摘除吧,安排在明天、后天都行。”

“最好今天,现在就要做手术。你的胆囊炎症很厉害,胆囊已经变得很薄了,拖过今晚,可能就要再等一周,要等炎症控制住了才能做手术。”外科大夫说。

“检查结果是有点吓人,你目前的身体状况还好,不要紧张,术后用药后,很快会恢复正常。”外科大夫进一步安慰说。

“啊,今天要做手术,那我家中临时可没有人陪我。”古越月说。她知道,现在只有先生一个人在家,他大伤刚愈,行动不便,两个孩子,一个在外省,一个江南大山中出差,都不在身边。

此时,古越月仍穿着医生工作服,这种在上班时突然出现的情况,让古越月措手不及,她非常矛盾,非常犹豫,不知如何是好。

“你就今天晚上做手术吧,我们帮你办手续,你自己是医生,还不知道?怎么轮到自己就拿不定主意了?拖过今晚就一时开不了了,胆囊如果拖破了,造成急性腹膜炎,后果更严重呢,你不要再犹豫了。”同时陪伴古越月来咨询的消化科主任,关心又诚挚地劝古越月。

这位消化内科主任与古越月已共事多年,是一位经验丰富的消化内科专家,她很热情。

“好吧,那我今天就做手术了,我马上办手续,麻烦你们了。”古越月说,担心与忧虑使她说话的声音低了下来。

“拜托你了,麻烦你费心了,主任!”消化内科主任又一次对外科主任说。

“你们放心!不用害怕!”外科主任说,“你们回去准备一下,手术晚上进行,我们马上安排。”

看见两位医生同行为自己在操心,古越月心中充满感动:“谢谢你,就听你的吧，你给我做主。”

古越月知道这位外科知名大夫的手术做得很好，在医院中他有很好的业务美名，很多年前，古越月就听说他的手术视野做得干净，业务精细。不仅如此，他还是个中年帅哥。他中等身材，不胖，长圆形的脸上有一对明亮灵活的大眼睛。古越月对他的印象一直很好，有两次医院组织旅游，古越月都与他分在一起，曾遇到他的爱人，古越月对他的医术十分放心。

接下来，古越月抓紧时间到科内去请假，去停门诊工作，去病区交代主管医疗组一些病人的医疗治疗，去给自己办住院手续，及进行一些术前的抽血检查。一切都办好后，在进入手术室前，古越月给自己的先生及两个弟妹打了电话，她请自己的先生放心，请弟妹们在手术结束后，在手术室门口接自己。

就要进手术室了，古越月的科主任和消化内科主任都关切地陪送古越月到手术室门口。

“你放心，不要怕，都说好了。”两位陪伴的主任说。

进了这道门，后面，古越月是一个人了。她脱去工作服，由于未能有时间回去换衣服，她上身穿了一件淡绿色带红花的混纺锦绸上衣，睡到推车上以后，古越月感到这件衣服裹在身上很不舒服。

古越月为自己签了字，躺到了手术台上。一大排医生、护士已换好衣服围站在她的身边，他们都是古越月的同事，古越月有些不好意思。她想到自己做了几十年的医生，现在身边却一个亲属也没有，就去进行手术，她的心中有点难过。

就要麻醉了，麻醉师一张很熟悉的脸，古越月与他经常见面。他拿着注射器进行前，弯着腰亲切地低声地对古越月说：“不要怕！”

一瞬间，古越月的双眼灌满了泪水。

很快，古越月什么都不知道了。

“古医生！古医生！”

好像有人在呼喊。古越月似乎在梦中，她清晰地看见在天空的中部及西边站有两大排人，他们并排地站在半空中，如同电影中的天兵天将，有许多人快速地向东边跑去，在遥远的东边天空，那儿似乎可以看到一丝微弱的光亮。

古越月用了一下力，醒过来了。幽幽的灯光下，她发现自己已被移至苏醒观察室，一位妹妹正坐在自己的身边，还有两位弟妹正站在观察室门口。外科主任亲切地站在她身边说：“你醒啦？你尽量不要睡。”他还对坐在床边的古越月妹妹说，“夜里你要多喊她，不能让她睡。”

“你身上的这件上衣太小了，捆在身上，你怎么未换衣服就手术了？”外科主任走后，坐在床边的妹妹问古越月。

“来不及，是急诊，必须立即进行。”古越月知道是自己最近太累所造成的。

“明天我给你做两件布褂子可好？”

“好，谢谢你。”有泪水从眼角渗出。

两个人交谈停止后，古越月又沉沉地睡去。这次她看见在医院病房大楼很深的地方，那儿的病房水泥天花板很低矮，在外面的一间病房中，地面上堆满了杂乱的被褥，有几个病危的病人正躺在地上，不远处还停有一具尸体。

她又听到了呼叫声，被惊醒。虽然刚才做了噩梦，她知道，那是因为自己是医生，常常见到许多死亡。人的两只眼睛就是一个双镜头的摄像机，而人的大脑则是一个神奇的贮存器，记忆和梦都是由它们产生的。

古越月又一次沉沉地睡去。

这一次，古越月看见内科病房大楼与医院那栋黑色的病房大楼连接在一起，两栋大楼都变得十分高大。古越月坐着很深的电梯直通到黑色病房楼很深很深的楼底下，在那儿，有许多迷宫样的长方块状病房。古越月在楼道中奔跑着，她在一些穿着白色工作服的医务人员的指引下，楼上楼下地寻找着，她想走出来，回到内科大楼，却总是寻找不到正确的楼梯出口。

她又一次听到了妹妹的叫声，这次醒来，梦境清晰。这个梦她做过很多次，每次都在同一个地点，她陷入沉思，不明白为什么自己会多次做同一个梦。

第二天凌晨。

古越月躺在病床上，她已完全清醒了，看见窗外楼房上空渐渐泛出淡淡的青色，渐渐地清晰透亮起来，东边的天空有一些灰红色的云层，有一抹玫瑰红镶在云的边缘。清醒后的古越月发现自己这次手术范围很不小，她被上了“T”形管，还做了胆汁引流，一条软管和一个塑料袋就挂在床边，这个袋子将要带在古越月身边观察引流胆汁很多天，以便让沙子尽量地排净。胆汁排泄引出体外后，它会让人的消化功能大大减低，让人见到食物就感觉恶心、呕吐，并造成进食明显地减少。

躺在床上不能动，古越月很后悔，她觉得自己太不关心自己，让身体吃了大亏。

接近中午的时候，科内许多同志都来看古越月，医院中的五位院长也都来看她。领头的院长很年轻，是一位从基层大山中一步一步走出来的年轻干部，他还没有养成常见的令人讨厌的官架子，平时对员工们很客气，也很随和。他到任后不久，就大刀阔斧，把一座有许多闲置空房的行政高楼改造成内科病房大楼，从而缓解了医院病床特别紧张的困难局面，他为医院做了一件大好事。古越月对这位院长印象很好。

半下午，外科主任又来看古越月，对她说：“昨天晚上，你幸亏做了手术，打开腹腔后，发现你的胆囊膨胀得很大，马上就要胀破了。”

“是吗？”古越月听到后为自己庆幸。

外科主任眼中流露出关切的目光，恳切地说：“是的！”古越月心中很感谢这位大夫在自己很难的时刻为自己拿定了主意。

古越月这时心中很奇怪，这么重的阻黄，昨天上午，自己竟然还能把整个门诊班上完了。自己有很准确的诊断、坚决而立即的行动，问题也就迅速地解决，这就是自己做医生的好处！

古越月是在工作岗位上病倒的，出于关心，第三天又有两位院长第二次来看了她。这让古越月心中很感动，很温暖，她的一颗受伤的心受到了抚慰，因为大家都明白：医生这一行实在是太累太难了。

手术后，经过“T”形管的持续引流及消炎保肝治疗，古越月的肝功转氨酶及胆红素逐渐地恢复了正常。创口长好以后，古越月立即又回到了繁忙的医疗工作岗位。

第三十章　很罕见的病例，你得救了

“古主任，有人找你！”办公室的门被推开，有人朝室内说。

古越月带领医疗组的医生们正在查房，她听见喊声，抬头看见护士长站在门口喊自己，忙站起身来。在医生办公室门外的墙根上，有一男一女从两边扶着一个青年站在那里。古越月仔细一看，认出这三人是自己一位远房亲戚家的几个孩子，他们平时见面很少。

“哟，是你们，怎么来啦？”古越月对护士长点点头，谢过护士长，她亲热地问这几个人。

“大表姐，我们来找你有事。”说完，为首的那位大姐松开扶着那个青年的手臂，拉住古越月白大衣的袖子把她扯到一边，走到办公室前面的转弯处，对古越月说：

“表姐，我家老三病了，发热咳嗽二十多天了，前些日子在一家大医院找一位老专家看了，摄了胸片，查了彩超，发现老三的肝脏上有许多团块状阴影，肺部还有感染，诊断为转移性肿瘤，劝我们赶快到省里大医院去治疗。我们去了省里大医院又找老专家看了，查了腹部CT，也显示他的肝脏有多发性小块圆形占位阴影，腹膜后还有淋巴结肿大，也诊断为肝脏转移性肿瘤。医生说，病灶已经转移散开了，又建议我们回当地治疗。大表姐，我家老三一直没有正式的工作，到处打工为生，也没有攒下什么钱，我们只好又把他从省里带回来了。我父亲年纪很大了，行动很不方便，现在他们父子俩一老一病太可怜了。我们想了很久，才想起了你，希望能在你们医院暂时治疗一段时间看看，希望他能改善一些，少受些痛苦。我弟弟现在天天在发热，血液也不好。”

“他的血液怎么不好？”古越月听完表妹的详细述说，马上追问。

“他的白细胞很高，有2万多，医生说，老三的血液中有形态不正常的细胞。”表妹回答。

“那你们把他扶到那边的另外一间办公室吧，我要先看一下，再决定是否收到我们这一科。”古越月说。

三个人慢慢地来到小办公室，让病人坐下。古越月仔细地查看了老三。他病得十分厉害，黑黑的长圆脸，一头乱发，呼吸很急促，双眼无力地半睁着，两片显得较厚的嘴唇是张开的，有紫绀缺氧。他的心率很快，心音低钝，两肺有大范围的湿罗音。他的心脏功能不好，显示他有左心衰。

“他的病历材料都带来了吗？”古越月问。

“都带来了。”那位大姐说完递上了一沓病历材料，“这是省里检查的材料。”

古越月接过病历检查材料，从中可以看出，结论已比较明确，老三的肝脏上有多发性不大的圆形、性质不明的阴影，肺部还有感染，CT诊断已考虑为转移性肿瘤。他的血液不仅白细胞很高，还有一些形态不明的细胞。

古越月看完全部病历材料后说：“我院肿瘤科床位很紧，暂时无法收你弟弟进去，他的血液确实也有问题，也需要检查明确。老三可以暂时住我们科，先在走廊加床，等下午有床位空出来再转进去，先住几天，抓紧治疗。在我们医院也还需要进行检查，确定一下省里的诊断，再次确诊后如你们愿意化疗，再转到肿瘤科进行治疗。”

“好，那就这样，谢谢你帮忙。”古越月仔细的分析及安排，让这位表妹松了一口气。表妹高高的个子，穿着一件浅白色碎花的长袖衫，剪着短发，白白的圆脸上，这时露出一丝笑容。

“我给你们开一张入院证，去办手续吧。有医保吗？带了多少钱？”

“带了三千块钱，我弟弟买了小医保。”

“你弟弟不知道病情吧？”古越月又问。

“他知道一点，但不知道问题这么重，有些材料未给他看。”

“不要告诉他，他的病情很重。”古越月叮嘱。说完，古越月来到护士站，请护士长安排。“这个病人就先收到我这一组吧。”古越月说。

古越月回到大办公室，看了一下表，已经是上午十时多了。她对本组的一位主治医师说：“刚才我收了一个病人，是我家的一位远房亲戚，很重，省里的医院已考虑为晚期转移性肿瘤，肺部有感染，还有心衰，他的血液也有问题，需要进一步检查确定。等会儿办好入院手续后，你先把病人接下来吧，我带其他医生继续查病房，看其他病人。”

说完，古越月又坐下，继续看病历下医嘱。

一个小时后，当古越月带领全组医生查完病房回到办公室时，那位主治医生也已看好新收的病人老三。古越月问：“看完了吗？医嘱开了吗？”

“看过了，这个病人确实有心衰，他睡不下来，医嘱还未开。”

“这个病人很重，要马上给他吸氧，上监护，半卧位，下病重通知。等会儿你去护士站看看今天下午可有病人出院，争取让这个病人早点转进病房。病人在省城已摄片，肺部有感染，白细胞很高，先消炎，马上给他推半支西地兰吧，以改善心脏情况。胸腹部CT、心脏彩超、血液等主要项目都需要再次复查，检查单今天都要开出去。”古越月叮嘱主治医师说。

中午下班回家，古越月推门进屋，看见先生端着一只小碗正在桌边喂老猫乌云。先生回头看见古越月进门，就说：“我上午买了一些鱼，我给乌云吃只鱼尾巴，让它也加加餐。”这只老猫看见古越月进门，竟然立即乖巧地跑到她的脚边，喵喵地朝她叫起来，与她打招呼。

这只乖巧的老猫，是古越月家的宠物，在她家生活已有不少年头。那年一天，古越月清早下夜班，特地先绕到娘家去看看父亲。在街巷口一个角落里，她听到了几声低弱的猫的悲切叫声，走近一看，是一只很小的弃猫，不知是谁扔在这儿的，古越月心中有些不忍。在乡下先生的老家，先生的一个妹妹养了好几只大猫，古越月很喜欢那些猫。她弯下身，用报纸把这只猫带回了娘家，养了些日子才发现，这只猫还是个很罕见的品种：当这只猫昂首坐立时，可以见到从猫的头顶到脊背是一条很宽的乌黑的毛带并一直延伸至猫尾，而脊柱背部以下，猫的腹部及四肢却全是一片白色的软毛覆盖，没有一点杂毛。古和子对女儿说：“这个猫是个好品种，它的名字应该是‘乌云盖雪’呢。”古越月后来就给这猫起了个名字叫“乌云”。有好几次，古越月推门进娘家看父亲，都发现这只猫竟然大胆地坐在看报纸的父亲肩头上，古越月见到大喝一声：“乌云，大胆！”这只猫立即如箭一样从父亲的肩头跑下来，逃之夭夭。这只猫真漂亮，真可爱，古越月很喜欢它，后来就把它洗干净带回来养着。

古越月在小桌上放下提包，把猫抱在腿上轻轻地抚摸着它的脊背，对先生说：“上午表妹家姐弟三人来医院找我，表弟老三生病了，病情很重呢，可能是晚期肿瘤，我把他收到病房中。”

“这位表弟的奶奶以前对我们很不错呢，你要想办法帮帮忙。我要不要去病房看看他？”先生一边说，一边把饭菜端上桌，“吃饭吧！今天有鱼有汤。”

古越月放下了猫，她一边去厨房洗手，一边说：“你不用去了，我会尽量帮助他。他是病人，我是医生，不是亲戚，我也要想办法救他。”

两天后，这天上午，古越月上专家门诊，下班回到办公室后，她仍不放心，抓紧时间去病房看老三，他已转进病房，并已能躺下。今天，他的情况已有所好转，他的眼睛已能睁开，古越月发现她的这位表弟眼睛很大。

“你好些了吧？”古越月问。

“心中的难受好些了。”

“还发热吗？咳嗽可好点？”

“还有咳嗽，也还有些发热。”

“住在这里你就不要着急了，这两天CT、彩超都去查了吗？”

“都去查了。”

古越月仔细地听了他的肺部及心脏，他的心率有所下降，肺部仍有明显的湿罗音，他的腹部平软，肝脏肋下未扪及，也无压痛。古越月又去办公室看了他的检查材料，他的腹部CT显示他的肝脏确实有一些边界模糊的不大的圆形或类圆形的阴影，他的胸部CT显示他的两肺都有感染，尤其右下肺感染很厉害。

下午上班，古越月找到了主治医师，对老三的治疗进一步进行调整，更换了抗生素，并加强了支持治疗。古越月叮嘱说："这个病人肺部炎症很厉害，肝脏确实有不明原因的占位。等他情况再好点，能自己走动时，还要给他仔细检查一下胃肠，找一找是否有原发病灶，做个骨穿，排除一下血液系统的肿瘤性疾病。"

老三的病情在医生们的精心治疗下有了明显改善，他的姐姐也已感觉到她的这个弟弟病情有了好转，看到了希望。

这天上午，古越月的工作很忙，查完病房后科内又有会诊，全部医嘱单下完后，已经很晚了。想到下午还要去上门诊，古越月中午在食堂买了一份工作餐，回到办公室一边看报纸一边吃饭。老三的大姐前来送汤，路过办公室看见古越月正在吃饭，忙进来说："古医生，我弟弟的病这几天明显好多了，不知道他的病是不是癌？"

古越月说："暂时还不能完全确定。他的病目前是好多了，这是因为他的肺部感染被控制住了，他的心力衰竭好转了，所以，他不发热，能睡下了，眼睛也能睁大了。后面再等一段时间，还要复查 CT，看他肝脏上的那些可疑占位是否能消失，还要查查胃肠，这样问题才能最后搞清。"

古越月的话，让老三的家人信心大增，几位家人又再次凑了些钱送到了医院。

又过了两周，这天古越月到病房查房，发现老三状态明显改善。他站在两床之间的空当中，正在和旁边的病人大声说话。看见古越月一行医生进来，他忙跑到床上老实地躺下，咧着大嘴朝医生们笑。古越月很高兴，对他说："你真是好多了，肺部复查，肺炎已经好了，心力衰竭也好了，胃肠检查也没有发现什么问题。近日吃饭怎么样？还咳吗？你以前有高血压吗？"

"一点都不咳了。我以前没有高血压病。这几天我很能吃呢！"

"你姐姐呢？你父亲有高血压病吗？"

"我姐姐回去烧饭了，她每天给我送饭送汤，我现在一个人就行了。我父亲有高血压病已很多年了，一直在吃药。"

“你姐姐来了，叫她下午到我办公室来找我。”古越月说。

下午古越月上班后不久，老三的姐姐来找古越月。古越月对她说：“你弟弟的病已明显好多了，复查CT他肝上那些可疑的模糊阴影还有一些，但很难定为转移癌。他的肿瘤指标几个主项都是正常的；他的全身上下都找遍了，也没有找到确切的原发肿瘤病灶；他的骨髓也是好的，白细胞已经降下来了；他血液中那些形态不正常的细胞也消失了。他不是骨髓瘤、白血病，也不是淋巴瘤，胃肠也是好的，血压也正常了，准备安排你弟弟出院了。出院后再过一到两个月，你再带他来复查一次肝脏CT。目前我们考虑，他肝脏上的那些变化可能是右下肺严重的炎症拖累所致的一种炎性变化，肝脏在右上腹部，与右下肺靠得很近，只是，你弟弟的肝脏一点都不痛，真是一个奇怪的病例，十分少见。这种情况，我以前也遇到过一例，那是我一位高中同学的爱人，当时，她被诊断为肝癌。那同学家中比较困难，已准备放弃，来找我商量。我鼓励他，劝他先借点钱带自己的爱人去上海。在上海，消炎治疗后，他的爱人被确诊为肝脏多发性囊肿合并炎症。后来，这位同学的爱人康复了。此后，这位老同学每次见到我，都很客气地对我说感激的话呢。”

“好，真谢谢你这么仔细地告诉我，我弟弟这次可能也是得救了。”

“你家经济不宽裕，又是自费，就早点出院吧。隔一段时间再来复查一次CT，问题就清楚了，这样会省下不少钱。还来找我。”古越月说。

“好，那真谢谢你了。”大姐表示了同意。

两天后，古越月安排老三出院了。他的哥哥也来了。全部手续办好后，古越月送他们姐弟三人到病房大门口。分手时，古越月笑着对老三说：“你很幸运呢，很罕见的病例，你得救了！”

“古主任，我知道的，真谢谢你！”老三站在大门口咧着嘴笑着对古越月说。

“现在，你的病情可以告诉你了，出院以后，要经常注意血压的变化，详细情况，回去问你姐姐吧。”古越月也高兴地说。

姐弟三人拿着出院的一些物品，与古越月挥手告别。

老三和他的姐姐再也没有到医院来,他们没有按照约定来医院进行肝脏 CT 复查,古越月知道他们是不舍得再花钱了。两年后,在一个亲戚的婚宴上,古越月再次与他们姐弟三人遇到。那天,古越月先生家另一位表亲的孩子结婚。盛大的婚宴大厅中装饰得十分华丽,新郎、新娘的照片从门厅依着长廊摆放在两侧,一直延伸到大厅的喜宴台下,密集分布的酒桌有三十多桌,一直摆到大厅的尾部。古越月在密集的客人中发现了老三的大姐,她也看见了古越月,忙跑过来,高兴地拉住古越月的双手说:“大表姐,真是稀客,你们也来啦!”

古越月与先生同时高兴地说:“对,我们也来了,今天真热闹!”

“老三他还好吧? 我一直惦记着他呢。他后来有没有复查 CT?”古越月握着表妹的手亲切地问。

“真谢谢你,老三后来好得很呢,我也曾要求他去医院复查,他舍不得花钱,后来就没有再查了。”

古越月笑着点点头:“你弟弟当时真是很幸运,只是至今还搞不清他的一些病因。”

大姐一边与古越月说话,一边在人群中寻找老三。突然,她对古越月说:“你看,老三在那边!”

古越月远远地看见老三正在前面的一些酒桌之间,与客人们嬉戏打招呼,高兴地串来串去。老三的大姐看见他,忙挤到前面桌边把他叫住对他说:“老三,你看,古主任来了,她是你的救命恩人呢,快来给她敬杯酒吧。”

老三跟着姐姐很快来到古越月桌边。古越月发现,今天,这姐弟俩都穿着盛装。姐姐上身一件紫红色羊毛开衫,西裤,还卷了头发,白净的圆脸上挂满了笑容。老三则是一身式样新颖的深蓝色夹克衫,西裤,皮鞋擦得铮亮,修剪得十分时尚的短发耸立在头顶。姐弟俩举着酒杯并排站在古越月面前,古越月忙站起来制止:“不用谢,不用谢,不必客气!”

古越月也高兴地举起了酒杯,向他们表示了祝福。

席间,老三的大姐拉着古越月坐在自己的身边。在交谈中,大姐告诉古越月:“老三不仅身体完全好了,而且还结婚了。不久前,老三夫妇还养了个胖儿子,孩子已经半岁了呢。”

古越月听到这老三的巨大变化,感叹不已。

第二天上午,古越月来到病房上班查房。与治疗组的医生们在一起坐定后,古越月对治疗组的主治医生说:“你还记得我的那位亲戚,那位叫老三的青年病例吗?他后来一直没再来找我,但是,他的病确实全好了。我昨天晚上碰到他了,现在已能肯定,他肝脏上的那些阴影变化不是转移癌,真是个奇怪的病例,十分罕见。”古越月接着又说,“这个病例在临床上有很大的教学意义,做医生,在医疗工作中对病人的各种症状都要认真地思索,下诊断一定要慎重。前面给老三诊治的几位医生也都是大医院的老专家呢,但是,我觉得,他们的思维被CT检查提示的诊断‘锁’住了,被局限了,没有再深入地去想,去思索。病人常常把医生的话当圣旨,有时一个不太确切的诊断,如被病人全盘接受对待,往往就是一条命被耽误掉了。唉,我以前就曾见到许多。你们可以把这个病人的材料调出来,再去图书馆查查其他资料,可以为这个特殊病例写一篇个案报道了,这样对你们以后的职务晋升会有好处呢。”

“可惜只有一例,他后来也没有再来复查,很难做结论。近期,外面已有资料提示,大约有10%的癌症病人在自身免疫力增强后,癌症可以自愈。”桌边一位年轻的、工作十分努力的住院医师插嘴说。他当时也在病区工作,知道这份特殊病例。

“一例也可以写出好文章!你们不要小看个案报道。个案报道都是临床医生们在各自的工作中首先发现的特殊病例,个案病例登出来,常常在临床医疗上对别的医生有很大的启发、借鉴作用,能救人。我就有一篇个案报道被《中华传染病》杂志,刊用了呢,那是一家大杂志,后来对我的晋升帮了不小的忙呢。”古越月好心地启发大家说。

每天繁忙的医疗实践工作,让古越月学到了许多,认识到许多,也感悟到许多。她深深地嘘了一口气说:“我们开始查房吧。”

第三十一章　大姐，快来救小弟

下班了，古越月开始收拾东西。她望了一眼窗外，夕阳正在西边天际燃烧，而黄昏的灰蒙蒙的空气已透过窗口在办公室内弥散开来。古越月脱下白大衣向医院大门走去。满大街都是飞速乱窜的电动车、自行车。古越月站在站台上等公交车，她看见有一片浓重的黑云正从东边最远处的天际飞奔而来。

好像要下雨了。

刚吃过晚饭，一场大雨就倾泻而下。雨后，空气中弥漫着浓重的水汽，让人感觉更加闷热而憋气。

明天上午是大查房。古越月身后跟着一大帮年轻的医生，他们中既有医科大的实习生，也有外地来的进修医生。这些医生常常在查房的过程中突然提出他们不明白的医疗问题，有时甚至是很难的问题。即使他们不提问题，古越月也必须在查房过程中结合手中病例，给大家讲解一些疾病的诊断鉴别及治疗方法，这是必须认真准备的，也是古越月许多年前就养成的工作习惯。

洗好锅碗后，古越月把家中小长桌简单地收拾了一下，然后倒了一杯茶，从书架上抽出几本医疗笔记，坐在桌旁认真地看起来。

突然，家中座机铃声响了，古越月看钟已九点半，这么晚，谁打电话？电话中传来小弟爱人说话的声音，急促的话语中还带有哭泣声："大姐，小弟的老毛病晚上又发了，现在送到医院急诊科了。他今天晚上发作得特别厉害，很危险，你快来帮帮忙，救救他吧。"

"你们在哪家医院？"

"在我们家边上的青山医院，那儿近，他病得太厉害，我们没办法去更远的地方。大姐，你快点来吧。"

"好，我马上过去。"古越月说。

古越月的小弟在三岁时就患上哮喘病，很厉害，他一直是依靠老母亲的特殊呵护才活下来并慢慢长大。古越月从医学院毕业后，她就成了小弟的保健医生。几十年来，古越月无数次在春秋季节，在大雨雷雨、天气闷热时匆匆赶到他家，为他推注氨茶碱、地塞米松。古越月放下电话，到窗口看了一下外面的地面，路灯下，水泥地面上的积水已经看不到水花，雨已经完全停止了。古越月拿了手机对先生说："小弟老毛病又发了，已送到医院，我得去看看。"

"要不要我陪你一块去？"先生说。

"不用。"

青山医院就在小弟家对面，它确实很近，规模也不小。古越月打的飞快地赶到急诊科，只见小弟正靠在一张椅子上，已经输上了氧气并已经在输液，一位年轻的女医生正坐在桌前书写病历。小弟媳和女儿俩人依在一起，紧张地望着小弟。看见古越月到了，小弟媳忙说："大姐，你来啦，你看，他的脸全部紫了，我们心中急啊。你是医生，你懂，快想想办法吧。"

"为什么不把小弟送到市立医院？各个医院的医疗工作都有一定的规矩和程序，在这儿，我不认识医生，是不能随便过问的。"古越月说。

"那怎么办呢？小弟当时一口气接不上来，我们只好就近来这儿了。大姐你想想办法，要不要往市立医院转？"小弟媳焦急地问。

古越月走到小弟身边，看见小弟双眼如鱼眼一样没有了光泽，半闭着，已不能说话，颜面口唇指甲脚趾均明显紫绀，脉细速，听不到他的呼吸音。大片的冷汗已浸透他的上衣，古越月偷偷地掏出听诊器在小弟背部听诊。他的肺部没有听到一点呼吸音，古越月立即紧张地感觉到小弟的气道还没有被打通，他的气管仍是紧锁的，他的肺是静息的、没有工作的。古越月犹豫了几秒钟，鼓足勇气靠近桌边，对值班的女医生客气地说："医生，我是这病人的家属，他的哮喘病史有好几十年了，他这次发得很重，医生，你看，他的口唇紫绀得很厉害,麻烦你再看看。"

"我正在给他写病历,氧气已经接上去了,等会儿药用上去会改善的。"值班医生说。她戴着口罩,古越月仍能看出,这位医生很年轻。

"药物起作用要等不少时间,他的气道好像未能打通,人紫得很厉害,要不要给他插管?对不起,我也是一名医生,在这里多嘴了。"古越月赔着笑脸说。

"再看看吧,不行,我们会考虑的。"说完,女医生仍低头写病历。

医院中主管医生的工作医疗外人是不能随便干预的。古越月是医生,她知道这规矩。她回身又看了一眼小弟,他的头已垂到了一边,耷拉在右边的肩头上。

很显然,小弟的气道未被打通,氧气虽然在输入,但仍然未能很好地输进去,缺氧未改善。此时,古越月焦急地感到在这种很危险的哮喘紧急状态下,人已不宜再挪动转院,这是一种死亡率很高的疾病。

古越月焦急地在急诊科门口转了几步。紧急中,她忽然想起,自己以前带教的一位进修医生有可能在这个医院工作。她靠近护士站,试探地询问另一位护士:"请问你们医院有没有一位叫李明的大夫?"

这位护士正在吧台上看一本登记本,她抬起眼望了一下古越月说:"有。"

古越月立即说:"李医生是我熟人,他现在哪一个科工作?"

"他在 ICU 工作。"

"那太好了,谢谢你!"古越月很高兴。

古越月忙退到门外,急忙在手机上查找李明的号码。古越月记得有一次在市内参加一个医学学术会议,在会议上正巧碰到了李明大夫。他曾是一个特殊系统推荐来的进修医生,古越月带教他整整三个月,后来,他考上了系统内的医科大学,毕业后留在了江城工作。那天,李明见到古越月,亲热地喊她"老师",散会后还特地跑到街上叫了一辆车,预付了车费送古越月回家。虽然极少见面,古越月想,今天喊他来帮帮忙应该是能做到的。

手机上正好存有李明的号码,古越月一看已经十点多钟了。拨号接通后古越月忙问:“是李明医生吗?”

“是的。”

“我是市立医院的古越月医生,你还记得我吗?”

“记得,古主任,你好!”

“我弟弟哮喘病急性发作,正在你们医院急诊科,很危险,你能不能来一下,帮帮忙?已经十点多钟,很晚了,打扰你了。”古越月在电话中说。

“行,没关系,我马上就过去。”

“那,谢谢你了,麻烦你尽量快点。”

很快,打的而来的李明大夫快步走进急诊科。他来得真快,穿着家居便装、拖鞋就急忙赶过来了。

古越月忙迎上去与他打了一声招呼,立即与他一道看了小弟。看后,李明大夫立即找到值班女医生说:“这个病人很危险,紫绀缺氧太厉害了,目前他的气道还未打通,要立即插管上呼吸机。”

“生姜还是老的辣。”李明医生的判断与古越月的看法分析一模一样。李明已是主任医师,而且他就在ICU工作,年轻的值班医生立即执行了李明的医嘱。

五分钟后,接到电话的耳鼻咽喉科医生拿着器械匆匆地赶到了。在这位耳鼻咽喉科医生给小弟进行插管时,站在旁边的李明医生又告诉古越月:“我们楼上ICU有四台呼吸机,今天正好还空有一台未用,你马上办手续把你弟弟收进去,气道一打开,呼吸机一上,病人的缺氧紫绀马上就能改善。”

李明大夫的一双大眼睛诚恳地望着古越月,他说的都是行话、实话,古越月立即感到:小弟这下有救了。

古越月立即握着李医生的手说:“真谢谢你,谢谢你,我弟弟有救了。”

第二天上午,古越月在单位上班时,小弟媳打电话告诉她:“大姐,小弟好多了,人已清醒过来了。上午九点多钟时,我们转到呼吸科了。”

“那好,我放心了。我上午忙,就不过去了,下午我抽时间去看你们,你们在那儿安心治疗吧。”

下午四时多,古越月在处理完工作上的事情后来到青山医院。这个医院的呼吸科搞得比较好,是他们医院的强项,病区设置有四十张床位,古越月上楼后很快在进门的第一间病房中找到了小弟。

小弟半靠在床上。他的病来得急走得也快。在他的气管被插管强行打开后,通气功能就改善了,氧气也输进去了,再加上后面的药物逐渐地发挥作用,他的呼吸已较前明显平稳。古越月发现小弟的颜面口唇指甲紫绀已基本消失。

古越月站在床边与小弟媳交谈:“昨天晚上真是危险,以后你们一定要格外注意,特别是梅雨季节这种毛病很易发作。”

“真是多亏那位李医生来了,否则真是说不定……听说,昨天晚上青山医院急诊科共送来三位急性哮喘病人,另外两位都是下半夜到的,都没有抢救过来,在天亮时走的。其中一位年纪很轻,是位三十九岁的小伙子,真是可惜。”小弟媳紧张地告诉古越月。

“这个病就是凶,在紧急时抢救就是要快,要准确,命就保住了。”古越月说。她听到小弟媳说了昨晚的情况,心中唏嘘不已,十分庆幸自己救了小弟一命。她原打算请假去江苏看女儿,却一直未动身,否则,后果很难说了。

古越月递给小弟媳一个红包,又问:“那位李医生来过吗?”

“上午来过,他见小弟好转了,亲自把小弟转到呼吸内科的。”小弟媳说。

“那好,我要去他科中看看他,真是多亏他了。”古越月说。

古越月摸了摸小弟的手,与他打招呼,小弟含着泪点头。病房中还有几位小弟的亲友,大家都为小弟这次能渡过生死难关而高兴。

找到李明大夫时,他正在办公室写病历。看见古越月来了,他立即跑出来,说:“古老师,你进来坐一下吧。”

“你很忙,我就不坐了。昨天晚上真是谢谢你,很感谢你救了一条命。”古越月笑着说,她双手合十,弯腰对李明医师深深地鞠了一躬。

“你不用客气,你是我老师嘛,你不能这样。”李明笑着伸手制止。

“你是积德在人间啊!”古越月说,“哮喘这病有时来势真凶。听说昨晚医院来了好几例急性哮喘病人。”

“我们医院呼吸科搞得比较好,这几天梅雨时期,气压低,哮喘发作来就诊的病人比较多。”李明谦虚地说。

“好多年都未见到你,孩子多大了?家在江城吗?”古越月关心地问。她记得李明大夫跟在自己身后学习时还未结婚成家,现在已是主任医师了,他进步得真快。古越月还想起那时李明与一位同时学习的年轻女医生关系很好,不知后来可有结果。

“孩子正在读小学,我爱人是我的老乡,她也在江城工作,我们已在这儿买了房子,扎下根了。”李明笑着说。

“你搞得真很好!”许多年未见,李明虽然年纪变大了,大大的眼睛、尖尖的下颏仍没有变化。古越月称赞他,当年他十分努力的学习态度曾给古越月留下深刻的印象。

“我是来谢谢你的,我走了,以后有机会我们多联系。”古越月准备离开。

“你不用这么客气,到我办公室里再坐一会儿吧。”李明 边挽留古越月,一边随步慢慢地送古越月到楼梯口。

电梯到了,古越月挥手:“请留步,我走了,再见!”

“再见!”李明医师也挥手。

下到了楼下,古越月背着小包慢慢地往前走。她心中感慨,虽然目前社会上医疗环境不是太理想,许多人认为医生这行太累,风险还大,不想干这行,但古越月不后悔。从医几十年来,她明白自己救了许多人,今天又救了小弟一命。今天,她还感悟到,病人看急诊常常是要碰运气的,比如,遇到的若是一位经验丰富的医生,马上就能给小弟插管改善通氧,他就得救了。但在现实中,哪里会有那么许多优秀的医生呢?培养一个中等水平的医生,需要在医疗实践中工作十五年左右,医生的水平都是一例一例地在病人身上炼出来的。并且还需要这位医生在主观上,用心、认真地去学习,去总结。

在某些特殊疾病、危重疾病的治疗过程中，在紧急关头，你所遇到的医生，他的经验及水平、判断处置的决心往往就决定了你的生死。

医生，这是个很累的、伟大的、令人尊敬的职业，古越月很爱它。

■ 第三十二章　他从台湾归来

时间很快,一年又一年。

正月初四上午,后大门知名专家门诊。

在这个大型的三甲医院中,医生、护士们工作很辛苦。按照很多年形成的惯例,一年到头医护们只能休息三天国家法定假日,那就是正月初一到初三,其他时间的节假日大家都是要加班的。

刚到八点,古越月来到医院后大门,今天,她要在此上普内科专家门诊。

走进门诊大厅,古越月看见护士长、护士们已穿戴整齐,早早地站在护士站的站台上。

“新年好!”古越月笑着与大家打招呼。

“你好,新年好!”护士长也笑着对古越月说,“已有病人在等你了。”

“啊,这么早就来病人了。”古越月心中想,她看见其他几个诊室中已有医生在看病,忙走进更衣室换衣坐下。

普内科诊室中已聚集着好几个人。挂第一号的病人是个胖胖的青年,他低头伏在桌面上,看见医生进来忙抬起头。

古越月打开电脑,调出这个病人的挂号资料后,温和地问他:“你哪里不舒服?”

“我心中难过,恶心,头晕,人站不起来。”这个青年说。

“医生,他昨天晚上喝了许多酒,又打了一夜牌。”站在旁边陪他来的几个青年中的一人插嘴说,他还对那位病人说,“在医生面前要讲老实话。”

“你是哪里人？昨晚喝了多少酒?”古越月又问。

“昨晚大约喝了半斤,我们是从同县过来的,我们自己带着车。”

“谁开的车?”

“有司机开车,他未饮酒,现在正在外面车上。”

“你平时也常喝酒吗?”

“平时也常喝一点,都很好。今天不行了,一站起来,房子就要倒,吐,人站不起来。”

古越月给这个青年听了心脏,量了血压,他的收缩压、舒张压都还正常。

“打牌了?”古越月又问。

“打了。”

“喝了酒,还能打牌?”古越月追问,“打了多久?”

“他昨天下午赢了许多钱,输的人不放他走,所以,他喝了酒后又接着打了一夜牌。”那个小伙子又插话说。

“战况如何?”古越月笑着问了一句。

“别提了,夜间打得不好,赢的钱都输掉了。”

“输了多少?”

“十万。”

“输这么多,你们那儿的人这么有钱?”

“都是这样,大家都是带十万、二十万地上场干,钱就堆在桌底下。过年嘛 ,一年到头在外面累,回来就拼命地玩一下,放松一下。”

“如果输了,那一年的血汗钱都送掉,怎么生活?”古越月又问。

“大家技术都差不多。特别能赢的人,我们不与他玩。”

这是一帮小土豪!

古越月心中明白了,在江城北边的同县中,有许多年轻人办的个体工厂,他们都搞得很好。平时工作很累,他们到春节时就拼命玩几天,主要是打牌。有些人赌得很厉害,他们趁过节的机会刮取别人的血汗钱。春节前,古越月曾接待过另一位类似的病人。那是一位在外地靠打工挣点血汗钱回来过年的中年人,他不幸遇到了几个善赌的高手,被他们缠住。那个病人想在牌桌上把输掉的血汗钱再挣回来,他连续打了两天两夜牌,结果,脑血管破了,患了脑出血,被古越月在春节前收进病房了。那个病人春节是在病房中度过的。

“过年玩也要有节制,脑血管搞破了麻烦就大了。你们那儿这么赌,公安局的警察不抓你们,不找你们麻烦?”古越月劝几位青年说。

这几个青年光笑,不回答这个问题。

古越月又检查了患者的颈部、颅神经及四肢功能,还好。她给患者开出检查单。“他打牌的时间太长了,颈椎可能有问题。你们几位扶着他到前面去摄一张颈椎片,抽血检查肝功能,抓紧时间回来。”古越月说。

正在这时护士长送进来一个病人:“这个病人到处找你,他今天跑到前面的门诊去了。”

古越月看见护士长进来,忙对她说:“请值班护士给这个病人安排一个轮椅吧,他不能走。”又叮嘱病人的同伴说,“你们跟着护士长去拿轮椅,帮着推他到前面门诊检查吧。”

新进来的病人是位中年男性病人,古越月请他坐下,他谢过护士长后对古越月热情地说:“古医生,你不认得我了? 我是你的老病人,以前我每年回来体检一次,都是找你的!”

古越月认真地看了看这个病人,他面容很憔悴,四十多岁,穿了件深灰色夹克式棉袄,一头乱发耸立在头顶。古越月这时认出了他,他也是同县人,消瘦得很厉害,古越月没能立即认出来。

“我想起你来了,你是同县人!”古越月笑着对他说,“怎么,去年你没有出去?”古越月想起他是一位下岗工人,近几年在深圳打工,每年秋天他回来探亲时都来找古医生做一次体检。

“我去年也出去了。这次我恐怕有大病了,我不久前在深圳医院查出肝脏有一个占位,医生要我做全身 CT 检查,那要一万多元,太贵了。我决定回来进行检查,在这里我有医保,可以省一点。”这位中年患者说。

“你在当地检查的材料带来了吗?”古越月又问。

“带来了。”

古越月接过他递过来的全部材料，仔细地看了他的各项检查。他的肝脏在深圳已经进行了CT检查，描述占位的范围不大，仅为2cm，边缘整齐光滑，其内可以见到类似管状样的排列结构，他的各项肿瘤指标均在正常范围内，肝功能也正常。

古越月对他说：“你肝脏上的这个占位不像是恶性东西，你的各项主要指标均在正常范围内。你不必担心，目前考虑可能为血管瘤，它是良性的。”

“深圳的医生说，需要排除肝Ca，我担心死了。”

“肝Ca近年发病率少多了，以前我看门诊一周都会遇到好几例。那时乙肝患者特别多，现在打了疫苗，感染者少多了，乙肝少了，与之相关联的肝Ca也就会相应减少。你在外不要太累，特别是人到中年以后，一定要多多注意休息。”古越月与他谈心，并画了一张图给他讲解。

听到了古越月的详细述说，这位中年患者脸上绽开了笑容，说：“这两个月我担心死了，吃不下，睡不好，差一点要崩溃了，在深圳再查全身CT要一万多，我付不起呢，真谢谢你。”

“过年这几天你吃些清淡食物，注意休息，会好起来的。你比以前瘦多了，大概是紧张造成的。节后，你如果还走，走之前再来找我一次。”古越月叮嘱他。

“谢谢你，谢谢你，古医生，你去掉了我心中的大包袱。”他连声说，慢慢地离开。

“下一号！”接诊的护士拿着病历向门外喊去。

一位颜面清爽、身穿一套深蓝色毛料中山装的中年男性走了进来。

古越月抬起头，立即认出了他。他也是古越月的老病人，因为上腹部经常疼痛，并有较重的贫血，而多次来就诊。他在一所学校任负责人，因为工作忙，他不愿住院治疗。

“好些吧？”古越月客气地问他。

“血好像长了些，我觉得自己有些劲了。”这位男士笑着对古越月说。

古越月仔细地看着他的颜面,他的口唇较前已明显红润,眼结膜也有了血色。他是因为十二指肠球部有溃疡造成慢性失血而致贫血。

“肚子不疼痛吧?”

“已经不疼痛了。药还要吃吧?”

“药还需要吃。你再查一次血常规。”

“刚才我已让护士同志给我开了一张单子,已经查好了。”他拿出了化验单。

“很好,血色素已上涨了不少,再继续吃些药就好了。”

“古医生,我还有件事想咨询一下。”

“什么事?”

他的脸面在这一瞬间突然涨红,吞吞吐吐的。

古越月有些奇怪,望着他。

犹豫了一下,他终于说:“古医生,我想问你一下,我已经有了两个女儿,但两个孩子都有明显残疾,大脑发育不太好,现在别的人家养着,我很想试着再生一个健康的孩子,麻烦你给我查一下血型。”

“啊,”古越月听了很惊讶,“这问题不是查血型能解决的,要做染色体方面的检查,看看染色体的发育是否有缺陷异常,目前我们医院已开展这方面的检查。”

古越月低头又想了一下,问他:“怎么会出现这种情况呢?你家中是否还有谁有什么毛病?”

“我家中人都还好,不过,我爱人是我的表妹。”

“那可能与近亲结婚有关。表亲结婚在以前很常见,也不是所有的人都会出现问题,只有很少数的一些人下一代会出现问题。可是,你已经有了两个残疾孩子,你最好还是不要再生孩子了。”

“我很想有一个健康的孩子。”

“再试一次,很有可能第三个孩子也有缺陷,对于你,这种可能性不小,残疾的孩子也是一条生命,你又甩不掉。那时,你怎么办呢?”古越月耐心地劝他。

“最好去查一下染色体。或者你们两口子到外面去检查一下，你可以考虑以后抱养一个孩子，这样稳妥一些。抱养的孩子好好培养，也是一样。”古越月又劝。

“真谢谢你的指点，你的话帮我拿定了主意。”这位校长站起来对古越月说。

古越月对他点头：“不用客气。”

“下一号。”接诊的护士又向门外走廊上喊。

一位稍胖的三十多岁的女子穿着一件浅蓝色羽绒棉袄，梳着短发，走进诊断室。她在桌边凳子上坐下，对古越月说：“古医生，我想再查一次血，我就要走了。”

这位女病人是古越月的老病人，一位个体户，患慢性粒细胞白血病已两年多。最近她在家人的帮助下，准备去外地做骨髓移植治疗。

“联系好了？”古越月轻声地问她。

“已经联系好了，下周就要动身去了。前几天我感冒了，我担心会影响移植，想查查血再动身。”

“最后定在哪个医院？”古越月又问。

“在天津。”

“要交多少钱？”古越月又问。

由于许多人对白血病缺乏了解及害怕捐骨髓，目前，我国国内自愿捐献骨髓的人不是很多，白血病患者配型很难。而且，许多普通老百姓也没有钱去做这项很大的治疗。

这位患者是古越月的病人中第四例做骨髓移植的。

“已谈好，入院时先交二十万，听说完全成功要五十多万。”

“你有力量做骨髓移植真是幸运。我们病房中有许多患白血病的孩子、青年都很需要进行骨髓移植，可惜绝大多数人既没有钱，也配不上型。”

古越月与她交谈，为这位老病人高兴。

“前几年我做生意，起步比较早，攒了一些钱。几个弟妹后来也跟着做生意，现在他们每个人都愿意给我凑一点，钱已经够了。可惜要跑很远的路，照顾很不方便，如果能在省内做就好了。”她由于高兴，对古越月说得比较多。

“现在我们省也已开展了，省医正在进行这方面的研究与努力，这项工作很需要大家支持、宣传。”古越月向她介绍。

“张开嘴，让我看看你的咽部。”古越月说，“啊，啊，啊，发出声音！”古越月认真地看了看她的咽部。

“你的咽峡周围稍微有些充血，还好，扁桃体不大。这几天注意一些，不要受凉。这是查血单，在四号窗口检查。现在能做骨髓移植的人不多，你是我的病人中的第四例。等会儿我给你开些药带着路上备用，祝你顺利。回来后，你到我这儿与我联系一下。”古越月一边低头开单，一边叮嘱她。

“我肯定是要来的，移植后，我还要经常复查血液。古医生，谢谢你。”她满脸笑容，很高兴地告辞离去。

接着，古越月又看了两个感冒的病人。十一点了，她倒杯水，准备休息一下，这时护士长引一个人走进来说：“古主任，你的同学找你。”

古越月认出是老校友洪希，他中等身材，圆脸，今天穿了件新的深蓝色羽绒棉袄。古越月忙站起来说：“新年好！你怎么来啦？”洪希是古越月医学院的校友，比她高两届，他平时也喜欢写点小文章，俩人是同乡、同学，又是文友，常见面。

“我爸爸回来了，他近几天胸闷不舒服，我想请你去给他看看。”

“你爸爸从台湾回来了？”古越月很早就知道这位老同学的父亲1949年去了台湾。

“他回来好几次了，这次回来过春节，感冒了，我给他吃了些药。他年纪太大了，我不放心，新年里，老人家不愿意去医院，我想请你上门去看看。”古越月的这位老同学曾是一位厂医，退休后，在厂附近与他人合作开了一家小诊所。古越月知道，这位老同学不放心自己的爸爸，才来找她的。

“我还有一位病人，检查未回来，你稍等片刻，我下班后与你一起去。”

古越月请老同学在桌对面的椅子上坐下。

正说着,因饮酒打牌而发生头晕的患者回来了,检查的结果证实了古越月的判断:这位年轻的小伙子因低头打牌时间过长,颈椎失衡,颈部椎体的小关节被卡住了。

古越月给小伙子开了输液,并告诉他,输液结束后下午上班时去骨科门诊挂号就诊。

正月初四上午的专家门诊顺利地结束了。

“我们走吧。你家住哪儿?”虽同住一城,古越月还从未有机会去这位老同学的家中。她脱下白大衣,穿着蓝棉袄,背着小包,与老同学一起往外走。

“在湖边。”洪希说。

“你买新房子了?”古越月知道老同学以前住在厂里的职工宿舍中。

“我爸给了些钱,帮我买了房子,已有好几年了。”

两位同学一边说,一边拦住一辆出租车上了车。车开到城东湖边一幢两层别墅小院门外停下,古越月下车一看,认出这儿是江城较早建成的一片别墅区。她站在小花园门外问:“你买别墅了?”

老同学圆圆的脸一下子涨红了,他停在小院门外笑着对古越月说:“我爸1949年走时已是副师级军官,他把我母亲和我甩下后,在台湾又找了一个女人,两个人在生活习惯上很不一样。后来,那位阿姨生病去世了,未留下孩子。两岸开放时,孤身一人的他立即抓住机会回来找我们,见我们一家在大陆生活得还好,非常高兴。他先来了两次,第三次回来前他搬了家,租了住房,把在台湾的老房子卖了,见面后给了我十六万人民币,让我们自己又凑了一些,劝我买了这套别墅。我们买得早,那时这套别墅很便宜,售价只有二十六万。”

“你爸对你不错!”古越月称赞。

“我爸到台湾时我已六岁,能记事了,他可能是感到自己以前未能尽到父亲之责,才坚持要以这种方式给我们补偿。”洪希说话的声音有些低沉。他说他永远记得父亲离开大陆时的情景:在江南一条尘土漫天的路上,拥挤着成千上万依次往南撤退的国民党官兵，国民党兵败如山倒，部队早已乱得没有了队形。在一座县城的一幢平房门前，匆忙撤退的洪希的父亲和他的几位副官、司机已经上了一辆吉普车。原已同意留下返乡的洪希母亲，她剪着短发，穿着一件深蓝色带碎花的中式上衣，突然拉住儿子从屋内冲了出来。她紧紧地抓住车门不放手，想带孩子上车一起走。父亲生气地从车上又扔下一个包袱，从车窗中对母亲恶狠狠地说："这么乱，我们还要打仗，你俩跟着我们是找死！赶快带孩子回老家去，如果形势好转了，我还活着，我一定会去找你们的！"

母亲短发凌乱，一只手拉着洪希，另一只手仍用力地抓住车门不放。拖延了几分钟后，父亲狠了狠心，用力地掰开母亲的手并把她往后一推，命令司机立即开车。吉普车开走了，绝尘而去。

第二天，母亲带着洪希踏上返乡之路。路上是一眼望不到头的混乱的败兵，他们向南，有许多吉普车夹在中间穿行。其间，一幕幕分离的故事正在进行。母子俩随着逃难的人群往北走，乡路茫茫，历经千辛万苦，途中母子俩还被散兵抢了一次，父亲给的一些银圆及首饰被乱兵洗劫一空。终于，母子俩走回了家乡，那是一个位于长江北岸的小村庄。

洪希一边回忆一边对古越月说："到家时，我们什么都没有了，那时乡下很穷，老家仅有少许已抛荒的薄地，我母亲把老屋打扫干净后，开始种地谋生。她遵从父亲的嘱托，让我以洪希的名字报名念了书，大概，母亲希望我们全家能再团聚。进初中以后，我获得了政府给的助学金，还住了校，伙食基本上不用花钱了。就这样，从初中到高中，我一直念了下去，并考上了大学。在大学，我又获得了助学金。在学校我很节省，基本上不需要家中花钱，我顺利地毕业并分配了工作。很可惜，我母亲因病早早地去世了，她没能等到今天与我父亲团聚的好日子。"

听到这里，古越月十分感动，她动情地说："我也是吃助学金长大的，那时，我家中也十分穷，也是国家、政府供养我，让我把书念下去的。"

两个老同学在门口正说着，洪希的妻子从楼上看见他们，忙下楼跑出来说："你是古医生吧，快请进，快请进！"

古越月知道洪希的妻子是一位护士同行，姓李，她留着拖肩的卷发，穿着一件紫红色羽绒袄，显得很年轻。古越月见到她，忙伸出手笑着说："你好，新年好！"

李护士拉着古越月的手上了楼，客厅中的茶几上早已摆好水果、点心。古越月坐下后对老同学说："你爸爸呢？"

"他在房间中，这几天他咳嗽好些了，上午他说胸闷，我不放心。你是大医院的专家，请你上门给他看看，我就放心了。他年纪太大了，挪动不方便。"

"你爸爸多大年纪了？"

"九十二岁了。"

"年纪不小了，还能两岸来回地跑，真了不起！"古越月说。

"我父亲这次回来后，我不打算让他走了，他年纪太大了，这房子大部分是他出的钱，我要让他在这儿过几年舒心的日子，享享福。"

"我们先看看老人吧，等会儿再聊。"古越月说。

俩人推开朝南一间房的房门，在靠近窗边的一张大床上靠着一位老人，他长圆脸，稀疏的头发全白了。"爸爸，这是我的老同学古越月，她是江城最大的一所医院的主任医师，医术很好，来给你看看。"洪希对父亲介绍说。

"谢谢你，谢谢你，古医生！"老人看见儿子及古越月进来，红润的脸面上挂满了微笑，面孔显得十分慈祥。古越月仔细地检查了老人的心肺，发现他的心率有点缓慢，问老同学："你给他查了心电图吗？"

"查了，他平时血压、血脂都正常，我把心电图机带回来了，他的心电图 ST 段有轻度压低。"说完，洪希递上桌上摆放的检查单。

古越月看后说："他的心肌有轻度缺血，要加用一些扩冠药物。你给他用些丹参滴丸及硝酸异山梨酯片吧，每天早晚各用一次，量不宜太大。"

听到古越月与自己儿子的谈话，这位老人立即在床上说："真谢谢你啊，医生，听说你是洪希的大学同学？"

听到老人的话，古越月忙起身在老人床边坐下说："不用谢，我和你儿子是大学同学。你老这么大年纪，身体真是好。你放心，检查没有太大的问题，加用一些药物，胸闷就会好转。”

“谢谢，谢谢！我今年九十二岁了，这次归来，我要叶落归根，不准备再走了。我真心地感谢大陆政府啊，感谢国家啊，把我的孩子养大了，还培养成才了，我儿子也是医生，他现在还在干呢！”高兴、激动让老人声音有些哽咽，他的眼中渗出了泪水。

古越月感到，老人说出了肺腑之言，她对站在床旁的老同学说：“你爸爸身体真好，说话不但很清楚，而且思维十分敏捷。”

“他回来好几次了，心中高兴，心情好，又不缺吃穿，所以身体就好。”

老人在旁边接着又说：“这几年，大陆搞得真是好啊！我每次回来，发现变化都很大啊！”

古越月说：“这三十年，我们国家发生的变化确实很大。”

这时，洪希的妻子已脱去羽绒棉袄，她穿了一件浅蓝色的羊绒套衫，双手端着一个精细的花碗进门说：“古医生，这是刚煮的元宵，请出来吃一点吧。”

洪希请古越月到客厅，古越月与老人握了手，走到客厅坐下。洪夫人这时又端来一碗五香蛋对古越月说：“过年，要吃元宝，发财！”

古越月笑了，她端起元宵走到窗前，只见窗外这群别墅的周围环境十分好，屋前屋后都有许多林木花草环绕，不远处还有一个不小的湖泊，蓝幽幽的水面在阳光下熠熠生辉。

古越月对老同学说：“你这套别墅真好，现在很值钱呢，你赚大了！”

老同学微笑说：“近十多年房子升值不少，现在这套房子值一百多万了。”

古越月说：“你很幸运，这么多年过去了，你的老父还健在，你们团聚并生活在一起。我有一位初中同学，叫伍青，那时他坐在我后面，是个天才少年，他的父亲也去了台湾，国家也把他培养成才。他后来在外省一个大厂担任工程师，一次到国外出差，与他父亲在德国见了一面。他父亲希望他去台湾团聚，我这位同学很感激政府的培养，没有去台湾。很不幸，后来这位同学因病英年早逝，没有等到两岸开放的好时光。听说，他的父亲也是一位国民党高官。”

洪希听了古越月的话，唏嘘不已。

古越月吃完元宵，准备走了，她到房间中与老人打招呼告别，看见老人依然拥被靠在床上。老人向她轻轻摆手，在十分安详的状态中，老人慈祥的面孔笑得像一朵花。

古越月与老同学下楼，告别。今天，她的心中充满了感动。

第三十三章　一个大“馅饼”掉在身边

这天上午，古越月在专家门诊上班，她把几个病人看完以后，感到口渴得很——清早吃了一份蒸面，还未喝水。古越月正弯腰给茶杯加开水，隔壁护士站中一位年轻的护士拿着一份报纸笑眯眯地跑进来站在她面前问她：“古主任，你出了一本书？”

古越月愣了一下，马上笑着说：“是呀，是出了一本书，我没有对你们说，你怎么知道的呢？”

“你看，今天的报纸上登了，上面说你出了一本书，报上还介绍了一些书的内容，我们刚才看到才知道呢。”说完，这位护士递上刚刚拿到手的报纸给古越月看。

“前些日子我是出了一本书，都是以前业余零零星星地在报纸杂志上发的一些散文及小故事。那些年，我在工作中看到许多青少年生了重病，特别是白血病，非常可怜，令人心疼，就写了些文章为他们说点话，让大家能关心关心他们，给他们一点帮助。”古越月向这位护士介绍说。

“古主任，你真谦虚，出一本书是很不简单、很费力气的事，你都不作声，你真是谦虚！”护士笑着说。

“那都是以前许多年间慢慢写成的，现在时间多一点，我就把它们汇编在一起，出了一本书，不是现在写的，所以我没说。”古越月仍谦虚地说。

“难怪，刚才在吧台，另一位护士大姐也说，以前在报纸上看到过你写的文章。”

“我已很长时间没有写了。”

“能出一本书，真是不简单，古主任，祝贺你！”这位护士与古越月交谈，并祝贺她。

“真谢谢你的祝贺。你如果喜欢看书，我过几天带一本书送给你看看，也请你多多批评指教。”

“好，那谢谢主任！”

古越月正与这位护士说着，又进来一位护士，这会儿诊室中正好还没有病人，这位护士也是满脸笑容向古越月祝贺，她也是看到了今天的报纸知道的：“古主任，听说你的文章写得很好，听说前些日子你在新华书店图书城签售卖了不少书，真是令人高兴，我也祝贺你！”

惊动了大家，古越月感到不好意思，她连忙表示感谢：“谢谢你们，真谢谢你们的夸奖！”

这件事，古越月清早就已经知道。她是医生，还要上班，写些小文章她认为很平常。早上她接到电话通知后，出去在后大门门诊的报亭上买了两份，她简单地看了一下标题，就把报纸装进了口袋中，准备回家以后再仔细地看。

许多年来，古越月在业余有时写些医疗相关性纪实性的小文章，长期累积下来，确实也有不少。她记得，最初动笔写第一篇散文是80年代，她在上海学习时遇到一位意志极为坚强的工人业余作家，那是一位患有白血病的好青年，他让古越月深深地感动。后来，古越月又遇到了一位人品极好又极可怜的刚退伍不久的水兵。那是一位重症再障患者，他血色素只有1.5克，却被迫自动出院，那时，那青年的家乡还未建立起合作医疗保障网。古越月心中为他落泪，她送他出病区大门上了车。古越月心中极度地难过及感动，又写了一篇文章寄到了省城晚报副刊，这篇散文很快就刊出来了。从此，心灵中许多次被感动及喜欢写的习惯，让古越月在忙碌的医疗工作中也时常有文章在报刊上登出来。

中午回到家中，古越月在厨房中见到先生已在烧饭，就在他身边对他说了一句：“我的那本书见报了，上午我已拿到了报纸。”说完，古越月顺手从提包中把报纸抽出来向先生扬了一下。

先生听到以后，回了一下头，笑着说了一声：“那好嘛！”

古越月知道自己的先生对这些事不感兴趣，她说过以后，就进房间把两份报纸放到了书柜中。

古越月虽然写了不少文章，她的先生却连一篇也未认真地看过，她先生只对新闻及国家政事感兴趣。古越月一般拿到登稿的报纸后也是进门就往书柜中一放，她懒得说。他俩的性格及爱好很不一样，她先生有一样很好，那就是他从来不表示反对，也算是默默地支持吧。在家中，他们是各人干各人的事，互不干涉，和平共处。

吃过晚饭，古越月和先生坐在沙发上一道看《新闻联播》，忽然，古越月的手机响了，她的先生把手机递给她。古越月打开，电话中传来二弟的声音："姐，你吃过饭了吗？"

"吃过饭了。"

"在干什么？"

"在看《新闻联播》。"

"姐，我想和你说件事。"

"什么事？"

"也是一件好事，我现在居住的大桥那一带最近要拆迁了，几个月前就到各家各户测量过了，谈了两个多星期，基本上各家都已谈好了，政府准备给我二十五万元现金，让我再租一套房或者是再买一套旧房。二十五万元不是个小数字，我想了一天，租房不是长远之计，而且，钱不买房，也可能慢慢地就用掉了。我决定干脆再凑一点，趁此机会为自己买一套二手房。姐，你知道我一直没有自己的房，也没有什么钱，你给我凑一点吧，我想向你借两万块钱。"二弟一口气说完他最近遇到的好事。

这真是件好事！古越月听到后又惊又喜，她看了看手机上的时间：2014 年 5 月 8 日。古越月知道，二弟长期居住在以前厂中宿舍一套很小的旧房中，他所在的工厂已倒闭许多年，宿舍区长期无人关照，周围堆了不少垃圾，居住的环境变得很差。好在工厂倒闭后，厂中的老宿舍让大家一直免费住着，从来没有任何人催他们搬走，他们也不需要交纳任何房租费用。

“是不是住在你们那儿的人都给钱?”古越月听明白二弟说的话,她仍不放心,在电话中又问。

“都给,住在我们这一片的每一户人家都有拆迁费。如果是私房,那就是还迁费了,给得更多。住在这片老厂区的绝大部分职工都没有房,政府这次都给钱,依据居住面积的多少各家之间只有少许的区别,每家都在三十万元左右。房子原来是厂里的,大家都是借住的,都已住了不少年。这次搬迁都发钱,都给得不少。”二弟在电话中越说越高兴。

二弟说的事是真的了。二弟没有一寸房,政府仍给他许多钱,这真让古越月心中感动。

“天上真的掉下一个大‘馅饼’了!”古越月回身对坐在旁边看电视的先生说,“老二住的那地方要拆迁了,政府给他二十五万拆迁费。”

古越月真没有想到,这个大“馅饼”就掉在自己的身边,掉在她的二弟面前了。

“现在拆房还迁的政策很宽松,许多人都得到政府给的大‘馅饼’了。”先生笑着对古越月说。

“你的房子找好没有?”古越月又问二弟。

“昨天我抓紧时间已初步看好了。在先锋巷附近有一套房,二十七万,我还差一点钱。姐,你借给我一点,让我周转一下就行了。”二弟说。

“行,我帮你,我还让小妹也帮帮你,我们俩人都帮你,你也尽量趁此机会买一套稍微好一点的二手房。”古越月帮二弟谋划。

二弟的原单位是改制后第一批倒闭的企业。前些年二弟的日子过得很艰难,他没有房,居住的房子破旧不堪,而且还要供孩子读书,生活难以维持。古越月想,现在好了,二弟已退休,每月的生活不愁了,今天他还可以趁此机会,利用这笔钱把自己的居住条件再改善一下。

答应了二弟后,第二天古越月仍不放心,她想在自己家附近为弟弟找找合适的住房。在古越月居住的那条街上,古越月下班时坐在公交车上仔细地数了一下,发现共有五家住房中介公司。

下午不上班，古越月决定从最东头的第一家房屋中介看起，一家一家地认真地找一找。

吃过了中饭，古越月抓紧时间正准备出门，忽然听到有人咚咚地敲门。古越月打开房门，见一位五十多岁的女士站在房门口对她笑。古越月认出她是楼下小区门口做早点的女老板，也算是邻居吧，她家来自北方的一个县，在此居住做生意已有些年头。古越月忙笑着问她："稀客！你怎么知道我住这儿？"

"我有时在楼下看见你在窗台上晒衣，就知道你住在这儿呗！"

"快进来坐坐。你有什么事吧？"

"唉，古医生，真不好意思上门打扰你，不过，我的事急，只好求你帮帮忙。"

"什么事？"古越月忙把女老板引进房内。古越月的先生也客气地与女老板打招呼并请她坐下。

"我家大孩子好不容易考上了一家电力公司，体检却发现血压高，这次只有几个名额，有许多人考，这下真怕没希望了呢。求你帮我想想办法。"

古越月知道这位来自北方农村的女老板一家很不容易，两口子带着两个光头儿子，租住在小区大门口一间房屋中，一边住家一边在街口做早点，很是艰辛。像许多漂泊在外地远离家乡的打工者一样，两个少年蜗居在室内一个自搭的低矮阁楼上慢慢地长大了，现已是两个身材挺拔的小伙子，她家生活很普通，怎么会有高血压呢？古越月问："你孩子以前有过高血压吗？你家中其他人有高血压吗？孩子头昏吗？"

"哪里，他平时好得很，头也不昏，以前量过，血压不高，我家中没有人有高血压，体检一查血压就高了，这怎么办呢？古医生，你给我开张处方，我去药店买药，降不下来就不能录取了。"女老板十分焦急地说。

"你不用紧张，这种情况我们以前体检经常遇到，是孩子体检时过于紧张造成的，他不紧张血压就会正常，不需要吃药，药不能乱用。"

"那你有什么办法？帮我出出主意，帮我解决一下吧。"女老板急着说。

“我建议你下午带孩子去另一家医院再量一下。下午不是体检，他是不会紧张的，心跳就不会加快，血压就可能是正常的。量好后，你让医生开一个证明，诊断书，盖好公章。然后，明天上午你抓紧时间去找你孩子报考单位的领导，把证明交上去，并说说你们的困难，请他们照顾一下，也许能行，你可以去试试。”古越月细心地给女老板分析，想办法。

“对，对，对！古医生，你说得有道理，我下午就带孩子去医院再量一下血压。你下午在家吗？”

“我一会儿要出去帮我弟弟看房子，晚上在家。”古越月说。

“那我走了。”女老板站起身来。

古越月起身送客，并对女老板说：“你们一家在此也住不少年了，那间房太挤，孩子都成大人了，你争取把挣的钱也挤点出来买一套房，应该改善改善了。”

“是啊，真谢谢你，关心我们。前些日子我们在前面那个小区已订了一套房，钱已经在准备了。”

“那很好，你下午快带孩子去复查血压吧，孩子解决了工作问题，你们家的生活就会有较大改善，你们在这儿也就扎下根，安顿下来了。”古越月说。

“真谢谢你帮我想办法出主意。”女老板又感谢说。

“好，不要急，慢走，你孩子肯定能被录取的！”听到女老板即将在他乡异地建立新的家园，古越月为她高兴并鼓励她说。她送女老板至楼梯口。

送走了女老板，古越月和先生打了一声招呼就出门了。出门走不久，就见路边有一家房屋中介，古越月想，还是把这条街上的五家中介从头到尾都看一下吧。于是，她一直往东边走去，在这条街的最东边有一个很大的湖泊，这一带的住房周边风景不错，古越月决定从这儿开始找。

东头第一家店老板是个中年女性，她四十多岁，看见古越月进店，忙迎上来。

“我来看看房子。”古越月对女老板说。

“你想买多大面积的房子？”

“我想看看面积在六十平方米左右的,价格控制在三十万以内,你家可有这类房子?”古越月说。

“有,我给你找找。”老板说完,忙坐下来打开电脑搜寻。

“这一套房比较符合你的要求,就在前面不远的小区内,六十平方米,开口价二十九万,价格还可以再商量。”女老板在电脑中看了几套房图后初步为古越月选了一套。

“房子就在前面不远的小区?”古越月问。

“就在前面,一站路。这一带商铺多,生活方便,周围有好几个湖,环境也不错。这一户的钥匙正好放在我们店中,我带你去看看房,可好?”女老板热情地推荐。

“好!”

确实,这套房不远,不一会儿女老板就带着古越月到了。这个小区很大,内有二十多栋整齐的楼房。女老板所说的房在四楼。当老板打开这套房的房门时,古越月一眼就看中了它。它有两室一厅共三间房,每间都是十二平方米的长方形房屋,两室之间分隔的是两大组从底部一直到顶的木质衣橱衣柜,四周的墙壁全部是用平滑光亮的金黄色木板覆盖,还有很不小的厨房、卫生间,室内水、电、煤气、有线电视设备齐全,此外,房主还留有一新一旧两台空调。

“这是一家纺织老厂的职工宿舍,刚才你来时已经看到了,小区的内环境干净整洁,绿化也还好。房主是一家工厂的副厂长,他为了不让家中两位高龄老人天天爬楼,搬到另一处平房居住,这套房子最近才空下来。房主的女儿考到厦门读书去了,需要钱,所以把房子出售。”女老板开着房门,站在门边向古越月介绍。

“这套房子是不错,我比较满意。不过,我明天还要带我弟妹们来看一次,才能定下来。”古越月又在室内四周认真地看了看,对女老板说。

古越月与女老板又谈了一会儿,意见达成一致,她俩一看时间,仅仅用了半小时。

古越月告辞出来。

女老板感觉在三十分钟也许就能谈好一笔生意，她能从中获得两千元中介费，今天很高兴。

女老板离开后，古越月依照昨天自己的安排，先后又去了另外三家中介依次又看了三套房，但奇怪得很，其他几套房很明显地都没有第一家中介的这套房好。古越月心想，这真是巧，是老天爷照顾二弟，让他的生活过得更好一点。古越月想起前些年二弟日子过得很难，最苦的时候，饥饿得很厉害，有时竟然依靠吃颗糖果过日子，那时二弟两侧面颊深深地凹陷下去。今天，他终于熬过来了。

回到家中，古越月忙给小妹打电话，告诉她自己刚才为二弟选房的情况。

“姐，二哥在先锋巷看中的那处房，昨天我已陪他去看了。那是一栋在路边巷子里的老房子，房子外面的大墙比较破，楼内的楼梯也又窄又破，那套房子我认为不行，买房子是件大事，要慎重。二哥他爱人及孩子都不在江城，我们只好为他多操点心了。”小妹对二哥一直很关心，她在电话中告诉古越月。

“你说得很对！”古越月附和说。

“昨天我回来后，已在我家附近为二哥找了一套房，你是否也过来看看？我们一块儿为他参谋参谋。”小妹又说。

“那好嘛，现在时间还早，地点远不远？不远的话，我马上就去你那儿看一下。”古越月说。

“不远，房子就在江边上。我在家中等你，你也正好来我家坐坐。”小妹在电话中邀请。

“那太好了，我马上就过去。”古越月说。

小妹家住得较远，去那儿交通十分方便。古越月出家门走了几步就上了十四路车，车一直开到了小妹家的门口，上楼后，小妹已笑眯眯地开门站在门口等候。

“大姐，你来啦，你也是稀客呢！”

古越月由于工作忙，很少来妹妹家走动，这次她是受二弟所托，才挤出时间来妹妹家看看。

妹妹比古越月小九岁。她家是新居，电梯房。古越月刚进门，小妹就热情地让姐姐参观自己漂亮的新房子。这套房不久前才装饰一新，面积不小，进门就是一个很大的厅，靠近西侧南面是三个房间，做了卧室及书房，阳台及贮藏室均在住宅的南面。推开窗户，长江两岸的美丽风光展现在面前，楼下北侧小区内的植被也很多。在浓密的树丛中，有许多艳丽的玫瑰花正在开放。

“小妹，你这套房子真是好，外围的风景真是漂亮，它是江景房！”古越月一边说一边在沙发上坐下。

“老房子呢？”古越月问。

“暂时空着，里面还有许多东西未收拾好。”

古越月知道这个小妹家中经济还可以，她目前不急于处理旧房。古越月到妹妹家中几间卧室及书房仔细观看说：“你这处房子真好，有电梯，以后不用爬楼了。现在都流行电梯房，再过几年，我们年纪大了，爬楼就感到很吃力了。”

“姐，你也要争取再改善一下，加点钱把老房子换掉，也换个电梯房，以后上下楼方便多了。”小妹端来洗干净的苹果，并为古越月今后安居的住房进行谋划。

“是的，你说得很对，这是个很快就需要考虑的实际问题，我也该认真地想想了。”古越月附和说。

“你给老二看的房子在什么地方呢？”古越月一边啃苹果一边问。

“就在楼下后面的小区内，是个旧小区。这一带原先开发得很早，那时的开发商眼光短浅，把土地看得很重，忽视了环境，这一片楼房间距很小，现在显得十分拥挤。”

“不过，这儿外围环境很不错，离长江很近。”古越月说。

“在江边居住，环境是很好。我们再坐一会儿，我顺便带你去江边走走。”小妹一边劝姐姐再坐一会儿，一边又快速地削了一个大苹果给古越月递过去。

“你这房花了不少钱吧?”古越月又与妹妹聊天。

“花钱还真是不多,仅仅交了首付,后面用了我家先生的公积金贷款,现在每个月扣一点,经济压力不大,旧房我也不着急处理。”

“你们真是碰到了好时光好政策,这么好的一套房买下来压力都不大,这在以前是难以想象的。听老二说,他是天上掉‘馅饼’白捡了一套房呢。”

“姐,你可以让孩子帮帮忙,也争取换掉老房子,买套电梯房,以后上下楼方便得多。”小妹鼓励古越月。

“走,我们去看看你给老二看的那套房吧。”

小妹婿及他们的宝贝女儿都上班不在家,古越月坐了一会儿,抓紧时间与小妹下楼去看房。

出小区大门,街的对面就是江岸,美丽的长江展现在姐妹俩面前。已经偏西的太阳挂在西边的江面上,江水对面是一片浓郁的暗绿色的植被,古越月知道那是保护长江堤岸的林带。沿着修砌得十分整齐漂亮的堤岸走一小截路,绕过一个小亭,在堤岸的一个转角处,古越月眼前猛然展现出一个庞大的人群。仔细一看,哎呀,他们是一大群中老年人,有六七十人,穿戴也还整齐,他们三五成群,有的低头在玩手机,有的在聊天,有的在下棋、打扑克。

古越月受到很大震撼,忙惊讶地问:“这是些什么人?怎么这么多!”

“大概都是退休的人,你看这块地方临江,景色这么好,背面有堤岸可以挡风,岸上还有许多长条凳椅,所以,每天清晨及傍晚来这儿休闲的人特别多,都是来玩的。他们天天没事干,就到这儿来玩,消磨时光。”小妹笑着对姐姐说。

“天天都这样?”

“是的,基本上经常这样,早晚人特别多!”

古越月见此景及听此说,十分惊叹:“现在生活改善了,人的寿命延长了,现在的老人真是增加了不少!”

古越月停下了脚步,又回身仔细观看长江堤岸内侧的那一大片新楼房，问妹妹："这地方是什么时候盖的这片新楼房？还都是高层的呢。"

"有十年了，后面还有二期工程。这一带靠长江，风景很漂亮，房价不低呢。"

"这些年，许多人的住房情况真是改善了不少！"古越月感叹，"许多人生活都改善了，他们赶上了好时光！"

姐妹俩又往前走。前方水面上可见一小岛，小妹告诉古越月："那是一个江心洲，靠近一条内河，洲很不小。"

"那就是江心洲？"古越月常听到这个名词，却从未单独来到这一带，她好奇地又问。

"是的，洲上还住有不少人呢，他们大多是种植蔬菜的菜农！"

提起江心洲，古越月想起二弟的一段往事，她对小妹说："这个洲不大，以前老二在阳县下放的那个江心洲真是大，我去过一次。"那年，初中毕业就在阳县乡下待了很多年的二弟，有幸在当地被一位带兵的连长看中，参了军。二弟动身那天，古越月受母亲委托，请了三天假，前去送二弟。到达二弟驻地时，才知他是住在长江江中心一个很大的沙洲上。古越月到达江岸上船时，看见被两侧沙岸夹住的长江次水道中，浑黄的长江水浊浪滔天，汹涌的江水惊涛拍岸。在上船那短短的几分钟里，就见陡峭的沙质江岸一片又一片地连接地往江水中塌陷，古越月心惊肉跳，惊恐不已。走船的老船工站在船头面色平静地对古越月说："你不要怕，这沙岸这边塌在江水中，走不远就会在前面的那个洲头停下来，在沙洲沉淀下来，那边的那个沙洲年年都在不断地增长呢。"

古越月带着疑问上了岸，看见那浸渍在远处灰黄色长江水中的沙滩头宽阔平坦，非常荒凉，在那儿，天水连成一片，地面上没有草，没有一棵树，也没有人家。古越月来到二弟的农屋。第二天清晨，她看见带兵的解放军连长给二弟戴上了红花，二弟与几位同时参军的农家子弟一道登上了一只木船，走向了军营。这给古越月留下终生难忘的记忆。

古越月与小妹两人一边叙谈着往事，一边观江景。当她们走到小妹已看过的那套房时，中介老板已热情地拿着钥匙等在那儿。这一套也是两室一厅，它在六楼，刚粉饰一新，两个卧室各有一套新打的衣柜，阳台被并入次卧，厨房及厕所都不太大。

古越月在妹妹及中介老板的引导下把房子各处仔细地看了一遍，她感觉这一套比自己中午看的第一套房要差一点。地点确实比较好，是江景房，她决定把价格再砍掉一些，对中介老板说："这房子实际面积多大？价格多少？"

"昨天这位女士来看过了，60平方米整，价格我们已经让过了，现在房价最低要二十九万。"

"也是二十九万。"古越月暗想，与那边的那一套一样。

"房子很不错，地点也还好，周围是挤一点，但远处是江景，不错！价格希望能再让一些，让一万！"古越月说。

"这房子价格已到底了，这是江景房，长江就在楼下，休闲、观景都很方便。"老板一步不让。

"我们在城北也已看好一套，与你这一套差不多，室内结构还要好一些，是湖景房。你再让一点，我们就能谈妥。"古越月也坚持。

小妹、古越月还有女老板三个人交谈了很久，双方都无进展。两套房面积、价格都一样，古越月只好决定让小妹及二弟自己再去看一下，做最后的定夺。

"我们是为弟弟看房买房，老板，既然你一点儿也不让，我们就还需要再商量，再比较一下，才能做出决定，改日我们再来。"古越月说。

"好，这也行，今天你们就不要最后决定吧。我这是江景房，位置好。"女老板信心满满，她陪古越月姐妹下楼。

到楼下分手后，古越月告诉小妹："我今天中午在我家附近为老二初步看好的那套房，与这套差不多，室内还要好一点，我比较满意。最后敲定还需要你与二弟也亲自去看看，再去还还价再做决定。"

"我们明天下午两点半见面，可好？听说，能提前搬迁者政府还给一万元奖励，二哥他急得很呢！"小妹立即表示同意。

"行，我正好明天下午不上班，我在我家楼下等你们，你打电话与二弟说好。”古越月说。

第二天下午，古越月按时下楼刚站定，在大门口做早点生意的女老板看见她忙过来笑眯眯地说：“真谢谢你，古医生，搞好了，孩子血压正常了，证明交上去了，录取没有问题了。”

“那太好了。”

正说着，古越月远远地看见剪着短发的小妹手中拿了一个浅色的手包，穿了一件浅白色春上衣，步履匆匆地往这儿走。小妹年轻时很漂亮，现在她瘦多了。

“来啦！”古越月和女老板告别，忙赶上几步与小妹打招呼。

姐妹俩刚说上几句话，就见二弟也匆匆地来了。退休后的二弟每月有退休金两千多元，生活有明显的改善。他穿了一件新买的浅格子长袖衫，面孔红润，一见面就与两位姐妹谈起厂中其他职工搬迁的各种故事。

“你俩是否上去到我家先坐一下？”古越月对弟弟妹妹说。

“不了，拆迁办催得很紧，厂中有不少人都已抓紧搬了。小妹已把你们看房的情况告诉我了，我们三个人今天下午把买房的地点定下来，我们抓紧走吧。”二弟说。

“今天就不上去坐了，还是抓紧时间去看房吧。”小妹也说。

古越月抓紧打电话给中介老板，三个人一边说话一边往昨天看好的那套房走去。在路上，古越月和小妹又向二弟介绍了昨天江边那套房的情况。路不远，中介老板一会儿就到了，她又一次打开那套房。二弟、小妹俩人共同仔细地观看后，看法与古越月一致，都觉得这套房很不错。小妹也觉得这套房比江边那套房还要好一点，她感到满意。

“这套房子比先锋巷那套房子确实好得多，不过，刚才先锋巷那套房的中介老板打电话说，价格还可以再优惠，再让些价。姐，你与这位老板说说，希望她也能再让点价。”二弟对站在身边的古越月说。

“对，价格上希望你们再让一点。”小妹接上来也对站在房内一道观房的女老板说。

“这套房比昨天我与大姐在江边看的那套房还要好一点，那套房价格太硬，一点儿也还不下来！”小妹又对二哥悄悄地说。

“老板，你看，我们现在基本上已看好三套房，就看谁家的价格最适中了。我弟妹们都希望你再让点价。今天下午如能谈好，我们就可以成交了。”古越月与女老板进一步商谈。

“我看你们三个人诚心诚意地想做这桩买卖，你们爽快我也就爽快。昨天晚上我已和房主谈过价格及你们来看房的情况，我再给你们让三千块钱吧！”女老板从古越月姐弟的谈话中已知他们在别处也看了房，她很想把这笔生意做成，很爽快地让了价。

“再降三千块钱，你俩看怎么样？”古越月又站到弟弟妹妹面前问他们。

“希望还能再优惠一些。”二弟说。

“希望能再降一些。”小妹也在旁边帮腔。

“再降不大可能了，房主已给了底线，这种房在这一带都是这个价。”女老板不再同意。

“行，那就这样定下来吧。”二弟很急，最后同意说。

“如果你们同意买这房，今天最好付定金一万元，这样，这套房子就是你们的了，我们中介就不再向别的顾客介绍了。”女老板对二弟说。

“行，谈好了，我们今天就付定金。”古越月说。

二弟正好带有一万元钱，交好定金后，姐弟三人又与中介老板谈妥付款、交房、过户办证等细节。

下了楼后，古越月与弟弟妹妹分手告别说：“房子看好了，我们回去抓紧准备钱吧。”

两周后，二弟拿到房屋的拆迁款二十五万，古越月与小妹为二弟补足了所差部分钱款。搬家那天，大家都来帮忙。

小弟为二哥清扫了室内全部的杂物，小妹为二哥擦洗了四周光亮的木板墙壁及衣柜。当搬过来的家具全部安顿好后，房屋内顿时显得十分明亮、整齐、宽敞。

大家心中都为二弟高兴。

“二弟呀，你真走运呢，这是近年我们国家的发展形势好，才有这样的好政策，让你碰到了。”大弟是位老电工，他把二弟家中灯器安装好，对二弟真诚地说，他很羡慕。

“搬进这么好的一套房子，三四个人住都不挤，这是政府送给你的！以后，你的生活会有较大的提升。”古越月也对二弟说。她今天心中十分高兴，感觉自己无意中又做了一件好事。

几个弟弟妹妹都在房中忙碌着。

古越月在房间中一些角落里慢慢地看着。猛然间，她突然醒悟，现在已有许许多多的普通民众，他们都如二弟一样，得到了政府赠送的大“馅饼”。政府以这种形式把改革开放的部分红利发给了许许多多的普通民众，让他们搬离了破旧的农舍，搬离了城市中破旧的棚户区，搬离了深山老林，搬离了荒漠，在一些新的宜住之地重新建造起许多新的社区楼房，新的城镇，新的美丽农村。

其实，这些翻天覆地的变化近几年每天都在全国各地的许多家庭中进行着，只是在今天，古越月才近距离地接触到这些事，她和弟弟妹妹们才有了深深的感动。

第三十四章　最后一次专家门诊

这天是周末。

下午的专家门诊病人不多，几个病人看完后，古越月感觉自己并不累。已接近年底了，古越月下班后，绕到医院附近一条十分繁华的步行街转了转。在街上她买了一本书及一份十分精美的新年挂历，然后回到八路车的站台上等车。

远处有令人心碎颤抖的流浪者的歌声传来，一个街头流浪者拖着一辆放着音箱的低矮小车正停在“T”形路口上。这些年的改革开放让许多人富起来了，普通百姓的生活也得到很大改善，古越月已经很长时间都没有在街头看到流浪者了。远处飘浮的二胡名曲《江河水》忧伤的旋律忽轻忽重，令古越月听了十分心酸难过。古越月心想，这个人现在肯定是遇到了很大的困难。她想到自己以前最困难的时候也曾得到过别人的帮助，她拿出钱包走了过去，弯腰递上一张钞票。在她弯腰的时候，她感觉到自己的衣服被人扯了一下，回头一看，一张已有些陌生但又仿佛很熟悉的脸正望着她。古越月略微思索了一下：“这不是老同学郑泉吗？”

郑泉圆圆的脸显得较前消瘦，他穿了一件灰蓝色的夹克式对襟棉袄，深蓝的裤子，正笑眯眯地望着古越月。老同学郑泉此时也来给这位流浪者送过来一张钞票，他们俩在小推车边相遇的一瞬间，他认出了古越月。

“刚才那一下子，我看着有些像你，果然是你！”郑泉高兴地说。

两位老同学已经很多年未见面了，他俩是小学及初中的同班同学。早年郑泉因家中生活困难，在初中读书时就偷偷地报名参加工作了。那是一次规模很大的政府集中招工活动，班上不少年纪稍大的同学都报名走了。

古越月记得有一天清早上学进了教室，一下子发现班上许多同学突然不见了。郑泉那次走得很远，他去了新疆石河子一家工厂。后来，他在那儿与另一位也是支边的四川女孩相爱并结婚了。成家后他也曾回江城几次，有一次还热情地给古越月捎来两斤新疆著名特产——绒线很长很软的新疆绒毛线。古越月对他的印象很深，并且，她还从其他同学那儿得知，郑泉退休后携带全家人迁回了江城。

“走，这儿车多，我们到路边上去说。”古越月高兴地对老同学说。

在两个人匆忙地让开来往的车辆往人行道上移步的时候，细心的古越月看见老同学的一条腿行动有些不便，忙关心地问：“你的腿怎么啦？”

“前些时候遇到了麻烦，脑梗住院了，刚刚才出院。”郑泉说。

“范围不大吧？”

“不大，治疗的效果很不错，你看我恢复得也还好吧。”郑泉移动了一下脚步，并做了个动作，让古越月看。

“效果还可以，要小心，要加强锻炼，争取再改善一些。”古越月说。

“刚才我还在这儿遇到了老同学蔡秀秀，真巧，你还记得她吗？她刚才上车走了。”郑泉转移话题，又对古越月说。

“我也记得她，印象很深。她是我们小学班上结婚最早的女孩，前些日子我在这儿等车时，也曾遇见过她一次。我与她联系很少，她没有认出我，我也没好意思叫她。”古越月说。

“她身体好得很，孙子都工作了，还是老样子。”郑泉说。

“我那天看见她穿了一件墨绿色的对襟中西式夹袄，短短的微卷的齐耳短发，白净的脸上一点皱纹都没有，保养得真好，样子几十年都未有明显的改变，真了不起。”古越月说，“你现在住那儿？新疆还常回去吗？”

“我住在东城区少年宫后面。我每隔几年都需要回新疆一次，我以前的工作单位及各种养老、医疗关系都还在那儿，不回去不行。”

“新疆很好，我曾去过，新疆许多地方很漂亮，就是太远了，来去一趟很不容易。”

“你住在东城区，你见过詹瑛瑛和老穆吗？他俩以前和我相处很好，听说他们也住在东城区,我却一直没有机会见到他们。”古越月趁此机会向老同学询问自己另外两位老同学。

詹瑛瑛和老穆两口子是古越月以前很好的朋友,她很是想念他们。

“他俩是住在东城区,很远。詹瑛瑛很好,孙子都已进大学了,她的爱人老穆要差些。”郑泉说。

“哪天有机会我们老同学约一下,见见面。”古越月建议。

“最近可能不行,詹瑛瑛的爱人老穆一直有高血压病,最近他的腿也很不方便。”

“啊!”听到这个消息,古越月的心咯噔了一下。她是医生,一下子就知道了“高血压”与“腿不方便”之间的关系。她愣了一会儿,不方便再问下去,忙改口说:“老穆是个好同学,他以前在木材公司工作时还曾设法帮我买了两根平价的木料,我打了一个大衣橱。你如能见到他们,一定代我向他们问声好。”古越月心中很不安。

“现在大家的生活比以前有很大改善,饭菜的油水都大了,你以后吃菜,一定要少放些油,要多吃青菜、西红柿和木耳,要注意保护血管。”古越月忧心忡忡,她好心地叮嘱郑泉。

郑泉此时还不知道,就在这天上午,古越月还接到了另一位老同学淑淑的电话,她在电话中告诉古越月,老同学肖伍病了,也是中风住院了,淑淑想约几位同学一道去医院看看他。

八路车远远地来了,古越月在站台上与老同学郑泉分手告别。

“你一定要小心,慢一点。你有詹瑛瑛的电话号码吗?”

“也没有。”

“如遇到她,请代我向她问声好。”

古越月上了八路车,郑泉在站台上与她挥手。一天中听到三个同学中风的消息,这有点儿恐怖,也让古越月心中很难过,很不快活。而且,前不久,她还听说有一位同学探亲倒在室内一周才被人发现。古越月闷闷地坐在车里,在这天下午短暂的街头偶遇,让古越月深深地感觉到一个很现实的问题,那就是,古越月和她的那一批同学,真的是老了!

人过了七十岁以后，基本上就是处在与生命赛跑的状态。与许多懒二代相比，古越月他们这一代人只要有一息尚存，奔跑的脚步就不会停止。

古越月坐在车上，忽然冒出一个念头：我还要不要再去上班呢？

十天后，周三，后大门知名专家门诊。

上午十点多，第一拨病人看完了，古越月起身拿水瓶，她想喝点茶休息一下。在走廊上来回走动观察诊室工作情况的护士长，看见古越月诊室内没有了病人，忙到护士站从抽屉中拿出一张表格走进诊室，递给古越月："古主任，这是你明年的返聘表，医院星期一发下来的，你抓紧填好交到我这儿，集中起来一道送上去，或者你觉得不方便，自己交到人事科也行。"

古越月接过表格看了一下，这是一张与往年一样的十分简单的表，古越月只需要填上几个项目，再签上自己的姓名就行了。

古越月所在的这家大型三甲医院十分珍惜业务人才，许多主任退休后都被医院诚恳地留下来了。离开的主任医师很少，现在还有许多更高年资的老主任在岗位上辛勤地工作着。古越月已经退休不少年了，她也没有离开医院，每年年终填一次表格，与医院签下新的一年劳务合同，这是医院人事科履行的一次例行手续。

古越月看了看表格，然后放到了抽屉中，对护士长说："谢谢你，等几天交给你，我还要再考虑一下。"

"行，还早，过几天交可以。"护士长说完告辞离去。

仍然没有病人过来，古越月喝了一口水，陷入沉思。前几天，女儿从苏南打来电话说："妈妈，你好久都未来了，你已经多干了不少年，明年就不要干了吧，到我这儿来玩玩。医生这一行累，又不省心，你就不要干了吧！"

"是的，医生这行风险太高，对病人、对自己都是。"古越月想，她想起十天前在街头遇到老同学郑泉的情景。今天，古越月有点不想再干了。

她问自己："明年还要不要再干一年呢？"

终于拖到了年底前的最后几天，人事科来电话催要那份被古越月放在身上迟迟未交的表格。终于，要决定了，从萌生退意到决定不干，古越月慢慢地变得坚定了。摇摆不定是因为古越月心中很是不舍自己长期从事的这份工作。快临近元旦了，在最后几天，古越月竟然有些激动了，许多的想法从心中不断地涌出：全退下来，马上就完全自由了，下一步干什么呢？首先，每天可以睡到自然醒了，可以不必再起早了，可以不会因为遇到一些性格古怪的病人而受气了，可以看书，可以出去玩玩了，她已有近两年时间未去看女儿了。有许许多多的地方，古越月还没有去过，古越月特别想去欧洲看看，那是一块十分遥远而古老的土地。此外，古越月内心深处还有另外一个梦想，那就是她还想写一本书。

这天中午下班后古越月没有立即乘车。在美丽的穿湖而过的湖心大道行道树下，古越月缓慢地晃动着疲惫的身体，她要最后再思索一下：还要不要再去上班？

人的生命是有限的，还有一些心愿需要时间去完成。终于，古越月做出了决定：明年，2015 年，古越月不干了，不上班了。

12 月 30 日上午。

古越月在门诊上班的间隙中抓紧去了科室。她悄悄地到病区的各个办公室及每个角落深情地转了一圈，然后，她打开了自己的衣柜，用纸袋装好了自己的全部私人物品。最后，她去找科主任，以便他重新安排医生去顶替即将空缺下来的工作岗位。

病区的空间十分紧张，科主任在走廊的最西端为自己圈出一小块地方做了办公室。古越月推开了虚掩的门，看见科主任正好坐在桌前，她忙说："主任，你好！"

"你怎么来啦？"科主任客气地说。这位科主任很年轻，是一位为人厚道，待同志们很不错的好同志。

"门诊刚才闲一点儿，我抓紧上来与你说一声，过两天就要元旦了，我明年不想上班了。"古越月笑着说。

"你不上班了？"年轻的科主任很惊讶。

“对，我年纪不小了，已多干了不少年，我孩子不让我干了。我考虑了好几天，决定不干了，从元月1号开始不上班了，特地早点儿打招呼，以便你安排前后两处门诊接班的同志。”

大概感觉比较突然，科主任愣了一会儿，还是表示了理解。

“这是我衣柜及办公室大门的钥匙，转给接替我工作的人吧。”古越月从纸袋中摸出钥匙交给了科主任。

古越月没有惊动护士站的同志，把交接的各项工作搞好以后，她与科主任握手告别，年轻的科主任客气地送至楼梯口。这一次古越月没有乘电梯，她提着装有私人物品的纸袋，又一次沿着盘旋得如一口巨大深井的楼梯，一级一级地不舍地缓慢地往下走。

再见了，市立医院大内科！

再见了，市立医院血液内科！

最后，古越月站在楼下又深情地仔细地回望了这座巨大的内科病房大楼。

此时，古越月心中有点难过，她非常舍不得，但她明白自己该走了。在这儿，古越月奉献了自己人生中最宝贵的四十五个春秋。古越月是个平凡的辛勤劳作的普通医生。十多年前她就明白了自己性格中的优缺点，她知道自己聪明、努力、细心、善良，缺点是没有魄力，胆子很小，该拒绝的人与事她不敢拒绝，该要求的人与事她也不敢去要求。好在作为一位普通的人民医生，古越月她已十分努力、十分尽力了，她对得起自己这份神圣的工作，对得起自己的良心。

2014年12月31日上午。

市立医院后大门知名专家门诊部。

古越月今天来上最后一个专家门诊。刚走进诊室，坐在室内等候的一对穿着时尚的三十多岁年轻人立即站了起来。“古主任，你来啦，我好多了。”男青年亲热地对古越月说。

“胃镜复查了没有？”古越月坐下来问。

“已经查过了。”说完，这位男青年递上了胃镜检查报告。

这两个青年是不久前来就诊的农民。他俩在离江城不远处的一个大型农场工作，是两个现代农民，与古越月常在门诊见到的那些老农不一样。他们不仅用机械轻松地耕种了自己的一份土地七十多亩，同时还兼任了一台大型收割机的机手，在农忙时期，他们两口子还外出帮助他人收割。由于收割期的时间过度集中，很是劳累，这个青年农民近期经常感到上腹部疼痛，来古越月普内科专家门诊就诊。胃镜检查发现这个青年的胃及十二指肠球部有五个小溃疡，古越月请他俩再去消化内科就诊，他们却图方便，不想再去挂号再去排队，要求古越月直接给开药。一个疗程的雷贝拉唑及克拉霉素服下来，这个青年的上腹部疼痛好转了，昨天他俩又来就诊，古越月让他复查了胃镜。

“胃镜检查你的胃部及球部的溃疡均已长好了，药很有效，你继续服用两周巩固一下，就可以停药了。”古越月对两个青年说。

“好，这药很好，我的胃现在一点儿都不痛了，我今天就是再来拿点药的。”男青年说。

“好吧，我再给你们开两周的量，基本上也够用了。以后你们一定要注意按时进餐，不要饿，饭前一定要洗洗手，注意卫生。”古越月一边开处方一边叮嘱。

“好，真谢谢你，医生，我没花什么钱，病就好了。”男青年很感激地说。

“以后还要多多注意。”古越月在电脑上填好处方后又补充说，“我最近要退休了，不在这儿上班了，再过一段时间你们可以去消化内科复诊。”

听到古医生这句话，两个青年愣了一阵，才说：“你不上班了？好，好，真谢谢你，医生。”

两个青年客气地告辞去拿药了。

“古主任，你好！”看见两个青年出了诊室，等在门外椅子上的一位中年女病人立即跑了进来。古越月认出她是前几天曾来就诊的一位老病人，姓吴，四十多岁，高高的个子，剪着短发。她穿了件蓝色带碎花的棉袄，与古越月打过招呼后就在桌边坐下。

古越月见她坐下，忙关心地问："来啦，皮肤上的出血点可好些了？"

"好多了，已经没有出血点了。"吴女士拉起衣袖让古越月看。

"要不要再查一次血？"

"今天就不查血了，年底了，我想再取些药。"

"你开药就不用挂号了，用一块钱挂一个方便门诊也可以取到药。"

"我已经挂号了，真谢谢你这么多年一直很照顾我！"吴女士说。

"没关系，不用客气！"古越月说后，仔细地又看了看吴女士双手臂的皮肤，发现原先手背上的几块瘀斑及出血点确实已经退去。

古越月一边低头给吴女士开处方，一边温和地对她说："顺便和你说一声，我马上要完全退休了，从明天起就不上班了。"

"你不上班了？"听到古越月的话，吴女士惊愕地瞪大了眼睛，立即眼睛就红了，并有泪水渗出来。

这是一位生活处境十分艰难的老病人，她因血小板减少，十几年来常找古越月就诊。古越月知道她舍不得自己，忙安慰她："后面马上就有医生来接我的班，你以后看病不会受到影响。"

"真谢谢你许多年来一直关心、照顾我，真舍不得你退休，古医生！"说完，吴女士低头抹泪，眼前立即浮现出十九年前第一次在门诊与古越月医师相见的情景。

古越月知道这位吴女士说的是真心话。这对医患说起来相识已近二十年了，在她第一次因为血小板减少来就诊时，古越月就知道了并一直很同情她的困苦处境。那时她很年轻，是个很单纯的女孩，不认识社会，很轻率地就与男友同居了，不久便怀孕了。三个多月过去后，男友却突然以经济困难、无房等理由表示不想过早结婚，要求她把孩子打掉。俩人来到门诊，一查她的血小板很低，流产风险大，由妇产科转到血液科门诊。那天，正好古越月在门诊值班。"医生，我想留下孩子，求你帮我想想办法！"年轻的吴女士身穿一件白色带花边的长袖衫，站在古越月面前焦急地恳求。古越月看了看站在面前的这对青年，想了好一会儿才说："如果你们想留下孩子，那现在就不能用大量的药，更不能用激素，激素会让孩子受到很大影响的。此事你们俩需要认真地考虑一下,暂时可以先观察两周,先用些食疗及无伤害的中成药吧。”两周后复查,吴女士的血小板上升很明显,这时,她更加坚定地要求留下孩子。古越月只好进一步劝他们说:“如果你们真心地舍不得孩子,现在流产又有风险,孩子也是一条命,那你们就需要办手续结婚,给孩子一个合法的身份。这样,你们的问题暂时也就解决了,等到孩子快出生时,如血小板还是较低,大人可以早点住进妇产科,这样,母子俩的安全有保障了。”那段时间,吴女士经常来找古越月,每隔一段时间她就来门诊检查一次血液。古越月一次又一次地指导她,让她在饮食中配以少量药物治疗。怀孕后期,古越月还安排她早早地在妇产科住下。孩子终于平安地出世了,还是个男孩,吴女士很感谢古越月帮助自己渡过了难关。只可惜平稳生活并未持续多久,在孩子两岁时,那男青年还是以出去挣钱多为由去了深圳,不久抛下母子在南方又有了新欢。她哭过闹过,其父母还出面干涉过,都无济于事,终于只好离婚了。此后,这位吴女士一直不愿再嫁,她怕孩子受到影响,顶住父母要她再成家的压力,一个人苦苦地把孩子养大了。她常常因血小板又降下来找古越月就诊。每次古越月都尽量照顾她,很多次让她挂个方便门诊就给她看了,她的病情也还稳定。现在孩子也养大了,不久前她来就诊时告诉古越月,她的儿子秋天考进了南京一所大学。古越月很为她高兴。

“孩子念大学了,那要多花不少钱,你最近还在超市工作吗?”古越月一边开处方一边关心地问她。

“最近我没在超市干了,我已改做家政,做家政方便自由一些,收入也高不少。”吴女士用手绢擦了一下眼睛,低声地说。

“做家政很辛苦,你不宜多劳累,要注意休息,继续用红衣花生米加红枣煮稀饭吃,这样既补血小板,又可补血。”古越月说。

吴女士点点头。

“别难过,去拿药吧,以后有什么问题还来这儿,马上就有新的主任来接我的班,治疗上你尽管放心。”古越月安慰吴女士。

“真谢谢你,古医生,真舍不得你退休。”吴女士站起来,眼睛又一次红了。

“别难过。注意饮食，不要太累。”古越月笑着对她点头。吴女士不舍地离去。

古越月又看了两个感冒的病人。上午十时许，古越月看看已没有什么病人了，开始整理东西。正在这时，一个病人弯着腰呻吟着走进来。他四十多岁，穿着一套黑色的棉衣裤，他的爱人在旁边扶着他。“哎哟，哎哟！”病人不停地喊着，自己在桌前凳子上坐下。

古越月忙把堆放在桌上的一些物品推到一边。

“你什么地方不舒服？”古越月问。

“我胃痛得很厉害，我昨晚喝了一些酒，夜里肚子胀得厉害。”病人指着自己的腹部说。

“你躺到床上吧，我给你查一下。”古越月让病人躺下，病人困难地捂着上腹部勉强地躺下了。在他的上腹部及左上腹部肋缘下有明显的压痛，局部的肌肉有轻度痉挛，压痛非常明显。

急性胰腺炎，患者的症状及病史让古医生立即想到了这一凶险的疾病。

古越月皱起了眉头说：“你的病是急腹症，是急诊，你最好到前面急诊科就诊，这后面的门诊一会儿就要下班了。中午这儿没有医生，诊断不清楚，后面不好处理。你把号退掉吧，重新再挂一个号就行了。急诊室不远，就在前面，你到那儿看比较好。”古越月建议。

“就在你这儿看吧，我不想再跑了。”病人说。

“那好，你的病是急诊，既然你不愿意走，那你马上去查个血吧。”

古越月给病人开了血常规，急查血淀粉酶，急查肝功能，并亲自把病人引导到门诊检查室。

古越月站在门诊检查室门口等病人抽好血，并安排好两项急诊检查单急送到前大门检验科。

各个诊室的医生都看完了病人，已经下班了，一些医生及护士都准备离开。古越月忽然想起自己明天不来上班了，她忙到护士站对护士长说：

“护士长，请你等一下再走，这个急诊病人很重，他不愿意到前面急诊科去，我必须把他处理好才能下班。”

护士长已经知道古越月明天不来上班了，忙笑着说：“不着急，我们等你。”

古越月忙找出一个纸盒，打开自己的工作柜，把里面的工作服、书籍及零星物品一下子全装进去，然后把工作柜的钥匙交给了护士长。

这时血常规检查单出来了，这个病人的白细胞高达 $25 \times 10^9/L$，诊断已基本明确。

古越月忙找出外科前面门诊当班的医生名单，对这位病人说：“你这是急症，而且很重，需要马上住院治疗。你马上去前面外科找这个主任，他现在还在班上，还来得及。我已给你请了急会诊，直接转过去了，你需要马上住院，不能马虎。”

病人说：“要住院吗？我不想住院，我想输点液看看，麻烦你给我输点液。”

古越月说：“不行，你的病很可能是急性胰腺炎，这种病很凶险。胰腺没有包膜，如不及时治疗，胰腺组织会如棉絮一样一块一块地掉下来，胰腺的液体还会自身溶解，那时满肚子都是血液，是止不住的，非常危险。”

“带的有钱吗?”古越月接着问。

“有，我只有一千元。”

“有一千元先交上去就能住进去，先抓紧治疗，后面的费用再慢慢地补交，进了医院人就基本上有了保障。”古越月说。

“去找这个医生，到外科，他还在班上。要马上住院，你要听我的话，我是老医生，你不能马虎！”古越月站起来又一次叮嘱。

病人在他爱人的搀扶下往门外走，古越月跟在他俩后面送到门口，并叮嘱：“还有两张急诊化验单，等会儿到前面大厅机器上把挂号卡插进去刷一下就出来了，拿到后直接交给接待你的外科医生。”这个病人很重，古越月非常不放心，一遍又一遍地叮嘱。

病人慢慢地下了缓坡，到外科门诊去了。

当所有的事都办好以后，已经是十二点半了，有好几位护士今天也都没有走。古越月拿着自己的背包、纸盒子，与护士长、值班护士告别。

有急诊，她们都不走。

古越月与大家一一挥手告别。

完全处理好这个十分危重的病人后，古越月松了一口气，这时她很高兴，顿时感到十分轻松。积极认真地对待每一个生命，这是作为一个医生必须严格遵守的职业道德。这是古越月从医四十五年来的最后一个班，她仍不敢有丝毫放松。

古越月拿着自己的小包及纸盒子在人行道上缓慢地走着。她没有上车，她晃动着疲惫的身子，她想先让自己松一下，她觉得这时回家早一点或者是晚一点，已不重要。

危重的病人能平安地处理好，医生才可以不再着急。在以前漫长的医疗生涯中，常常会有一些较重的病人在众多的医院科室中跑错地方，为此，古越月曾很多次在医院前后门诊中反复地寻找，直到找到他们，安排好他们，才敢放下心下班回家。这是古越月很多年间养成的良好工作习惯，这个习惯也保障了古越月大夫很多年间极少发生医疗事故。

明天就是2015年元旦了，同志们都还要上班。在这个繁忙的三甲医院中，全体在岗的员工只有春节期间有三天可以休息，其他法定的假日统统都要上班。

而古越月明天可以休息了。

她很高兴。

晚上，在北郊的一个宾馆中，科内的同志们凑钱请即将完全停止工作离开医院离开科室的古医生吃了一顿饭。

古越月与科内同事互赠了纪念品。古越月送给同志们一套最新版《实用内科学》，这是她前几天让女儿从网上购买的，她想这套书几年内对大家都是很实用的，它应该是件好礼品，比送别的东西实惠、有意义。

科内的同事送给古越月一条名牌围巾，它很珍贵，这让古越月很感动。

一大排年轻的医生站在古越月面前给她敬酒，他们中间有从遥远的黄土高原来到南方的博士，还有硕士学士主治医生，都是帅哥。古越月两眼有泪渗出，她说：“真舍不得你们，真舍不得大家。你们很幸运，在很年轻的时候就遇到了这个改革开放的好时代，你看，你们现在的生活多好！我在这个医院工作了几十年，现在医院条件比我以前工作时好许多倍，你们要好好干！”

饭后，大家依依惜别。有几位医生不愿意乘车，他们陪着古医生慢慢地走，慢慢地交谈。路上小良医生告诉古越月，最近她贷款买了一套房，140 平方米，她要把父母接到一起住。小良医生是位一直跟在古越月身后成长起来的年轻医生，她长得娇小玲珑，十分漂亮。古越月对她说：“你父母为你的孩子操了那么多的心，你带他们在一起生活，这样做是应该的，是对的。”

医生们恋恋不舍地对古越月说：“有时间一定常到医院看看，有时间你要出去玩玩。”

惜别的话儿说不完，快到古越月家门口，大家才一一分手。古越月大夫站在十字路口的红绿灯下，望着几位年轻医生的背影慢慢远去，心中装满不舍与感动。

今天，在做了四十五年的临床医生后，古越月终于完全地退休了，她平安地软着陆了。

从此，她有了完全的自由身，可以不必再起早了，可以每天睡到自然醒了，可以想去哪儿就去哪儿了。

医生这个行业，是个风险很高的职业，由于各个病人机体的特质不同及各种不可预料的许多内外因素，任何非常细心的医生都有可能在工作中出现“栽白瓜结葫芦”的医疗险情。古越月一个人默默地走着，她想起不久前他们大内科还有一位年轻的医生被迫辞职离去。那是一位很帅、很年轻、业务很不错的好医生，一次意外的医疗事故让他被迫伤心地离开了。

古越月暗暗地为自己预留下十年或许更长的时间，她想用这点时间去玩玩，或再去做点自己想做的事情。

到家了，上楼，刚到门口，先生听到了楼道上的脚步声，他打开了门灯及房门，站在房门口笑着说："回来啦?"

"回来了，结束了，明天可以不去上班了。"古越月轻松地走向室内。她把提包放到椅子上，坐在沙发上高兴地对先生说。

虽说不上班令人高兴，但突然离开这干了几十年的工作，古越月心中还是十分舍不得。

"那太好了，你也可以歇歇了。"先生笑着说，"刚才有一个老同学打电话来，是贺新年的，我说你出去吃饭了，一会儿她可能还要打电话过来。"

古越月坐在沙发上与先生正说着，家中的座机又响了。古越月忙过去接听，电话中是关系一直很好的老同学淑淑的声音。淑淑以前读书时与古越月坐同桌，那时古越月喜欢在上课时偷看小说，她坐在外桌，常悄悄地掩护古越月不被老师发现，工作后俩人关系一直很好。

"越月，明天元旦，我向你拜年了，贺新岁，祝你新的一年万事如意!"淑淑说。

"淑淑，我刚到家，也祝你新的一年万事如意，全家幸福。"

"刚才听你先生说，你明年不上班了?"

"是的，刚才与科内医生、护士们吃分手饭，才回来，我从明天起就不上班了，已多干了近十年，我想休息了。"

"怎么突然不干了？是不是遇到了什么麻烦?"淑淑在电话中关心地问。

"别瞎扯，没有麻烦，是我自己不干的。我整整做了四十五年的医生，干干净净平平安安地软着陆了，哈哈，我心中好温暖。"

"我也是临时起意，前几天才决定不上班了，许多年纪比我大不少的医生都还在上班。我想为自己留点自由的时间，干些自由的事。"古越月接着与淑淑在电话中聊天。

"有什么打算?"

"现在还没有，就是有点儿激动，很兴奋。今天上午还看了一个很重的急症，一点儿都不敢大意，处理完才离开医院。”

“你不上班，我们找你可就不方便了。”淑淑在电话中笑着说。

“小问题打电话来咨询仍可解决，大问题就不行了。不过，希望你不找我才好。”古越月笑着说。

“要不要约几个同学在一块打一次牌？”

“我想先歇几天，睡一睡，缓缓劲，哈哈！从明天起可以睡懒觉了，然后我准备去女儿那里待一段时间，我已两年多未去看她了。我们医生上班一个萝卜一个坑，请假很不易。”

“那倒是。”

“然后我要抓紧时间出去玩一玩，抓住人生的尾巴，听说现在年纪大了，旅行团都不愿带了。”交谈中古越月又有些按捺不住了，她要抓紧去干些自己想干的事。

“是的，年纪大的人出去玩要交健康体检表才可出行。”

“你可想出去玩？”古越月问淑淑。

“去哪里？”

“去欧洲，欧洲那地方很古老，音乐、美术、雕塑、建筑都极有名。听说欧洲许多城市很古老很美，我很早以前就很想去看看到底是什么样的，它是我心中的一个梦想，一直无时间走不开。你可想去？”古越月在电话中慢慢地说。

“去欧洲，那太好了，我也很想去看看。”电话中传来淑淑快乐的笑声。

“那我俩结伴或者再找一些人。我们现在是处在与时间赛跑的状态，欧洲很远，再不抓紧就可能去不了了。”

“越月，你说得对，时间真快啊，转眼几十年过去了。以前那些年代虽然大家生活苦，经历了许多事情，但也极大地丰富了我们的人生。现在的日子，大家生活富裕，每天上班下班，关心买房买车，生活比较单调，在平淡中，一晃就是一年，想想还是我们以前的生活丰富多彩。”淑淑也在电话中与古越月谈感悟。

“你说得对，我们的人生很丰富、很精彩，我们抓紧时间再出去玩玩，为我们的人生再添一笔彩。你有空就抓紧去办护照吧,我俩多联系。”古越月说。

“好,那我们就这样说好说定吧。”淑淑说。

“好,再见!”

“再见!”

第三十五章　乡村深处的暗力量

2015 年元旦。

清晨六点半钟，古越月又准时醒了，她翻身坐了起来，准备起床去上班。习惯早起并已在烧水的先生听见动静过来说："今天是元旦，新年，你已经不上班了，起来干吗？多睡一会儿！"

先生的话让古越月顿时醒悟：是的，从今天起可以真正地不用去上班了！她想起，在今天，医院中全体同志都还必须去上班，她有点高兴，轻叹一声，又躺下了。又静息了不少时间，可生物钟已经到了，她就再也睡不着了。

拖到了七点钟，古越月对自己说："睡不着了，还是起床吧。"

早点很不错，先生从冰箱中拿出一袋速冻水饺，迅速地煮好后，两个人坐在电视机前边吃早餐边看电视。

一个上午完整的时间是很珍贵的，不上班了，该干些什么呢？古越月想，前两天她曾有过想法及安排，不上班了，有时间了，她要静下来好好地看看书。现在的古越月还需要再看医学书吗？不用了！那她肯定是想看一些文学性及知识性的书了。

说干就干，吃过早餐，古越月站在客厅中，在靠近大窗的地方，她想为自己找一小块安静的地方看书。她仔细地观察又计算了一下，然后对先生说："来来来，你帮我抬一下大桌子，把它放到窗下，这样光线要好一些，小木沙发也移过来。"

古越月的先生是个地道的农民的儿子，在那个激情燃烧的年代古越月选择了他。年轻时的先生不丑，长圆脸，身高一米七六，还是个军人。他喜欢看一些新闻及国家大事，与古越月的爱好很不一样。虽然两个人习好不一，但先生还比较善解人意。在前些年，他们四十多岁，两个人都在努力学习奋进时，他们全家共有三张桌子，两个孩子占大方桌做作业，古越月用一张小吃饭桌，写她的医学论文及一些科普散文，先生则是用大长桌，大家各自做各自的事，互不干涉，许多年他们一直相安无事。

今天，退休了的先生仍然很支持古越月，他很快地帮助夫人抬桌子移沙发。这样，古越月花了一个多小时，就在大窗之下圈了一小块地方，为自己建立了一个小安乐窝。这块地方约 5 平方米，它紧挨一张小木床，有一只木沙发靠近窗户，边上有桌有椅。这样，古越月就有了一个很温馨、很明亮、靠窗又靠床的小地盘，在这儿她可以很舒适方便地看书及工作了。

古越月家中有大量的文学书籍，这些书中有不少是以前古越月周六下专家门诊后顺路从新华书店买来的，还有一些是从女儿那儿带回来的，它们中间的大多数古越月还未有时间去认真地阅读。现在古越月有时间可以好好地看看它们了。

古越月坐在临窗的小木沙发上，安静地看了整整两个月的书。

5 月初，女儿从苏南打来电话，邀请父母上她那儿去玩。古越月已经两年多没有看女儿了，这次她决定多住一些日子。

到达后的第二个周末，这天上午古越月正在阳台上给孩子洗被子，在女儿书房中的先生突然跑出来，他手中拿着手机，有些慌乱地说："刚才乡下来电话了，说老爹咳嗽发热，吃不下饭，很危险！"

先生的父亲已经九十岁了，与一位妹妹同住。动身到女儿家前夕，古越月的先生刚下乡送去这个月的生活费，看到老人家的状态还好，才敢动身，怎么忽然就危险了呢？想到老年人变化大，古越月说："那我们是否马上回去？"

"最好回去。"先生说。

"刚到才十天，两年多都未来这儿，这次来真是不凑巧。"古越月一边和先生商量，一边洗手放下手中的活，又问，"是不是现在就去买票？"

“那就去买票吧。”

古越月与先生一起买了第二天的返程车票。晚上八点多钟，下班回到家的女儿突然听到父母要走，很惊讶，听说原因后孩子立即抓紧帮古越月整理行装。

第二天下午三时多到达江城，古越月和先生放下旅行箱，就匆忙地收拾了一些必需品赶到了乡下。古越月还亲自扛了一床被子，准备在乡下多住些日子。几位妹妹也都来了，正在厅堂中。古越月走进大门，看见老爹正站在房门口与先生打招呼。古越月忙把老爹扶到床边的椅子上坐下，仔细地询问、检查后，古越月感到老爹暂时还好。他不发热，一点儿也不咳，心跳正常，呼吸平稳，下肢也无浮肿，手脚都能正常运动，暂时不至于有较大的危险。

古越月一颗悬着的心放了下来。

第二天清早，天刚亮，雾气笼罩着静谧的村庄，睡在楼上的古越月突然被三妹妹匆忙地从床上叫起来，她说：“听说今天只有一班车，马上就要开了，大嫂，你要回去就马上走吧。”

古越月并没有说自己要回去，但妹妹们要她走。

先生的家位于乡村腹地一个水网地区，离最近的一个小镇也有十五里地。古越月想到一天都不再有车，又没有其他交通工具，赶紧起床。妹妹们在楼下不停地催：“快些，快些，车就要开了。”

匆忙中，古越月同意现在就走。天刚亮，忙乱中古越月没有找到袜子，她赤着一双脚匆忙地套上鞋子，没来得及洗脸，也未刷牙。忙乱中她仍与楼下的老爹及先生打招呼：“爹爹，几个妹妹让我现在就走，今天只有一班车，那我就坐早班车回去了。我回去休息一下，把家中整理一下，一两天内再来看你。”人太多吃住都很困难，先生同意古越月回去，他则留下来陪伴老爹。

隔了两天，古越月再次收拾好东西来看老爹。进了房门，她看见老爹穿着一套新衣服平卧在床上。她很惊讶，忙握住老爹的手叫了声：“爹爹！”

“我的眼睛看不见了,看不见了!”老爹对古越月说。

古越月听到老爹的话,知道他是因为饿的缘故,赶紧说:“爹爹,你目前还好,也没有什么大毛病,你要多吃东西!”

说完,古越月走出房门,对几位妹妹说:“老爹目前主要问题是他不愿意吃东西,最好还是输点液,让乡卫生室的医生来挂点水吧。”古越月知道,这儿的乡卫生室条件还可以,离这儿不太远,只有两里地。

“你就是个××!”古越月突然听到了坐在大方桌旁边先生的大妹妹一句恶狠狠的咬牙切齿的咒骂。

如此恶毒的语言,让古越月瞬间就惊呆了,她也同时明白了,老爹的女儿们不想再让老爹拖下去了,想对老爹执行安乐死了。在几十年的医疗生涯中,古越月曾无数次遇到许多垂危的病人,其中也有些不耐烦不想再伺候的病人家属想让病人安乐死,但敢于动手拔管付诸行动的人极少。先生的妹妹们,胆子真是太大,也太狠毒了。

有股很热的血液往古越月脸上涌来。从医几十年,在许多次医疗险情中磨炼出来的职业修养及沉稳,让古越月在一瞬间把自己心中的怒火用力地压了下来。她立即想到,按一般常规,她也可以立即还嘴回骂她几句脏话。不行!这样会有失自己多年医生的身份,她骂不出口。她还想到,如果这时与之对骂,会在乡间留下一则人们茶余饭后的大笑话。

好吧,算了。面对扑面而来的脏话毒语,古越月在心中告诫自己忍着。

“要治疗,就把老爹送到城里的大医院中去治疗!”先生的另一位妹妹也在一旁帮腔。

古越月的心中充满了委屈和失望,她想只有走了。古越月决定马上离开这儿,她也明白了那天早上几位妹妹为什么那么匆匆催自己走,她们赶古越月走,是怕她在这儿碍事。今天她们用毫不遮掩的谩骂来让古越月离开,这样她们才能方便地执行安乐死。

只有走了。只是这样离去,有点儿对不起与自己和睦相处四十多年从未红过脸的老爹。古越月又一次走进房间,对老爹说:“爹爹,你要争取多吃些东西,你的心肺都是好的,不咳不热,食道也是好的,能吞下去,为什么不吃东西呢？你要尽量吃些东西，不然，你的性命真是危险了。”

“我走了。”

老爹望着古越月，一句话也没有说。

古越月的先生这时就坐在床边的椅子上，刚才在厅室中的争吵、他妹妹的辱骂，先生应该是听得清清楚楚的，此时，他一声也不吭。

古越月又到大门口，与那位常年陪伴老爹、身体欠佳的四妹打了声招呼：“四妹，我走了，以后你要照顾好自己，这地方我将不再来或者很少来了。”

古越月走了，她向两里路外的乡卫生所走去。因为下乡前一天，儿子特地利用中午下班休息那一点儿时间跑回来求古越月：“妈妈，我这儿有六百块钱，你一定要救救爷爷，我心中好难过啊，你一定要给他治疗。”

古越月想到，当年因为工作忙又咯血，曾不得已把儿子送到乡下寄养了几年，在这儿长大的孩子对这片土地还有爷爷奶奶很有感情，他是个很有善心、心很软的孩子。

与乡卫生所商定好治疗方案并付了药费后，古越月打电话给先生的另一位妹妹说：“要给爹爹补些液体，已经在卫生所开好了，医生会上门去治疗。爹爹他目前无特别大的毛病，主要是主观上不愿意吃，不能让他活活地饿死，那样太残忍，有罪！”

这位妹妹在电话中说：“是的，谢谢你！”

古越月安排好老爹的治疗后，脚步沉重地向江城进发。

已经是下午一点多钟了，没有吃中饭的古越月要步行十五里路才能到达一个叫“峰”的小镇，在那儿，她才有可能找到一些在城乡之间往返运行的乡村大巴。古越月的年纪已经很不小了，她撑开遮阳伞，缓慢地在一条狭窄的乡间小路上行走。

这条乡间小路，古越月太熟悉了。它最初是黄土路面，后来是石子路面，再后来才铺了沥青，又铺了水泥，古越月在这条路上跑了四十年。最初，孩子小，古越月因生病咯血、被迫将孩子寄养在这儿。每到周末，她常常大清早就从家出发，骑行整整半天来看孩子。她在车后挂满想要带到乡下的各种物品，还有从各处收集来的葡萄苗、枇杷苗、玫瑰苗。凡是一切有可能改善这儿贫困状况的东西，古越月都努力去争取。

后来，车骑不动了，古越月就搭乘乡村中巴，先到那个叫“峰”的小镇，然后再用脚步去丈量那近二十里的乡间土路。古越月无数次在田野中看到橘红的落日挂在树梢上，又慢慢沉入地平线的美丽景象，这时缕缕炊烟逐渐笼罩住朦胧的村庄。每次走着，古越月都感到十分亲切。很多次古越月都是拖着一身疲惫，在深深的暮色中走着长长的路，在田野土埂上高一脚低一脚地穿过树木、农屋交叠的暗影，很晚才摸进漆黑的村庄。春天田野中一片金黄，那是油菜花的花海；夏天，成片的稻穗压低了头，伏在田埂上；冬初，沉甸甸鲜红的柿果挂满路两旁的枝头。这儿还是一个遍布河汊的水乡。那时河中鱼虾很多，先生的小妹常用几根竹棍几块纱布做成纱网，把它沉入水中浸一下，再抖一抖，猛地掀拉起来时，那纱布上就会留下很多只活蹦乱跳的水虾。那时先生常带古越月去河埂上游玩，告诉古越月这河流其实是湖汊，周围有好几条，远处就有两个很大的湖。湖汊边那连片的荷叶、荷花还有蒿儿草，让古越月感到十分新奇和亲切。大脑中这些亲切记忆让古越月在梦中也曾多次回到先生的家乡：她走过东边的一座细长的拱形桥，然后是很宽很宽的大道，先生乡间茅舍的厅屋中有挂着蚊帐的木架子床，旁边有一个圆形的粮仓，穿过后门就是邻家的院子，屋外有许多菜畦和水塘。

许多年来，古越月亲眼看见小路两旁的农家茅屋变成大屋顶黑六间，又变成了现在红砖、水泥盖的楼房，乡村已发生了巨大变化。除了常年供养乡间的父母及一位妹妹外，古越月很早就搞来了一万块红砖，又拿出家中不多的积蓄，较早地在村中为两位老人建造起舒适的安居楼房。

今天，当古越月怀着气愤的心情离开这块土地时，她看到身边的这小楼还有稻田，她已不再感到亲切和美好。

古越月几十年的努力和付出，却让她得到了被谩骂的“回报”。

旧梦已不再来。

时光也已更改。

现实与梦已隔着时光灰暗的海。

往事已变成一些模糊的碎片了,今天,古越月把它们写进文字,是想留个念想。

再见了,乡村!

今天,在2015年5月的一个中午,古越月真正地看清了这儿的乡村,也看清了一些人,发现了以前自己所不知道的乡村的另一面。

今天离开这地方,古越月她将不再来或者很少来。

在这儿,古越月感觉到了表面宁静的深处强大的暗力量。

古越月先生的父亲以前也曾亲口对古越月说:“……以后只要给我烧点纸就行了,不要花太多的钱,她们是不会给钱的呢。”

那时,老人两侧的胸腔装满了胸水,喘息,夜不能寐,以为自己不行了。古越月带他做心电图、查血,每天送他去医院治疗,老人的病终于好了,恢复了健康。

“我们这儿的习俗是嫁出去的女儿泼出去的水!”这是先生家的一位亲戚不久前亲口告诉古越月的。古越月听到这句话时十分吃惊,这位亲戚是位受过教育、工作了许多年的乡村教师,他知道这儿乡村的习俗。

解放这么多年了,改革开放这么多年了,电视上天天都在上演着许多神采飞扬的女性故事。可是在这儿,在这一带农村,还盛行着“嫁出去的女儿泼出去的水”这一习俗。真是不可思议！父母为了儿子结婚成家,以前用“八套半”或“三转一卡啦”再加上许多的聘礼,现在则需要用房子、车子、戒指、更多的钱,从其他地方娶回媳妇,也用同样的办法嫁出女儿,嫁出的女儿从此变成泼出去的水,她们是不必再管家了,她们不养父母,不需给父母钱,钱如她们的命,她们很是舍不得。不仅如此,她们嫁出去后也不愿再照顾父母。她们对父母的孝敬主要表现在父母死后,她们会跪满一地,拼命地磕头,因为磕头不用花钱,可表达孝心,或还可以摆脱她们心中十分害怕的父母灵魂的缠绕。所以,这些嫁女把头磕得咚咚地响,磕上一千个头也是愿意的。

可是,磕一千个头又有什么用呢？还不及在父母活着的时候给他们一百块钱。由于这种习俗，在乡村的许多父母亲，他们很难得到出嫁女孩们的回报，故而也不愿意对女孩们予以培养，不重视让她们念书，从而造成根深蒂固的重男轻女的乡村陋习。这种对女性的偏见也让许多女孩在以后的漫长人生中生活难以自立，她们中间许多人不得不依靠男性而生活。

古越月在这条漫长的乡村小路上花了四个小时，才把这次事件的原因想明白、想清楚了。

傍晚五时许，饥肠辘辘的古越月终于回到了江城自己的家。

此后三天，古越月一直郁闷地坐在家中床边的一个小木凳上。她一直没有出门，没有采买，也没有烧饭，什么都不做。她吃着方便面靠在床边发呆地坐着，并开始思索在中国，关于男人、关于女人、关于人生的一些问题。

在几十年的医疗生涯中，古越月曾很多次见到轻贱女性生命的病例。在一些较重的女性病例中有时治疗效果还好，却常常因为被轻贱，她们的生命早早地被家人放弃。今天，现在，古越月受到过高等教育并已成为一名主任医师、教授，却在她曾到过无数次的先生的乡村受到习惯势力的轻贱。这种力量是潜伏的、灰暗的、强大的，也是古越月以前所不知道的。

在这些地方，女性初为人子时，是弱者，常常被忽视、被轻贱。她的价值或许只值“八套半”“三转一卡啦”或者是若干的钱。一旦逐渐成长为人妻人妇人母人婆，腼腆和羞怯很快退去，一些女性就会在老旧观念习俗的熏陶下蜕变成一个侮辱自己娘家外来女性的施暴者。这时，她们强悍无比，因为此时她们身后，在乡村表面宁静的深处，有强大的乡村暗力量支撑着她们，那就是封建文化的沉渣、乡村灰暗的陋习。在新中国成立前，在一些更为偏远的山区，她们甚至敢于帮助族长们用沉塘来处死她们看不惯的外来女性。

这就是许多宁静乡村的另一面，改革开放快四十年了，面对这些令人费解、不可思议的习俗，你有什么办法呢？

三天后的中午，古越月的儿子回来告诉她：“我上午接到电话了，爷爷去世了。”孩子双眼含满了泪水。

古越月说：“前几天下乡为你爷爷治疗的事与你姑姑们吵起来了，我这次不方便回去，以后再找机会回去。这件事，我已很尽力了，你也尽力了，你爷爷年纪也不小了，也是高寿。你别难过了，也只能这样了。你爷爷以前很疼爱你，你叫一辆出租车尽快下乡吧。你爸爸身体很不好，你一步都不要离开他，其他的就依她们，按乡下的风俗去办吧。"

四天后，满脸疲惫的孩子回到家中。他告诉古越月，在八个多小时的仪式中，他在漆黑的夜晚，给田野中的泥土、给小草、给田埂、给池塘等等下跪了无数次，在特定的地方孩子还需要长时间地跪拜不起，他的腿都跪得站不起来了，他瘦了整整一大圈。

古越月听到了孩子的述说，感到那些已是"泼出去的水"的女儿在乡村暗力量的支持下，是多么张狂。

在长江流域的农村是这样，在北方不知怎样，古越月没有去过。古越月曾在陈忠实那部描写黄土高原新中国成立前农村的著作《白鹿原》中见过一句话，白嘉轩的母亲说："女人不过是糊窗户的纸，破了烂了揭掉了再糊一层新的。"这让古越月印象深刻。

古越月希望她所遇到的是个别现象，是个案。因为她不久前到另一处乡村，在车上遇到了以前给自己家做家具的乡村木匠师傅。这位师傅告诉古越月："古医生，我的二女儿最近也考上了武汉一所大学的研究生。"古越月知道木匠师傅的大女儿已研究生毕业，正在武汉一所大学教日语。

古越月说："那太好了，你真了不起！"

木匠师傅说："我只有两个女儿，我一直让她们念书，我要让她们走与别的乡村女孩不一样的道路。"

"你想得做得都很对！"古越月称赞他，并暗想，这位木匠师傅的女儿们肯定不会再变成"泼出去的水"了，她们以后肯定会赡养、孝敬父母。

不仅如此，古越月还在许多电视新闻中、报纸上看到了现在有许许多多大山深处的女孩通过努力奋斗考上了大学，走出了大山，在不少大学中她们已占了上风，变成"阴盛阳衰"。古越月想，若干年后，这些奋起努力的女孩将会成为改变乡村陋习的主要力量。

古越月想，不论在中国何地，女性要想彻底自立自强，就必须坚持更多地接受教育,独立自主地挣钱养活自己,这样才能活出自己的尊严。

古越月感到自己作为新中国培养出来的60年代知识女性,她和许许多多女教师、女演员、女工程师、女编辑、女法官、女科学家一样,感到自豪,也感到幸福。

古越月感谢国家。

女性一定要自强才是幸福,也才会幸福。

第三十六章　静谧的富森小镇景色绝美

两个月后。

这天上午，古越月在家接到老同学淑淑的电话："越月，在家干什么呢？"

"没干什么，在家闲着。"

"最近有家旅行社推出一个价格很优惠的去欧洲的旅行项目，我们可以去欧洲玩了。"淑淑说。古越月年初与老同学淑淑拜年时，曾与她在电话中谈过，如有机会要争取到欧洲看一看。

"我家先生已经打电话咨询了，商谈了整个出行过程，旅行社给的价格已被压下来不少。"淑淑在电话中进一步说。

"联系好了，那我们就去呗。"古越月说。自从5月份古越月在自己先生的家乡经历了那件不开心的事后，她的心情一直很郁闷，此时也很想出去散散心。

"我们的年纪已经比较大了，旅行社还需要我们补一张三甲医院的体检表，如果去，我们俩还要抓紧去医院检查一下。"淑淑继续安排。

"我身体没有大的毛病，临走时，我再带些备用药就行了。我是医生，你与我同行，一路上我给你做保健，你要安全得多。"古越月开玩笑说。

"你说得好，跟你一道出行，我放心多了。"淑淑说。

"你家先生这次可去？"古越月问。

"欧洲他以前去过，这次就不去了。"淑淑说，"你家先生可去？"

"他以前出差受过大伤，不宜出行很远，他也不去。"古越月说。

"护照办好了吧？"淑淑问。

“我有护照。”古越月说，“你的护照呢？时间大概定在什么时候？”

“我今年春天就办好了，就等机会了。”淑淑说，“如果没有大的困难，时间基本上定下来了，7 月份共有三班旅游专机，如果签证不被耽误，旅行社说时间安排在 2015 年 7 月 28 号下午一点，从南京机场起飞。”

“那还有两周时间，我们抓紧时间进行一些动身前的准备吧。”古越月说。

“好！”

后面的事情进行得很顺利，淑淑、古越月与旅行社之间约定的时间基本上没变，签证拿到手以后，旅行社就打电话通知了她们。

动身的那一天，淑淑的先生亲自开车到古越月家楼下。古越月先生很支持夫人出去放松一下，他推着女儿特地从外地快递回来的全新箱包鞋帽，送古越月到楼下。

古越月的先生与淑淑也是中学同学，几位老同学见面亲切握手，淑淑的先生将亲自开车送夫人及古越月去南京机场，这样省去了许多的麻烦。

古越月很高兴，很感激。

飞机发出了巨大的轰鸣和振动，机头轻微地向上倾斜一下就跃到了南京的上空。古越月从舷窗向外观看，南京的建筑在机身下摇晃。她深深地舒了一口气，对坐在身旁的淑淑说：“飞机飞起来了，后面就让它慢慢地飞吧。”两个月来积郁在心中的烦闷一下子就消散了。

读书时古越月在各个年龄段都曾有过许多相处得十分友好的同学、朋友，这些女孩，她们在人生道路上互相陪伴、扶持着，她们互为彼此人生的同路人。只可惜，人生路漫漫，走着走着，一些人不知不觉中就离开了。淑淑是古越月中学时期的老同学，曾是“同桌的你”，几十年下来关系一直很好，这种情谊非常珍贵。这次两个人能结伴远行，都十分开心。今天淑淑也有儿子配来的一套全新装备，她穿了一件新的碎花上衣，戴着颈垫，圆圆的脸上带着微笑，对古越月说：“要飞很长的时间，我们俩等会儿争取睡一觉。”

“好的！”

十天后。

德国南部阿尔卑斯山脚下富森小镇。

天刚亮，古越月就醒了，她睁眼一看，老同学淑淑也已经起床，正低头坐在床边。

“你起来啦，在干什么？”古越月用手枕着头懒懒地问。

“我在删照片，这么多天，一路拍下来，我发现有一些照片重复了，内存怕不够了，我要删掉一些。”淑淑说。

“你拍了多少张？”古越月问。

“有三百多张。”

“那是不少。”

“与我们同行的镇江来的两口子听说拍了一千多张呢。”淑淑笑着对古越月说。

古越月翻身起床，也拿出相机说：“我也拍了几百张，是要删掉一些。欧洲真漂亮啊，凯旋门、埃菲尔铁塔、塞纳河畔、圣彼得大教堂，还有铁力士山，许多的高山草甸、湖泊，每一张照片都很漂亮啊，我还真是舍不得删。”古越月坐在床上不停地按键，边按边看边说边删。

“你删重复的、相近的，好的就不动嘛。”淑淑一边删一边低头与古越月说。

“我们搞快一点，听说富森这个小镇很美，全世界有名，等会儿车上山去看新天鹅堡不走回头路，我们要抓紧出去看看。”说着，古越月收起相机，站起来准备梳洗。

昨天傍晚团队到达小镇入住后，天色已晚，人又累，同队的许多年轻人都抓紧出去玩了。古越月和淑淑两个人一进门就把包一扔躺到了床上，她俩听到远处湖边有轻微的鼓乐声传来，跃跃欲试，也想出去走走，可实在是跑不动了，就决定第二天早上再出去看，于是洗洗就睡了。

“今天几号？”古越月一边洗脸一边问。

“我也搞不清了，不过我记着，今天是出来的第十二天。”

“那旅程也快结束了,我们要抓紧时间再出去看看啦!”古越月说完,加快了速度,催促着淑淑,两个人出了旅店向湖边走去。

欧洲的许多小镇都很漂亮,但人都很少。记得前几天,旅行社曾夜宿一个意大利小镇,镇不小,也很漂亮,就是人很少。古越月、淑淑两个人连跑了四条街,总共只见到十几个人。她俩在街上仔细地找人,在一处很暗的街角,一个小酒吧门口,睁大了眼睛才发现屋檐下面坐着三个穿短袖T恤衫的中年人在饮酒休闲,小镇上的人太少了。富森小镇虽是著名的旅游地,人也不是很多,清晨偌大的湖边一个人也没有,宁静极了。湖边有一小片苍翠的树木,林下岸边的水上泊有几只小船,湖边的草地上还可见到昨晚有人击鼓时点燃篝火留下的灰迹,淡淡的薄雾水汽中可见远处被雾气笼罩住的灰蒙蒙的青山。古越月知道它就是举世闻名的阿尔卑斯山,这湖也就是阿尔卑斯湖。

古越月与淑淑在湖边坐了一会儿,有点冷,她们站起来沿着湖畔长长的小径往前慢慢地晃动。只见水汽弥漫的湖泊宁静开阔,在湖岸的草场上有成片的细碎黄花,空气真是清新,这儿是天然的氧吧。古越月用力地吸了几口气,她与淑淑都没有多说话,两个人静静地享受大自然赐予的这安详静谧的湖边美好时光。周围静极了,只有她俩踩动树叶发出的沙沙声。在远处,古越月看见了同车的一个三口之家,他们也在湖边漫步。更远的林边路上,还有好几辆房车停在那儿,有两位拄杖老人正沿湖步行。

真美啊,不仅湖边如此,吃过早饭,当古越月、淑淑坐着大巴从镇中心穿过时,她们看见两侧的民居就如童话中般美丽,它们形态各异、五颜六色,而且每一个阳台上都有鲜艳的花朵正在开放。

大巴穿过富森小镇,开到镇东面山脚下一个很小的场地停下了。在这儿古越月和淑淑看到了一些刚刚从别处赶来的中国游客,有几辆马车正要启动。淑淑问古越月:“越月,我们坐马车吧?”

“听说路很近,我们走上去,可以多看看,不坐马车。”古越月说。

拿到门票后,古越月和淑淑决定步行上山。

欧洲历史上曾经有过很多国家,有很多美丽的传说,也有很多古堡留存于世。

新天鹅堡原先的名字应该叫“施太因城堡”。当年城堡并未完工，拥有城堡的家族正烦着它，谁知，后来迪斯尼乐园仿用了它的部分造型，再加上旅游业的大发展，让这座城堡名声大振。现在，它在欧洲非常有名，除了城堡本身独特的造型美丽外，城堡主人——年轻的巴伐利亚国王路德维希二世传奇的人生悲剧也让人唏嘘不已。古越月和淑淑在上山的山道林边路牌上看见了著名的茜茜公主的照片，这位公主真是美丽啊！1869年，茜茜公主的表弟——年仅十八岁的路德维希二世登基了。五年后，国王二十三岁，他把朝政大权交给自己的大臣，带着他十分敬佩的歌剧音乐作家华纳格隐居于阿尔卑斯山南部静谧无人的小镇富森，开始建造自己举世无双、充满梦幻的美丽城堡。十七年后，这个热爱歌剧、心中充满了爱和幻想的文艺青年，倾国家之财力，把华纳格歌剧中的白天鹅及各种故事人物，还有自己的梦想、才华全部展现在自己的城堡之中。在城堡接近完成之时，他被朝臣们推翻了，并被软禁在快完工的宫殿中。国王住了五个多月离开了这座城堡，几天后他莫名其妙地死在山脚下的那片湖水中，年仅四十岁。

年轻的国王死了，他倾其一生建造的这座造型奇特美丽的城堡被他的臣民视为不可思议的。一百年后，城堡却成为德国无与伦比的物质财富，无数的人从世界各地来瞻仰并欣赏它的芳容。

新天鹅堡建在三百多米高的山峰上，全部用白色石头砌建，周围青山环绕，南面一片清澈透明的湖水有着丝绒般平滑的水面，湖畔是大片碧绿的草场，还有一些森林。每当朝阳升起或是日居中天，白色石头反射出的耀目光芒会给看见它的人们带来无与伦比的视觉冲击。在美丽的阿尔卑斯山脉的环绕中，在云雾霜雪的映衬下，一年四季，一天四时，城堡都会向人们展示出令人目眩的、不同情调的绚丽美景。

无数的摄影师从各个不同的视角，从空中从地上，在不同的季节不同的时段，拍摄出不同姿态的新天鹅堡，每一张都那么美丽。古越月见过不少，她十分向往此地，很久以来，期盼能一睹它的真容。今天，古越月与老同学淑淑飞越万里，终于来到了城堡的脚下，才发现，靠得太近，其实并不能看到什么东西。城堡四周大部分被从深谷中耸立起的巨大树木所覆盖。城堡四周墙脚边的小路很狭窄,仅能容两人并排通过。古越月努力地想绕着这个城堡走一圈,未能办到,只走了大半圈。她发现这座城堡是由许多或尖形或圆形或方形的塔楼连接起来的长方形多层楼房,它的西北背面是阿尔卑斯山巨大山体,山上的纵形纹理近得让古越月看得清清楚楚。城堡脚下是巨大的峡谷山涧,在它后面是更为巨大连绵的阿尔卑斯山群峰。古越月和淑淑沿着山道往西走了很远,才找到一处可以观览整个城堡的地方。她俩互相拍摄了一些照片,在这儿可以见到城堡峥嵘美丽面貌的一部分。脚下南边悬崖下面是一望无边的巨大草甸,其间有一个大湖,山脚下是葱绿茂密的林木。远远望去,在城堡各层露天平台上都有人影晃动。古越月在底层柱脚上看见了两只白天鹅雕塑,很遗憾,这一天城堡的内室没有向游客开放,那些传说中皇宫内奢华的装饰古越月和淑淑都没有看到。

下山后,车往南走,并在湖边的巨大草甸上短暂停留。古越月和淑淑下车,见草场上只有一位割草工在工作。古越月、淑淑一行人回眸再观看,这时才看到了整个城堡的白色身影,它位于背倚阿尔卑斯山脉三分之一处的山腰上,阳光下整个城堡呈现出一片圣洁、耀目的白色光芒,后面是墨绿色的青山林木,眼前的一切很美很美。

古越月和淑淑望着它,久久不舍得离去。

再见了,美丽的阿尔卑斯山。

再见了,美丽的巴伐利亚和茜茜公主。

再见了,美丽的新天鹅堡。

今天,我终于见到了你们。

车又开动了。导游是位在德国已定居多年的壮实的中年东北人,他站在车上关心地对大家说:“下面的车程是四个小时,带大家去看最后一处景点。你们都累了,在车上睡一会儿吧。”

全部行程很快就要结束了,大家都有点儿激动和不舍,此时没有人愿意去睡觉,许多人都在低头回看自己拍的照片和录像。车窗外面仍是飞速掠过的大片绿色草场和葡萄园，一丛丛树荫下常常可见一座农屋一晃而过，古越月喜欢这种流动的舒适感觉。此时她头枕着椅背，依靠在老同学淑淑的身边，心灵的窗户也随之打开，她想起这十几天的欧洲之旅给自己留下深刻印象的一些情景和地方。

一位比利时女士让古越月很难忘。那是到达列日后的第二天上午，团队歇在比利时的一个小镇。小镇周围林木葱翠，环境幽静，周围的房屋和人十分稀少。在一栋白色宾馆的早餐厅中，接待大家的是一位中年比利时女士，她是很纯正的白种人，白皙的皮肤，灰蓝色的眼睛，长圆脸，淡棕色的软发绾在脑后，她穿了一套蓝色的工作服外加一个白色围裙，很显然，她是餐厅的一位普通工作人员，但她的神态非常优雅从容。那天中午因为无配餐，不少队员都额外地拿了些苹果，一箱子苹果倒进盘中一会儿就被大家拿光了，她立即微笑着又倒进一箱，又被很快拿光了。这样她一连倒了三箱。古越月看见这位比利时女士始终都是面带微笑，动作优雅从容，一点儿都没有生气。这一点让古越月十分感动，她感到这位女士表现的或许就是欧洲文明的一个小小的方面。

巴黎的塞纳河名气很大，给古越月留下深刻的印象。这条河其实并不宽，也不深，但很美丽，河上有许多造型各异的美丽的桥，河两岸有许多著名建筑。河堤岸内侧有一条不宽的人行道，人行道两侧的装饰墙面上爬满青藤和苔藓。在这条便道上，古越月看见了一群在塞纳河畔游荡的美丽的吉卜赛女孩。旅途中曾听到导游对她们的一些介绍，古越月很是同情。吉卜赛人其实很早就在欧洲大地上生活了很多年，却至今仍不能被承认。她们和她们的父辈们不能很好地受到教育，不能很好地就业，只好在各地流浪漂泊。

欧洲的城市给古越月留下了深刻印象。古越月特别注意观看欧洲城市民居，在不少欧洲城市如罗马、佛罗伦萨、巴黎等地高楼都很少，大道两侧的房屋大多不太高，以五六层为多，许多已经很老旧，房龄多在百年以上，但仍然很漂亮、很结实。在许多的阳台上都放置有长条状花台，有鲜花在开放，很漂亮。有几次古越月和淑淑深入一些漂亮大街的背后，在一些较为隐蔽的地方，她们发现了许多陈旧的小街巷，在这些地方，许多的老屋已呈现出衰老破旧的景象。

在佛罗伦萨、罗马可见到许多高大的人体雕像，广场及街头有许多绘画者正在辛勤地劳作。在一座大教室门口，古越月用五欧元买下了一张画，那位绘画者接下了钱，十分感激地对她鞠了个躬。这让古越月想到可能是尊敬，是礼貌。在这艺术之都，画家们、音乐家们虽令人羡慕，谋生大概也很不易。

在奥地利美丽的萨尔茨堡，古越月看到了莫扎特的故居。在这位音乐天才的故居门口，古越月听到了令人心醉的小提琴名曲。

除了注意观察欧洲民居，古越月还十分注意观察一些欧洲普通老百姓的生活。他们中间许多人家有老房甚至是古堡，那是祖上传下来的，这些房屋他们自住或部分出租。他们喜养花草，喜欢音乐美术看书，举止都很优雅。但也有一些男士，在街头一杯啤酒一坐就是一个下午。欧洲老百姓中许多人很喜欢休闲，他们去海边去森林或出国到东南亚，在那些地方他们尽享人生，尽享生活。他们中间还有不少人很少出去工作，或仅做少量的社会工作。他们可以随着自己的性子做他们喜欢的各种各样的工作，或进行一些研究活动。

古越月仔细地观察欧洲。

另一个令古越月印象深刻的方面就是遍布欧洲大地的教堂。这些教堂尖尖的塔楼、钟楼总是十分醒目地耸立在一片城市建筑或一片小小的村庄或一簇小小的房屋上空。在美丽的阿尔卑斯山谷中，在美丽的湖畔小镇，都可以见到高耸的教堂钟楼的身影。在一些较大的古老城市，有些教堂大得吓人，外观精美，内部华丽得让你瞪大了眼睛。

欧洲社会是如何管理着呢？古越月一边观察一边心中暗想，她隐隐约约地感到，可能在欧洲的社会中宗教丰富了人们的灵魂，法律制约着人们的行为。

目的地就要到了，古越月又一次向窗外望去，有一条欧洲乡村小道和一簇树木一簇村庄在窗外晃过。大巴进了列日机场，古越月一行人将要在这儿乘飞机经莫斯科转机后回国。离登机时间还有一个多小时，大家都坐在大厅中等候。导游，那个壮实的大连人，他将要在这儿与大家分手，然后与大巴司机一道返回德国。他热情地来到每一位旅客面前与大家打招呼，一一告别。有不少人又去商店购物。忽然，同车的一位上海姑娘端着一大盆水果来到古越月和淑淑面前，笑着说："我母亲的腿好多了，等会儿上飞机，我们就要分别了，真谢谢你们！"

古越月认得这位姑娘，她和她年迈的父母这些天一直坐在大巴的前两排。那天，在一处休息站，古越月和淑淑等人正围在一大丛绒草边观看一窝灰兔子。在欧洲，大概是因为自然环境比较好，附近的草丛中有许多很大的灰色野兔子跑来跑去，它们一点都不怕人。有人发现草丛中藏着一窝尚不能跑动的小兔子，老兔子在大家靠近它的窝时才匆匆地逃走。正在这时，导游过来对古越月说："有一位老大姐的腿被开水烫了，你可有什么办法？"

这位导游在为旅客登记住宿时知道了古越月是一名医生。古越月和淑淑都知道，大巴载满旅客在欧洲各国进行长途旅行的途中，请医生、上医院都是件很困难的事情。她俩忙一起上车去看那位上海大姐。在上午的车行颠簸中，一个装满开水的水杯盖子未盖紧，水杯倒了，开水泼洒在这位大姐的一条腿上。现在大姐大腿局部的皮肤红肿得很厉害，部分地方已经起了水泡，有一处皮肤在衣服的摩擦下已经破溃。古越月仔细地看了伤口后，返回座位，拿出两盒随身携带的抗生素给了这位女士，对她说："局部要保持干燥，裤腿要卷起来，不要再弄破水泡，已破溃的地方不要沾生水，行程还有好几天呢，吃点抗生素，可以消炎，预防继发感染。"

几天下来后，这位女士烫伤的腿渐渐地有些好转了，今天大家要上飞机分手了，她的女儿特地来谢谢古越月。

古越月忙笑着说："不用谢，举手之劳，做医生，应该的，真不用谢！"推托不掉后，古越月和淑淑每人各拿了两块水果客气地说。

"真是很感谢你们！"这位上海姑娘又一次客气地与古越月、淑淑打招呼后离去。

古越月和淑淑靠在椅子上吃着水果、点心，淑淑说："越月，与你这位大夫一道出行，真走运，我的心脏也不太好呢，年纪又大了，有你保驾，我才敢出门。"

"那倒是。你知道吧，听导游说，那天与我们一道上铁力士雪山的B队那位女同胞已经去世了，真是令人心疼，真是可惜啊！"古越月与淑淑交谈，"我随身还带有不少急救药品，而且，我懂，能看得出来。那天，那位女同胞如果接近我们身边，或者她说出自己不舒服，情况可能要好一点，听说她才六十四岁啊！"

那天，古越月一行人在瑞士上铁力士雪山，同时上山的还有坐在另一辆大巴车上的B队的中国同胞四十多人。在靠近山顶转乘第二条下山索道时，许多人都坐在长椅上排队等候。古越月同队同车的一位女士发现在众多的排队的人中，有一位中年女士突然一下子坐到了她的双腿上，猛烈的震压把她吓了一跳。她说："你这人怎么坐到我的腿上了！"那位中年女士忙不好意思地说了一声："对不起。"就站起来慢慢地走了。谁都没有注意到这位中年女士是因为心中十分难受，在山顶上撑不住了，才不小心坐到了别人的大腿上。上山下山的人都很多，没有任何人注意到这位中年女士的面色有什么改变，这位女士也没有告诉身边的任何人，她硬撑着，与大家一道转索道，下索道，上车，行车，到旅馆。在住宿的旅馆吧台前取房间钥匙时，她突然倒在吧台前的地面上，虽被紧急送往医院抢救，却再也没有醒过来。

古越月听到这个消息时，心疼不已。

古越月对淑淑说："你知道吧，我年轻时非常害怕死人，现场学习时基本上不敢动手，当时差点退学重新高考。人生的变化真大啊！现在，不仅我的心理已变得十分强大，我还感悟到：在行医的过程中，不仅是医生的技术在不断地历练提升，医生的医德、人品、良心同时也在进行修炼，它能让许多年轻医生最终成长为医术好、有良心、有道德、肯负责任的好医生。现在，我发现我的心很软，我已很爱医生这个职业，深感医生这个职业责任重大，作为医生，在任何地方，都有救死扶伤的职责。只可惜，我已经退休了，不能再做出什么大的贡献了。”

“越月，不要这么想，你已经工作几十年了，你尽力了，可以了！”淑淑说。

飞机起飞了，阳光下清晰地看见成片的建筑在机翼下晃动。淑淑微笑着对古越月说：“飞起来了。”她又摸出一块巧克力递了过来。古越月伸了一下身体，接过巧克力含进嘴里，顿时满口都是甜蜜，被放飞了的心儿这时充满了欢愉，涌动着快乐和幸福。此刻，古越月和淑淑都深深地感到，是伟大祖国的飞速发展才让她们这些平民百姓许多年的梦想今天成真，这在以前是不可想象的事。

祖国好！

今天，做一个中国人幸福！

今天，做一个中国女性幸福！而且，古越月相信，后面成长起来的许多新的年轻中国女性，她们将来会更加自我、更加自信、更加幸福。

古越月和淑淑她们，今天，真不愿意让自己老去。

两天后，古越月回到了家，她开始享受退休后宁静的休闲时光。

古越月的先生出门散步去了。

古越月一个人在家，她随手打开了 DVD 录放机，电视机上立即出现了班德瑞《安妮的仙境》的音乐画面。在布满各色艳丽花朵、一望无际的原野上，有清纯柔和的乐声飘来，它们如天籁弥漫在房间中，滋润着古越月的心灵。古越月家中的录放机买得很晚，它购于 2002 年。当古越月第一次在家中的电视机中听到、看到她年轻时喜欢的歌曲《花儿为什么这样红》《小路》《鸽子》等的音乐画面时，她的双眼含满了泪水，她嗟叹岁月，叹息人生几十年的光阴已经飞快地流逝不见了。

古越月听着音乐，站到窗前并推开了窗户。

窗外楼下前方有好几个棋牌室，每天都有许多不知疲倦的人在那儿玩至深夜，他们是一群解决了温饱，需要在那儿消磨掉许多时光的人。古越月每天望着他们想，这或许就是他们人生形式的一部分。

毕淑敏曾说过:“人生没有意义。”这句话,古越月看到后把它剪下来保存起来了。

古越月固执地认为,人生几十年中,在争取及达到活得好活得幸福后,还要努力地做点事情,做出成绩,做出贡献,让自己的人生尽量有点意义,有闪光,这样人类社会才会不断进步,才会有发展。

古越月休息了一周。

接着,她开始整理自己几十年间积攒下来的大量文字材料。她不想如窗外那些人那样去过退休生活。古越月有一个心愿还未了,那就是:她还想写一本书。那是她年少时一个遥远的梦想。

没有任何人要她写,古越月心中就是想写!

古越月要以一个普通民众、普通女性、普通医生的视角,用医生的一支笔,去记述、描写新中国成立以来,在民众生活中,古越月所亲历的许多不平常的事和生活,以及各种翻天覆地的新变化。

古越月要以此来感谢我们这个伟大的国家,感谢我们这个确实伟大的时代。

后　记

我是一位在一家大型三甲医院内科岗位上工作了四十五年的高年资医生,为什么在业余又写了许多文学性的文章呢?那是因为我一次又一次地被感动。

我出生在一个十分贫苦的人家,在那个经常吃不饱的年代,初中的学校及政府给我每月三元助学金,它可以买一百五十碗稀饭,可以去街头小店阅读六百本小人书。我用一部分钱去一家大店换书看,书中的许多好故事、好绘画让我开了眼界,快乐着,并从此迷上了文学与绘画。高中时我又迷上了文字书,我上课在课堂上看,放学在路上看,我沉迷其中,书越看越厚,从此我与文学结下了不解之缘。

20 世纪 80 年代,我在上海一家大医院进修血液内科,遇到一位年轻的白血病青年,他在疾病缓解期不向命运低头,坚持写作,与疾病做斗争,他的顽强精神让我深深感动。后来我又遇到一位人品极好、状况极其悲惨的年轻水兵,他刚离开部队不久,他穿着运动衫戴着东方表来就诊,被确诊患上急性再障。他的血色素只有 1.5 克,血小板 1 万,后来他因为无钱继续治疗而被迫返乡。他父亲嘴中不停地说:“网破了,鱼儿也走了……”要把他接回去与母亲见最后一面。那天,那个水兵是流着泪十分不舍地离开医院的。我作为一个普通的小小医生无能为力,只好把他送到大门口送到车上,也只能一遍又一遍地安慰他、哄他。为此我难过了很多天,后来我把他的故事写成一篇文章寄到了《新安晚报》文艺副刊,这篇文章后来很快就登出来了,我心中由此得到了安慰。

在后来漫长的医疗生涯中,我遇到了许许多多的白血病青少年,他们悲凉的不屈的奋斗人生让我一次又一次感动，我也一次又一次地在报刊上为他们写文章，为他们呐喊，以期能唤起社会上人们对这些可怜的青少年的关注，能给他们一些资助。我的这些反映白血病青少年生存状态的文章起步很早，过了很久，我才在其他报刊上看到类似的文章，这些文章很明显地对推动社会及国家对这些生存及医疗状态十分困难的孩子的关注起了作用。现在不少地方医保已对这些孩子的特殊状态予以了特别关照、特别覆盖，有不少这样的孩子也都得到了社会上人们的捐助。

我想，这中间也有我的一份努力及贡献，它让我感到我这个医者的医疗人生没有白过。

2011 年我退居二线，时间多了一些，我出版了一本散文集《迷惘的夏天》。2014 年底我完全退休了，很不舍地离开了工作四十五年的医生岗位。在此后的三年中，我处于与时间赛跑的状态，许多的往事清晰浮现，我心中涌动着不平常的情绪，那就是我还想写本书。

在《古越月大夫的美丽人生》这本书中，主人公以一个平常老百姓、一个女性医务工作者的视角，以参与者、见证者的身份，讲述了主人公几乎与共和国同步的那个年代许多重大历史过程的生动场景，描写了“大跃进”、大炼钢铁、除“四害”、60 年代初困难时期、“文化大革命”、学生全国大串联、大学到农村办学、上山下乡等许多感人经历，这些极其丰富的社会人生经历、生活层面是现在的年轻人、中年人所不知道的。

近年写医院、医生的书、电视剧很不少。那些作品多是作者去医院体验生活短暂观察后创作的。在这本书中，作者用医生的一支笔，告诉你现实中的大型三甲医院的医疗环境、医患之间的状态是怎么样的，医生是如何查房治病人的，展现了许多感人的生动医疗场景。在医生队伍中有成千上万的优秀人物，他们忠于医生职责，献身人民的医疗事业。医院其实并不是如许多电视剧中所表现的那样华美，如布景一样，现实中的医院为了保障病人的生命安危，其实是一个十分严谨、十分严肃、等级十分明显的地方。

作者怀着感恩的心讲述了一个生动的医者人生。

做个医生不容易！

这本以时间为顺序的长篇小说展现了许许多多令人感动的好故事，介绍了医院这个复杂的小社会中各种人生形态，医疗就诊中一些小奥秘，选择一位好医生才靠谱，介绍了医生如何发现问题、研究问题、解决问题，如何写论文，介绍了新中国成立后国家对一些贫困生的资助及培养，还谈到了爱情、初恋的伤害，介绍了主人公工作、生活中所遇到的一些乡村陋习，这些陋习需要被革除。

作为小说，这本书整体结构是完整的，书中有些人物如一些医护同学形象有些模糊，那是作者为了避免有人对号入座而故意不让他们过于清晰、具体。

2016 年 11 月 18 日深夜十二点，最后的一段文字终于结束了。

终于完成了，累得很，我轻轻闭上眼睛，让大脑休息一下。

真是不可思议的行为，这么大年纪，全国都少有。没有人要我写，我就是想写。不知书能否出世，无数涌动的想法，堆积如山的各种文字材料，很可能，都将在这以后不再有用了。

这些日子，我尝到了“作家”的一些生活滋味。在一处空房中，每天我早出晚归，这时，我不是去做医生，去看病，而是专门去写，这时才感觉到写作的苦与累。

《古越月大夫的美丽人生》是一本医生写的书。

我们的国家在改革开放后发生了翻天覆地的变化，我感谢这个伟大的时代。

2016 年 11 月 18 日

2017 年 7 月 8 日修改

2018 年 3 月第二次修改